KAREN ROBARDS

FREIBEUTER DES HERZENS

Roman

Deutsche Erstausgabe

WILHELM HEYNE VERLAG
MÜNCHEN

HEYNE ROMANE FÜR SIE
04/68

Titel der Originalausgabe
SEA FIRE
Aus dem Amerikanischen übersetzt von Ulrich Binder

4. Auflage

Printed in Germany 1994
Umschlagillustration: Pino Daeni/Schlück
Umschlaggestaltung: Atelier Ingrid Schütz, München
Satz: Compusatz GmbH, München
Druck und Bindung: Elsnerdruck, Berlin

ISBN 3-453-05488-1

1

In den letzten Sommertagen des Jahres 1844 wirkte Lady Catherine Hale schöner als je zuvor in ihrem Leben. Ihr strahlend rotblondes Haar, das ihr in dichten Locken bis zur Hüfte hinabreichte, wenn sie es offen trug, hatte sie wegen der Hitze hochgesteckt. Es schien ihr zartes Gesicht wie eine rötliche Aura zu umhüllen, wenn sich die Strahlen der gleißenden Sonne Südkarolinas darin fingen. Ihr Gesicht war unbeschreiblich hübsch, von fast perfekter, ovaler Form, und es wurde von einem Paar saphirblauer Augen, mit langen, seidenen Wimpern, beherrscht, die sich an den Seiten etwas verjüngten und ihr so ein leicht exotisches Aussehen verliehen. Sie hatte hochliegende Wangenknochen, eine zarte, gerade Nase und volle rote Lippen, die ihr von ihrem Gatten immer wieder die Bemerkung eintrugen, sie seien zum Küssen geschaffen worden. Ein leicht ausgeprägtes Kinn deutete ihre Charakterstärke nur an.

Sie war ein schlankes Mädchen mit fast zerbrechlichem Knochenbau, aber ihr Körper war ebenso schön wie ihr Gesicht. Sie besaß volle Brüste von genau der richtigen Größe, die einem Mann angenehm in der Hand lagen (auch diese Bemerkung stammte von ihrem Mann). Ihre Hüfte war schmal, aber ebenfalls gut geformt, getragen von schlanken, wohlproportionierten Beinen.

An diesem Augusttag hatte sich Cathy aufgrund der Hitze eher lässig gekleidet. Aber die Einfachheit ihres tief ausgeschnittenen Nachmittagskleids aus Musselin, mit den kurzen Puffärmeln, stand ihr ausgezeichnet, und die blaßgelbe Farbe betonte noch ihre makellose Haut.

Mit ihren neunzehn Jahren war sie bereits mehr Frau als Mädchen. Ihr grundsätzlich freundliches Gesicht nahm einen fast wehmütigen Ausdruck an, als sie hinten aus dem Wohnzimmerfenster hinausblickte und den Mann sah, der sie zu dem gemacht hatte, was sie heute war. Offensichtlich kam Jon direkt vom Feld. Ein liebevolles Lächeln spielte um Cathys Lippen, als sie sah, daß er von oben bis unten voller Staub war. Sein tiefbraunes Gesicht war schweißüberströmt, und sein schwarzes Haar klebte ihm wegen der Feuchtigkeit des Nachmittags in dicken Locken am Kopf. Jon arbeitete hart, um die Ernte Woodhams riesiger Baumwollfelder zu überwachen. Cathy wußte, daß er das nur für sie und ihren fünfzehn Monate alten Sohn Cray tat. Insgeheim vermutete sie, daß er gelegentlich noch immer dem wilden, ungebundenen Freibeuterleben nachhing, das er vor ihrer Ehe und der Geburt Crays geführt hatte. Damit hatte er sich einem Leben in Anstand verschrieben. Aber so gut er auch als Pirat gewesen sein mochte, hatte sie ihm oft gesagt, am Ende eines solchen Lebens wartete immer eines: die Schlinge des Henkers. Jon war ihr bereits zweimal entkommen, und Cathy hatte nicht vor, ihm zu gestatten, den Teufel noch ein drittes Mal zu versuchen.

Cathys Lächeln wurde noch breiter, als Martha, das kräftige, ältliche Kindermädchen an der Hausecke erschien, Cray auf dem Arm. Martha war auch schon Cathys Kindermädchen gewesen, praktisch seit Cathys Geburt. Nachdem Cathys Mutter, Lady Caroline Aldley gestorben war, als Cathy sieben Jahre alt war, hatte es Martha ganz übernommen, Cathy aufzuziehen. Cathy liebte die Frau, und Martha wiederum achtete auf Cathy und Cray wie eine Glucke auf ihre

Küken. Nach anfänglichem, leichtem Mißtrauen von beiden Seiten, wurde auch Jon in den magischen Kreis ihrer Hingabe aufgenommen. Martha würde für jeden von ihnen ihr Leben hingeben, wenn es sein müßte, das wußte Cathy. Aber von allen war Cray ihrem Herzen am nächsten, vermutete sie, und sie war glücklich darüber.

»Daddy!« kreischte Cray begeistert, als er seinen Vater erblickte. Cathy schüttelte bei diesem rein amerikanischen Ausdruck den Kopf. Obwohl sie selbst durch und durch Engländerin war, konnte man in Cray einen reinen Amerikaner entdecken; er war wahrhaftig seines Vaters Sohn. Er sah sogar aus wie Jon. Mit seinen schwarzen Locken, den grauen Augen, seinem stämmigen Körperbau und der gelegentlich störrischen Haltung, glich er seinem Vater aufs Haar. Manchmal fragte sich Cathy, wie sie es wohl schaffen sollte, mit zwei widerspenstigen Männern fertig zu werden, wenn Cray erst einmal erwachsen war, zuckte dann aber nur mit den Schultern. Was sein wird, wird sein, wie Martha so gerne sagte.

»Daddy, Daddy!« Cray wand sich in Marthas Armen. Schließlich ließ ihn die Frau auf den Boden, Jon ließ sich in die Hocke sinken und öffnete die Arme, während der kleine Junge über den Rasen auf ihn zusteuerte. Dann gluckste Cray vor Freude, als er sein Ziel endlich erreicht hatte, und sein Vater ihn mit seinen starken Armen hoch in die Luft warf. Ein unbeschreibliches Gefühl der Liebe überkam Cathy, als sie den beiden zusah. Sie bedeuteten ihr mehr als alles andere auf der Welt, und sie dankte Gott täglich dafür, daß er sie zusammengeführt hatte.

Jon warf Cray hoch in die Luft und fing ihn wieder auf, während der Junge vor Vergnügen jauchzte. Cathy schüttelte den Kopf und lächelte. Dann eilte sie aus dem Haus, zum Rasen hinter dem Haus, bevor noch ein Unglück geschah. Cray hatte gerade erst zu Abend gegessen, und wenn die Aufregung zu groß wurde, hatte er die Angewohnheit, es auf eine äußerst unschöne Art wieder loszuwerden.

»So, ihr zwei, jetzt reicht es aber mit eurem Unsinn«, schimpfte sie mit gespieltem Ernst, während sie auf die beiden zulief. Jon grinste sie frech an. Cray, der seinen Vater beobachtet hatte, tat es ihm nach. Cathy mußte lachen. Sie glichen sich wie zwei Wassermelonen!

»Ja, Madam«, sagte Jon mit kläglicher Stimme und setzte den Jungen ab.

»Ja, Madam«, krächzte Cray ihm nach und hielt sich an Jons Hosenbein fest, um nicht das Gleichgewicht zu verlieren. Cathy lachte erneut, hob das Kind hoch und drückte es an sich. Cray legte seinen Kopf an ihren Hals, während Jons Arm sich um ihre Hüfte legte, sie zu sich heranzog und er ihr einen harten Kuß auf ihre zarten Lippen drückte. Cathy erwiderte den Kuß und spürte wieder das vertraute Kribbeln in sich aufsteigen. Es erstaunte sie immer wieder, daß Jons Berührung ihr, selbst nach zwei Jahren und der Geburt ihres Sohnes, die Knie weich werden ließ.

»Hast du Hunger?« fragte sie ihren Gatten, um die Gedanken zu vertreiben,die sonst schnell außer Kontrolle geraten könnten.

»Wie ein Bär«, erwiderte er mit glitzernden Augen. Dann beugte er sich näher flüsterte: »Nach dir.«

Cathy erörterte und warf ihm einen entrüsteten Blick zu, lachte aber dabei. Martha beobachtete die beiden. So wild sich Master Jon auch immer gebärdete, er machte Miß Cathy glücklich, und das war Marthas Meinung nach alles, was zählte.

»Es wird Zeit, daß der junge Mann ins Bett kommt«, sagte Martha, zu Cathy gewandt, und streckte die Arme nach Cray aus.

»Ich will nicht ins Bett!« erklärte Cray dickköpfig und staunte im nächsten Augenblick selbst, als er feststellte, daß er gähnen mußte. Cathy lachte und reichte ihn Martha.

»Du bist müde, mein Schatz«, sagte sie und drückte ihm einen Kuß auf seine Wange. Nachdem der Junge immer noch unglücklich dreinblickte, beugte sich Jon zu ihm hinunter und flüsterte ihm etwas ins Ohr, was ihn vor Freude kichern ließ. Zu Cathys Erstaunen folgten keine weiteren Proteste mehr, als Martha ihn wegbrachte.

»Was, um alles in der Welt, hast du ihm denn gesagt?« wollte sie von ihrem Mann wissen, als sie den beiden nachblickte.

»Männersache«, antwortete Jon mit einem Grinsen. Cathy konnte nur den Kopf schütteln, als sie zusah, wie die zwei auf der langen Veranda verschwanden, die an der Rückseite des Hauses verlief.

»Endlich allein!« hauchte Jon und seine Augen blitzten. Noch bevor Cathy begriff, was er vorhatte, hob er sie bereits hoch, schwang sie im Kreis herum und küßte sie dann, bis sie nach Luft schnappte.

»Jon!« protestierte Cathy lachend, als sie endlich wieder sprechen konnte. »Die Diener!« Sie blickte bedeutsam zu dem halben Dutzend offener Fenster hinüber, die die Hauswand säumten.

Jon grinste sie frech an. »Was soll das heißen, du schamloses Weib, mich mit deinen Tricks vom Essen abzuhalten?« brüllte er los, während seine Augen amüsiert tanzten, als er sah, wie unbehaglich sie sich fühlte. Als sie etwas erwidern wollte, schwang er sie herum, so daß sie auf das Haus deutete und verpaßte ihr einen kräftigen Klaps auf ihr wohlgeformtes Hinterteil. Cathy machte einen Satz und kicherte hilflos; dann ließ sie sich von ihm auf das Haus zuführen.

Einen Augenblick lang gingen sie schweigend nebeneinander her. Cathy atmete tief ein, denn sie liebte den Duft der weißen Blüten der Magnolien, die neben der Eingangstür standen. In ihrem Arm konnte sie die Feuchtigkeit von Jons Hemd spüren, und darunter die kräftigen Muskeln seines Brustkorbs.

»Du arbeitest zu hart«, meinte sie ernst und stellte sich auf die Zehenspitzen, um ihm einen Kuß auf seine stoppelige Wange zu drücken.

»Dann belohne mich gefälligst dafür«, meinte er und blickte in das liebevolle Gesicht, das ihn so ernst anblickte. Dabei sah er etwas, was ihn eine seiner Augenbrauen heben ließ.

»Du hast Dreck auf der Nase«, sagte er und schnippte mit den Fingern danach. Cathy zog die Nase in Falten und schielte, in dem Versuch, selbst zu sehen, wo sie schmutzig war.

»Kein Wunder. Du starrst ja vor Dreck. Was hast du denn gemacht? Dich im Schlamm gewälzt?«

»Fast. Der Boden ist so trocken von der Dürre, daß wir schon beim Laufen die reinsten Staubwolken aufwirbeln. Wenn es nicht bald regnet, verbrennt uns noch die ganze Baumwolle.«

Sein Tonfall war ungewöhnlich ernst. Cathy blickte ihn besorgt an. Sie wußte, aus Woodham, das er vor zwei Jahren von seinem Vater in erbärmlichem Zustand geerbt hatte, wieder eine profitable Plantage zu machen, bedeutete Jon sehr viel. Obwohl sie selbst eine sehr wohlhabende Frau war, weigerte sich Jon dickköpfig, auch nur einen Penny von ihrem Geld anzunehmen. Er bestand darauf, für sie, Cray und die Plantage mit den Mitteln aufzukommen, die ihm noch aus seiner Zeit als Piratenkapitän verblieben waren, und die die Plantage abwarf. Zwar hatte er es nie gesagt, aber Cathy war sich durchaus bewußt, daß Jon fest entschlossen war, dafür zu sorgen, daß sie auch nach ihrer Heirat auf keinen Luxus verzichten mußte, den sie sich vorher hatte leisten können. Es war zwecklos, ihn davon überzeugen zu wollen, daß teuere Kleider, Schmuck und Möbel ihr nichts bedeuteten, verglichen mit ihm oder Cray. Sein Stolz ließ es nicht zu, ihr zu glauben. Seine Dickköpfigkeit machte Cathy schwer zu schaffen. Trotzdem war sie stolz auf ihn, daß er versuchte, Woodham wieder zu neuem Leben zu erwecken.

Nachdem Cathy so lange geschwiegen hatte, sah Jon sie fragend an. Als er ihren besorgten Gesichtsausdruck bemerkte, verfluchte er sie insgeheim, weil er es zugelassen hatte, daß sie sich Sorgen machte. Sofort versuchte er, sie abzulenken, indem er sie in die Hinterbacken zwickte.

»Vergiß die Dürre«, sagte er, als sie aufschrie. »Woodham hat schon Schlimmeres überlebt, glaube mir. Wir sind noch lange nicht so weit, daß du auf all deine hübschen Sachen verzichten mußt. Andererseits würde es natürlich helfen, wenn du etwas weniger essen könntest...«

Cathy mußte wieder kichern und beantwortete seine Frechheit, indem sie ihm ihren Ellbogen in die Rippen hieb. Er grunzte, dann packte er sie, um sie angemessen zu bestrafen. Sie wand sich aus seinem Griff, hob ihre Röcke etwas an und lief kichernd auf das Haus zu. Jon folgte ihr dicht auf.

»Dafür bezahlst du, mein Kätzchen«, drohte er und schloß auf, als sie sich durch die Hintertür zwängte und auf den Salon zurannte. Sie kreischte auf, als ihr sein warmer Atem in ihrem Genick seine Nähe verriet.

Aber es war zu spät. Seine starken Arme schlangen sich um sie, hoben sie hoch und preßten sie an seine Brust.

»Gnade! Habt Gnade, Piratenkapitän!« stieß sie zwischen Lachanfällen hervor, während er sie mit gespielter Wildheit zur Treppe trug.

»Nie!« zischte er bösartig, und während er Cathy weiterhin in seinen Armen festhielt, begann er, die breite, geschwungene Treppe hinaufzusteigen. In gespielter Furcht wand sie sich in seinen Armen, daß ihre weißen Unterröcke wie Schaumkronen auf den Wellen des Meeres unter ihrem Kleid hervorquollen. Als ihr Blick zufällig hinunter in die Halle schweifte, brachen ihre Bewegungen abrupt ab. Petersham, Jons drahtiger, kleiner Hausdiener und Hauptstütze des Haushalts, blickte mit amüsierter Resignation zu ihnen hinauf.

»Soll ich dem Koch sagen, er soll das Abendessen später servieren, Master Jon?« fragte er mit trockenem Tonfall.

»Ja!« Jon rief das Wort seinem alten Freund mit einem Augenzwinkern zu und hatte mit seiner nun regungslosen Last schon fast die Hälfte der Treppe erkommen.

»Nein!« rief Cathy schnell dazwischen. »Petersham, wage es ja nicht! Jon, wir erwarten Gäste, oder hast du das schon wieder vergessen?«

Dann, mit weitaus leiserer Stimme, murmelte sie, zu Jon gewandt: »Laß mich doch endlich runter! Was soll Petersham denn von uns denken?«

Jon grinste. »Ich bin sicher, Petersham denkt wie immer an Geld«, erwiderte er, ohne sich die Mühe zu machen, seine Stimme zu dämpfen. Dann lief er weiter die Treppe hinauf, ohne irgendwelche Anstalten zu machen, auf Cathys Verlangen einzugehen.

Cathy warf mit geröteten Wangen erneut einen Blick in die Halle und sah, daß Petersham zur Antwort nur grinste. Mit einem entrüsteten Schnauben starrte sie ihn an. Diese Männer! Wenn es um das schöne Geschlecht ging, hielten sie zusammen wie Pech!

»Ach äh – die Gäste sind für halb neun Uhr geladen, wenn ich mich recht erinnere, und jetzt ist es kurz nach sieben«, rief ihnen Petersham nach, und sein Grinsen war beim Anblick von Cathys düsterem Blick wie weggewischt. »Soll ich Wasser für ein Bad nach oben schicken, Master Jon?«

»Später, Petersham, viel später«, antwortete Jon schamlos, erreichte den oberen Treppenabsatz und eilte mit seiner schamroten Gefangenen den Gang entlang.

»*Jetzt*, Petersham!« rief Cathy über Jons Schulter hinweg, nahm aber bereits resigniert in Kauf, daß ihr Befehl mißachtet werden würde.

Zu ihrer Überraschung war dem jedoch nicht so. Jon hatte sich kaum seinen Weg in ihr gemeinsames Schlafzimmer gebahnt und ihr einen lustvollen Kuß gestohlen, als es auch schon leise klopfte.

»Wer zum Teufel...?« murmelte Jon verärgert und starrte verstimmt auf die Tür. Es klopfte erneut, und nur widerwillig setzte er Cathy ab, machte die paar Schritte zur Tür und riß sie auf.

»Ja!« fauchte Jon. Der ungewöhnlich mürrische Ton brachte Tyler, den jungen, schwarzen Boy fast dazu, die dampfenden Eimer fallen zu lassen, die er in den Händen hielt. Der Anblick des riesigen, Ehrfurcht einflößenden Herren, der offensichtlich erzürnt darüber war, gestört zu werden und ihn nun böse anstarrte, ließ Tyler schlucken und einen erschrockenen Schritt rückwärts machen. Gebremst wurde er von Micah, dem anderen Boy, der, ebenso beladen, hinter ihm stand. Petersham, der hinter ihnen beiden stand, schnalzte warnend mit der Zunge, als das Wasser in den vier Eimern alarmierend hochschwappte. Jons Blick blieb an Petersham haften.

»Verzeihung, Master Jon, aber Sie wirkten in der Tat etwas schmutzig«, erklärte Petersham hastig und scheuchte die beiden Boys ins Zimmer, bevor Jon explodieren konnte. Jon wandte seinen Blick nicht von seinem Diener ab, während die beiden Boys die zierliche Porzellanwanne füllten, die hinter einer mit Seide bezogenen Trennwand in einer Ecke des Zimmers stand.

»Dies ist nicht das erste Mal, daß dich meine Frau zur Meuterei aufgehetzt hat, alter Freund. Ich bin es langsam leid.« Jon klang bedrohlich. Cathy beeilte sich, ein Lächeln zu unterdrücken. Es ging ihm immer noch nach, daß seine gesamte Schiffsbesatzung, zu der auch Petersham gehört hatte, zu Cathy übergelaufen war, kurz bevor sie den Kapitän des Piratenschiffs geheiratet hatte. Bevor sie an Bord seines Schiffes gekommen war, hatte er von der Loyalität und dem absoluten Gehorsam seiner Mannschaft ausgehen können. Er ärgerte sich noch immer, wenn er daran dachte, wie leicht sie sich von ihr hatten einwickeln lassen.

»Verzeihung, Master Jon«, wiederholte Petersham und blickte zerknirscht drein, wie es von ihm erwartet wurde. Dann, als die Boys ihre Aufgabe beendet hatten und aus dem Zimmer eilten, fügte er hinzu: »Ich werde Martha in einer Viertelstunde nach oben senden, damit sie Ihnen beim Ankleiden hilft, Miß Cathy. Ich hoffe, das ist Ihnen recht.«

»Ja, danke, Petersham«, erwiderte Cathy, bevor Jon etwas sagen konnte. Petersham, der aus langer Erfahrung die Anzeichen eines Sturms im Blick seines Herrn erkannte, beeilte sich, ebenfalls zu verschwinden. Jon starrte noch auf die Tür, nachdem er bereits verschwunden war.

»Eines Tages geht der alte Gauner zu weit«, prophezeite er düster, schnitt aber im nächsten Moment bereits wieder Grimassen, als Cathy ihr Lachen nicht länger unterdrücken konnte.

»Petersham hat recht. Du starrst vor Dreck«, sagte Cathy, als er so tat, als wollte er wieder nach ihr greifen. »Und ich muß mich anziehen. Nachher haben wir noch genug Zeit – für, äh – *dafür*.«

»Oh, ›*dafür*‹ heißt das jetzt?« Jon grinste und ignorierte ihre Versuche, ihm auszuweichen und packte sie um die Hüfte. »Und wie kommst du darauf, ich könnte dieses ›*Dafür*‹ überhaupt wollen?«

Cathy sah ihn durch ihre langen Wimpern an, und ein verschmitztes Grübchen erschien kurz auf ihrer Wange.

»Die Zeichen sind unmißverständlich, mein Liebling«, antwortete sie ernst und entwand sich seinem Griff mit einer schnellen Bewegung. »Aber du wirst eben warten müssen.«

»Und wenn ich nicht warten will?« fragte er herausfordernd, aber Cathy lachte nur und verschwand im Ankleideraum nebenan.

Als sie zurückkehrte, ein himmelblaues Abendkleid über den Arm gelegt, das Teil ihrer neuen Sommergarderobe war, die Jon für sie hatte anfertigen lassen, hatte er es sich bereits in der Wanne bequem gemacht. Cathy sah ihn interessiert an. Sie ließ ihren Blick über seine breiten, nackten Schultern und die behaarte Brust streifen, über seine gestählten, muskulösen Arme, die von der Arbeit in der glühenden Sonne tief gebräunt waren. Seine Knie hatte er fast bis zur Brust angezogen, damit er überhaupt in die Wanne paßte. Wassertropfen schimmerten auf seinem Haar und seiner Haut, und der Wasserspiegel in der Wanne schwappte um seine Hüften und verbarg sein interessantestes Körperteil vor ihrem Blick. Er sah fast etwas lächerlich, aber gleichzeitig liebenswert aus. Cathy lächelte ihn zärtlich an.

»Wasch mir den Rücken«, sagte er heiser, als er sah, wie sie ihn anblickte. Cathy überlegte einen Augenblick schüttelte dann aber den Kopf.

»Ich fürchte um meine Unschuld, Sir«, stichelte sie.

»Feigling«, grunzte er enttäuscht, ergab sich in das Unvermeidliche und begann, seine Brust und Arme einzuseifen. Cathy beobachtete ihn einen Augenblick und spürte, wie sie schwach wurde. Mit seinen sechsunddreißig Jahren war er noch immer der bestaussehendste Mann, den sie je getroffen hatte, größer als die meisten Männer, mit muskulösem Körper und schwarzem Haar, das ihm jetzt in nassen Locken am Kopf klebte. Seine grauen Augen waren von langen, seidenen Wimpern eingerahmt, dem einzigen, weiblichen Anstrich in dem ansonsten männlichen Gesicht. Allein der Anblick seines Mundes, wenn er sich zu einem Lächeln verzog, reichte aus, um ihr Herz höher schlagen zu lassen. Jon blickte wieder auf und interpretierte den Blick korrekt. Er lächelte breit und lehnte sich in der Wanne zurück.

»Komm her, Süßes«, sagte er leise. Cathy errötete und wendete ihren Blick ab.

»Sei nicht albern. Wir haben in weniger als einer Stunde Gäste zum Essen.« Sie beschäftigte sich damit, ihr Kleid auf dem Bett auszubreiten.

»Eine Stunde ist mehr Zeit als genug für das, was ich vorhabe. Meiner momentanen Verfassung nach zu urteilen, wird es nicht einmal eine Viertelstunde dauern.« Jon grinste sie frech an, während ihr wieder die Röte ins Gesicht stieg.

»Ich muß mich anziehen«, gab Cathy nur zurück, aber sogar sie selbst mußte zugeben, daß ihrer Stimme der nötige Nachdruck fehlte.

»Jetzt doch noch nicht.« Jon sprach die Worte aus, während er aufstand. Wasser strömte an seinem Körper hinunter und teilte sich über seiner erigierten Männlichkeit, um anschließend entlang seiner langen Beine hinunterzufließen.

Cathys Augen weiteten sich, und sie begann vor ihm zurückzuweichen, als er aus der Wanne stieg und über den polierten Holzfußboden auf sie zukam. Seine Füße hinterließen riesengroße Pfützen, während er sich ihr näherte.

»Jon, nein!« protestierte sie schwach. »Wir haben Gäste zum Abendessen! Wir haben keine Zeit! Ich will nicht . . .«

»Du lügst«, sagte er leise, und seine Arme schossen nach vorne, um sie an den Oberarmen zu packen. »Du willst, und ich will, und, nachdem du meine Frau bist, habe ich vor, das auszunutzen. Also halte den Mund, Weib, und küß mich.«

Er preßte Cathy fest gegen seine nasse Brust, und sie spürte, wie die Feuchtigkeit und die Hitze seines Körpers ihr Kleid durchdrang. Mit einer Mischung aus Freude, Verärgerung und Liebe sah sie ihm ins Gesicht.

»Du bist unmöglich«, sagte sie.

»So sagt man«, murmelte er nur, ihre Lippen trafen sich, und lange Zeit konnte keiner von beiden mehr sprechen. Sein Kuß war eindringlich und zärtlich, erinnerte sie an frühere, gemeinsame Freuden und deutete noch schönere Minuten an. Cathy erwiderte den Kuß. Jeglichen Widerstand hatte sie aufgegeben, und sie verspürte nur noch Verlangen nach ihm. Einladend drängte sie ihren Körper gegen seinen größeren, nackten Körper und erbebte, als sie den Beweis seiner Leidenschaft als Druck gegen ihren Bauch verspürte. Mit geschlossenen Augen nahm sie nichts mehr wahr, außer den Lustgefühlen, die er ihr schenkte und die sie erwidern wollte. Ihre Hände strichen über seinen nackten Rücken, ihre Finger zeichneten die Linie seiner Wirbelsäule nach und liebkosten die Rundungen seines Hinterteils. Sie spürte, wie sich seine Muskeln anspannten und sich sein Atem beschleunigte. Seine Lippen lösten sich von ihren, und als Cathy die Augen öffnete, begegnete sie seinem Blick, der auch ihr Herz höher schlagen ließ.

»Du bist wunderschön«, sagte er mit belegter Stimme. Cathy lächelte.

»Du auch«, erwiderte sie ehrlich. Sofort legten sich seine Lippen wieder auf die ihren. Er hob sie mit seinen kräftigen Armen hoch und legte sie in die Mitte des Bettes. Sein Mund nahm ihren hungrig in Besitz, suchend, forschend, während seine Hände über ihren Körper wanderten und jede weibliche Rundung unter ihrem Kleid fanden. Seine Lippen wanderten jetzt über ihre Wangen, knabberten an ihrem Ohrläppchen und arbeiteten sich dann über den Hals hinunter, bis zum Ansatz ihres Busens, der gerade noch im Ausschnitt ihres Kleid sichtbar war. Cathys Arme schlangen sich um seinen Hals, und sie bedeckte seine Schultern mit einer Reihe von Küssen, während seine Finger damit beschäftigt waren, die zahlreichen Haken zu lösen, mit denen ihr Kleid am Rücken geschlossen war. Zu Anfang bereiteten sie ihm keine Probleme, aber dann schien ihn ein Haken, etwa auf der Hälfte, zu besiegen. Wortlos nahm er den Kampf auf, bis Cathy, die schließlich seine Probleme bemerkte, zu kichern anfing. Jon stützte sich ab und sah ihr ins Gesicht.

»Lachst du mich aus, du Hexe?« grollte er. »Ich werde dir gleich bessere Manieren beibringen.«

Mit diesen Worten langte er nach unten und schob mit gespielter Gewalt den Saum ihres Rockes nach oben, um ihre Hüften. Dann suchten seine Finger die Bändel ihrer spitzenbesetzten Unterhosen, lösten sie, und er begann, sie ihr herunterzuziehen.

»Jon, nicht!« protestierte Cathy. Die Art und Weise, wie er sie nehmen wollte, war ungehörig. Es gehörte sich, daß verheiratete Paare, wenn sie miteinander schliefen, so viel Würde behielten, wie es der Akt an sich zuließ, anstatt am hellichten Tage zu kopulieren, wobei die Frau auch noch halb bekleidet war, wie eine Dirne, die es im Heu mit sich machen ließ!

»Cathy, doch«, antwortete er, während er ihr die Hosen auszog. Sie war nun von der Hüfte abwärts nackt, mit Ausnahme ihrer Bluse und der seidenen Strümpfe, die mit spitzenbesetzten, blauen Strumpfbändern an ihren schlanken Oberschenkeln gehalten wurden. Ein Berg gelber Röcke und weißer Unterröcke bedeckte ihren Oberkörper. Cathy sog scharf die Luft ein und wand sich, als Jons Hand das blonde Dreieck aus Haaren zwischen ihren Beinen berührte. Dann, nachdem er nicht nachgab und seine Finger sie zärtlich zu liebkosen begannen, erbebte ihr ganzer Körper, und sie wurde still.

»Immer noch nein?« neckte er sie nach einer Weile und betrachtete dabei liebevoll ihr gerötetes Gesicht. Cathy spürte die Röte noch intensiver werden, als sie sich seines Blickes bewußt wurde, aber gleichzeitig war es ihr unmöglich, die instinktiven Bewegungen ihrer Hüfte zu stoppen.

»Ich liebe dich«, sagte sie leise, und ihre Augen öffneten sich, um seinem Blick zu begegnen. Jons Gesichtsausdruck veränderte sich, und seine Augen färbten sich vor Leidenschaft dunkler. Ein wohliges Gefühl machte sich in ihrem Bauch breit.

Jon senkte den Kopf, um ihren Mund in einem Kuß zu verschlingen. Seine Zunge und seine Lippen drückten das aus, was er nicht in Worte fassen konnte. Cathy klammerte sich schamlos an ihn; ihr Körper krümmte sich unter seinem, konnte es kaum erwarten, von ihm in Besitz ergriffen zu werden. Er stöhnte bei jeder Berührung ihres weichen, lebendigen Fleisches, bedeckte ihren ganzen Körper mit seinem eigenen, und seine muskulösen Schenkel zwangen ihre Beine auseinander. Cathy öffnete sie bereitwillig, mit ihren Fingernägeln fuhr sie die Konturen seines schweißnassen Rückens nach, und sie erwiderte seine Küsse mit einer Leidenschaft, die der seinen glich. Mit einem einzigen, harten Stoß drang er in sie ein. Das erregende Gefühl ließ sie beide nach Luft schnappen. Jon begann, sich zu bewegen, schnell zunächst, dann wurde er immer langsamer, hielt inne, um sie zu necken, bis Cathy sich ungeduldig unter ihm aufbäumte, die Augen geschlossen, den Mund geöffnet und schwer atmend.

»Jon, Jon, Jon«, stöhnte sie seinen Namen wieder und wieder, ohne es selbst zu wissen. Ihre Hände preßten sich immer wieder gegen seinen Rücken, um ihn dazu zu bewegen, schneller zu werden. Schließlich, als sie schon glaubte, sie könnte es nicht länger ertragen, entzog er sich ihr fast vollständig. Cathy drängte sich gegen ihn und öffnete in stillem Protest die Augen. Er beobachtete sie, und seine Augen schienen voller Feuer, als sie ihr Verlangen wahrnahmen.

»Willst du mich?« fragte er heiser.

»Ja, o ja!« erwiderte Cathy, fast wahnsinnig vor Verlangen. Immer und immer wieder bäumte sich ihr Körper gegen seinen auf. Mit einem erstickten Stöhnen drang er wieder tief in sie ein. Cathy schrie auf, hielt ihn fest, während sich seine Arme wie eine Klammer um ihren Körper legten. Sie spürte, wie er in ihr zu beben begann und gab sich selbst ihrem Höhepunkt hin.

Es dauerte einige Zeit, bis Cathy wieder klar denken konnte. Ihr Herzschlag hatte sich langsam wieder beruhigt, und ihr Atem normalisiert. Jon lag noch immer auf ihr, und sein gewaltiger Körper erdrückte sie fast. Sein Kopf lag neben ihrem auf dem Kissen. Sie drehte ihren Kopf, um ihn anzusehen, und zeichnete seine Gesichtszüge zärtlich mit einem Finger nach. Bei der Berührung öffneten sich seine Augen und er sah sie an.

»Weib«, sagte er voller Zufriedenheit und küßte die schlanken Finger, die sie an seine Lippen legte.

Cathy lächelte ihn an und öffnete den Mund, um ihn bezüglich seines Widerwillens, die drei Worte zu sagen, die sie gerne hören würde, zu ärgern. Während der seltenen Gelegenheiten, wenn er tatsächlich schaffte, ihr zu sagen, wie sehr er sie liebte, wirkte er immer fast schüchtern, ja betreten, daß er so etwas zugeben mußte. Jon gehörte in die harte, wilde Welt rauher Männer; zuzugeben, daß er ein Gefühl wie Liebe verspürte, war für ihn nicht leicht. Aber er hatte ihr seine Liebe immer wieder in Taten bewiesen, und Cathy war es genug.

»Hast du...« begann sie, und wollte eigentlich hinzufügen: »... mir nichts zu sagen«, als es laut an die Tür klopfte. Cathy erschrak, als hätte man sie gerade bei einer unanständigen Sache ertappt. Jon grinste sie an.

»Mach dir keine Sorgen, Liebling, was wir gerade getan haben, ist absolut in Ordnung.« Damit küßte er sie noch einmal und schwang sich anschließend vom Bett. »Wir sind schließlich verheiratet, oder hattest du das schon vergessen?«

»Hör endlich auf«, sagte Cathy.

Wieder klopfte es, diesmal noch eindringlicher. Cathy ließ sich vom Bett gleiten, beeilte sich, ihre Röcke zu ordnen und hob ihre Hände in dem erfolglosen Versuch, ihr Haar etwas zu bändigen, dessen goldene Locken in alle Richtungen standen. Jon, noch immer nackt, wie am Tage seiner Geburt, und die Hände in die Hüften gestützt, beobachtete ihre Bemühungen, und ein Lächeln spielte um seinen Mund.

»Du siehst aus, als seist du gerade aufgestanden«, meinte er frech. Cathy starrte ihn an.

»Miß Cathy?« Die Stimme auf der anderen Seite der Tür gehörte Martha, wie Cathy es schon vermutet hatte. »Miß Cathy, es ist schon fast acht Uhr, und Ihre Gäste werden bald hier sein. Soll ich Ihnen beim Ankleiden behilflich sein?«

Jon mußte leise lachen, als Cathy, noch immer damit beschäftigt, ihr Haar in Ordnung zu bringen, losging, die Tür zu öffnen. Bevor sie sie erreicht hatte, war er bereits im Ankleideraum verschwunden. Während sie Martha hereinließ, hörte sie, wie er nach Petersham rief.

Marthas Augen schienen zu lachen, als sie nacheinander Cathys gerötetes Gesicht, den Zustand ihres Kleides, die halb leere Badewanne, die Pfützen auf dem Boden und schließlich das Durcheinander auf dem Bett sah. Aber diesmal besaß die Frau soviel Taktgefühl, zu schweigen. Ohne einen weiteren Blick in Cathys Richtung, ging sie hinüber zum Bett, strich die Laken wieder glatt, nahm Cathys Unterhosen und warf sie in einen Korb für Schmutzwäsche, um dann mit versteinertem Gesichtsausdruck zum Fußende des Bettes zu marschieren. Verwirrt sah Cathy zu, wie Martha sich abmühte, etwas zwischen Matratze und Fußende vorzuziehen.

»Mein Kleid!« rief sie entsetzt aus, als sie den zerknitterten Stoff erkannte, den Martha gerade ausschüttelte.

»Ich nehme nicht an, daß Sie das Kleid heute anziehen werden. Und das ist auch ganz gut so, wenn es wieder eines dieser unanständigen Kleider ist, die sie sich erst haben machen lassen.«

»Sie sind nicht unanständig!« verteidigte Cathy sicher schon zum hundertsten Male ihre Kleider. »Daß sie so tief ausgeschnitten sind, liegt an der neuen Mode! Und du brauchst dich gar nicht zu freuen, Martha. Ich ziehe einfach ein anderes meiner neuen Kleider an, und die sind alle tief ausgeschnitten!«

»Miß Cathy, manchmal sind Sie wirklich unmöglich!« schimpfte Martha, während sie das zerknitterte Kleid beiseite räumte. Cathy ignorierte sie und wusch sich Gesicht und Hände mit dem kalten Wasser aus der Karaffe, die sich auf dem Waschtisch neben dem Bett befand.

Martha schwieg verärgert, während sie Cathy beim Ausziehen half, und sie ließ sich nicht einmal dazu herab, eine Bemerkung loszulassen, daß sie bereits halb ausgezogen war. Nachdem sie Martha losgeschickt hatte, ein anderes ihrer auffälligen Kleider zu holen, setzte sich Cathy an ihren Frisiertisch und begann, ihre Haare zu bürsten. Bevor sie noch große Fortschritte gemacht hatte, kam Martha bereits mit dem Kleid zurück, breitete es auf dem Bett aus und nahm Cathy die Bürste aus der Hand. Ohne ein Wort zu sagen, begann sie, Cathys langes Haar zu bürsten.

»Cathy, hast du mein Rasiermesser gesehen? Ich kann es nirgends finden.«

Jon stand in der offenen Tür zwischen Schlafzimmer und Ankleideraum, eine Schulter lässig gegen den Türrahmen gelehnt. Er trug seinen prächtigen, roten Brokat-Morgenmantel, den Cathy ihm zu ihrem ersten Hochzeitstag geschenkt hatte. Rasierschaum bedeckte das untere Drittel seines Gesichts.

»Ich habe es mir ausgeborgt«, gestand sie schuldbewußt und drehte sich zu ihm um. Jon richtete sich auf und kam weiter ins Zimmer.

»Du hast es dir ausgeborgt? Wozu denn?« Er klang überrascht.

Cathy warf einen schnellen Blick über die Schulter zu Martha. Wenn sie jetzt die Wahrheit sagte, würde Martha noch stundenlang schimpfen; Marthas Vorstellungen davon, was sich für eine Dame aus gutem Hause gehörte, und was nicht, waren äußerst strikt. Die Frau beäugte sie bereits äußerst mißtrauisch, während Jon interessiert auf eine Antwort wartete.

»Ich habe mir die Beine rasiert.« Cathy warf jede Vorsicht über Bord und gestand es mit gesenktem Kopf. »Laut *Godey's Ladies' Book* gehört das zur neuen Mode mit den Seidenstrümpfen.«

Die Reaktion auf diese Erklärung kam augenblicklich. Martha schien förmlich zu wachsen, während Jon nur grinste.

»Ich kann nicht behaupten, einen Unterschied bemerkt zu haben«, murmelte er unverschämt, und er schien sich köstlich zu amüsieren, als er sich sein Eigentum zurückholte, das Cathy ihm entgegen hielt.

»Miß Cathy, haben Sie denn überhaupt kein Schamgefühl?« brach es aus Martha heraus, sobald sie ihre Stimme wiedergefunden hatte. »Was würde Ihre Mutter nur dazu sagen? Die einzigen Damen, die so etwas tun sind – *sind* keine Damen!«

Jon grinste breit und verschwand wieder im Ankleidezimmer. Er fand Marthas Schimpftiraden herrlich. Und sie genießt es ebenfalls, dachte Cathy wütend.

»Martha, hör endlich auf«, fuhr sie sie schließlich an. »Ich bin jetzt eine verheiratete Frau und kann tun und lassen, was ich will.«

»Eine verheiratete Frau!« gab Martha zurück. »Ja, das sind Sie, das ist aber auch alles! Ich muß schon sagen, ich bin überrascht, daß Master Jon es zuläßt, wie Sie sich benehmen. Er verhätschelt Sie, jawohl, das ist es. Jeder anständige Ehemann würde mit der Faust auf den Tisch schlagen. Das Bad zu parfümieren ist schon genug – jawohl, Miß, ich kann es an ihnen riechen, glauben Sie also nicht, Sie könnten mich täuschen – aber daß Sie Ihre Beine rasieren...! Aber was soll man schon anderes erwarten, wenn ich es einmal sagen darf!«

Sie lauschte dem Wortschwall schweigend, während Martha ihre Haare in Ordnung brachte. Als sie damit fertig war, schob Cathy den Stuhl zurück und erhob sich. Martha, die noch immer vor sich hin schimpfte, holte das umstrittene Abendkleid vom Bett.

»Stehen Sie still«, befahl sie Cathy und warf ihr das Kleid gekonnt über den Kopf, ohne auch nur eine Locke ihres Haars zu verschieben. Sie strich das Kleid glatt, zupfte hier und dort und stellte sich dann hinter Cathy, um es hochzustecken. Während der ganzen Zeit hielt sie die Lippen fest aufeinander gepreßt.

»Und glauben Sie ja nicht, ich wüßte nichts von ihrem Gesichtspuder im Frisiertisch«, platzte sie auf einmal heraus, gerade als Cathy geglaubt hatte, die Standpredigt sei vorbei. Cathy seufzte. Das war das Problem mit Dienstpersonal, das einen schon seit der Wiege kannte. Aber andererseits wußte sie, daß sie die Frau schrecklich vermissen würde, müßte sie je ohne sie zurechtkommen.

Als alles fertig war, begutachtete sich Cathy in ihrem großen Spiegel, während Martha ihr grimmig zusah. Cathy ignorierte Marthas Blick und inspizierte kritisch ihre Erscheinung. Das Kleid war wirklich etwas extrem, mußte Cathy sich insgeheim eingestehen, wenn es auch keinen zehn Pferden gelingen würde, ein solches Geständnis aus ihr herauszupressen. Es entblößte ihre runden Schultern, den Hals in einer geraden Linie und schien nur von den Wölbungen ihrer Brüste oben gehalten zu werden. Als Tüpfelchen auf dem i legte Cathy noch eine lange Perlenkette an, die zweimal um ihren Hals geschlungen wurde, und ein Paar dazu passende Ohrringe. Als sie einen Schritt zurück machte, dachte sie, daß sie nie hübscher ausgesehen hatte, aber trotzdem kam es ihr so vor – auch wenn sie es sich nur widerwillig eingestand – als wäre etwas zuviel Haut zu sehen.

»Eine Winzigkeit zu – äh – auffällig, meinst du nicht?« Jon hatte das Ankleidezimmer verlassen, und nun stand er hinter ihr und legte seine Hände leicht auf ihre Schultern, während er ihr Spiegelbild betrachtete. »Hast du vielleicht etwas vergessen? Möglicherweise eine Bluse?«

»Sehr witzig«, gab Cathy zurück, wobei ihr durch den Kopf ging, wie gut er in seinem formellen, dunklen Abendanzug aussah. »Du klingst von Tag zu Tag mehr wie ein braver Ehemann. Ich kann mich noch an eine Zeit erinnern, da hättest du dich in dieses Kleid verliebt.«

»Du hast mich falsch verstanden, Liebes. Mir – äh – gefällt das Kleid sehr gut. Was mir *nicht* gefällt, ist der Gedanke daran, daß unsere männlichen Gäste ihren Blick nicht von meiner Frau werden abwenden können.« Bei diesen Worten warf er einen kurzen Seitenblick auf Martha, die stumm zugehört hatte, und deren Blick mehr als tausend Worte ausdrückten, wie sehr sie seinen Worten zustimmte. »Pflichtest du mir nicht bei, Martha?«

»Um Himmels Willen, laß sie nicht schon wieder damit anfangen! Ich höre seit Wochen nichts anderes mehr von ihr!« Cathy mußte halb lachen, als sie sich vom Spiegel abwandte. »Vielleicht möchte sich Captain Hale einmal daran erinnern, daß du es warst, der darauf bestanden hat, mir eine neue Sommergarderobe anfertigen zu lassen, sogar gegen meinen Wunsch, wenn mir die Bemerkung gestattet ist. Solltest du den Stil für zu ausgefallen halten, mußt du die Schuld schon bei dir selbst suchen. Abgesehen davon, findest du nicht, daß ich hübsch aussehe?«

»Sehr hübsch«, stimmte er ihr gelangweilt zu. »Und es liegt mir fern, der Mode im Wege zu stehen. Aber bitte beklage dich nicht, wenn der alte Mr. Graves seine Suppe über sein Hemd verschüttet, nur weil er den Blick nicht von dir wenden kann.« Dabei strich er ihr mit einem Finger über den Nacken.

Cathy lachte, stellte sich auf Zehenspitzen und drückte ihm einen Kuß auf den Mund.

»Na, was habe ich dir gesagt? Jon stellt sich nicht so an«, sagte sie triumphierend zu Martha gewandt. Die alte Frau rümpfte nur die Nase.

»Wie ich schon sagte, er verhätschelt Sie. Ich hoffe nur, er muß es nicht eines Tages bereuen.« Die letzte Bemerkung hatte sie nur vor sich hingemurmelt, aber, wie beabsichtigt, war sie unüberhörbar. Cathy beschloß würdevoll, sie zu ignorieren. Jon lächelte Martha an und folgte Cathys Beispiel.

Von unten waren die Stimmen der ersten Gäste zu hören. Cathy griff eilig nach ihren Handschuhen und ihrem Fächer. Dann umarmte sie Martha schnell und versöhnlich, bevor sie sich bei Jon unterhakte.

Außer von Mr. Graves, einem älteren Gentleman, dem die Plantage gehörte, die sich Woodham anschloß, wurden sie unten, im Empfangszimmer, von dessen Frau Ruth und seiner Tochter Millicent erwartet. Cathy mochte Mr. und Mrs. Graves sehr gerne, denn sie hatten alles unternommen, um es den Hales zu erleichtern, sich hier einzuleben. Millicent jedoch war ein Thema für sich. Sie war fast dreißig, völlig unscheinbar und nicht verheiratet. Sie kleidete sich wie ein junges Mädchen und lächelte ständig geziert, in dem Versuch, jugendlich zu wirken. Was Cathy jedoch am meisten ärgerte, war, daß Millicent keine Gelegenheit verstreichen ließ, Jon schmachtende Blikke zuzuwerfen. Es sprach für Jon, daß er das Ganze einfach ignorierte.

Nachdem Cathy diese ersten Gäste begrüßt hatte, trafen nach und nach auch die anderen Gäste ein. Nach kurzer Zeit war der Raum mit den Gesprächen der Leute erfüllt. Cathy und Jon trennten sich, mischten sich unter die Gäste und wechselten ein paar nette Worte mit den Neuankömmlingen.

Das Abendessen verlief ohne Zwischenfälle, obwohl Cathy ihr Lachen nur mit Mühe unterdrücken konnte, als Mr. Graves, wie Jon es vorhergesagt hatte, sich die Suppe über sein weißes Rüschenhemd kippte. Cathy blickte zu Jon hinüber, sah, wie seine Lippen zuckten und beeilte sich, wieder wegzusehen. Die nächsten paar Minuten konzentrierte sie sich auf Gerald Bates, einen Mann im Alter ihres Gatten, der zu ihrer Linken saß. Bis sie sich wieder Mr. Graves zuwenden konnte, war der Drang zu lachen verschwunden.

Nach dem Essen verließen die Damen die Gentlemen, damit diese ihre Zigarren und ihren Brandy in Ruhe genießen konnten, und zogen sich in den Salon zurück, um Tee zu trinken, und sich zu unterhalten. Etwa eine halbe Stunde später gesellten sich die Herren wieder zu ihnen. Als sie den Raum betraten, war ihnen sofort anzusehen, daß sie mehr getrunken hatten, als sich gehörte. Gerald Bates lachte eine Kleinigkeit zu lautstark, und die Gesichter einiger der anderen Gentlemen waren gerötet. Jon lächelte weltmännisch, wie immer. Cathy wunderte sich immer wieder, wieviel er vertragen konnte. Sie hatte ihn nur ein einziges Mal betrunken erlebt, und das war bei Crays Geburt gewesen. Aber laut Petersham hatte Jon damals genug Whisky in sich hineingeschüttet, um ein ganzes Pferdegespann flachzulegen, bevor es sich bei ihm bemerkbar gemacht hatte.

Cathy warf Jon einen mißbilligenden Blick zu, daß er es zugelassen hatte, daß ihre Gäste soviel getrunken hatten. Er interpretierte ihren Blick richtig und setzte im nächsten Augenblick einen so zerknirschten Gesichtsausdruck auf, daß sie unwillkürlich lächeln mußte. Er belohnte ihr Nachgeben mit einem schiefen Grinsen, von dem er wußte, daß sie ihm nicht widerstehen konnte. Als sie ihn immer noch ernst anstarrte, machte er Anstalten, auf sie zuzukommen.

»Würden Sie uns etwas vorspielen, Lady Cathy?« Gerald Bates' laute Stimme stopple ihn. Cathy wollte die Frage eigentlich verneinen, aber ihr fiel keine vernünftige Entschuldigung ein. Statt dessen lächelte sie ihre Gäste an, ging zu dem kleinen Flügel in der Ecke des Zimmers hinüber und setzte sich auf die gepolsterte Bank.

»Was möchten Sie denn gerne hören?« Cathy wandte den Kopf und lächelte zu der versammelten Gesellschaft hinüber. Nachdem sie ihr versichert hatten, daß ihnen alles gefallen würde, was sie spielte, begann Cathy mit den rhythmischen Klängen eines Walzers. Gerald Bates kam herüber und lehnte sich gegen den Flügel, wobei er sie unverhohlen anstarrte. Als sie spürte, wie sein Blick über die nackte Haut wanderte, die von ihrem Kleid nicht bedeckt wurde, begann sie, sich inständig zu wünschen, er möge fortgehen. Wenn er sie weiterhin so anstarrte, würde es Ärger geben. Jon war äußerst besitzgreifend, wenn es um etwas ging, was er als sein Eigentum betrachtete, und Cathy betrachtete er zweifellos als sein Eigentum. Wenn er es bemerkte – und wie konnte er es nicht bemerken? – die Art, wie Gerald sie anstarrte, würde ihm ganz und gar nicht gefallen. Und wenn er dazu gedrängt wurde, war Jon durchaus in der Lage, Gerald eins zu verpassen, ob er nun Gast im Hause war oder nicht.

Cathy beendete den Walzer, dankbar, daß er vorüber war. Aber noch ehe sie sich erheben konnte, spürte sie, wie sich weicher Kaschmir auf ihre Schultern legte. Erschrocken drehte sie sich um und entdeckte Jon hinter sich, der Gerald mit einem Lächeln ansah, das man bestenfalls als angriffslustig interpretieren konnte.

»Ich dachte mir, dir ist vielleicht etwas kühl«, sagte er und schenkte ihr seine ganze Aufmerksamkeit, nachdem er sicher war, daß Gerald begriffen hatte.

»Danke, Liebling«, erwiderte Cathy schwach, schlang den Schal fester um ihre Schultern, damit er die Blöße ihres Ausschnitts verbarg und erhob sich, als sich Gerald leise davon machte. »Es war in der Tat etwas kühl.«

Sie ergriff Jons Arm, ließ sich zu ihrem Stuhl zurückführen und beglückwünschte ihn insgeheim zu seiner Selbstbeherrschung. Er konnte ungemein eifersüchtig sein, was Cathy ihm gerne nachsah, denn sie wußte, daß es seiner tief verwurzelten Unsicherheit im früheren Umgang mit Frauen entsprang. Aber sie hoffte, daß sie ihn irgendwann davon würde überzeugen können, daß ihre Liebe für ihn unerschütterlich war. Seine Selbstbeherrschung angesichts der heutigen Provokation gab guten Anlaß zur Hoffnung.

Während der nächsten vierzig Minuten wich Jon ihr nicht von der Seite. Cathy mußte lächeln, als ihr auffiel, wie Gerald sich anstrengte, ihnen aus dem Weg zu gehen. Aber sie mußte zugeben, daß er gut beraten war, so zu handeln. Jon konnte ein gefährlicher Gegner sein.

»Miß Cathy.« Petersham stand auf einmal neben ihr. Cathy blinzelte, als sie zu ihm aufblickte. In Gedanken war sie eben meilenweit entfernt gewesen.

»Was gibt es denn, Petersham?« Cathys erster Gedanke war, Cray könnte erkrankt sein. Nichts geringeres konnte Petersham dazu bewegen, sie zu stören, wenn sie Gäste hatten.

»Es ist ein Mann mit einem Brief für Sie eingetroffen, Miß Cathy. Er sagt, es sei dringend.«

»Ein Brief?« wiederholte Cathy und spürte, wie ihr Herz plötzlich zu pochen begann. Ein dringender Brief konnte nur schlechte Nachrichten bedeuten. Mit ein paar Worten der Entschuldigung erhob sie sich und folgte Petersham in die Halle. Wie er gesagt hatte, wartete dort ein Mann auf sie. Cathy schenkte seinen Erklärungen kaum Aufmerksamkeit, sondern nahm mit zitternden Händen den Brief entgegen, riß ihn auf und überflog den Inhalt. Während sie las, wurde sie kalkweiß im Gesicht.

»Was ist passiert, Liebling?« Jon stand in der Tür und runzelte die Stirn, als er in Cathys Gesicht zu lesen versuchte. Sie sah zu ihm auf, die Augen voller Trauer.

»O Jon, es ist – es ist Papa«, brachte sie heraus, warf sich ihm in die Arme und spürte, wie sie sich tröstend um sie schlossen. »Sie schreiben, er liegt im Sterben! Ich muß sofort zu ihm!«

2

England war weitaus kühler als South Carolina, das war aber auch der einzige Vorteil, den Cathy finden konnte. Es regnete, als sie durch die Straßen fuhren; es war ein ungemütliches, nicht enden wollendes Nieseln, wie es im Spätseptember typisch für London war. Cathy, die, mit Cray auf dem Schoß, Martha gegenüber in der gemieteten Kutsche saß, fröstelte es, und sie zog ihren pelzbesetzten Mantel fester um ihre Schultern. Das ständige Klappern der Hufe auf den gepflasterten Straßen, das Klatschen der Wagenräder, wenn sie durch die zahllosen Pfützen rollten, schienen ihr die einsamsten Klänge der Welt zu sein. Riecht es denn im ganzen Land nach Würmern? fragte sich Cathy trübsinnig. Sie versuchte etwas Trost zu finden, indem sie Cray noch fester an sich drückte. Sie wünschte sich nichts sehnlicher, als bei Jon zu sein.

Er hatte natürlich auf Woodham bleiben müssen. So kurz vor der Baumwollernte wäre es verantwortungslos von ihm gewesen, die Plantage zu verlassen. Cathy wußte das, hatte es ihm sogar selbst erklärt, als er vorgeschlagen hatte, sie zu begleiten. Aber der wahre Grund, der Grund, der Cathy dazu gebracht hatte, ihn förmlich zu beschwören, zu Hause zu bleiben, war ein anderer: In England war Jon ein entflohener Sträfling, verurteilt wegen Freibeuterei und Mord. Wenn man ihn schnappte, würde man ihn kurzerhand aufhängen.

»Die Kutsche hat angehalten, Miß Cathy.« Zum erstenmal, seit sie sich vor fast einer Stunde von den Docks auf den Weg gemacht hatte, sprach Martha wieder. Der Klang ihrer Stimme holte Cathy in die Gegenwart zurück. Sie lehnte sich vor, um aus dem Seitenfenster zu sehen, wobei sie mit der blanken Hand über die beschlagene Scheibe wischte. Von außen sah das Stadthaus ihrer Tante Elizabeth, Lady Stanhopes, am Grosvenor Square, noch genauso aus, wie zwei Jahre zuvor. Mit seinen drei Stockwerken, den roten Ziegelsteinen und dem fein geschmiedeten, schwarz gestrichenen Zaun, der die Straße vom Grundstück trennte, war das Haus ebenso imposant wie die Lady selbst. Und Cathy konnte sich nur zu gut an den einen, früheren Besuch erinnern, bei dem sie gelernt hatte, daß es im Innern des Hauses genauso korrekt zuging, wie es von außen aussah. Formell und steif waren nicht nur die Umgangsformen, ebenso waren auch die Möbel. Cathy hatte während ihrer Schwangerschaft mit Cray hier fast drei Monate zugebracht und war sich dabei von ihrem Gatten richtig verlassen vorgekommen. Jede Erinnerung an jenen Besuch war unangenehm.

»Steigen Sie aus, Lady?« Die rauhe Stimme des Droschkenfahrers, der die Tür geöffnet hatte und dem das Wasser von der Hutkrempe tropfte, riß sie aus ihren Träumen. Sie reichte Cray, der endlich eingeschlafen war, Martha hinüber und erhob sich. Martha war sichtlich erbost über das ungehörige Benehmen des Kutschers. Cathy, die keine Lust hatte, sich auch noch einen Streit anzuhören, warnte sie nur mit einem stummen Blick.

Nachdem sie ausgestiegen waren, nahm sich der Kutscher, der darauf bestanden hatte, im voraus bezahlt zu werden, gerade noch die Zeit, ihre Koffer auf die Straße zu werfen, bevor er wieder auf den Kutschbock kletterte und davonfuhr. Verärgert starrte Cathy den Berg Gepäck am Straßenrand an, während ihre

Kleidung langsam vom Regen durchweicht wurde. Dann zuckte sie resigniert mit den Schultern, wandte sich von dem bedrückenden Anblick ab und marschierte mit festen Schritten zur Tür.

»Guten Abend, Milady«, sagte Sims, der Butler, als er auf ihr kurzes Klopfen öffnete. Er schien nicht erstaunt zu sein, sie hier zu sehen. Cathy nahm an, ihre Tante hatte vermutet, sie würde kommen und das Personal entsprechend instruiert. Sie hatte keine Zeit gehabt, den schicksalhaften Brief zu beantworten, ehe sie sich sofort auf den Weg machte.

»Guten Tag, Sims.« Cathys Antwort war ebenso gleichgültig. Der Butler öffnete die Tür weit, und sie lief an ihm vorbei und betrat den Marmorfußboden der Empfangshalle, dicht gefolgt von Martha mit Cray. Martha und Sims warfen sich eisige Blicke zu als sie aneinander vorbeiliefen. Sie hatten sich während des gesamten letzten Aufenthalts bekriegt.

»Lady Stanhope hält sich im kleinen Salon auf, Milady«, informierte Sims sie mit seiner Totengräberstimme.

»Und mein Vater?« fragte Cathy leise.

»Er ist oben, im grünen Zimmer, Milady. Es tut mir leid, Ihnen sagen zu müssen, daß sich sein Zustand nicht gebessert hat. Darf ich Ihnen sagen, wie leid es uns allen tut, daß so etwas mit Sir Thomas geschieht, Milady.«

»Danke, Sims. Ich werde sofort zu ihm hinaufgehen. Bitte zeigen Sie Martha, wo wir schlafen werden, und lassen Sie unsere Sachen hereinbringen. Ich fürchte, sie werden völlig durchnäßt sein.«

»Sehr wohl, Milady.« Mit keiner Miene ließ sich Sims seine Überraschung ob Cathys fehlender Manieren anmerken. Korrekterweise hätte sie zunächst ihre Tante, die ja schließlich ihre Gastgeberin war, begrüßen und vielleicht eine Tasse Tee mit ihr trinken müssen, bevor sie nach oben ging. Cathy war sich des Bruchs der Etikette durchaus bewußt, aber in Wahrheit fühlte sie sich im Augenblick nicht in der Lage, ihrer Tante zu begegnen. Seit Jon sie in einer verschneiten Januarnacht vor fast zwei Jahren aus dem Haus entführt hatte, war sie Lady Stanhope nicht mehr begegnet, und sie konnte sich nicht vorstellen, daß ihre Tante sehr erpicht darauf war, sie willkommen zu heißen. Nachdem sich nach der berüchtigten Entführung durch den Piraten auch noch eine Schwangerschaft angebahnt hatte, kam ihr erstes Erscheinen in der Londoner Gesellschaft einem Skandal gleich. Die Geschichte, die ihr Vater und ihre Tante in Umlauf gebracht hatten, in der sie sie zur trauernden Witwe erklärten, die bereits zum Zeitpunkt der Entführung durch die Piraten das Kind ihres verstorbenen Gatten unter dem Herzen trug, nahm ihnen keiner ab. Und dann mußte sie auch noch verschwinden, gerade als das Gerede nachzulassen begann...! Cathys Lippen begannen zu beben, und sie mußte ein Grinsen unterdrücken. Wie hatte Lady Stanhope *das* wohl erklärt?

»Meine Liebe!« Cathys Vorhaben, direkt nach oben zu gehen, ohne erst ihre Tante zu begrüßen, schlug fehl, denn diese betrat gerade die Eingangshalle. Noch ehe Cathy begriff, wie ihr geschah, versank sie in einer Umarmung, die von einer Wolke von Parfüm begleitet war. Was für einen Empfang sie auch erwartet hatte, es war mit Sicherheit nicht dieser!

»Hallo, Tante Elizabeth«, murmelte Cathy höflich, als sich die Umarmung schließlich wieder löste, und gab ihrer Tante einen Kuß auf die Wange, die diese ihr zu diesem Zweck entgegenstreckte. »Es ist schön, dich zu sehen.«

»Oh, meine Liebe!« Lady Stanhopes Stimme war

emotionsgeladen. Cathy blinzelte. Ihre Tante war sonst immer reserviert gewesen, eine kalte, majestätische Lady, die sich nur für zwei Dinge interessierte: ihren Sohn Harold, der nach dem Tod seines unglücklichen Vaters den Titel Lord Stanhope geerbt hatte, und ihre Stellung in der Gesellschaft. Vielleicht stand sie ihrem einzigen Bruder doch näher, als Cathy es vermutet hatte. Zumindest war das der einzige Grund, der Cathy einfiel, der eine solche Sinnesänderung verursachen konnte.

»Wie ich sehe, hast du das Kind mitgebracht.« Lady Stanhopes Gesichtsausdruck war irgendwie seltsam, als ihr zum erstenmal Martha aufzufallen schien, die den noch immer schlafenden Cray im Arm hielt. Beim Tonfall ihrer Stimme hob sich Cathys Kinn. Für Lady Stanhope und ihren Sohn würde Cray immer eine Schande darstellen. Allein der Gedanke daran brachte Cathys Blut zum Kochen.

»Natürlich habe ich meinen Sohn mitgebracht! Sollte dir das nicht recht sein, können wir uns gerne ein Zimmer in einem Gasthof nehmen.« Ihre Stimme klang eisig. Lady Stanhope war sichtlich schockiert. Dieses selbstsichere Wesen besaß keinerlei Ähnlichkeit mit dem schüchternen, jungen Mädchen, das bereits einmal unter ihrem Dach gewohnt hatte!

»Nein, nein, davon will ich nichts hören! Du bist hier herzlich willkommen! Außerdem willst du sicherlich in Thomas' Nähe sein!«

Cathy überlegte einen Augenblick und senkte dann den Kopf. Lady Stanhopes leichte Betonung auf dem »du«, als sie sagte, sie seien herzlich willkommen, war ihr nicht entgangen. Aber im Augenblick war das Wohlergehen ihres Vaters wichtiger als ihr Stolz.

»Danke, Tante. Und jetzt möchte ich gerne Vater sehen, wenn es dir nichts ausmacht. Und ich wäre dir dankbar, wenn du Sims bitten könntest, Martha ein Schlafzimmer zu zeigen. Wie du siehst, schläft mein Sohn bereits.«

»Aber ja, meine Liebe, natürlich«, stimmte ihr Lady Stanhope eilig zu. Dann schien sie zu zögern. »Da gibt es etwas Dringendes, was ich mit dir besprechen müßte, Cathy. Vielleicht könnten wir uns erst unterhalten, und du gehst dann zu Thomas. Schließlich gibt es nichts, was du für ihn tun könntest.«

»Ich würde lieber erst meinen Vater sehen, falls du gestattest. Ich bin sicher, es gibt nichts, was nicht noch etwas warten kann.«

»Ja, ja, ich denke, du hast recht«, murmelte Lady Stanhope, ohne große Überzeugung. »Es gibt jedoch etwas, Cathy, was du wissen solltest...«

»Später, Tante, bitte«, erwiderte Cathy mit fester Stimme, wandte sich ab und begann, die Treppe hinaufzusteigen. Martha folgte ihr mit Cray, und Sims, der erst noch einen fragenden Blick zu seiner Herrin geworfen hatte, bildete den Abschluß. Lady Stanhope blickte ihnen stirnrunzelnd nach.

»Miß Cathy! O Miß Cathy, daß Sie gekommen sind!« rief Mason, der Hausdiener ihres Vaters aus, als er die Tür zum Grünen Zimmer auf ihr Klopfen hin öffnete. Der keine Mann strahlte, und seine Augen schimmerten verdächtig feucht, als er das Mädchen begrüßte, das er schon von seiner Wiege an kannte. »Sir Thomas wird überglücklich sein, Miß Cathy.«

»Dachtest du tatsächlich, ich würde nicht kommen, Mason?« fragte sie leise, während er zur Seite trat, um sie ins Zimmer zu lassen.

»Ich hatte keinen Zweifel daran, Miß Cathy. Es war Lord Stanhope, der dachte, Sie würden nicht kommen.«

»Nun, da hat sich Lord Stanhope getäuscht, wie so oft.« Cathys Stimme klang etwas spitz. Sie hatte Harold noch nie besonders leiden können und wußte, daß dieses Gefühl auf Gegenseitigkeit beruhte. »Wie geht es meinem Vater?«

»Nicht sehr gut, Miß Cathy, auch wenn ich es nicht gern sage«, meinte Mason traurig, und seine Stimme verwandelte sich in ein Flüstern, als er ihr hinterherlief und neben dem gewaltigen Bett stehenblieb. »Er hatte sich schon eine geraume Zeit lang nicht besonders gut gefühlt – er hat Sie vermißt, sagte er immer – und kam zu den Pferderennen nach London. Der Anfall kam ganz plötzlich. Hier, in diesem Raum. Seine ganze linke Seite ist gelähmt, Miß Cathy, und er ist selten länger als eine Viertelstunde am Stück wach. Es ist schlimm, einfach furchtbar.«

Cathy nickte nur und verspürte einen Kloß im Hals, der sie nicht sprechen ließ. Als sie auf die gebrechlichen Umrisse, die unter der Decke kaum auszumachen waren und zu ihrem einst gutaussehenden, kräftigen Vater gehörten, hinunterblickte, spürte sie, wie sich ihr Herz verkrampfte. Sein Haar, das früher ebenso golden wie ihr eigenes gewesen war, wies nun graue Stellen auf, und das Gesicht auf dem Kissen war eingefallen und bleich. Er sieht schrecklich alt aus, ging es Cathy durch den Kopf, und zum erstenmal gestand sie sich die Möglichkeit ein, daß er sterben konnte. Während der ganzen Fahrt über den Atlantik hatte sie sich geweigert, überhaupt daran zu denken, hatte sie sich immer wieder eingeredet, daß es nur ihrer liebevollen Pflege bedurfte, um ihn wieder gesund zu machen. Jetzt mußte sie einsehen, daß es schlimmer um ihn stand, als sie gedacht hatte.

»O Papa!« brach es aus ihr heraus. Sie ließ sich neben dem Bett auf die Knie sinken und tastete nach der ausgemergelten Hand ihres Vaters. »Papa, ich bin es, Cathy. Ich bin hier, Papa.«

Die geschlossenen Augenlider öffneten sich einen Augenblick lang, und die leeren, blauen Augen schienen sie zu sehen.

»Cathy.« Ihr Name kam nur als heiseres Flüstern, kaum hörbar. Die Hand, die sie hielt, drückte ihre für einen Moment und wurde wieder schlaff. Seine Augen schlossen sich wieder.

»Papa!« Tränen flossen ihr über die Wangen, und sie küßte seine Hand. Daß ihr Vater sterben sollte, schien ihr nicht faßbar, dennoch fürchtete sie, daß es so war. Die Trauer verwandelte sich in Schmerz, der tief in ihrem Innern wühlte.

»Dr. Bowen sagte, Schlaf sei für ihn die beste Medizin, Miß Cathy.« Mason legte ihr die Hand auf die Schulter. Sie drehte ihren Kopf zu ihm um und sah, daß seine Wangen ebenso feucht waren, wie ihre.

»Ja.« Cathy unterdrückte ihre Tränen und erhob sich mit Masons Hilfe. »Weißt du – weißt du, was den Anfall verursacht hat, Mason?«

Mason sah sie verwundert an. »Lady Stanhope hat noch nicht mit Ihnen gesprochen, Miß Cathy?«

»Sie wollte es, aber ich mußte zuerst meinen Vater sehen. Warum, Mason?«

»Ich weiß gar nicht, wie ich es Ihnen sagen soll, Miß Cathy«, murmelte er unglücklich.

»Wie du mir was sagen sollst, Mason?« Cathys Stimme klang schärfer. Eine unerklärliche Furcht begann an ihr zu nagen. Irgend etwas stimmte nicht, soviel war klar.

»Sir Thomas schrieb gerade einen Brief, als er den Schlaganfall hatte, Miß Cathy«, begann Mason langsam. »Ich – ich glaube, Sie sollten ihn besser lesen.«

Mason lief zu dem Schreibtisch im Zimmer, öffnete eine Schublade und nahm ein Blatt Papier heraus. Er schloß die Schublade wieder und kehrte zu ihr zurück.

Cathy nahm das Blatt wortlos entgegen, sah, daß es an sie, in Woodham, adressiert war und faltete es mit zitternden Fingern auf. Ihr Mund war trocken, als sie zu lesen begann.

»Tochter«, begann der Brief. »Es schmerzt mich, der Überbringer von Nachrichten zu sein, die ich als schlecht bezeichnen muß, aber ich habe gerade ein paar Informationen erhalten, von denen ich dich sofort verständigen muß. Ich hoffe, du kannst das, was geschehen ist, ohne Schaden an deiner Seele zu nehmen und ohne dein Kind oder deinen Gatten zu verletzen, wieder berichtigen.

Cathy, meine Liebe, als ich deine Eheschließung auf der *Lady Chester* durch Captain Winslow arrangierte, ging ich selbstverständlich davon aus, daß er, wie normalerweise alle diese Offiziere, dazu berechtigt war, eine solche Zeremonie auch durchzuführen. Ich bin sicher, daß er das gleiche annahm, daher trifft ihn keine Schuld. Aber die unangenehme Tatsache, die ich jetzt erst erfuhr, ist, daß Captain Winslow bereits vor der Trauungszeremonie durch die Krone von seinem Posten abberufen wurde. Daher war die Trauung nicht rechtmäßig, und deine Ehe mit Jonathan Hale hat in Wirklichkeit nie bestanden.«

In seinem Brief fuhr er fort, Cathy den Rat zu geben, sich baldmöglichst erneut mit Jon zu vermählen, um Crays Geburt zu legitimieren. Cathy war von dem, was sie eben gelesen hatte, so schockiert, daß sie es kaum aufnahm. Schließlich wurde aus dem letzten Wort nur noch ein Gekritzel, und Cathy wurde bewußt, daß ihr Vater an dieser Stelle den Schlaganfall erlitten haben mußte.

»Jon und ich sind nicht verheiratet! Cray ist – Gott möge mir verzeihen – ein Bastard!« Immer wieder gingen ihr diese schockierenden Worte durch den

Kopf. Als sie schließlich von dem Blatt aufsah und Mason erblickte, waren ihre Augen verschleiert.

»Mason...« Ihre Stimme klang erstickt. »Mason, weißt du, was hier steht?«

»Ja, Miß Cathy«, antwortete er mitfühlend, als er Cathys verzweifelten Blick sah. »Wir fanden den Brief, nachdem Sir Thomas den Schlaganfall hatte. Es muß für ihn ein ebenso großer Schock gewesen sein, wie für Sie.«

»Ja, natürlich.« Ganz allmählich wurde ihr bewußt, was diese Neuigkeiten eigentlich bedeuteten und wurde bleich. Sollte das jemals öffentlich bekannt werden, würde man sie als gefallenes Mädchen betrachten, das in den Häusern ihrer Freunde und Bekannten nicht mehr willkommen war. Die Gesellschaft kannte kein Vergeben für Frauen, die ›vom Weg abgekommen waren‹, wie sie es ausdrückten. Und Cray wäre nicht länger der legitime Sohn seines Vaters, nicht sein rechtmäßiger Erbe, sondern ein Bastard! Cathy wurde plötzlich übel.

»Fehlt Ihnen etwas, Miß Cathy?« fragte Mason besorgt, als sie schwankte.

»Mason, hole bitte Martha. Ich glaube, mir ist nicht gut«, brachte Cathy mit gezwungener Stimme heraus. Dann, als Mason losging, um ihrer Bitte nachzukommen, weigerten sich ihre zitternden Knie, sie noch länger zu halten, und sie sank zu Boden.

Die nächsten paar Tage vergingen, ohne daß Cathy es richtig wahrnahm. Das Gefühl riet ihr, Jon zu schreiben, um ihm mitzuteilen, was geschehen war. Nur die Angst, daß ihn dieser Brief sofort nach England reisen lassen würde, hielt sie davon ab. Sie mußte nach Hause, um alles wieder ins Lot zu bringen, aber sie konnte doch nicht einfach ihren Vater verlassen, dessen Krankheitszustand sich, entgegen der Erwartungen des Arztes, leicht zu verbessern schien. Martha war ebenso durcheinander wie sie, und sie besprachen das Problem immer und immer wieder. Sie waren sich darüber einig, daß Jon, sobald ihm die Neuigkeiten bekannt waren, sie sofort erneut ehelichen und sich daran machen würde, Cray zu legitimieren. Diesbezüglich hatte Cathy keine Zweifel. Aber sie fühlte sich nicht wohl, bevor sie nicht Jons Frau vor dem Gesetz war. Sie war hin- und hergerissen zwischen ihrer Angst um ihren Vater und dem überwältigenden Drang, zu Jon zurück zu fliehen.

Zu Cathys Verwunderung war ihre Tante Elizabeth unerwartet freundlich zu ihr. Weder bezeichnete sie Cathy als Dirne, noch Cray mit noch etwas Schlimmerem. Vielleicht hatte die Krankheit ihres Bruders sie doch weich gemacht. Vor zwei Jahren wäre sie jedenfalls nicht so verständnisvoll gewesen. Cathy wußte, daß ihre Tante keine besondere Zuneigung zu ihr empfand und konnte sich daher die Toleranz der Frau nicht erklären. Dann, nach einigen Tagen, begann Lady Stanhope Andeutungen zu machen, was ihr im Kopf herumschwebte.

»Wie ich schon immer sagte, meistens wendet sich alles zum Besten«, sagte ihre Tante mit einem Seufzer, als Cathy eines trüben Nachmittags ihren Tee mit ihr einnahm.

Ob dieser Bemerkung sah Cathy sie fragend an. Lady Stanhope ging daraufhin noch einen Schritt weiter.

»Ich vermute, du hattest keine Ahnung davon, mein liebes Mädchen, aber dein Vater und ich hatten immer diesen Traum. Nachdem Harold geboren war, und dann du, hatten wir einen Wunschtraum, daß ihr beide vielleicht eines Tages heiraten würdet. Es war einmal

Thomas' inbrünstigster Wunsch, und meiner ebenfalls.«

»Wie du schon sagtest, Tante, ein Wunschtraum«, erwiderte Cathy, plötzlich ganz aufmerksam. Wie kam sie jetzt auf dieses Thema zu sprechen? Hätte Sir Thomas tatsächlich jemals einen solchen Gedanken gehabt, mußte das schon Jahre zurückliegen. Und sie konnte sich nicht vorstellen, daß es auf ihn zutraf. Im großen und ganzen hatte er nie etwas davon gehalten, daß Cousins und Cousinen einander heirateten.

»Ganz so abwegig ist der Gedanke nun auch wieder nicht.« Lady Stanhope klang leicht verärgert. »Schließlich könnte man euch beide als ideales Paar ansehen. Er hat für dich genau das richtige Alter – er ist sieben Jahre älter als du –, und ich habe es schon immer befürwortet, daß der Mann um einiges älter ist als die Frau, um sie richtig führen zu können. Ihr kommt beide aus dem gleichen sozialen Umfeld, seid beide attraktive, liebenswerte Menschen...«

Hier wurde sie von Cathy unterbrochen, die über die Blindheit mütterlicher Liebe nur staunen konnte. Denn nur seine Mutter konnte den wohlgenährten Harold mit seinem häßlichen Gesicht als attraktiv oder liebenswert bezeichnen.

»Was soll diese unsinnige Diskussion, Tante? Schließlich müssen alle Hoffnungen, die Vater und du gehegt haben könnten, durch meine Heirat mit Jon zunichte gemacht worden sein, wenn nicht schon früher.«

»Aber darum geht es ja gerade, Cathy!« Lady Stanhope warf jede Vorsicht über Bord und erwiderte: »Du hast diesen Mann ja gar nicht tatsächlich geheiratet! Eure Heirat ist ungültig! Jetzt kannst du diesen schrecklichen Fehler vergessen, zu dem du mehr oder weniger gezwungen warst! Harold und ich haben es durchgesprochen, und wir sind uns einig: Das war Gottes Werk! Er gibt dir eine zweite Chance, Cathy!«

Cathy schwankte zwischen Ärger und Belustigung. »Aber ich will keine zweite Chance, Tante. Sobald ich nach Südkarolina zurückgekehrt bin, werde ich Jon sofort erneut heiraten. Ich dachte, das hättest du begriffen.«

Lady Stanhope wußte nur zu gut, wann sie nachgeben mußte, um das zu bekommen, was sie wollte. »Es ist die reinste Verschwendung«, sagte sie nur, und zu Cathys Erleichterung schien das Thema damit erledigt zu sein.

Erst viel später, als Cathy an der Seite ihres Vaters Nachtwache hielt, fiel ihr das Gespräch erneut ein. Je mehr sie darüber nachdachte, um so klarer wurde ihr das Verhalten der Stanhopes. Sie tolerierten ihre gegenwärtige Lage, weil sie hofften, sie überzeugen zu können, Harold zu heiraten! Aber warum? Sie und Harold hatten sich vom ersten Tag an nicht leiden können, und obschon Cathy gelegentlich Verlangen in seinem Blick hatte erkennen können, so war doch ein physisches Verlangen nach ihrem Körper kein ausreichender Grund, sie zu heiraten. Es ergab einfach keinen Sinn. Schließlich entschloß sie sich, am nächsten Tag Dr. Bowen zu fragen, wann sie in die Staaten zurückkehren und ihren Vater mitnehmen konnte.

Währenddessen hielt Harold selbst ihr Mißtrauen aufrecht. Er war so höflich, überschlug sich fast, um ihr entgegenzukommen, brachte ihr die neuesten Romane zu lesen und kaufte sogar Spielsachen für Cray, um sich anzubiedern. Cathy akzeptierte all das mit einer kühlen Gleichgültigkeit.

Als Dr. Bowen sich widerstrebend einverstanden erklärte, daß Sir Thomas in die Staaten reisen konnte, um sich zu erholen, jubelte Cathy innerlich. Sie konnte es kaum erwarten, wieder nach Hause zu kommen, in Jons Armen zu liegen und diesen Alptraum hinter sich zu lassen. Cray vermißte seinen Vater und Cathy ihren Gatten – oder, wie es sich ergeben hatte, ihren zukünftigen Gatten. Fast schwindelig vor Erleichterung mußte Cathy kichern. Vielleicht konnten sie nach dieser Heirat endlich eine richtige Hochzeitsreise machen.

Martha war voll und ganz auf Cathys Seite, was ihren Wunsch anbelangte, so schnell wie möglich nach South Carolina zurückzukehren. Im Gegensatz zu Cathy, die von den Sorgen um ihren Vater und ihre ungültige Ehe fast aufgezehrt wurde, hatte Martha sehr viel wahrgenommen, was ihr gar nicht gefiel. Zum einen beobachtete Lord Harold Cathy mit so lüsternen Blicken, wenn sie es nicht sah, daß Martha fassungslos war. Außerdem war Lady Stanhope, von der Martha wußte, daß sie gewissenlos, eigennützig und eingebildet war, gegenüber Cathy so freundlich, daß es schon fast beängstigend war. Drittens gingen Gerüchte um, daß die Stanhopes kurz vor dem finanziellen Ruin standen. All das zusammen genommen, konnte nur Ärger bedeuten. Je eher Miß Cathy von hier wegkommen würde, um so besser.

Mason, ihr alter Verbündeter, dem Martha ihre Sorgen mitteilte, pflichtete ihr von ganzem Herzen bei. Zusammen beschlossen sie, Cathy so unauffällig wie möglich im Auge zu behalten. Martha sah keinen Sinn darin, Cathy noch weiter zu beunruhigen, aber wann immer Lord Harold im Hause war, sorgten sie dafür, daß sich immer einer von ihnen in Miß Cathys Nähe befand.

In der Zwischenzeit buchte Cathy Plätze für sich, ihren Vater, Martha, Mason und Cray auf einem Schiff, das fast genau fünf Wochen nach ihrer Ankunft London verlassen sollte. Danach fühlte sie sich besser und war sogar in der Lage, an einer Gesellschaft an diesem Abend teilzunehmen, die von Lady Stanhope gegeben wurde. Nachdem sie nur noch eine knappe Woche in London war, wäre es eine Schande, wenn sie sich nicht noch ein wenig amüsierte, argumentierte Lady Stanhope.

Den Rest des Nachmittags verbrachte sie mit ihrem Vater, der inzwischen immer längere Phasen des Bewußtseins hatte. Er war zwar noch immer unbeschreiblich schwach und rechtsseitig vollständig gelähmt, aber er erkannte Cathy und erfreute sich offensichtlich an ihrer Gesellschaft. Ein Besuch von Cray, einmal am Tag, war für ihn immer der Höhepunkt, aber Cathy hielt diese Besuche immer möglichst kurz. Sir Thomas war noch immer nicht über den Berg, und laut Dr. Bowen konnte die geringste Aufregung einen weiteren Schlaganfall hervorrufen. Daher schnitt Cathy auch nie das Thema Jon und ihre ungültige Ehe an. Offensichtlich hatte der Schlaganfall all seine Erinnerung daran ausgelöscht, und Cathy beließ es dabei.

Als Mason das Tablett mit seinem Essen brachte und Cathy sich zum Gehen wandte und erklärte, sie würde an diesem Abend in Gesellschaft speisen, war Sir Thomas hocherfreut. Mit schleppender Stimme sagte er, daß es ihr guttun würde, einmal jemand anderen außer ihm selbst zu sehen, mit dem sie fast den ganzen Tag verbrachte.

»Du siehst selbst schon krank aus, Tochter. Du bist jung und solltest dich amüsieren. Nicht nach einem alten, kranken Mann sehen...«

»O Papa, ich pflege dich doch gerne«, schimpfte Cathy liebevoll. »Außerdem bist du alles andere als ein alter, kranker Mann. Sobald du wieder gesund bist, werden alle Damen Charlestons vor deiner Türe

Schlange stehen. Wir werden dich bitten müssen, zu gehen, damit wir wieder Ruhe finden.«

Sir Thomas lachte. Es war das erste Mal seit seinem Anfall, daß er lachte, und Cathy wurde von einem Hoffnungsstrahl erfaßt. Vielleicht würde er sich mit der Zeit doch wieder vollständig erholen. Schließlich konnten sich auch Ärzte irren. Schon jetzt ging es ihm viel besser, als zum Zeitpunkt ihrer Ankunft.

Cathy beugte sich zu ihm hinab und küßte ihn auf die Wange. Ihr Schritt war erleichtert, als sie die Halle zu ihrem Zimmer durchquerte, und sie lächelte fröhlich, als sie Martha und Cray begrüßte, die bei ihrem Eintreten aufblickten.

»Hilf mir, mich anzuziehen, Martha«, sagte sie fröhlich und nahm ihren Sohn auf den Arm.

»Mama!« protestierte er mit seiner Piepsstimme als sie ihn kitzelte, und als sie sich dann zusammen auf dem Bett wälzten, mußten sie beide lachen.

»Sie sind ja so glücklich«, meinte Martha lächelnd, die Arme verschränkt, während sie den beiden Menschen, die sie über alles auf der Welt liebte, zusah.

»Warum auch nicht?« gab Cathy grinsend zurück. »In weniger als einer Woche sind wir auf dem Weg nach Hause! Jedesmal, wenn ich nur daran denke, fühle ich herrlich!«

»Ich mich auch«, sagte Martha nachdenklich. Cathy sah sie neugierig an. Aber bevor sie Martha eine Frage stellen konnte, wurde sie von Cray wieder abgelenkt.

»Cray will nach Hause!« erklärte er, und sein kleines Kinn bebte bedrohlich. »Cray will zu Daddy! Daddy, Daddy!«

»Wir werden beide Daddy bald wiedersehen, mein Schatz«, versprach sie ihm und sah sich eilig nach etwas um, womit sie ihn ablenken konnte. Sie entdeckte eine hübsche Kristallflasche in Form eines Vogels, mit Duftwasser. »Hier, Liebling, spiel hiermit, bis Mama sich angezogen hat. Dann erzähle ich dir noch eine Geschichte, bevor du zu Bett gehst.«

»Schön«, sagte Cray nachdenklich, nahm die Flasche entgegen und steckte den Flaschenhals in den Mund. Cathy sah ihn einen Moment lang an und überlegte sich, ob sie ihm die Flasche lieber wieder abnehmen sollte. Wenn das Kristallglas zerbrach...

»Es passiert schon nichts, sagte Martha beschwichtigend. Aber Cathy blickte weiterhin zweifelnd über ihre Schultern, während Martha ihr das Haar zurecht machte.

Die Auswahl eines Kleides fiel leicht, denn sie hatte nur ein einziges Kleid eingepackt, das für den Abend paßte. Es war ein cremefarbenes Kleid, mit seidenem Unterrock und mit Metern irischer Spitze besetzt. Es besaß lange Ärmel, wurde um die Hüfte mit elfenbeinfarbenen Bändern gebunden und war insgesamt weitaus gesetzter als alle anderen Kleider, die sie in letzter Zeit getragen hatte. Martha ließ es sich nicht nehmen, ihrer Zustimmung Ausdruck zu verleihen.

»Zumindest bedeckt es Ihren Busen«, meinte sie spitz, und Cathy legte ihre Nase in Falten.

Sie trug ihr Haar offen, in dichten Locken, und der einzige Schmuck, den sie trug, waren ihr Ehe- und ihr Verlobungsring, sowie ein wunderschönes Diamanthalsband, das Jon ihr zu ihrem letzten Geburtstag geschenkt hatte.

Bevor Cathy Cray die versprochene Geschichte erzählt hatte und nach unten gegangen war, schienen die anderen Gäste bereits angekommen zu sein. Cathy konnte sie im großen Empfangsraum im hinteren Teil des Hauses lachen und sprechen hören.

»Cathy! Da bist du ja, meine Liebe!« Die überschwengliche Stimme gehörte Lady Stanhope, die ihre

Nichte förmlich hereinzog, als diese an der Türe zögerte. Sofort waren alle Augen im Raum auf Cathy gerichtet. Cathy lächelte die Anwesenden an, denn sie wußte, sie war das Objekt einiger Spekulationen: das schwarze Schaf der Aldley-Familie; eine lebendige, gefallene Frau. Cathy konnte ihnen die Gedanken förmlich vom Gesicht ablesen. Am liebsten hätte sie künstlich geschielt und ihnen die Zunge herausgestreckt.

»Cathy, ich glaube, du kennst bereits die Gräfin von Firth?« Lady Stanhope hatte sie zu einer schier uralten Frau, in einem Kleid in schrillen Farben, geführt. Cathy nickte höflich, obwohl sie keine Ahnung hatte, wo sie die Gräfin schon einmal getroffen haben sollte, wenn überhaupt. Die Gräfin erwiderte ihr Nicken mit einer eisigen Bewegung ihres mit Federn geschmückten Kopfes.

»Lady Catherine«, brachte sie tonlos heraus. Cathy lächelte sie kühl an, fest entschlossen, jeden in Grund und Boden zu starren, der sie mit Verachtung strafen wollte. Lady Stanhope beeilte sich, ihre Nichte im Raum herumzuführen.

Es waren so viele Menschen im Raum, daß Cathy es schon nach kurzer Zeit aufgab, sich all die Namen zu merken. Schon bald überließ Lady Stanhope sie sich selbst. Cathy hielt sich an die Regeln der Etikette, unterhielt sich ein wenig mit jedem über belanglose Themen, lachte über langweilige Witze und gab sich alle Mühe. Schon bald plagten sie jedoch starke Kopfschmerzen; es war schrecklich heiß im Raum, kein einziges Fenster wurde geöffnet. In den Kronleuchtern brannten die Kerzen, und der Geruch des schmelzenden Unschlitts, kombiniert mit dem Geruch des Essens und den Ausdünstungen der Körper war erdrückend. Cathy spürte, wie sich ihr Magen umdrehte, und sie wußte, daß sie schnellstens einen Ort finden mußte, wo sie sich einen Moment ausruhen konnte.

Mit einem Lächeln drängte sie sich durch die Menge, nickte, wenn Leute sie ansprachen oder ihr zuwinkten. Sie mußte schleunigst hier heraus! Schließlich fand sie, wonach sie gesucht hatte: einen roten Samtvorhang, der die Tür zu einem kleinen Nebenzimmer verbarg. Cathy betrat das Zimmer, überquerte den Marmorboden und ließ sich auf einem kleinen, harten Sofa nieder. Die zerkratzte Oberfläche fühlte sich wie Seide auf ihrer Haut an. Cathy lächelte, lehnte sich zurück und schloß die Augen. Ich bin doch müder, als ich dachte, ging es ihr durch den Kopf. Wenn sich das hier schon anfühlt wie mein Federbett! Nach kurzer Zeit legte sie auch ihre Füße auf das Sofa und ließ ihre Gedanken wandern.

So wurde sie von Harold gefunden. Er kam leise hinter dem Vorhang hervor und blieb einen Augenblick wie angewurzelt stehen. Sie war so wunderschön, mit ihrer weißen Haut und ihrem goldenen Haar, ihr schlanker, wohlgeformter Körper wurde durch das Kleid noch betont, so daß er einen Augenblick lang vergaß, daß sie die Hure eines Piraten gewesen war und einen Bastard als Sohn hatte. Sein Mund verzerrte sich verächtlich, während in seinen Augen die Lust schimmerte. Seine Mutter mußte wahnsinnig sein, ihm vorzuschlagen, diese Frau zu heiraten! Zwar gelüstete ihn nach ihrem Körper, aber er hatte nicht vor, sie zu heiraten, um ihn zu besitzen. Schließlich war sie nun schon fast zwei Monate von ihrem sogenannten Ehemann getrennt. Ihr Fleisch mußte sich förmlich nach einem Mann sehnen... Aber da war auch das Geld. Ihr Vater war ein reicher Mann und sie sein einziges Kind. Es war anzunehmen, daß er ihr alles vermachen würde. In der Zwischenzeit lag all das

Geld in einem Treuhandfonds und wartete nur darauf, ausgegeben zu werden. Und Harold brauchte dringend Geld. Er hatte sein ganzes Vermögen verspielt, und seine Gläubiger bedrängten ihn von allen Seiten. Wenn er nicht bald zu Geld kam, um sie auszuzahlen, war er ruiniert. Vielleicht sollte er sie doch heiraten. Sie war zumindest hübsch, und es floß edles Blut durch ihre Adern, wenn auch einiges nicht so ganz war, wie er es wollte. Er konnte sie heiraten und in ein bescheidenes, gehorsames Weib formen, das damit zufrieden sein würde, auf seinem kleinen Landsitz zu bleiben, während er sich die Zeit in der Stadt vertrieb. Wahrscheinlich würde sie ihm dafür, daß er ihr zu ihrer rechtmäßigen Position in der Gesellschaft verhalf, so dankbar sein, daß sie tat, was immer er sagte. Ja, vielleicht würde er sie doch heiraten...

Cathy bewegte sich und ihre Brüste hoben sich, als sie tief einatmete. Harold starrte sie mit offenen Augen an, als sich die erregenden Rundungen gegen den Stoff ihres Kleides preßten. Alle Gedanken an Geld und Heirat waren urplötzlich wie weggewischt. Er verspürte nur noch die Erregung, die sie in ihm weckte. Automatisch strich er sich über das bereits schütter werdende Haar, das ihm sein Diener nach der letzten Mode mit Öl an die Kopfhaut geklebt hatte. Dann zog er seine zu eng geratene Weste etwas nach unten, ging durch das Zimmer und blieb vor dem Sofa stehen.

Wunderschöne Träume jagten sich in Cathys Kopf, Träume von Sommertagen und ihr selbst, wie sie mit Jon lachte. Sie träumte, sie sei wieder in Woodham, läge im weichen Gras des Rasens hinter dem Haus, durch einen großen Apfelbaum vor Blicken vom Haus geschützt. Jon setzte sich neben sie, lächelte sie liebevoll an, und seine grauen Augen schienen sie anzulachen, als er begann, sie ganz zärtlich zu liebkosen.

Seine Hände berührten ihre Brüste, streichelten ihre Brustwarzen, daß Wellen der Erregung durch ihren Körper strömten, ehe sie weiter über ihre Hüften und Oberschenkel strichen.

Tief in ihren Träumen lächelte Cathy. Jon lächelte ebenfalls, und sein dunkles Gesicht kam immer näher. Mehr als alles auf der Welt wünschte sie sich, daß er sie jetzt küßte... Sie verzehrte sich nach dem Gefühl von seinen Lippen auf den ihren. Mit einem Stöhnen schlang sie ihre Arme um seinen Hals und zog seinen Kopf zu sich herunter. Als sein Mund ihren berührte, stöhnte sie erneut heiser und erwiderte begierig seinen Kuß.

Aber irgend etwas stimmte nicht. Der Mund, der sich auf ihren gelegt hatte, war weich und naß und roch nach Wein und Zwiebeln. Die Hände, die so rauh über ihren Körper strichen, waren feucht. Noch nie hatte Jon sie so geküßt, so unbeholfen. Er preßte ihre Lippen gegen ihre Zähne, und seine Zunge drang so tief in ihren Mund ein, daß sie glaubte, ersticken zu müssen. Angewidert kämpfte sich Cathy aus ihrem Traum frei, um zu entdecken, daß sie noch immer geküßt wurde. Sie riß die Augen auf.

Zu ihrem Entsetzen erblickte sie Harolds rundes, verschwitztes Gesicht. Seine Augen waren geschlossen und er atmete lautstark durch seine gewaltige Nase. Seine Hände betatschten schmerzhaft ihren Busen, was Cathy endgültig in die Realität zurückrief. Mein Gott, was dachte er sich eigentlich, was er da tat?

Noch bevor sie ihm eine Ohrfeige verpassen konnte, was sie vorhatte, war aus der Nähe des Vorhangs ein Geräusch zu hören. Automatisch blickte sie dorthin, und was sie dort sah, ließ ihr das Herz bis zum Hals schlagen.

»Was zum...!« Dieser wütende Ausruf schmerzte in

Cathys Ohren. Wütend drückte sie gegen Harolds Schultern und versuchte verzweifelt, ihren Mund von seinem loszureißen, um ihm zu erklären. Aber dazu war keine Zeit. Harold flog plötzlich von ihr fort, als hätte ihn ein Riese gepackt. Sofort wurde Harold bleich, als er erriet, wer ihn da am Kragen gepackt hatte und schüttelte, wie ein Hund seine Beute.

»Jon!« rief Cathy aus, um ihn zu bremsen, bevor er sich völlig vergaß. Die Worte hätte sie sich sparen können. Er sah sie nicht einmal an. Seine ganze Wut war gegen diesen kleinen, zitternden Mann gerichtet, den er festhielt. Cathy sah hilflos zu, wie sich Jons gewaltige Faust in Harolds schwammigen Bauch bohrte.

»Uhh!« grunzte Harold und klappte förmlich in sich zusammen. Jon holte aus, um ihm einen zweiten Schlag zu verpassen.

»Jon, nicht!« kreischte Cathy und sprang vom Sofa auf, um seinen Arm festzuhalten. »Hör auf!«

Jon sah Cathy mit brennenden Augen an. Der Blick ließ sie zurückschrecken. Er war wütender, als sie ihn je in den letzten Jahren gesehen hatte, wütend genug, um zu töten. Sie war fast erleichtert, als er seine Aufmerksamkeit wieder Harold zuwandte.

»Ich werde dich lehren, was es heißt, meine Frau anzulangen, du Bastard«, sagte er mit bebender Stimme und richtete Harold auf, um einen weiteren Schlag in seinem schwabbeligen Bauch zu landen.

»Sie ist ja gar nicht Ihre Frau!« brachte Harold heraus, kurz bevor Jon zuschlug, dann stöhnte er nur noch.

Jon schlug noch mehrere Male zu, harte, gezielte Schläge, die Harold in ein hilfloses, schluchzendes Etwas verwandelten. Schließlich ließ er Harold mit einem verächtlichen Lachen los, und der kleinere

Mann sackte in sich zusammen. Dann wandte er sich um und sah Cathy an. Sein Blick war bedrohlich, aber sie wich ihm nicht aus.

»Was, zum, Teufel, hat er damit gemeint, du seist nicht meine Frau?« fragte er, schwer atmend. Cathy schluckte. So hatte sie es ihm nicht beibringen wollen. Aber es blieb ihr wohl nichts anderes übrig, und sie traf schließlich keine Schuld. Sie konnte nur hoffen, er würde sie nach dem, was heute vorgefallen war, nicht einfach fallen lassen.

»Es stimmt – wir sind nicht verheiratet«, begann sie nervös. Seine Augen weiteten sich ungläubig.

»Von wegen«, stieß er aus. Dann wurde sein Gesichtsausdruck noch düsterer und er packte ihre Arme so fest, daß es schmerzte. »Hast du es deshalb zugelassen, daß er mit dir schläft? Hast du gehofft, du könntest dir diesmal einen Lord schnappen, Cathy? Was hast du getan? Hast du die Ehe annullieren lassen? Wenn du das getan hast, bist du eine verlogene, kleine Hure! Die Ehe wurde schon öfter vollzogen, als ich zählen kann.«

»Natürlich habe ich unsere Ehe nicht annullieren lassen«, erwiderte Cathy gereizt. Ihre Augen funkelten, ob seiner ungerechten Anschuldigung. »Wenn du mir nur einmal zuhören würdest...«

»Ich höre«, grollte Jon, aber noch bevor Cathy mit ihrer Erklärung beginnen konnte, fing Harold an, wie ein Irrer zu kreischen. Beide drehten sich überrascht zu ihm um. Seine Anwesenheit hatten sie vollkommen vergessen.

»Hilfe, um Gottes Willen, helft mir! Er hat mich verletzt! Mein Gott, er hat mich verletzt!« Harold schrie, so laut er konnte. Fast augenblicklich tauchten hinter dem Vorhang neugierige Gesichter auf.

»Hilfe, Hilfe! Ich bin verletzt!« Der Raum füllte sich

mit Menschen, die diesen neuerlichen Skandal miterleben wollten. Mit ein paar Schritten war Jon bei Harold und packte ihn erneut am Kragen. Sein Vorhaben, ihn, egal wie, zum Verstummen zu bringen, war offensichtlich. Harold kreischte erneut auf.

»Um Gottes Willen, so helft mir doch! Holt doch einen Wachmann! Der Mann ist ein entflohener Sträfling, der bereits zum Tod am Galgen verurteilt wurde und wegen Freibeuterei und Mord gesucht wird!«

3

Das Gefängnis von Newgate war noch ebenso grauenhaft, wie Jon es in Erinnerung behalten hatte. Die Feuchtigkeit lief in dicken Tropfen die grauen Steinmauern herab, die an manchen Stellen bereits von grünem Schimmel überzogen waren. Der Geruch der Feuchtigkeit und der Gestank menschlicher Exkremente bildeten eine Mischung, die man nicht beschreiben konnte. Vielleicht war es ganz gut, daß er während der letzten drei Tage nichts als ein vergammeltes Stück Brot zu essen bekommen hatte, dachte Jon, als er auf dem rauhen Steinboden saß, die Arme um die angezogenen Beine geschlungen, um sich etwas zu wärmen. Mit vollem Magen hätte er hier für nichts garantieren können.

Das einzige, was er noch am Leibe trug, war seine inzwischen zerrissene und verdreckte Hose. Alle anderen Kleidungsstücke hatte man konfisziert, während er noch von den Schlägen bewußtlos war, die er hatte einstecken müssen, während er versucht hatte, sich seinen Weg freizukämpfen. Seine nackten Arme, seine Brust, ja sogar seine Füße waren mit einer Gänsehaut überzogen. Gott, war es kalt hier! Beim Bau dieses Gefängnisses hatte der Baumeister wohl auch den Gedanken der Ersparnis berücksichtigt. Vermutlich war er davon ausgegangen, daß eine Lungenentzündung die Krone die Kosten für so manchen Henker ersparen würde.

Einer der wenigen Vorteile, eines zum Tode Verurteilten, dachte Jon zynisch, war, daß er die kleine Zelle für sich allein hatte. Sie war nicht mehr als ein feuchtes

Loch, fünf Fuß breit und acht Fuß lang, tief unten in den Mauern des Kerkers. Es war stockfinster, und nur die Laterne eines vorbeilaufenden Wachposten warf ab und zu einen Lichtschimmer herein. Nachdem sein Todesurteil schon bald vollstreckt werden sollte und er bereits einmal entkommen war, isolierte man ihn vollkommen. Man wollte ihm keine Gelegenheit geben, noch einmal zu entfliehen.

Es gab keine Möbel, nichts, was man vielleicht als Bett bezeichnen konnte, und nicht einmal eine Nachtschüssel, wie die Redewendung lautete. Letzteres stimmte sogar. Er war dazu gezwungen, eine Ecke seiner Zelle als Abort zu benutzen. Das war nur eines der entwürdigenden Dinge, an denen sich die Wachen grinsend ergötzten. Er zog es vor, diese Ecke aus seinen Gedanken zu verdrängen. Sie erinnerte ihn zu sehr an die halb wahnsinnige, ausgehungerte und vor Dreck starrende Kreatur, in die ihn dieser Ort bereits einmal verwandelt hatte. Naja, dachte er mit einem weiteren Versuch, den Humor nicht zu verlieren, diesmal würde er dazu nicht lange genug hier sein.

Gott, war er hungrig! Das Wasser lief ihm im Mund zusammen, als er Bilder der herrlichsten Speisen vor seinem geistigen Auge vorüberziehen ließ... Plötzlich ließ er den Kopf auf die Knie sinken, und ihm wurde übel. Sein leerer Magen begann zu knurren. Unter Aufbietung aller Kraft, versuchte er, von den gefährlichen Gedanken an Essen wegzukommen.

Cathy; ihr wunderschönes Gesicht mit den riesigen, saphirblauen Augen und ihren bebenden, rosigen Lippen, ersetzte den Schinken in seinen Gedanken. Aber dieses Bild schmerzte ihn noch mehr. Seit jener Nacht, als ihn ein halbes Dutzend kräftiger Konstabler aus dem Haus ihrer Tante geschleppt hatten, hatte er kein Wort mehr von ihr gehört. Vor dem Gesetz war sie nicht seine Frau – Cathys schmieriger, kleiner Cousin hatte sichergestellt, daß er das wußte. Aber was war mit der Liebe, die sie für ihn empfand, wie sie immer behauptet hatte? Was war mit ihrem Sohn, ihrem Heim, ihren Zukunftsplänen? So sehr ihn der Gedanke auch schmerzte, Jon begann langsam zu glauben, daß es stimmte. Sie hatte ihn nicht besucht, ihm nicht geschrieben, ihm nicht einmal eine Nachricht durch eine Wache zukommen lassen. Es war, als zöge sie es vor, jetzt, da die Ketten der Ehe sie nicht mehr an ihn banden, seine Existenz zu vergessen. In weniger als einer Woche würde er tot sein, es sei denn, es ergab sich noch die unwahrscheinliche Möglichkeit einer Flucht. Der Gedanke, daß Cathy nicht einmal kam, um ihn ein letztes Mal zu sehen, quälte ihn.

Er hatte es versucht. Gott war sein Zeuge, er hatte es versucht! Er hatte sein Bestes gegeben, um ihr all das zu bieten, woran sie gewohnt war, aber er wußte, daß das Leben an der Seite eines kleinen, nicht sonderlich wohlhabenden Baumwollpflanzers nicht mit dem zu vergleichen war, was sie hätte haben können, wenn er nicht ihr Leben durcheinander gebracht hätte. Hätte er sie nicht entführt und zu seiner Geliebten gemacht, hätte sie jeden heiraten können. Sie wäre reich und umgarnt und hätte Zutritt zu den höchsten Kreisen der Gesellschaft. Seit ihrer Heirat hatte ihn die Furcht, sie könnte es eines Tages bereuen und ihn verlassen, nicht mehr losgelassen. Diese Furcht, und das Wissen, daß sie sich wieder inmitten jener glitzernden Welt befand, die ihr einmal soviel wert gewesen war, hatten seine Vernunft besiegt und ihn Hals über Kopf nach England reisen lassen. Jon lächelte bitter. Die Gefahr, zu hängen war ihm unbedeutend erschienen, verglichen mit der Gefahr, Cathys Liebe zu verlieren. Und nun befand er sich hier, in diesem Gefängnis, hatte seine Frau bereits verloren und würde sein Leben in Kürze ebenfalls verlieren. Was war er nur für ein Narr gewesen!

Trotzdem klammerte er sich noch immer an einen Hoffnungsstrahl. Vielleicht hielt sie etwas davon ab, zu ihm zu kommen – vielleicht ging es ihrem Vater schlechter, so daß sie ihn nicht verlassen konnte. Jon wußte, wie weit hergeholt dieser Gedanke war, aber es war das einzige, was ihn aufrecht hielt. Aber nach und nach meldete sich wieder der Zynismus in ihm. Frauen waren Kreaturen mit zwei Gesichtern, deren einziges Interesse an einem Mann darin lag, von ihm mit Glitzerkram beschenkt zu werden. Er war selbst schuld, daß er es einem hübschen Gesicht und den weichen Kurven ihres Fleisches gestattet hatte, sein Urteilsvermögen zu trüben.

Cathy, wie er sie zuletzt gesehen hatte, in den Armen eines anderen Mannes – eines wohlhabenden Lords, auch wenn er fett war und bereits schütteres Haar besaß – verfolgte ihn Tag und Nacht. Der Gedanke daran ließ seine Hände feucht werden und ihn mit den Zähnen knirschen. Sie gehört mir! Er hätte am liebsten geweint und verachtete sich selbst dafür. Trotzdem saß er zusammengekauert auf dem kalten Steinboden, starrte stundenlang die eiserne Zellentür an und hoffte, entgegen jeder Vernunft, die Frau wiederzusehen, die nicht kam.

Cathy war inzwischen völlig verzweifelt. Sie hatte die letzten paar Tage damit zugebracht, von einem Richter zum anderen, von einem Magistrat zum nächsten zu laufen, hatte ihre Familienverbindungen schamlos ausgenutzt, hatte es mit Schmeicheln, Versprechen und schließlich sogar Betteln versucht, Jons Urteil gemildert zu bekommen. Ihre Bitten fielen auf taube Ohren. Die Richter betrachteten Jon einstimmig als

Piraten und Mörder, der den Strick verdient hatte. Es täte ihnen zwar um sie und ihren Sohn leid, sagten sie, aber es gebe nichts, was sie tun könnten. Jons Hinrichtung sollte in sieben Tagen stattfinden, und nichts konnte sie verhindern.

Ihr Vater, der sich zwar zunehmends erholte, war noch immer viel zu schwach, um ihr zu helfen. Cathy hatte außerdem viel zu viel Angst, der Schock von Jons Verhaftung und seiner bevorstehenden Hinrichtung könnte den alten Mann umbringen. Martha und Mason waren entsetzt und mitfühlend, aber Entsetzen und Mitgefühl halfen ihr auch nicht weiter. Was sie brauchte, um Jons Leben zu retten, war ein kleines Wunder.

Sechs Tage vor der Hinrichtung ging Cathy, wie jeden Tag, zum Gefängnis, um erneut abgewiesen zu werden. Der Gefangene war bereits einmal entkommen, sagte man ihr, und man würde kein Risiko eingehen, es noch einmal soweit kommen zu lassen. Er durfte keine Besucher empfangen; selbst die Hinrichtung würde innerhalb der Mauern des Gefängnisses stattfinden, an einem Galgen, der speziell hierfür gebaut wurde.

In Tränen aufgelöst kehrte Cathy zum Haus ihrer Tante zurück. Alles, was ihr jetzt noch blieb, war, Jon zur Flucht zu verhelfen, aber sie hatte nicht die geringste Ahnung, wie sie dabei vorgehen sollte. Ein Gefühl der Panik überkam sie, aber sie drängte das Gefühl zurück. Denk nach, sagte sie zu sich selbst. Denk nach!

Sie wippte in ihrem Schaukelstuhl vor und zurück, und ihre Schluchzer schienen sie ersticken zu wollen. O Gott, was konnte sie denn nur tun?

»Hast du Kummer, Cousinchen?« Harolds hämische Stimme durchdrang die Wolke ihres Schmerzes. Sie wandte sich zu ihm um und starrte ihn an, wie ein wildes Tier. Er war schuld an dem, was passiert war. Wenn Jon starb, war es das gleiche, als hätte er eine Pistole auf ihn gerichtet und abgedrückt.

»Du weinst doch nicht etwa wegen des Piraten, oder?« fragte er scheinheilig. »Es wäre auch nur Zeitverschwendung, mein liebes Kind. Er ist schon so gut wie tot. Nichts auf der Welt kann ihn jetzt noch retten – es sei denn...«

Cathy wußte zwar, daß er sie absichtlich quälte, aber sie reagierte dennoch automatisch auf den Köder, den er ihr hinwarf.

»Es sei denn, was?« fuhr sie ihn an, und ihre Augen fixierten Harolds Mondgesicht.

»Es sei denn, es gäbe jemanden mit viel Einfluß, der ein wenig seine Verbindungen spielen läßt. Jemanden, wie Sir Thomas, zum Beispiel...«

»Du weißt, daß ihn der Schock umbringen würde«, antwortete Cathy wütend und ließ sich wieder in den Stuhl zurücksinken. Sie hatte gewußt, daß Harold keine wirklichen Vorschläge bringen würde, aber dennoch...

»Oder jemanden wie mich«, fügte er hinzu. Cathy stockte das Herz.

»Du?« sagte sie leise. »Du könntest mir helfen?«

»O ja, ich *könnte* schon«, erwiderte Harold und strich sich nachlässig einen Fussel von seiner braunen Samtjacke. »Wenn ich es wollte.«

Cathys Gedanken überstürzten sich. Harold war, trotz allem, ein Adliger, und aus irgendeinem unerklärlichen Grund war er am Gericht hoch angesehen. Es war tatsächlich möglich, daß er ihr helfen konnte – sie war überrascht, daß ihr der Gedanke noch nicht früher gekommen war. Aber aus welchem Grund sollte er ihr helfen wollen? Trotzdem sie blutsverwandt waren, war er ihr nicht sonderlich gut gesonnen, und sie nahm an, daß er Jon haßte. Ihre Augen verengten sich. Was auch dazu nötig sein würde, sie mußte ihn überreden.

»Was willst du, Harold?« Unter großen Anstrengungen schaffte sie es, ihre Stimme ruhig zu halten.

»Wollen doch mal sehen, was so ein Pirat heutzutage wert ist. Ich nehme an, eine ganze Menge. Nicht nur ein paar Pennies.«

»Ich zahle dir, was du willst, Harold. Du kannst mein ganzes Geld haben. Ich – ich habe eine ganze Menge und noch nie einen Penny davon angerührt.« Die Worte brachen aus ihr heraus, bevor Cathy sich wieder richtig unter Kontrolle hatte. Dann biß sie sich auf die Lippen, denn sie wußte, daß sie eben einen Fehler gemacht hatte. Harolds Augen glitzerten zufrieden; seine Lippen verzogen sich zu einem Grinsen.

»Dein ganzes Geld – das ist in der Tat eine große Versuchung. Aber das geht gar nicht, weißt du? Dein Geld kannst du nicht so einfach verschenken. Es befindet sich nämlich in einem sogenannten Treuhandfonds.«

»Ich – ich finde eine Möglichkeit, an das Geld zu kommen, Harold. Oder ich könnte mein Vermögen ja beleihen.« Cathy war insgeheim wütend über ihren flehenden Tonfall, aber sie konnte nicht dagegen ankämpfen. Sie würde alles tun, um Jon zu retten.

»Ich weiß nicht, ich weiß nicht. Wenn ich an all die Leute denke, die dieser Freibeuter ermordet hat, an all die Schiffe, die er geplündert hat, gefriert mir das Blut in den Adern. Es ist sicher ein Dienst an der Menschheit, wenn man ihn hängt – und, wie du weißt, bin ich immer bereit, der Menschheit zu dienen.«

»Du genießt das alles, nicht wahr?« Cathy war aufgestanden, und ihre blauen Augen blitzten ihn an. Harold starrte sie ebenfalls an, und auf einmal erwachte in ihm wieder das Verlangen. Sie war in der Tat begehrenswert, und er wollte sie ebenso wie das Geld. Plötzlich schien er sich entschieden zu haben.

»Ich werde dir einen Gefallen tun, Cousinchen: Ich werde dich heiraten. Ich lasse dir sogar deinen kleinen Bastard, solange er mir nicht unter die Augen kommt.«

Es war eine Feststellung, keine Frage, und Cathy war einen Augenblick lang sprachlos.

»Ich – ich... Du willst mich nicht heiraten, Harold«, sagte sie schließlich und fuhr sich mit der Zunge über ihre ausgetrockneten Lippen. Es war, als würde ihr schlimmster Alptraum Wirklichkeit. »Ich bin nicht die richtige Frau für dich. Du brauchst jemanden, der deiner wert ist, eine junge Lady, mit gutem Ruf. Wenn du mich nur wegen des Geldes heiraten willst, ich werde einen Weg finden, an das Geld heranzukommen, das schwöre ich!«

»Ich gebe zu, das Geld spielt eine große Rolle«, antwortete Harold selbstzufrieden. »Aber ich will auch dich. Du haßt mich, nicht wahr, Cathy? Nun, ich mag keine Menschen, die mich hassen. Du wirst mir dafür bezahlen – in meinem Bett!«

»Das kann ich nicht«, erwiderte Cathy, und plötzlich wurde ihr übel bei der Vorstellung.

»Nicht einmal für deinen Piraten?« bohrte er. »Und ich dachte, du liebst ihn. Nur dann helfe ich ihm, Cousinchen. Wenn nicht, wird er hängen.«

»Harold, bitte...« Cathy war gefangen, und sie wußte es. Jon würde in sechs Tagen sterben, wenn sie nichts für ihn tat, und Harold bot ihr eine Möglichkeit an, ihn zu retten. Aber wenn sie Harold heiratete, würde sie Jon für immer aus ihrem Leben vertreiben. Er würde ihr das nie verzeihen, sondern es als Verrat an ihm betrachten, und außerdem war sie dann die Frau eines anderen.

»Das sind meine Bedingungen, Cathy. Aber wie ich sehe, bist du nicht daran interessiert.« Harold machte auf dem Absatz kehrt und begann, aus dem Zimmer zu laufen. Cathy starrte ihm unentschlossen und mit schmerzendem Herzen nach.

»Harold, warte!« rief sie ihm hinterher, als er die Tür erreicht hatte. Langsam drehte er sich um und sah sie an. Er lächelte triumphierend.

»Ich – ich werde dich heiraten«, sagte Cathy mit leiser Stimme. Es war, als zerreiße ihr jemand das Herz.

Sofort war er wieder an ihrer Seite.

»Ich war sicher, du würdest zur Vernunft kommen«, sagte er. Cathy wurde es übel, als er sie in seine Arme schloß.

Seine Berührung stieß sie ab. Sie konnte seine feuchten Hände durch den Stoff ihres Kleides hindurch spüren, als er ihren Rücken betatschte. Sein Mund war kraftlos und naß, und er küßte sie, als wollte er ihrem Mund jede Süße nehmen. Cathy verkrampfte sich in seinen Armen, ihre Augen hielt sie fest geschlossen, die Hände zu Fäusten geballt. Sie versuchte, den Gedanken zu verdrängen, daß sie ihm mit ihrer Einwilligung, ihn zu heiraten, das Recht gegeben hatte, sie so zu küssen. Nach der Hochzeit würde er mit ihr tun können, was er wollte. Es schauderte sie bei dem Gedanken an das, was er vermutlich von ihr im Bett verlangen würde. »O Jon!« rief ihr Herz, aber sie wußte, daß sie Harold ertragen mußte, weil sie keine andere Wahl hatte.

»Wir werden übermorgen heiraten«, sagte Harold schließlich, nachdem er endlich wieder von ihr abgelassen hatte. »Und nach der Hochzeit erwarte ich von dir etwas Entgegenkommen, meine Liebe. Schließlich bist du ja keine unerfahrene Jungfrau mehr.«

Beim Tonfall seines letzten Satzes, hätte sie ihn am liebsten geschlagen, aber sie war auf ihn angewiesen, und das wußten sie beide.

»Und Jon?« fragte sie.

»Ich werde mich darum kümmern – nachdem wir verheiratet sind«, sagte Harold. Mit diesen Worten machte er auf dem Absatz kehrt und verließ den Raum.

Ihr Hochzeitstag – ihr zweiter Hochzeitstag – war für Cathy der schlimmste Tag ihres Lebens. Während Martha ihr beim Ankleiden half, standen ihr Tränen in den Augen, Augen, die von den Tränen, die sie während der Nacht nicht hatten schlafen lassen, rot und geschwollen waren. Alles in ihr bäumte sich gegen das auf, was sie im Begriff war, zu tun. Harold zu heiraten – seine Frau zu sein; allein der Gedanke daran ließ ihr übel werden. Martha, dic hinter ihr hörbar schniefte, war auch keine große Hilfe. Anstatt wie sonst, grundsätzlich den einzigen Silberstreifen am Horizont zu erkennen, war sie wenigstens genauso durcheinander wie Cathy. Zusammen bildeten sie mit Sicherheit das traurigste Paar, das sich jemals auf eine Hochzeit vorbereitet hatte.

Zwei Dinge hielten Cathy noch aufrecht: der Gedanke an Jons Körper, wie er am Ende eines Strickes baumelte, der ihm langsam die Luft abschnürte, an sein hübsches Gesicht, das blau anlief und anschwoll und vor Schmerz zu einer Grimasse verzerrt war; und ihr blieb noch immer die Hoffnung, daß es ihr irgendwie gelingen würde, sich Harold zu entziehen. Wenn er sein Versprechen hielt und sofort nach ihrer Hochzeit veranlaßte, daß man Jon freiließ, bestand noch immer die Möglichkeit, daß sie das Ganze nicht bis zum Ende durchziehen mußte. Wenn sie ihn von ihrem Bett fernhalten konnte, bis Jon frei war, hatte sie es geschafft: Sie würde sofort eine Annullierung der Ehe beantragen. Daß ein solcher Plan völlig unehrenhaft war, wußte Cathy. Sie wußte aber ebenso gut, daß ihr das egal war.

»Wir werden vermutlich sofort nach der Zeremonie hierher zurückkehren«, sagte Cathy zu Martha gewandt. »Es sei denn, Harold will irgendwo anhalten, um zu feiern.« Sie legte bittere Betonung in das letzte Wort.

»Oh, es ist schrecklich, daß Sie das durchmachen müssen«, brachte Martha heraus, und Tränen stiegen ihr wieder in die Augen.

»Mach dir keine Sorgen, Martha. Was immer auch geschieht – es wird alles gut werden.«

»Ich hoffe es, ich hoffe es wirklich.« Martha umarmte sie kurz, und Cathy erwiderte die Umarmung voller Verzweiflung. Dann, solange sie noch den Mut aufbringen konnte, verließ sie das Zimmer und ging nach unten, wo Harold auf sie wartete.

Eine knappe Stunde später wurde Cathy in einer schäbigen Amtsstube in einem Londoner Außenbezirk zu Lady Stanhope. Ihre Hand zitterte sichtbar, als sie sie Harold entgegenstreckte, um Harolds Ring zu empfangen. Als sie auf ihre weißen, zitternden Finger blickte, sah sie zu ihrem Entsetzen, daß sie vergessen hatte, den diamantenbesetzten Goldring abzunehmen, den Jon ihr vor so vielen Monaten übergestreift hatte. Harolds Gesicht verdunkelte sich vor Wut, als seine Augen ihrem Blick folgten und schickte sich an, ihr den Ring vom Finger zu reißen. Cathy kam ihm zuvor, entzog ihm ihre Hand und nahm selbst den Ring ab. Einen Augenblick lang hielt sie ihn fest in ihrer Hand, dann, mit einem unterwürfigen Blick zu Harold, steckte sie ihn in ihre Tasche.

Nachdem alles vorüber war, erduldete sie die triumphierenden Glückwünsche ihrer Tante, bevor sie sich, wie benommen, bei Harold unterhakte und ihm gestattete, sie nach draußen zu führen. Es war ein düsterer, grauer Tag, und Nebelschwaden schwebten über der gepflasterten Straße. Harold ließ sie in einen geschlossenen Einspänner einsteigen, und sie drückte sich in die hinterste Ecke der Polster. Sie wünschte, er hätte keine geschlossene Kutsche gewählt. Es wäre ganz seine Art, zu versuchen, sich ihr auf dem Weg zu ihrer Tante sexuell zu nähern! Und nachdem Jons Leben noch immer in Harolds Händen lag, würde sie akzeptieren müssen, was kam.

Als Harold schließlich ebenfalls einstieg, lächelte er. Als Cathy seine weiße Haut anblickte, die fast so weich und gepflegt war, wie ihre eigene, seine runden Wangen, das schüttere, rote Haar, seine geschürzten Lippen und seine blauen Knopfaugen, da verspürte sie einen Haß, der so intensiv war, daß er ihren ganzen Körper zu erfassen schien. Harold setzte sich, sorgfältig darauf bedacht, nicht seinen Mantel zu zerknittern. Als ob das auffallen würde, wenn man den Rest seiner Kleidung betrachtete, die ihn wie einen bunten, tropischen Vogel aussehen ließ.

»Du lächelst, mein Täubchen?« fragte er sarkastisch, nachdem er ihren Gesichtsausdruck richtig interpretiert hatte. »Ich werde dich noch weiter erfreuen. Ich bin sicher, daß du es kaum erwarten kannst, die Einzelheiten unserer Hochzeitsreise zu erfahren.«

»Hochzeitsreise?« wiederholte Cathy, während ihr ein eiskalter Schauer über den Rücken lief.

»Du hattest doch nicht im Ernst erwartet, daß ich meiner hübschen, neuen Gattin ihre Hochzeitsreise vorenthalten würde, oder? Wenn du mich erst einmal besser kennst, wirst du wissen, daß ich nie so gedankenlos wäre! Wir schiffen uns heute Abend auf der

Tamarind in Southampton ein. Sie läuft morgen nach La Coruña aus. Ich dachte, wir sehen uns eine Zeitlang Spanien an und kehren dann auf dem Landweg nach London zurück. Alles in allem werden wir etwa sechs Monate unterwegs sein.«

Bei dieser Ankündigung begann sich vor Cathys Augen alles zu drehen. All ihre hoffnungsvollen Pläne, Harold zu entgehen, wurden zunichte, wenn sie sechs endlose Monate mit ihm zusammen war. Sie hatte so auf die Anwesenheit ihres Vaters, Marthas, ja sogar ihrer Tante gezählt, die Harold vermutlich davon abhalten würden, Gewalt anzuwenden, um sie dazu zu zwingen, den Eheakt zu vollziehen. Aber jetzt...! Und dann war da auch noch Cray! Sie konnte ihn doch unmöglich sechs Monate lang allein lassen. Und ihren Vater...

»Natürlich machst du Witze«, sagte Cathy mit größtmöglicher Haltung.

»Ich mache nie Witze, mein Täubchen«, antwortete Harold, der ihr Unbehagen ganz offensichtlich genoß. »Schließlich mußt du zugeben, daß es für einen frischgebackenen Ehemann ganz natürlich ist, wenn er seine Braut eine Zeitlang für sich alleine haben will. In einer Ehe gibt es so viele Dinge, die man gerne in trauter Zweisamkeit erlebt, meinst du nicht auch?«

Der lüsterne Blick, mit dem er ihren Körper betrachtete, ließ sie unwillkürlich zusammenzucken. Ich kann es nicht, dachte sie. Jede Zelle ihres Körpers schien ihr sagen zu wollen, sie solle aus der Kutsche springen und davonlaufen, bevor es zu spät war. Wenn sie sich vorstellte, wie Harolds Hände ihren nackten Körper berührten und sich sein korpulenter Körper mit ihrem vereinte, wurde sie von Ekel erfaßt.

»Ich kann Cray nicht verlassen«, sagte sie mit fester Stimme.

»Dein Bastard interessiert mich nicht, mein Täubchen. Du solltest mir dankbar sein, daß ich dir überhaupt gestatte, ihn zu behalten. Ich hatte ursprünglich sowieso vor, ihn in eine dieser ausgezeichneten Institutionen zu geben, die es in diesem Land im Überfluß gibt. Auf jeden Fall werde ich es nicht zulassen, daß er meine Pläne durchkreuzt.« Mit einer Handbewegung deutete er an, daß das Thema Cray für ihn damit erledigt war.

Cathys Temperament schäumte über, als sie vernahm, wie er ihren geliebten Sohn als Bastard bezeichnete. »Du, du...!« brach es aus ihr heraus, ohne daß sie eine Bezeichnung für ihn fand, die die Abscheu ausdrückte, die sie für ihn empfand.

»Ich würde mir lieber auf die Zunge beißen, wenn ich du wäre, mein Täubchen«, riet ihr Harold bösartig, und seine Augen glitzerten freudig, weil er es geschafft hatte, eine solche Reaktion in ihr hervorzurufen. »Da gibt es immer noch diesen Piraten, weißt du. Solltest du mich ärgern wollen, werde ich keinen Finger rühren, um ihm zu helfen. Dann hängt man ihn auf, während du und ich unsere Hochzeitsreise genießen.«

Cathy zitterte, und ihr Zorn wurde von einer Wut ganz anderen Ausmaßes abgelöst.

»Du hattest mir dein Wort gegeben!« spuckte sie aus. »Du hattest mir dein Wort gegeben, daß du ihn retten würdest, wenn ich dich heirate!«

»Und ich habe auch vor, mein Wort zu halten – solange auch du dich an die Abmachung hältst. Aber du solltest nicht vergessen, daß, solange der Pirat im Kerker sitzt – was er vermutlich noch viele Jahre tun wird – es nur eines Wortes von mir bedarf, um ihn hängen zu sehen. Ich würde dir raten, dir diesen Gedanken fest einzuprägen, während du dir überlegst, wie du mir am besten eine Freude bereitest!«

Cathy wollte ihn umbringen. Ihre Fingernägel bohrten sich in ihre Handballen, daß es schmerzte. Hätte Harold sie besser gekannt, wäre er sich der Gefahr bewußt geworden, die von ihren Augen ausging. Aber er sah nichts weiter als eine gefügige Braut und gratulierte sich selbst dazu, daß er eine ausgezeichnete Möglichkeit gefunden hatte, sie in Schach zu halten.

Cathy starrte ihn lange Zeit an, und ihre blauen Augen sprühten Feuer. Dann zwang sie sich dazu, sich zu entspannen. Wie Harold schon gesagt hatte, er besaß die Oberhand. Jon war seine Geisel, und Harold hatte ganz offensichtlich vor, ihre Liebe zu ihm dazu zu benutzen, die Erfüllung seiner Wünsche zu garantieren. Diese Drohung vor Augen, wurde es Cathy plötzlich klar, daß ihr nichts anderes übrig bleiben würde, als alles zu tun, was Harold von ihr verlangte, und das vielleicht sogar auf Jahre hinaus. Eine Welle der Verzweiflung erfaßte sie. Weshalb hatte sie daran noch nicht früher gedacht? Aber selbst wenn, was hätte sie schon tun können?

Die Kutsche kam zum Stehen. Cathy sah überrascht auf. Vielleicht hatte Harold sie nur demütigen wollen; war es möglich, daß sie zum Haus ihrer Tante am Grosvenor Square zurückgekehrt waren? Wohin sonst...?

»Siehst du jetzt, wie ich mein Wort halte, mein Täubchen?« fragte Harold betont fröhlich, als der Kutscher die Tür von außen öffnete. Cathy starrte ihn verständnislos an. Dann erkannte sie durch die geöffnete Tür die grauen Mauern des Gefängnisses von Newgate.

»Sicher entschuldigst du mich einen Augenblick, damit ich deinen Piraten vor seinem verdienten Ende rette«, fuhr Harold fort. »Und denke daran, ich erwarte von dir, daß du dein Versprechen ebenso einhältst, wie ich das meine.«

Cathy sprach kein Wort, und Harold stieg aus. Schnell rutschte sie hinüber, schob die Vorhänge zur Seite und starrte hinaus.

Es dauerte nicht lange, da wurde die Tür wieder aufgerissen.

»Aussteigen, meine Teure«, befahl Harold mit einem Grinsen und reichte ihr die Hand. Cathy rührte sich nicht.

»Willst du dich nicht von deinem Piraten verabschieden? Ich versichere dir, nach dem heutigen Tage wirst du ihn nie wiedersehen. Du kannst schließlich nicht von mir verlangen, daß ich meine Gattin einen Eingekerkerten besuchen lasse.«

»Weshalb tust du das?« Cathys Stimme wirkte schwach. Mehr als alles in der Welt wünschte sie sich, Jon sehen zu können, ihm zu sagen, daß sie ihn liebte und ihm zu erklären, weshalb sie getan hatte, was sie getan hatte. Aber sie kannte Harold zu gut, um zu wissen, daß er etwas anderes vorhatte. Nein, er plante irgend etwas Niederträchtiges.

»Du begreifst schnell, mein Täubchen«, meinte Harold zustimmend. »Ich habe mit deinem Piraten noch eine Rechnung zu begleichen. Er hat ziemlich fest zugeschlagen, mußt du wissen. Ein paar Tage lang fürchtete ich schon, er hätte meine Milz verletzt. Jetzt möchte ich ihm ein paar Schmerzen zufügen.«

»Ich weigere mich, dabei mitzumachen«, erwiderte Cathy langsam und ballte hilflos ihre Hände zu Fäusten.

»Du wirst tun, was ich dir sage, meine Teure. Vergiß nicht, ein Wort von dir, eine einzige Bewegung von dir, die mir nicht gefällt, und er baumelt am Galgen. Ganz abgesehen davon, brauchst du dich gar nicht so aufzuregen.« Harold sah ihre geballlten Fäuste an. »Ich versichere dir, deinem Piraten einen körperlichen Schaden zuzufügen, ist das letzte, was ich vorhabe. Schließlich bin ich, wenn ich es auch oft bedauere, ein Gentleman. Nein, ich möchte ihm nur das neue Glück unserer Ehe vor Augen führen – und was ich von dir verlange, mein Täubchen, ist die Darstellung meiner liebevollen Gattin. Ich hoffe für deinen Piraten, daß du überzeugend bist. Ich bin sicher, daß Hängen keine schöne Art ist, zu sterben.«

Cathy starrte ihn an und erstickte fast an den Worten, die sie sich wünschte, aussprechen zu können. Wenn Jon hörte, daß sie Harold geheiratet hatte, würde ihn das tief ins Herz treffen, das wußte sie. Aber es war immer noch besser, wenn er emotionale Schmerzen erdulden mußte, als zu sterben. Außerdem würde er sicherlich verstehen, daß alles, was sie getan hatte, nur aus Liebe zu ihm geschehen war.

Harold sah sie voller Vorfreude an. Cathys Kinn ging nach oben und ihr Blick verhärtete sich. Sie würde Harolds kleines Spiel mitspielen, weil er ihr keine andere Wahl ließ. Aber eines Tages würde sie mit ihm abrechnen! Mit eisiger Würde ließ sie es zu, daß Harold ihr aus der Kutsche half.

Im Inneren des Gefängnisses stank es erbärmlich. Als sie von einem unterwürfigen Wärter durch die dunklen, feuchten Gänge geführt wurden, hielt Cathy es nicht länger aus, und sie preßte sich ein parfümiertes Taschentuch vor die Nase. Harold folgte ihrem Beispiel. Angeekelt sah sie zu, wie er durch sein spitzenbesetztes Taschentuch vor sich hinschniefte.

Fast noch schlimmer als der Gestank waren die Geräusche. Leises Stöhnen vor Schmerz und Schreie der Verzweiflung verbanden sich zu einem teuflischem Chor. Cathy schauderte es, als sie daran dachte, daß Jon an einem solchen Ort gefangen gehalten wurde. Selbst die Hölle konnte nicht schlimmer sein, als dies!

In manchen Zellen, an denen sie vorüber kamen, jammerten die Gefangenen herzzerreißend, bettelten um Hilfe und klammerten sich an die Gitterstäbe wie Affen in einem Käfig. Harold wich jedesmal erschrokken zurück. Harold kreischte, versuchte aber sofort seine Feigheit zu verbergen, indem er den Wachen, die zu Hilfe geeilt kamen, zuschrie: »Peitscht sie aus! Peitscht sie aus!«

»Nein!« schrie Cathy entsetzt aus, aber es war bereits zu spät. Die Wachen stürmten in die Zelle und schlugen mit riesigen Peitschen um sich, wobei sie die wehrlosen Gefangenen mit Obszönitäten beschimpften. Harolds Arm schlang sich um Cathys Hüfte und zwang sie weiterzulaufen.

Sein Arm lag noch immer um ihre Hüfte, als der Wachposten kurz darauf stehenblieb und die Laterne hoch über seinen Kopf hielt, um das Innere einer winzigen Zelle zu erhellen. Cathy blieb kaum Zeit, das grüne Moos an den Wänden, die Pfützen auf dem Boden und den Gestank wahrzunehmen, als ihr Blick an einem ausgemergelten, verdreckten Mann haften blieb, der sich langsam vom Boden erhob. Er blinzelte, als ob ihn das Licht blendete und stützte sich mit einer Hand an der glitschigen Wand ab, um nicht zu stürzen. Sein schwarzes Haar war lang und verklebt, und die Anfänge eines schwarzen Bartes bedeckten die untere Hälfte seines Gesichts. Nur seine grauen Augen, die erst ungläubig und dann überglücklich über ihren Anblick schienen, waren unverändert.

»O Jon!« ertönte es in Cathys Herzen, aber ein Kloß in ihrer Kehle ließ sie kein Wort hervorbringen.

»Cathy«, sagte er heiser und machte einen unsicheren Schritt auf sie zu. »O Cathy, Liebes, ich dachte schon...«

Hier verstummte er. Seine Augen weiteten sich, als er Harold erblickte, als er seinen Arm um Cathys Hüfte wahrnahm, ohne daß Cathy sich dagegen wehrte.

»Was dachtest du schon, Hale?« fragte Harold mit schadenfrohem Grinsen. »Sprich doch weiter. Meine *Gattin* und mich interessiert es sehr, was du uns zu sagen hast. Nicht wahr, meine Liebe?«

Cathy, der es fast das Herz zerriß, sah, wie Jon zurückzuckte, als hätte man ihm einen Schlag versetzt. Auch Harold hatte die Bewegung wahrgenommen und sonnte sich in seinem Triumph.

»Stimmt das nicht, *geliebte Gattin*?« bohrte Harold nach, und seine Finger bohrten sich in ihre Hüfte, als Cathy noch immer nicht antwortete.

»Ja, Harold«, brach es schließlich leise aus ihr heraus. Ihre Augen starrten Jon an, und sie wollte nichts weiter, als daß er verstand, warum sie das tat, daß er ihrer Liebe vertraute.

»Du – du hast ihn geheiratet?« Jon sprach sie an, und seine Augen schienen ihr Gesicht zu durchforsten.

Harolds Finger bohrten sich erneut schmerzhaft in ihre Hüfte, als sie wieder nicht antwortete. Cathy war sich nicht sicher, ob sie antworten konnte; es war, als könne sie kein Wort mehr hervorbringen. Sie schloß die Augen und dann, voller Haß auf Harold auf sich selbst, weil sie dem Mann, den sie liebte, solchen Schmerz zufügen mußte, sagte sie nur: »Ja.«

Selbst in dem schwachen Licht konnte sie sehen, wie Jons Kieferknochen mahlten.

»Warum, um alles in der Welt?« verlangte Jon heiser zu wissen, ohne seinen Blick von ihrem Gesicht abzu wenden.

Cathy bebte, denn sie wußte, sie würde darauf keine

Antwort finden. Harold, der dies zu merken schien, antwortete an ihrer Stelle.

»Sie war vernünftig genug, zu erkennen, was für sie besser ist, Hale«, sagte er. »Sicher weißt du das auch. Schließlich gehöre ich der Oberschicht dieses Landes an; du bist nur ein verurteilter Freibeuter. Außerdem hatte sie dich damals nur wegen dem Kind geheiratet. Weshalb sonst würde eine Lady ihrer Herkunft einen solchen Mann heiraten?«

Jon erwiderte nichts, aber seine Augen schienen Cathy zu durchbohren. Sie starrte ihn nur stumm an und betete, er würde Harolds Lüge nicht glauben.

»Cathy?« brachte er nur heraus.

Sie spürte, wie Harold sie anstarrte, und wieder bohrten sich seine Finger tief in ihre Hüfte. Wenn sie jetzt ohnmächtig wurde, würde er seine Drohung wahrmachen und Jon hängen lassen. Sie wußte es. Sie wußte, Harold würde sich darüber freuen, eine Entschuldigung dafür zu finden. Harold zu widersprechen, würde mit Jons Tod enden.

»Er sagt die Wahrheit, Jon«, sagte sie mit leiser Stimme und konnte Harold fast schnurren hören, vor lauter Begeisterung.

»Nun denn, wir müssen gehen«, meinte Harold betont fröhlich. »Wir haben vorhin erst die Ehe geschlossen, weißt du. Wir können es kaum erwarten, unsere Hochzeitsreise anzutreten. Heute Abend segeln wir nach La Coruña – das liegt in Spanien – und danach sehen wir uns in aller Ruhe Europa an.«

Er machte eine Bewegung, als wollte er gehen, schien zu zögern und wandte sich noch einmal um.

»Ach, noch eines, Hale. Ich muß mich noch bei dir bedanken, daß du meine Gattin so gut in ihren ehelichen Pflichten unterwiesen hast. Wie du dich sicher erinnern kannst, ist sie ausgezeichnet im Bett.«

Jons Augen drückten reine Mordlust aus, als Harold auf dem Absatz kehrtmachte und Cathy mit nach draußen zerrte. Er grinste sardonisch. Der verwirrte Wachposten ging voraus und hielt die Laterne hoch, damit sie den Weg sehen konnten.

»Jon, o Jon, Liebling«, schluchzte Cathy innerlich, als sie an Harolds Seite den Gang entlang stolperte. Dann, kurz bevor sie um die Ecke gingen, die sie für immer von Jon fortbringen würde, brach sie völlig zusammen. Hinter ihr ertönte aus der Schwärze des Kerkers der heisere Schrei eines Mannes in unaussprechlichem Schmerz.

4

Jon wälzte sich auf der langen, hölzernen Planke hin und her und fuhr sich mit seiner geschwollenen Zunge über die ausgetrockneten, eingerissenen Lippen. Im Laderaum der *Cristobel* war es heiß wie in einem Ofen; die Gefangenen waren hier wie die Sardinen zusammengepfercht. Es mußten mehr als zweihundert sein, alle männlich, zumindest hier, in diesem Teil des Schiffes. Sie lagen auf der Seite, an die Planken angekettet, die so dicht übereinander angebracht waren, daß Jons breite Schultern fast die nächste über ihm berührten. Die Eisen mit jeweils einem kurzen Stück Kette dazwischen, hatten die Haut an seinen Hand- und Fußgelenken blutig gerissen; als weitere Sicherheitsmaßnahme hatte man eine Kette um seine Hüfte und die seines Nachbarn gelegt, daß sie aneinander gefesselt waren. Er hatte ihm erzählt, daß er O'Reilly hieß, als man sie in dieses Rattenloch gebracht hatte. Inzwischen sprachen sie kaum noch miteinander; sie brauchten all ihre Energie, um zu überleben.

Der Mann direkt hinter Jon war tot. Jon hatte gehört, wie er an seinem Erbrochenen einige Stunden zuvor erstickt war, und bisher hatten ihn die Wachen noch nicht entdeckt. Wenn es soweit war, würden sie seine Leiche einfach über Bord werfen. Warum sollte man Gebete an einen Strafgefangenen verschwenden, dessen Verbrechen ihn jeglicher Menschlichkeit beraubt hatten? Jon konnte hören, wie die Ladeluke geöffnet wurde und vernahm den Klang der Schritte, als die Wachen heruntergestiegen kamen. Er schloß die Augen und murmelte ein kurzes Gebet für die Seele des toten Mannes hinter ihm und dachte, Himmel, ich kenne nicht einmal seinen Namen.

»Hoch mit euch, ihr Hunde, an Deck! Bewegt euch!«

Jon hörte das Scheppern, als die Metallstäbe, an die die Gefangenen gekettet waren, gelöst wurden, spürte, wie die Eisenstange sich löste, die seine Arme über seinem Kopf festgehalten hatte und ließ stöhnend seine Arme sinken. Eine Welle des Schmerzes durchzog seine verkrampften Muskeln, und er massierte sie mit beiden Händen, um den Blutkreislauf wieder anzuregen. O'Reilly, der näher an dem engen Gang zwischen den Planken, die zu beiden Seiten des Laderaumes befestigt waren, lag, begann, darauf zuzukriechen, und Jon mußte ihm zwangsweise folgen. Hinter sich konnte er müde Flüche hören, als einige Männer, blockiert durch die Leiche, nicht weiterkamen. Es folgte ein kurzes, schleifendes Geräusch, als sie die Leiche vor sich herschoben.

Nach zehn Tagen an Bord kannten sie dieses morgendliche Ritual bereits. Kurz nach Sonnenaufgang wurden die Gefangenen an Deck zusammengetrieben, um sich etwas bewegen zu können und ihr einziges, karges Mahl am Tag einzunehmen. Von allen Seiten waren Musketen auf sie gerichtet, aber bisher hatte es noch keinen Ärger gegeben. Trotz ihrer Wachsamkeit schien die Crew auch keinen Ärger zu erwarten. Als Jon hinter O'Reilly die schmalen Stufen hinaufschlurfte, mußte er sich eingestehen, daß sie wahrscheinlich sogar recht hatten. Nachdem sie Stunde um Stunde in dem Brutofen dort unten verbracht hatten, schienen die Gefangenen nichts weiter zu wollen, als die frische Seeluft einzuatmen, ihre Tasse Wasser zu trinken und soviel zu essen, wie man ihnen gab.

Auf Anweisung einer der Wachen reihte sich Jon bei den anderen Gefangenen entlang der Reling ein, um die Ketten überprüfen zu lassen. Der Erste Maat, Hinton, ein kräftiger, stämmiger Mann, fast so groß wie Jon, inspizierte Eisen für Eisen. Er hatte zu den Leuten gehört, die geschickt worden waren, um Jon und sechs andere Gefangene in Newgate abzuholen, und war offensichtlich über die gesamten Begleitumstände informiert worden. Jon haßte ihn aus tiefster Seele, um so mehr, weil er ihm gegenüber hilflos war. Jedesmal, wenn ihn das große, häßliche Gesicht wissend angrinste, jedesmal, wenn er den braunen Tabaksaft durch seine Zahnlücke hindurch ausspuckte, mußte Jon gegen das Verlangen ankämpfen, ihn in Stücke zu zerreißen. Er wußte, daß er ihn mit Leichtigkeit besiegen konnte. Er wußte aber auch, daß es ihn das Leben kosten würde.

»Du fragst dich wohl, was deine geliebte Lady heute macht, Pirat?« Hinton grinste ihn an, während er an der Kette riß, die ihn mit O'Reilly verband. »Macht gerade Hochzeitsreise mit irgend so einem feinen Lord, stimmt's? Ich wette, sie liegen gerade zusammen in einem warmen, gemütlichen Bett... Sind sie nicht mit der *Tamarind* ausgelaufen, am selben Tag, an dem auch wir unsere kleine Reise angetreten haben? Vielleicht treffen wir sie ja, dann kannst du ihr winken.«

Er lachte. Jons Muskeln spannten sich an und O'Reilly warf ihm einen warnenden Blick zu. Wenn Jon Ärger machte, würden sie keinen Augenblick zögern, und ihn wie einen räudigen Hund abknallen.

»Anketten!«

Der Befehl ertönte vom Achterdeck. Jons Muskeln entspannten sich langsam wieder, als Hinton eine lange Kette durch seine und O'Reillys Handeisen zog, bevor er sie dem nächsten Wärter zuwarf, der dasselbe mit den nächsten Gefangenen machte. Auf diese Weise wurden fünfzig bis sechzig Mann zusammengekettet, und die Kette anschließend an einem eisernen Ring befestigt, der im Boden eingelassen war. Damit sollte verhindert werden, daß es zu einer Meuterei kam, oder daß jemand über Bord sprang. Bisher hatte es diesen Zweck problemlos erfüllt.

»Springen!«

Der Befehl kam wie jeden Morgen. Unter Schmerzen begannen die Gefangenen auf und ab zu springen und mit den Armen zu schwingen. Diese Übung, die etwa fünf Minuten andauerte, sollte dafür sorgen, daß die Männer arbeitsfähig waren, wenn sie ihr Reiseziel erreicht hatten. Denn es war Arbeit, die sie erwartete. Es gab zahllose Fabriken an Afrikas Westküste, Fabriken, die England mit zahlreichen Gütern versorgten und mit Sklavenarbeit betrieben wurden. Sobald die *Cristobel* die Elfenbeinküste erreicht hatte, würden die Gefangenen an die Fabriken versteigert werden. Der erzielte Profit kam den Schatzkammern Englands zugute – abzüglich einer dicken Prämie für die Crew. Auf diese Weise waren alle glücklich – außer den Gefangenen, natürlich.

Nachdem die Freiübungen beendet waren, scharten sich die Männer um das halbe Dutzend schwarzer Kessel, in denen die Tagesrationen für die Gefangenen gekocht wurden. Hungrig aßen sie mit bloßen Händen den wäßrigen Eintopf so schnell sie konnten, bis nichts mehr übrig war.

»Unter Deck mit ihnen!«

Jon war noch am Essen, als der Befehl ertönte. Hastig schnappte er sich noch eine Handvoll und leckte sich die Finger ab. Er konnte gerade noch seine Wasserration trinken, bevor Hinton und ein weiterer Mann vor ihm standen. Dieser zweite Mann beugte sich nach unten, um die Kette von dem Eisenring zu lösen, während Hinton um Jon herumlief und ihm von hinten schmerzhaft die Muskete in den Rücken bohrte, damit er vorwärts ging. Jon und die anderen Gefangenen begannen, gehorsam zur Luke zurückzulaufen. Plötzlich ertönte ein heiserer Schrei: Sofort reckten alle an Deck die Hälse, um zu sehen, was vor sich ging. Neben der geöffneten Luke kämpften zwei Gefangene miteinander. Vier Wachen rannten hinüber, um sie zu trennen und begannen, mit ihren Musketen auf sie einzuschlagen. Über seine Schulter hinweg konnte Jon den faulen Atem Hintons riechen, als dieser näher trat, um den Spaß nicht zu verpassen. Wieder bohrte sich seine Muskete schmerzhaft in Jons Rücken. Instinktiv, ohne zu denken, legte Jon seine beiden Fäuste aneinander, so daß die Kette dazwischen herunterbaumelte. Dann, mit einer blitzartigen Bewegung, fuhr er herum und ließ die Kette gegen Hintons Schädel fliegen. Ohne ein Geräusch sackte der Mann in sich zusammen. Jon sah sich hastig um: Nur O'Reillys geweitete Augen schienen den Vorfall beobachtet zu haben. Zu seiner Erleichterung waren alle anderen viel zu sehr damit beschäftigt, was an der Luke vor sich ging, um etwas mitbekommen zu haben. Blitzschnell bückte er sich und riß Hintons Schlüsselbund von dessen Gürtel. Vorsichtig darauf bedacht, nicht gesehen zu werden, löste er seine Eisen und die Kette, die ihn an O'Reilly fesselte. Dann gab er den Schlüssel weiter an O'Reilly, der eilig seine eigenen Eisen aufschloß und ihn dann weiterreichte. In der Zwischenzeit schnappte sich Jon die Muskete des bewußtlosen Mannes und bewegte sich schnell und unauffällig auf die Treppe zum Achterdeck zu. Kaum war er oben angelangt und hatte die Muskete angelegt, hörte er hinter sich lautes Gebrüll, übertönt von dem Schrei: »Meuterei!«

»Bitte keine Tapferkeitsausbrüche, Gentlemen, oder Sie landen alle in der Hölle!« sagte er mit ruhiger

Stimme zu den Schiffsoffizieren gewandt; als sie herumfuhren, legte sich ein breites Grinsen auf sein Gesicht.

Auf der *Tamarind* mußte Cathy ebenfalls grinsen. Harold hatte sie gerade wutentbrannt verlassen. Cathy zweifelte jedoch, daß sie ihn noch lange fernhalten konnte. Er hatte ihr klar zu verstehen gegeben, daß er an diesem Abend vorhatte, mit ihr das Bett zu teilen, ob sie sich wohlfühlte oder nicht. Hier lag auch der Grund für Cathys Grinsen. Sie hatte ihm während der letzten zehn Tage vorgespielt, seekrank zu sein, und jedesmal, wenn Harold in der Nähe war, gestöhnt und die Hände auf ihren Magen gepreßt. Harold, dem das Rollen des Schiffes ebenfalls Probleme bereitete, wurde von Cathys offensichtlicher Übelkeit abgeschreckt. Aber als es ihr an diesem Morgen immer noch nicht besser zu gehen schien, hatte er sie beschuldigt, die Seekrankheit nur zu spielen, was ihre Meinung bezüglich seiner Intelligenz etwas erhöhte. Denn sie spielte ihm wirklich gekonnt etwas vor. Nach ihren Erlebnissen mit Jon an Bord der *Margerita* war ihr Magen gegen alles gefeit, was ihm die See entgegenzusetzen hatte.

Wenn Harold ihr nicht mehr glaubte, beschloß Cathy insgeheim, dann würde sie ihn eben so überzeugen müssen, daß es keinen Zweifel mehr gab. Sie schmiedete einen Plan und lächelte, je mehr sie darüber nachdachte. Bisher war es ihr nicht schwer gefallen, Harold zu täuschen, und sie ging davon aus, daß heute nacht keine Ausnahme sein würde. Ihre Ehe war noch immer nicht vollzogen, und solange es Cathy möglich war, würde sie dafür sorgen, daß es auch so blieb.

Als der Abend hereinbrach, kehrte Harold zu ihrer

Kabine zurück. Ihm folgte ein Matrose mit einem beladenen Tablett. Während der Matrose in einer Ecke des Zimmers den Tisch deckte, trat Harold vor Cathys Bett und starrte sie verärgert an. Sie blickte matt zu ihm auf.

»Ich bestehe darauf, daß du mit mir zu Abend ißt.« Seine Stimme klang fordernd.

»Aber Harold, ich fühlte mich nicht gut«, protestierte Cathy schwach. »Das Schiff…«

»Du hast mich gehört!«

»Ja, Harold«, flüsterte Cathy und schlug die Augen nieder. Durch ihre dichten Wimpern hindurch, konnte sie sein triumphierendes Lächeln sehen.

Sie trug einen braun-grünen Seidenmantel über einem dazu passenden Nachtgewand. Beides hatte sie bei ihrer Ankunft auf der *Tamarind*, zusammen mit einer kompletten Garderobe, vorgefunden. Gehorsam setzte sie sich Harold gegenüber, als dieser zu essen begann. Obwohl ihr völlig gesunder Magen protestierte, nachdem sie bisher nicht mehr als Toast und Tee zu sich genommen hatte, schob sie das Essen auf ihrem Teller nur lustlos mit der Gabel hin und her. Sie wollte den Eindruck hinterlassen, daß sie sich zu schlecht fühlte, um zu essen; den stirnrunzelnden Blicken nach zu urteilen, die Harold ihr zuwarf, schien sie damit Erfolg zu haben.

Harold dagegen dachte nur darüber nach, wie sehr er sie seit ihrer Hochzeit begehrte, mehr als er jemals eine Frau zuvor begehrt hatte. Bisher hatte sie es geschafft, ihn aus ihrem Bett fernzuhalten, aber heute würde er dem ein Ende bereiten. Er würde von ihr Besitz ergreifen, ob sie es wollte oder nicht. Er stellte sich sogar bereits vor, daß sie bei ihrer Rückkehr nach England genauso verrückt nach ihm war, wie er nach ihr. Auf jeden Fall war es für sie sinnlos, weiterhin an ihren Freibeuter zu denken. Er hatte dafür gesorgt, daß der Mann für immer außerhalb ihrer Reichweite sein würde, ohne dabei sein Versprechen zu brechen.

»Dir geht es doch schon besser, oder?« fragte Harold mit scharfem Tonfall, als sie das köstliche Himbeereis, das er zum Dessert bestellt hatte, kaum anrührte.

»Ja – ein wenig, Harold«, flüsterte Cathy beherzt, getreu ihrer Rolle.

»Gut, denn ich habe nicht vor, noch länger auf dich zu verzichten. Heute nacht hole ich mir, was mir von Gesetzes wegen gehört.«

Cathy wollte bei dieser Bemerkung bereits aufbrausen, aber sie schaffte es, die unterwürfige Rolle beizubehalten.

»Wir sind doch verheiratet, Harold. Wie könnte ich mich dir entziehen? Es ist nur – ich fühle mich so schlecht.«

Harold nickte zufrieden.

»In gewisser Weise freut es mich, daß du zur Vernunft gekommen bist, auch wenn es sicherlich interessant geworden wäre, dich zu zähmen. Aber ich bin sicher, als Geliebte deines Piraten hattest du genug Gelegenheit, zu lernen, und ich erwarte von dir, daß du deine Künste heute abend anwendest. Wenn meine Braut schon nicht die errötende Jungfrau ist, die ich verdient habe, so kann sie mir zumindest Freude bereiten. Also komm her, Cathy, und zeige mir, was du kannst.«

Cathy erbleichte, als Harold seinen Stuhl zurückschob und sich erhob. Sie hatte nicht damit gerechnet, daß es so schnell geschehen würde. Ihre Gedanken rasten, als sie sich ebenfalls erhob. Im Augenblick mußte sie ihm gehorchen. Sich jetzt gegen ihn aufzulehnen, würde damit enden, daß er sie vergewaltigte. Nein, um diese Schlacht zu gewinnen, bedurfte es einer List, und einer List würde sie sich bedienen...

Harolds Berührung war genauso abstoßend, wie sie

es erwartet hatte. Seine Arme schlangen sich um ihren Körper und preßten sie grob gegen seinen vorstehenden Bauch, seine Lippen saugten sich an ihren fest, wie ein Blutegel. Sein Mund war kraftlos und feucht und bewegte sich gegen ihre Lippen; seine Zunge suchte sich ihren Weg zwischen ihren Zähnen hindurch und in ihre Kehle, daß ihr übel wurde. Aber sie spielte mit, unterwarf sich dieser grotesken Umarmung und zuckte nicht einmal zurück, als sich grob die Hand in ihren Halsausschnitt schob, um sich schmerzhaft um eine ihrer Brüste zu legen.

Cathy juckte es in den Fingern, ihn ins Gesicht zu schlagen, als er ihre Brust knetete und dabei obszöne Geräusche von sich gab, wie ein Keiler in der Brunftzeit. Unter Aufbietung aller Willenskraft schaffte sie es, sich zurückzuhalten.

Als Harold anfing, an ihrer Kleidung zu reißen, schob Cathy ihn vorsichtig weg. Er stolperte einen Schritt zurück. Angeekelt sah sie, daß sein Gesicht vor Erregung voller roter Flecken war und sein Atem abgehackt und keuchend kam. Zum erstenmal wurde ihr klar, welche Wirkung sie auf ihn hatte. An seinen körperlichen Reaktionen konnte sie sein Verlangen erkennen, und ihr wurde klar, daß dies etwas war, was sie später zu ihrem Vorteil nutzen konnte. Er war nicht der einzige, der in diesem Spiel einen Trumpf im Ärmel hatte.

»Harold, bitte, laß uns das machen, wie es sich gehört«, flüsterte sie und senkte dabei den Blick, als sei sie schüchtern. »Warum gehst du nicht ein wenig an Deck spazieren, während ich ein Bad nehme und zu Bett gehe? Wenn du zurückkommst, warte ich auf dich...« Ihre Stimme klang vielversprechend. Harold schluckte, und seine blassen, blauen Augen traten tief aus ihren Höhlen.

»Ich will nicht warten«, erwiderte er mit belegter Stimme, und sie erschrak zutiefst, als er wieder nach ihr greifen wollte. Mit einem schwachen Lächeln schüttelte sie den Kopf und legte ihre flachen Hände gegen seine Brust, um ihn nicht näher kommen zu lassen.

»Siehst du denn nicht, daß es dann viel schöner wird?« Sie betörte ihn mit ihrem Blick. »Ich war krank und muß baden. Ich habe wunderschön duftende Badesalze... Und dann trinken wir gemeinsam eine Flasche Wein...«

»Na schön«, stimmte Harold schließlich heiser zu, sehr zu Cathys Erleichterung. Sie lächelte ihn an und wünschte sich innerlich, sie hätte ein Schwert, um ihn zu töten. Gott, wie sie ihn haßte!

Er preßte einen feuchten Kuß auf ihren Mund und verließ sie mit einem letzten, sehnsüchtigen Blick. Cathy triumphierte innerlich. Es klappte – es würde klappen. Sie zog sich aus, so schnell sie konnte, spritzte sich mit kaltem Wasser und etwas Parfüm ab und schlüpfte in ein hauchdünnes Nachthemd aus reiner, weißer Seide, das offensichtlich für eine Braut gemacht worden war. Dann bürstete sie sich das Haar, legte sich ins Bett und zog die Decke bis zu ihrer Hüfte hinauf, während ihr Oberkörper provokativ auf einem Berg von Kissen ruhte. Sie mußte das alles glaubhaft spielen.

Keinen Augenblick zu früh war sie mit allem fertig. Kaum hörte sie, wie Harold am Türschloß hantierte, atmete sie tief durch. Dann, fest entschlossen, steckte sie einen ihrer schlanken Finger so tief in ihren Rachen, wie es ging.

Sie hätte den Zeitpunkt nicht besser wählen können. Als Harold schließlich das Zimmer betrat, wurde er vom Anblick seiner unglaublich hübschen Braut begrüßt, gekleidet in fast durchsichtiger Seide, ihr goldenes Haar offen, das ihr in Wellen über die Schultern fiel, die sich auf dem jadegrünen Samt übergab, das ihr Hochzeitslager darstellte. Er stützte sich am Türrahmen ab, als sein Magen bei diesem Anblick ebenfalls revoltierte. Mit hoher, bebender Stimme rief er nach dem Schiffsarzt.

Während der nächsten paar Tage mußte Cathy oft an sich halten, um nicht lachen zu müssen. Sie tat so, als sei ihr ständig übel und Harold glaubte ihr. Wann immer er in der Kabine war, mußte sie nur die Hände auf den Magen legen und zu stöhnen beginnen, um ihn zu vertreiben. Sein eigener Magen war sehr empfindlich, hatte er ihr nervös gestanden, und allein ihr Anblick hatte ihn um den Appetit gebracht. Er ging ihr aus dem Weg so gut es ging, und ging sogar so weit, den Steward zu bitten, ihm ein Bett in einer leeren Kabine zu geben. Nachdem er zuvor allen an Bord erklärt hatte, daß er sich auf der Hochzeitsreise befand, wurde die neue Entwicklung zum Anstoß größter Erheiterung unter der Schiffscrew und der männlichen Passagiere.

Ian Smith, den Schiffsarzt, wunderte Cathys Krankheit etwas. Er untersuchte sie nur oberflächlich (es war nicht üblich, mehr als das zu tun, es sei denn, eine Lady lag schon fast im Sterben), und mußte zugeben, daß sie alle Symptome der Seekrankheit aufwies: Erbrechen, Lustlosigkeit, die Weigerung, zu essen, oder auch nur Speisen in der Nähe zu erdulden. Trotzdem schien irgend etwas nicht zu stimmen. Aber er kam nicht dahinter, und als er gefragt wurde, sagte er nur widerwillig, Lady Stanhope scheine an einer schweren Form der Seekrankheit zu leiden.

Cathy war sich darüber im klaren, daß sie Harold nicht ewig mit ihrer Krankheit fernhalten konnte, aber solange sie auf See waren, klappte es recht gut. Auch gab es keine Möglichkeit für ihn, etwas gegen Jon zu unternehmen, aus dem simplen Grund, daß es keine Möglichkeit gab, eine Nachricht abzusenden; außerdem war ihr, nachdem sie Zeit gehabt hatte, alles zu überdenken, klar geworden, daß Harold, sollte er wirklich seine Drohung wahrmachen wollen und Jon wegen ihrer mangelnden Kooperationsbereitschaft hängen lassen, nichts mehr besitzen würde, um sie zu erpressen. Sie würde ihn so schnell verlassen, daß er es kaum wahrnahm. Nachdem ihre Freiheit Jons Tod bedeuten würde, hatte sie bisher noch keinen Weg gefunden, diese Erkenntnis zu ihrem Vorteil zu nutzen, aber sie war sicher, daß es nur eine Frage der Zeit war. Und das war es, was sie im Augenblick tat – sie spielte um Zeit.

Fünf Tage später wurde Cathy das Theaterspielen langsam leid. Im Bett zu liegen, wenn man sich ausgezeichnet fühlte, war todlangweilig; außerdem hatte sie dadurch zuviel Zeit zum Denken, und ihre Gedanken kehrten immer wieder zu Jon und Cray zurück. Inzwischen mußte Jon erfahren haben, daß er nicht hängen würde, und sie fragte sich, ob er wohl wußte, weshalb. Sie hoffte es von ganzem Herzen. Die Erinnerung an den schmerzerfüllten Schrei, nachdem Harold ihm gesagt hatte, daß sie verheiratet waren, quälte sie. Wenn er es wußte, würde er zumindest auch wissen, daß ihr scheinbarer Verrat ihrer Liebe zu ihm entsprungen war. Veilleicht würde ihm das etwas von seinem Schmerz nehmen.

An Jon zu denken, war so schmerzhaft, daß Cathy versuchte, es nicht zu tun. Aber an Cray zu denken, war genauso schlimm. Das arme Kind! Wie sehr mußte er sie vermissen. Ihr Herz tat ihr weh, wenn sie sich vorstellte, wie er weinte, weil er nicht verstehen konnte, weshalb sie nicht bei ihm war. Sofort nachdem sie sich auf der *Tamarind* eingeschifft hatten, hatte sie Martha eine kurze Nachricht zukommen lassen, worin sie so gut wie möglich erklärte, was geschehen war. Sie wußte, daß Martha ebenso gut, wenn nicht besser als sie für Cray sorgen konnte, trotzdem half es ihr nicht in ihrem Schmerz. Cray würde sicherlich glauben, sie hätte ihn für immer verlassen.

Und dann war da noch ihr Vater. Cathy fürchtete, der Schock über das, was geschehen war, würde ihn töten. Sie konnte nur hoffen, daß Mason es ihm schonend beigebracht hatte, und verdrängte diese Gedanken. Im Augenblick waren sie nur noch zwei Tage von der spanischen Küste entfernt, und sie mußte wieder an sich denken.

Es war ein sonniger Tag, Anfang November, als die *Tamarind* vor La Coruña vor Anker ging. Cathy kletterte lange genug aus dem Bett, um einen Blick auf den Hafen zu werfen. Die Stadt wirkte fröhlich, voller Farben, mit hell gekleideten Männern und Frauen, die zwischen Eseln und Karren umherliefen und versuchten, ihre Waren als erste an den Mann zu bringen. Cathy öffnete das Bullauge ein wenig, unfähig, diesem Anblick zu widerstehen. Sofort drang der Duft von Bananen und Mangos zu ihr herein, und sie vernahm das Lachen spanischer Stimmen. Es war fast Abend, aber noch immer strahlte die Sonne als gelber Ball am Himmel über dem Horizont.

»Du hast mich zum Narren gehalten, nicht wahr, Cathy?« Harolds bedrohlich leise Stimme hinter ihr, ließ sie erschrocken herumfahren. Er sah sie auf eine Art an, die nichts Gutes ahnen ließ, und seine kleinen Augen wirkten in seinem unterdrückten Zorn noch kleiner und gefährlicher als sonst. Seine Lippen hatte er zu einem dünnen Strich zusammengepreßt. Cathy fand keine Worte, ihm zu antworten. Er hatte sie ertappt. Noch vor einer Stunde hatte sie ihm stöhnend erklärt, daß es ihr viel zu schlecht ging, um auch nur daran zu denken, das Bett zu verlassen, ganz zu schweigen von seinem Vorhaben, die Stadt zu erkunden.

»Du warst überhaupt nicht krank, nicht wahr?« fuhr er mit dieser furchteinflößenden Stimme fort. Was du damit zu gewinnen glaubtest, weiß ich nicht. All deine kleinen Spielchen können die Tatsache nicht ändern, daß du meine Frau bist, ob es dir nun gefällt oder nicht. Und ich bin es leid, Zielscheibe des Spotts jedes einzelnen Mannes auf diesem Schiff zu sein. Ich werde mir das nehmen, weshalb ich dich geheiratet habe, und zwar jetzt.«

»Du meinst, mein Geld?« fauchte Cathy ihn an. Ihr war klar, daß es jetzt zur Entscheidung kam. In gewisser Weise war es für sie eine Erleichterung, endlich ihre Verachtung zeigen zu können. Bei dieser Bemerkung wurde Harolds Gesicht noch häßlicher.

»Ich rede von deinem Körper«, korrigierte er sie rüde. Cathys Kinn hob sich, als er auf sie zukam, und ihre Muskeln spannten sich an, um zu kämpfen oder zu fliehen. Wenn Harold glaubte, es würde ein Vergnügen sein, mit seiner Frau zu schlafen, würde sie ihn eines besseren belehren!

»Es wird dir noch sehr leid tun, daß du versucht hast, mich zu täuschen, meine Teure«, versprach er ihr mit leiser Stimme, während er immer näherkam.

»Du wolltest sagen, daß es mir gelungen ist, dich zu täuschen«, forderte Cathy ihn heraus, ungeachtet der Tatsache, daß sie seine Wut noch schürte. Ihre Augen flogen in der Kabine umher, um etwas zu finden, was sie als Waffe benutzen konnte.

»Na warte, du Hure, dafür bezahlst du mir!« brüllte Harold los und sprang auf sie zu. Cathy wich behende zur Seite aus. Seine Finger ergriffen den Seidenstoff ihres Morgenmantels und rissen den Stoff vom Hals bis zur Hüfte hinunter auf. Cathy ließ ihn zu Boden fallen, kickte ihn beiseite und rannte zur Tür. Harold fluchte und folgte ihr nach.

»Das wird dir noch leid tun«, stieß er aus, als er sie an den Haaren erwischte und schmerzhaft daran riß, während er ihre Locken um seine Faust wickelte und sie zu sich zurück zog. »Ich werde dir ein für alle Mal eine Lektion erteilen. Du wirst mich noch um Gnade anflehen...«

»Armer Harold«, stieß Cathy atemlos aus, während er sie rückwärts zog. »Verletzt es deinen Stolz so sehr, daß ich dich verachte und verabscheue? Daß mich deine Berührung übel werden läßt? Wenn du mich küßt, würde ich am liebsten kotzen!«

Mit einem Schrei puren Hasses, riß Harold an ihren Haaren und zwang sie so auf die Knie. Sie konnte nichts dagegen tun, aber ihr Gesicht drückte weiterhin nur Verachtung aus. Sein Kinn bebte, als er sie anstarrte, ihren schlanken, zerbrechlichen Körper in dem pfirsichfarbenen Nachthemd, das mehr zeigte, als es verbarg. Sie starrte ihn ebenfalls an, und ihre blauen Augen versprühten Verachtung. Das schürte seine Wut noch weiter. Mit einem Fluch zog er aus und schlug ihr mit der Hand ins Gesicht. Tränen des Zorns und des Schmerzes traten ihr in die Augen, aber Cathy weigerte sich, zu weinen. Diese Befriedigung würde sie dieser kleinen Kröte nicht geben!

»Fühlst du dich stark, Harold, wenn du eine Frau schlagen kannst?« fragte Cathy, obwohl sie wußte, daß sie sich damit noch mehr Schläge einhandeln würde. Aber sie war zu wütend, um darüber nachzudenken.

»Du gottverdammte Hure!« Die Worte waren kaum mehr als ein wütendes Flüstern. Cathys Augen folgten instinktiv der Bewegung seiner Hand, als er sie zur Faust ballte und sie hob, um seine ganze Wut an ihr auszulassen. Als sie den Schlag kommen sah, konnte sie es nicht verhindern, daß sie zusammenzuckte.

Aber der Schlag wurde nicht zu Ende geführt. Cathy wurde von einem harten Klopfen an der Tür gerettet. Fluchend senkte Harold seine Hand und starrte die Tür an.

»Was ist los?« rief er und warf Cathy einen warnenden Blick zu. Sie schwieg nur, weil ihr alles andere schlecht bekommen würde. Als Harolds Ehefrau konnte er mit ihr tun und lassen, wie es ihm beliebte; er konnte sie sogar schlagen, wenn er es wollte. Es gab keinen Mann an Bord, der ihn davon abhalten würde. Das einzige, was sie erreichen würde, war ihre eigene Erniedrigung.

»Hier ist der Steward mit Ihrem Abendessen, Sir«, ertönte die Stimme von der anderen Seite der Tür.

»Nehmen Sie es wieder mit«, befahl Harold unwirsch.

»Aber Sir, der Koch geht mit dem Rest der Crew an Land. Wenn Sie jetzt nichts essen, werden Sie bis zum Morgen nichts mehr bekommen können.«

»Ich sagte, Sie sollen es wieder mitnehmen«, kreischte Harold. Cathy befeuchtete ihre Lippen, als sie hörte, wie sich die Schritte wieder entfernten.

»So, du Hure, wo waren wir stehengeblieben?« murmelte Harold. Cathy schloß die Augen in der Erwartung seiner Schläge. Statt dessen ließ er ihr Haar los, packte sie an den Unterarmen und riß sie auf die Beine.

Er stieß sie in Richtung Bett. Cathy ließ sich fallen,

in der Hoffnung, ihn durch ihr Gewicht zu bremsen, aber er zog sie einfach mit sich. Als sie am Bett angelangt waren, ließ er ihre Arme wieder los und packte sie um die Hüfte. Cathy, die sah, was er vorhatte, begann sich heftig zu wehren; aber trotz Harolds Fettleibigkeit und seines geringen Körperwuchses, war sie für ihn kein Gegner.

Er hob sie hoch und warf sie auf die Matratze. Cathy schlug mit dem Kopf so heftig gegen die Wand, daß sie einen Augenblick lang Sterne sah. Harold nutzte diesen Augenblick, um sich seiner Kleidung zu entledigen. Cathy konnte nur benommen zusehen.

Voller Ungeduld warf er seine pfauenblaue Jacke beiseite, zog sein rüschenbesetztes Hemd und seine Krawatte aus und stieg aus seinen hellblauen Hosen. Voller Entsetzen starrte Cathy die Berge von Fleisch an, die sich vor ihr entblößten. Die Muskeln seiner Arme und Schultern, wenn man sie als Muskeln bezeichnen konnte, waren schlaff und kraftlos; seine kurzatmige Brust war so weiß wie ihre eigene und in der Mitte von einem Büschel roter Haare gekrönt. Seine Brust war fett und schwabbelig und wirkte schon fast weiblich, während sich sein Bauch darunter grotesk wie eine Kugel nach vorne drängte. Als er seine lange Unterhose auszog, konnte Cathy nur regungslos zusehen. Ganz automatisch verglich sie seinen blassen, kraftlosen Penis mit Jons hartem, kraftvollen Schaft. Einen Augenblick lang überkam sie das Verlangen, loszukichern.

Zumindest aber brachte sie das wieder zu vollem Bewußtsein. Sie blieb regungslos liegen, mit der Absicht, Harold in Sicherheit zu wiegen. Ihre Lippen verzogen sich verächtlich, als er auf sie zustolzierte, selbstbewußt in seiner Blöße.

Mit Ausnahme des schwachen Lichtscheins, der

durch das Bullauge hereinfiel, war es jetzt dunkel in der Kabine. Cathy roch den Duft der Früchte, hörte das Plätschern eines Bootes, das fortgerudert wurde...

Dann erblickte sie etwas, wonach sie gesucht hatte. Auf dem Nachttisch stand eine schwere, metallene Büste der Königin. Cathy lächelte, als sie die Hand danach ausstreckte. Viktoria, deren Ansichten bezüglich der Unterwürfigkeit der Frau gegenüber dem Manne bekannt waren, wäre sicher nicht damit einverstanden, was Cathy jetzt vorhatte; aber im Moment war Cathy das ziemlich gleichgültig.

Als sie nach der Büste griff, hatte sie einen Moment lang ihren Blick von Harold abgewendet. Das war ein Fehler gewesen. Mit einem triumphierenden Grunzen warf er sich auf sie, ihr Kopf wurde erneut gegen die Wand geschleudert, und sein Gewicht preßte sie in die Matratze. Cathy verwandelte sich in einen wilden Tiger. Sie trat und kratzte und biß, und das einzige, woran sie in diesem Augenblick denken konnte, war, daß diese verabscheuungswürdige Kreatur im Begriff war, alles zu tun, um ihren Körper zu schänden. Daß er ihr rechtmäßiger Ehemann war, spielte für sie keine Rolle. Sie haßte und verabscheute ihn, und kein Schwur der Welt würde das ändern können.

Er biß in ihre Brüste, gab ekelerregende Geräusche von sich, und seine Hände erforschten ihren ganzen Körper. Cathy gab es auf, sich planlos zu wehren; statt dessen griff sie nach oben und tastete nach der Büste. Wenn sie sie nur zu fassen bekam, würde sie ihrem Bräutigam eine Nacht bereiten, die er nicht so schnell vergessen würde!

Harold nutzte ihre scheinbare Aufgabe, und schob ihr das Nachthemd über die Hüfte hinauf. Cathy spürte, wie sein nackter Körper ihr Fleisch berührte, und Übelkeit überkam sie. Ihre Hände ließen von der Suche nach der Büste ab und flogen zu ihrem Nachthemd hinunter, in dem Versuch, sich wieder zu bedecken. Sie preßte ihre Schenkel so fest zusammen, daß es sie schmerzte; sie würde nicht aufgeben! Sie würde nicht...

Seine Zähne bohrten sich in ihre Brust. Cathy schnappte nach Luft, und der Schmerz ließ ihr die Tränen in die Augen steigen. Mit ausgestreckten Fingernägeln zielte sie auf seine Augen, aber er fing sie ab und umklammerte sie eisern, so daß sie hilflos war. Seine Knie bohrten unaufhaltsam zwischen ihren Schenkeln.

»O Gott«, betete Cathy voller Verzweiflung. »Hilf mir doch...«

Als Harold sie brutal dazu zwang, ihre Beine zu spreizen, und sein Mund an ihren Brüsten saugte und sie biß, erinnerte sie sich für einen kurzen Augenblick an Jon. Sie hatte ihn damals beschuldigt, sie vergewaltigt zu haben, und es ihm monatelang vorgeworfen. Erst jetzt wurde ihr klar, was eine Vergewaltigung wirklich bedeutete.

Mit einem Grunzen spreizte Harold ihre Schenkel. Cathy spannte jeden Muskel an, in der Hoffnung, sein Eindringen so lange wie möglich zu verhindern. Sie spürte, wie er sich gegen ihre intimsten Körperteile preßte, und in einer instinktiven Bewegung öffnete sie ihren Mund, um ihre Zähne in seinen Nacken zu bohren. Plötzlich, durch die Dunkelheit hinter Harolds Kopf, vernahm sie eine Bewegung. Etwas Silbernes glitzerte für einen kurzen Augenblick und senkte sich in einem weit ausholenden Bogen. Es folgte ein kurzer dumpfer Laut; Harold sog tief die Luft ein und sackte in sich zusammen.

Einen Augenblick war Cathy wie gelähmt. Was war geschehen? Dann meldete sich das Gefühl der Gefahr, der sie sich selbst ausgesetzt fühlte. Von Panik erfüllt, drückte sie Harolds Schultern von sich weg und versuchte, sich von seinem Körper zu befreien.

Irgendwo über ihr ertönte der Klang harten, gespielten Gelächters. Über Harolds Schultern tauchten die Umrisse des Kopfes eines Mannes auf. Cathy starrte die Erscheinung angstvoll durch die Dunkelheit an; ihr stockte fast der Atem, als sie in ein Paar bekannte, eisgraue Augen blickte.

5

»Jon!« stieß sie aus, nachdem sie endlich ihre Stimme wiedergefunden hatte.

»Sieh an, sieh an, wenn das nicht Lady Stanhope ist«, sagte er mit zynischem Tonfall. »Ich bitte vielmals um Vergebung, daß ich Ihre Hochzeitsreise störe, Milady.«

Die Betonung, die er auf das Wort »Hochzeitsreise« legte, ließ ihr die Röte ins Gesicht steigen. Jon war wütend; sie erkannte das ganz deutlich, auch wenn er sein Bestes gab, das zu verbergen. Also hatte er Harolds Lügen geglaubt! Cathy wußte, sie müßte eigentlich ebenso wütend sein, weil er so wenig Vertrauen in sie besaß. Aber sie war so glücklich, ihn lebend und offensichtlich frei zu sehen, daß ihr Zorn verflog.

»Wie, um alles in der Welt, kommst du hierher?« Die Frage lag ihr als erste auf der Zunge. Während sie sprach, versuchte sie, Harolds kraftlosen Körper von sich zu schieben. Wenn sie doch nur aufstehen könnte...!

»Du hattest mich nicht erwartet?« Während er zusah, wie sie erfolglos versuchte, sich von Harold zu befreien, verzogen sich Jons Lippen zu einem teuflischen Grinsen. Fast ohne Anstrengung packte er Harold an einer Schulter und warf ihn mit einer kurzen Bewegung auf den Rücken, weg von Cathy. »Offensichtlich nicht!«

Als sie den eiskalten Sarkasmus in seinen letzten Worten wahrnahm, folgte Cathy seinen Augen. Diese ruhten regungslos auf ihrer entblößten, unteren Körperhälfte und schweiften dann weiter zu Harolds

Nacktheit. Als ihr kam, was er denken mußte, errötete sie voller Schuldgefühl. Dabei war es absurd, denn sie hatte absolut nichts getan, dessen sie sich schämen müßte! Warum mußte der Mann immer so voreilige Schlüsse ziehen!

»Es ist nicht so, wie du denkst«, begann sie, und beeilte sich, das Nachthemd herunterzuziehen, und kniete sich auf die Matratze.

»Natürlich nicht«, erwiderte er kalt und löste ein Seil, das er sich um die Hüfte geschlungen hatte. Mit einem gefährlich aussehenden Messer begann er, kürzere Stücke von dem Seil abzutrennen.

»Was tust du da?« Einen Augenblick lang lenkte sein Tun sie von der Situation ab. Mit großen Augen sah sie zu, wie er den bewußtlosen Harold auf den Bauch drehte und begann, ihn zu fesseln.

»Wonach sieht es denn aus?« Jon zog nun einen Lumpen aus seiner Hosentasche und stopfte ihn Harold in den Mund. Dann zog er eines der Kissen ab und benutzte den Bezug dazu, den Knebel zu fixieren. »Eigentlich wollte ich ihn wohl töten, um dich, meine Süße, zur Witwe zu machen, aber du bist es nicht wert, daß ich wegen dir ein Todesurteil riskiere, auch wenn es bereits das zweite ist.«

Cathy starrte ihn verärgert an. Weshalb mußte er immer das Schlimmste von ihr denken? Während der letzten zwei Jahre hatte sie ihm doch oft genug ihre Liebe bewiesen!

»Jetzt hör mir doch endlich einmal zu; ich sagte doch bereits, es ist nicht so, wie du denkst!« Jetzt machte sich in ihr die Wut breit. Er ignorierte sie einfach und deckte Harold mit der Decke zu.

»Ich nehme an, du verfügst über eine Reisetasche!« Seine Frage war kurz angebunden. Cathy nickte verwirrt. Was hatte ihre Tasche denn mit allem zu tun?

»Wo ist sie?«

»In der Ecke!« Cathys Antwort war ebenso kurz, wie seine Frage. Er folgte mit den Augen ihrer ausgestreckten Hand. »Aber ich verstehe nicht ganz...«

»Es hat dich auch noch niemand beschuldigt, außergewöhnlich intelligent zu sein, oder?« Jon legte mehr und mehr seine Fassade der Höflichkeit ab. Bei dieser Beleidigung weiteten sich Cathys Augen wutentbrannt; aber dann, als sie ihn am liebsten mit ihren Blicken getötet hätte, mußte sie insgeheim lächeln. Wochenlang hatte sie sich nach ihm gesehnt, hatte alles in ihrer Macht Stehende getan, um zu verhindern, daß ihm etwas zustieß. Und nun, nachdem ein Wunder sie wieder zusammengebracht hatte, stritt sie sich mit ihm! Sie schüttelte den Kopf. Sie würde ihm liebevoll zu verstehen geben...

»Jon, Liebling, ich bin so glücklich, daß du da bist!« seufzte sie und kletterte über die Matratze zu der Stelle, wo er neben dem Bett stand. »Wenn du mir nur einmal zuhören würdest...«

Sie lächelte ihn an und hob die Arme, um sie um seinen Hals zu schlingen. Er packte ihre Handgelenke und stoppte ihre Bewegung. Ihr süßes Lächeln verwandelte sich wieder in einen zornigen Blick; sein eigener Gesichtsausdruck wies Befriedigung über ihre Reaktion auf.

»Du glaubst wirklich, du mußt nach allem nur die Hand ausstrecken, und sie gehört dir, was?« fragte er, als sei er verwundert. »Diesmal nicht, mein Schatz. Du wirst mich nicht noch einmal mit deinem süßen Lächeln, deinen Küssen und deinem wirklich verführerischen Körper hereinlegen. Ich habe dich endlich durchschaut: Du bist nichts anderes als eine Hure, die sich an den hält, der das meiste Geld hat. Oder den, der dir im Moment das Beste zu bieten hat.«

»Wie kannst du es wagen, so etwas zu mir zu sagen?« stieß Cathy aus, gleichzeitig verwirrt und verärgert. »Wenn du das von mir denkst, dann geh doch hin, wo der Pfeffer wächst! Na los doch, geh schon! Dann bleibe ich, weiß Gott, lieber bei Harold als bei dir!«

Jon lächelte freudlos. Seine Finger schlossen sich so fest um ihre, daß es sie schmerzte.

»Ausgezeichnet, wirklich ausgezeichnet, Cathy!« applaudierte er leise. »Aber du vergißt eines dabei – ich kenne dich ziemlich gut. Wenn du es darauf anlegst, kannst du eine sehr überzeugende Schauspielerin sein. Und du hast bei denen Berechnungen noch etwas vergessen: Was mein ist, behalte ich auch.«

»Ich glaube eher, *du* hast etwas vergessen!« schoß Cathy wütend zurück. »Ich bin mit Harold verheiratet, weißt du noch? Ich gehöre dir nicht, und wenn du so weitermachst, werde ich dir auch nie gehören!«

»O doch«, sagte er mit leiser Stimme. »Du gehörst mir, so lange ich dich will. Wenn ich von dir genug habe, gebe ich dich vielleicht sogar deinem lieben Harold zurück. Mit diesem Gedanken kannst du dich ja trösten, mein Kind.«

»Was tust du da?« Die Frage brach förmlich aus ihr heraus, als er ihre beiden Hände in eine seiner eigenen nahm und begann, ihre Handgelenke mit einem Stück Seil zu fesseln. Während er mit den Zähnen den Knoten festzog, versuchte sie verzweifelt, sich loszureißen.

»Du bist ja verrückt!« schrie sie ihn an, als er sie auf dem Bett auf den Bauch warf und ihren Füßen die gleiche Behandlung zukommen ließ. Sie gebärdete sich wie wild und versuchte, nach ihm zu treten, aber es genügte, ein Knie auf ihren Rücken zu pressen, um sie bewegungsunfähig zu machen.

»Wenn du mich nicht sofort losbindest, schreie ich. Diesmal werden sie dich fangen und hängen. Ich meine, was ich sage, du Schwein, ich werde schreien!«

»Ach, tatsächlich?« Der Tonfall hätte sie warnen sollen, aber sie konnte noch immer nicht fassen, daß Jon so mit ihr umsprang. Das Stück Stoff, das ihr in den offenen Mund geschoben wurde, kam völlig überraschend. Und während sie noch immer dagegen ankämpfte, band er ihr sein eigenes Taschentuch über den Mund!

Cathy bäumte sich auf, als Jon sie hochnahm, und ihre blauen Augen sprühten Feuer.

»Du Bastard!« wollte sie sagen, aber der Knebel erstickte jedes Wort. Jon grinste humorlos, als könnte er ihre Gedanken lesen.

»Keine Angst, meine Gefühle dir gegenüber sind ähnlich«, machte er sich über sie lustig und legte sie auf den Boden. Im nächsten Augenblick wurde ihr auf einmal klar, weshalb: Er begann, sie in den chinesischen Teppich einzuwickeln, der neben dem Bett lag. Staub drang ihr in die Nase, sie mußte niesen und erstickte fast an dem schrecklichen Knebel. Sofort löste Jon den Teppich etwas, damit sie wieder Luft bekam.

»Lieg still, und es passiert dir nichts«, sagte er grob. Cathy konnte ihn nur stumm anstarren.

Im nächsten Augenblick hob er sie hoch und warf sie sich über die Schulter, als trage er tatsächlich nur einen Teppich. Kochend vor Wut, versuchte sie wieder zu treten, aber in seinem Griff war sie hilflos.

Auf dem Weg aus der Kabine packte er noch Cathys kleine Reisetasche und klemmte sie sich unter den freien Arm, während er mit dem anderen die sich windende Cathy festhielt. Als er schließlich an Deck stieg, hatte sie es aufgegeben und sie regte sich nicht mehr. Er hoffte nur, sie würde nicht ersticken. Als er sie zuerst erblickt hatte, wie sie bereitwillig mit ihrem Liebhaber auf dem Bett lag, hatte ihn eine unbeschreibliche Wut ergriffen: Sein erster Gedanke war gewesen, die beiden sofort zu erwürgen. Unter Aufbietung beträchtlicher Selbstdisziplin hatte er dann Harold bewußtlos geschlagen und seine Frau mitgenommen – nein, nicht *seine* Frau, Harolds Frau. Diese Tatsache bereitete ihm noch immer Probleme. Aber es bedurfte nicht viel, um seine Wut wieder aufkochen zu lassen, und Gott stehe Cathy bei, sollte sie ihn dazu bringen!

Sie war seine Frau gewesen, wenn nicht vor den Menschen, so doch vor Gott, und sie hatte ihn betrogen. Wissentlich, bereitwillig hatte sie ihren Körper verkauft, obwohl sie ihm ewige Treue geschworen hatte. Und wofür? Liebte er sie, dieser widerliche Fettkloß, den sie mit in ihr Bett genommen hatte? Würde er von morgens bis abends für sie schuften, um aus trockener Erde den Lebensunterhalt für sie und ihr Kind zu pressen? War er bereit, sein Leben zu geben, um sie vor jeder Gefahr zu schützen? Nein! Cathy hatte das Gold seiner Liebe gegen toten Reichtum und das Glitzerleben der Londoner Gesellschaft eingetauscht, wie er es immer befürchtet hatte. Und dabei hatte sie sich genauso gezeigt, wie jede andere Frau, die er bisher kennengelernt hatte: Wie Katzen liebten sie immer den, der ihnen die besten Stücke Fisch zuwarf, ihnen das weicheste Kissen am wärmsten Kamin anbot. Ihre Zuneigung ging nie tiefer.

Inzwischen kannte ihr Cousin und Ehemann zweifellos jede Einzelheit ihres wunderschönen Körpers. Während er über das dunkle und verlassene Deck der *Tamarind* marschierte, versuchte er, das Bild von Harolds weibischem Mund und seinen fleischigen Fingern zu verdrängen, die Cathys schlanken Körper erforschten. Aber es gelang ihm nicht.

Als Jon an der Achterreling anlangte, dachte O'Reilly, der mit Tinker, einem anderen ehemaligen Gefangen in einem Ruderboot davor wartete, daß er noch nie einen so wütenden Mann gesehen hatte. Mit einem Seil ließ Jon die Tasche in das Boot hinunter.

»Hast du gefunden, wonach du gesucht hast?« fragte O'Reilly schließlich vorsichtig, nachdem er inzwischen bereits einiges der Vorgeschichte kannte. Er war überrascht, daß Jon allein zurückgekehrt war. Der neue Kapitän der *Cristobel* war wegen einer Lady gekommen; in der kurzen Zeit, die er ihn nun schon kannte, hatte er Jon als Mann kennengelernt, der zu Ende brachte, was er sich vornahm.

»Ja.« Als er sich dann mit einer Hand am Seil hinunterließ und O'Reilly den Teppich auf seiner Schulter wahrnahm, dämmerte es ihm.

»Fahren wir«, sagte er, nachdem er im Boot angelangt war. Während O'Reilly und Tinker zu rudern begannen, legte er den Teppich vorsichtig auf den Boden. Ein gedämpftes Geräusch ertönte aus den Falten des Teppichs. O'Reilly mußte grinsen, als er Tinkers überraschtes Gesicht sah.

»Ich sagte, du sollst still sein!« fuhr Jon den Teppich an und lockerte ihn etwas am Kopf. Als sie sich erneut meldete, ignorierte er sie einfach, ging zum Dollbord und starrte ungerührt auf das Meer hinaus.

Als sie die *Cristobel* erreichten, packte Tinker die Tasche und kletterte die Strickleiter hinauf, die zu ihnen herabgelassen wurde. Ihm folgte O'Reilly, dessen Angebot, Jon mit dem Teppich zu helfen, abgewiesen worden war. Jon, den Teppich wieder auf der Schulter, folgte als letzter, und hinter ihm wurde die Leiter wieder hochgezogen.

Auf Deck wimmelte es vor Leuten, die ihr Bestes gaben, um das Schiff weiterzusegeln. Nur wenige der ehemaligen Sträflinge waren erfahrene Seeleute, die man als Crew bezeichnen konnte. Die anderen waren zumindest bereit, zu lernen, alle anderen hatte Jon aussortiert und mit der ehemaligen Crew, deren Kapitän und den weiblichen Gefangenen an Land ausgesetzt. Jon wußte, daß es nur eine Frage der Zeit war, bis die Neuigkeiten der Meuterei nach England gelangten, und man ihnen Schiffe nachsenden würde. Bis dahin hoffte er, mit der *Cristobel* weit genug weg zu sein.

Mit großen Schritten marschierte Jon zur Kapitänskajüte unter dem Achterdeck. Da er der einzige war, der vorher schon einmal ein Schiff dieser Größe befehligt hatte, war er zum Kapitän bestimmt worden. Aber von Anfang an hatte er allen klargemacht, daß er strikten Gehorsam erwartete. Inzwischen hatten die Männer seine Kenntnisse, seine Fairneß und seine Körpergröße respektieren gelernt, und es hatte wenig Probleme gegeben. Diejenigen, die auf Ärger aus waren, hatte er ebenfalls eingesperrt und später an Land ausgesetzt. Aus seiner Erfahrung als Piratenkapitän hatte er gelernt, daß eine Meuterei wie die Masern war: ansteckend. Es war zu einer Meuterei auf der *Cristobel* gekommen, und er war fest entschlossen, dafür zu sorgen, daß es dabei blieb.

Die Kapitänskajüte war klein und dreckig, wie alles auf dem Schiff. Außer der Koje bildeten ein häßlicher Kohleofen, ein am Boden verankerter Tisch und zwei Stühle die einzigen Einrichtungsgegenstände. Die Koje bestand aus einem harten, schmalen Bett, das direkt in die Wand eingelassen und äußerst unbequem war. Das hatte er in der Woche, in der er darauf geschlafen hatte, bereits zu spüren bekommen.

Nachdem er hinter sich die Tür geschlossen hatte, steckte Jon eine Kerze an. Dann senkte er den Teppich mit Cathy auf den staubigen Boden und stellte sie auf die Füße. Langsam wickelte er sie aus dem Teppich aus. Der Knebel in ihrem Mund hielt sie davon ab, zu sprechen, aber ihre Augen sprachen Bände. Wenn Blicke töten könnten, schoß es Jon durch den Kopf, würde er im nächsten Augenblick tot umfallen. Wenn er mit ihr fertig war, würde sie sich wünschen, diese Fähigkeit zu besitzen!

»Ich werde dir jetzt den Knebel aus dem Mund nehmen, aber ich warne dich: Wenn du Ärger machst, ist er blitzschnell wieder an der alten Stelle. Und dann lasse ich ihn drin. Kapiert?«

In ihren Augen war noch immer Mordlust zu erkennen, aber nach einem kurzen Augenblick des Zögerns nickte sie.

Kaum hatte er sie von ihrem Knebel befreit, begann sie ihn zu beschimpfen.

»Diesmal hast du wohl wirklich den Verstand verloren, Jonathan Hale!« spuckte sie aus und fuhr sich mit der Zunge über die ausgetrockneten Lippen. Wie kannst du es wagen, mich so zu behandeln? Du bist ein niederträchtiges, verabscheuungswürdiges, dummes Schwein, und hätte ich auch nur ein wenig Grips besessen, hätte ich dich hängen lassen sollen!«

»Und, warum hast du nicht? Ich muß zugeben, diese Sache hat mich in der Tat beschäftigt. Was ist geschehen, Cathy? Hat dir der Gedanke, ich könnte gehängt werden, tatsächlich Gewissensbisse verursacht? Hast du und dein Harold deshalb dafür gesorgt, daß ich wegtransportiert und als Sklave verkauft werden sollte? Sauber ausgedacht. Damit war deine befleckte Vergangenheit sicher und für immer beseitigt, ohne daß du deine blütenweißen Händchen mit Blut befleckt hast. Sag, rein aus Neugier, wie hast du denn vor, Cray loszuwerden?«

»Das ist das Schmutzigste, was einem Menschen

einfallen kann!« Cathy war vor Wut fast sprachlos. »Du weißt ganz genau, daß ich Cray mehr als alles andere auf der Welt liebe! Ich würde ihn nie loswerden wollen, wie du es ausdrückst. Und ich habe dich geliebt! Ich hoffe, dir fällt auf, daß ich sagte, ich habe dich geliebt! Vergangenheit! Denn nach dem, wie du mich heute behandelt hast, beginne ich mich zu fragen, ob ich dich überhaupt jemals gekannt habe!«

»Und als nächstes wirst du mir vermutlich einreden wollen, daß du alles nur aus Liebe zu mir getan hast?« sagte er zynisch.

»Aber ja! Aber ja! *Das habe ich!*« Ihre Stimme wurde zu einem Kreischen, als sie ihm diese Worte entgegen warf.

»Das kannst du deiner Großmutter erzählen.« Brutal wischte er ihre Behauptung beiseite. Wieder flackerte in Cathys Augen die Wut auf.

»Du bist ein elender Mistkerl!« sagte sie mit bebender Stimme. »Du machst mich krank, weißt du das? Du bist nicht mehr zu retten! Du...«

»Das reicht!« befahl er mit grimmigem Gesicht. »Ich habe keine Zeit zuzuhören, wie du dein Netz aus Lügen spinnst. Wenn wir nicht wollen, daß sich dein geliebter Harold und seine Freunde an unsere Fersen heften, müssen wir mit der Zehn-Uhr-Flut auslaufen. Und das wollen wir doch nicht, oder?«

»O doch, das wollen wir!« fauchte sie ihn an, und in diesem Moment meinte sie es fast auch so.

Er packte ihren Arm und zog sie zur Koje hinüber.

»Was hast du denn jetzt wieder vor? Nimm deine Finger von mir!«

Als sie sich wehrte, beugte sich Jon nur nach vorne und nahm sie in seinen Armen hoch. »Nein, nein, meine Liebe, das haben wir alles bereits hinter uns. Ich gehe nicht noch einmal das Risiko ein, indem ich dich hier frei herumlaufen lasse, nur um nachher entdecken zu müssen, daß mein kleines Vögelchen ausgeflogen ist.«

»Du kannst mich doch nicht gefesselt lassen!« rief Cathy aus und wand sich in seinen Armen.

»Kann ich nicht? Warte es ab!« Damit ließ er sie ohne Vorwarnung auf die Koje plumpsen. Die dünne Matratze war fast so hart wie das Brett darunter, und Cathy zuckte vor Schmerz zusammen. Aber sofort versuchte sie, sich trotz ihrer Fesseln wieder aufzurichten.

»O nein, das machen wir nicht!« Jon drückte sie mit einer Hand zurück auf die Koje und hielt sie anschließend mit beiden Knien fest, während er nach ihren Händen griff und diese über ihrem Kopf am Rahmen der Koje festband. Dabei bedachte sie ihn mit sämtlichen Schimpfwörtern, die sie je gehört hatte. Er ignorierte sie, stand auf und hatte wenig Mühe, ihre Füße ebenfalls festzubinden. Hilflos lag Cathy jetzt auf der Koje, die Hände am Kopfende, die Füße am Fußende der Koje angebunden. Ihre Knie waren leicht angewinkelt und ihr Nachthemd bis zu den Oberschenkeln hochgeschoben. Ihre langen, weißen Beine schimmerten einladend. Goldene Locken ihres Haares fielen entlang der Koje nach unten in Richtung Boden, ihre Wangen waren gerötet und ihre Augen bohrten sich wie Dolche in ihn. Schließlich blieb sie schwer atmend und schweigend liegen und starrte ihn nur an. Jon sah sie lange Zeit mit ausdruckslosem Blick an. Dann zuckten seine Augen. Er packte den Saum ihres Nachthemds und zog es bis zu ihren Fesseln hinunter, machte wortlos auf dem Absatz kehrt und verließ die Kajüte, nachdem er vorher noch die Kerzen ausgeblasen hatte.

An Deck sog Jon die kühle Nachtluft ein, in der

Hoffnung, wieder einen klaren Kopf zu bekommen. Er konnte kaum fassen, daß die zerbrechliche Schönheit dieser Hure bereits wieder sein Urteilsvermögen zu trüben schien. War es möglich, daß sie das, was sie getan hatte, tatsächlich aus Liebe zu ihm getan hatte, wie er sie so zynisch gefragt hatte? Nein! Er schob diesen winzigen Hoffnungsschimmer von sich. Hätte sie ihn wirklich aus Liebe vor dem Galgen retten wollen, so hätte sie eine ganze Reihe Dinge tun können, die keine Eheschließung mit einem reichen Lord beinhaltete. Ihr Vater hätte ihr geholfen, wenn auch nur wegen Cray. Der hagere Butler, der ihn im Haus am Grosvenor Square eingelassen hatte, hatte ihm gesagt, daß es ihrem Vater bereits viel besser ging, daß er sogar außer Gefahr war. Das verlogene Luder brauchte gar nicht zu denken, die Krankheit ihres Vaters als Grund vorzuschieben! Oder sie hätte einen Wachposten bestechen können, damit er ihn entkommen ließ, oder ... Außerdem hatte sie selbst ja alles zugegeben. An jenem Tag, als sie nach Newgate gekommen war, hatte sie alles vor ihm zugegeben und war dann gegangen, um ihn verzweifelt zurückzulassen. Nein, es war nur die Angst vor seiner Vergeltung, daß sie ihm etwas von ihrer angeblichen Liebe vorspielte. Er würde sich nicht noch einmal von ihr um den kleinen Finger wickeln lassen!

»Hale – wollte sagen, äh, Captain – könnten Sie sich das einmal ansehen? Da will etwas nicht so richtig funktionieren.«

Froh darüber, seinen düsteren Gedanken entkommen zu können, folgte Jon dem Mann zum Besanmast, wo er entdecken mußte, daß sich beim Versuch, das Kreuzsegel zu hissen, die Taue verknotet hatten. Das Segel hing völlig schief. Jon seufzte und erklomm schließlich selbst den Mast, wo er sich mit einer Hand an der Takelage festhielt, und mit der anderen die Taue wieder löste. Anschließend demonstrierte er ihnen zum wohl zehnten Male, wie man ein Segel hißte. Unter seiner Anleitung schafften es die unerfahrenen Männer schließlich ganz passabel. Er lobte sie dafür und kletterte wieder auf das Deck hinunter, um sie ihrer Arbeit zu überlassen. Gott stehe allen an Bord der *Cristobel* bei, sollte sie jemals in einen Sturm geraten! Mit ihrer Crew von Amateuren würden sie vermutlich nur mit Gebeten überleben können!

»Kalt, Jonny?« Die einstudierte mädchenhafte Stimme gehörte Sarita Jones, wie sie sich selbst nannte, einer schwarzhaarigen, schwarzäugigen Zigeunerin, die wegen Prostitution deportiert werden sollte. Sie war eine der wenigen weiblichen Sträflinge, die es vorgezogen hatten und denen es gestattet worden war, an Bord zu bleiben. O'Reilly hatte ein Auge auf sie geworfen und war für sie eingetreten, deshalb hatte Jon es auch zugelassen, daß sie blieb. Aber seitdem hatte Sarita deutlich zu erkennen gegeben, daß sie den neuen Kapitän der *Cristobel* weitaus anziehender fand. Jon seufzte innerlich, als er sie ansah, wie sie sich vor ihm zur Schau stellte, daß ihre vollen Brüste fast völlig unter der weit ausgeschnittenen Bauernbluse zu sehen waren, die sie trug. Frauen an Bord waren immer ein Problem, dachte er verärgert. Und eines war sicher: Er hatte bereits genug Probleme mit einer Frau an Bord, ohne daß er diese noch hinzuzählte!

»Nach Einbruch der Dunkelheit haben Frauen an Deck nichts mehr zu suchen, Sarita. Das habe ich dir bereits mehrmals gesagt.« Seine Stimme klang geduldig, aber es war offensichtlich, daß er meinte, was er sagte. Sarita sah ihn mit verführerischen Augen an.

»Aber ich hab dir eine Flasche Grog gebracht, Jonny. Es ist doch sicher erlaubt, daß ich dir eine Flasche Grog bringe, wenn es draußen kalt ist?«

Jon sah sie einen Augenblick lang an, ohne zu sprechen. Es war unmöglich, auf Sarita böse zu sein, so aufreizend ihr Verhalten auch war. Sie war nicht gerade intelligent, kam aus der Gosse Londons, aber sie meinte nichts richtig böse. Und zumindest gab sie sich, wie sie war, was man nicht von allen sagen konnte.

»Danke, Sarita«, sagte er und nahm die Flasche entgegen, die sie ihm reichte. Er tat so, als merkte er nicht, wie sie über seine Finger strich, während sie ihm die Flasche gab. »Und jetzt verschwinde wieder unter Deck. Und zwar ein bißchen plötzlich!«

»O Jonny!« protestierte Sarita; aber zu seiner Erleichterung machte sie kehrt, provokativ die Hüften schwingend. Ganz offensichtlich ging sie davon aus, daß er ihr nachblickte und Lust auf sie bekam.

»Frauen sind Machwerke des Teufels, was Captain?« erntönte O'Reillys wehmütige Stimme neben ihm. Der kleine, gedrungene Mann mit seinem rötlichen Gesicht neidete Jon offensichtlich sein gutes Aussehen. Jon schnitt eine Grimasse.

»Das sind sie, O'Reilly, ohne Zweifel«, antwortete er mitfühlend. »Hier, trink einen Schluck.«

Jon reichte dem anderen Mann die Flasche, der einen kräftigen Schluck nahm, und sie ihm dann zurückgab. Jon wischte den Flaschenhals an seinem Hemdsärmel ab und nahm ebenfalls einen großen Schluck. Dann standen die Männer gut zwei Stunden auf dem Achterdeck und unterhielten sich nur gelegentlich, während sie die Flasche Rum gemeinsam leerten. Als der Mond schließlich aufging, war die *Cristobel* bereits wieder weit draußen auf See. Als Jon düster die Reflexionen des Mondlichts im Wasser betrachtete, wußte er, daß er nicht mehr ganz klar im

Kopf war. Er war zwar nicht betrunken, aber er war auch nicht mehr ganz nüchtern.

»Ich glaube, ich haue mich aufs Ohr«, sagte er zu O'Reilly gewandt, der nickte und dann, als ihm einfiel, daß noch eine Lady auf Jon wartete, grinste er. Jon nahm das Grinsen mit leichter Verärgerung auf. O'Reilly stellte sich offensichtlich vor, daß er noch eine lange, leidenschaftliche Nacht vor sich hatte, wogegen er doch eher größerem Ärger entgegensah.

Jon übergab Mick Frazier das Kommando, einem der wenigen an Bord, die mit einem Schiff etwas anfangen konnten. Er erteilte ein paar Instruktionen bezüglich des Kurses und der Menge an Segel. Dann begab er sich in seine Kajüte.

Cathy war vor Erschöpfung inzwischen eingeschlafen. Sie wurde abrupt geweckt, als Jon hereinkam. Er schloß die Tür und lehnte sich mit dem Rücken dagegen, bis sich seine Augen an die Finsternis gewöhnt hatten. Sogar über diese Entfernung hinweg konnte Cathy den Geruch des Alkohols in seinem Atem wahrnehmen. Also hatte er getrunken, während sie hier gelegen und gelitten hatte! Aber als er auf sie zukam, konnte sie keine Anzeichen von Trunkenheit bei ihm feststellen; nur die Augen glänzten ein wenig.

»Meinst du, du könntest es wagen, mich loszubinden?« fragte sie spitz, während er vor der Koje stand. »Schließlich bist du ja jetzt hier, um zu vermeiden, daß ich fliehen kann.«

Jon schien einen Augenblick unentschlossen, dann setzte er sich auf die Kante der Koje. Wortlos löste er den Knoten, der ihre Hände an das Bett fesselte. Cathy senkte ihre Arme, ohne ein leichtes Stöhnen zu unterdrücken. Wenn er sich bezüglich seines Verhaltens ihr gegenüber dadurch schuldig fühlte, um so besser! Er verdiente noch weitaus Schlimmeres!

Etwas länger dauerte es, den Knoten an ihren Handgelenken zu lösen. Anschließend öffnete und schloß Cathy ein paarmal ihre Finger und schüttelte sie anschließend. Schließlich streckte sie ihre Arme weit aus. Am gesamten Oberkörper verspürte sie Nadelstiche, und sie stöhnte unwillkürlich auf.

»Arme eingeschlafen?« fragte Jon in einem Tonfall, den man fast schon als Mitleid hätte auslegen können. Cathy war jedoch nicht in der Stimmung sein Mitleid zu akzeptieren.

»Oh, nein«, erwiderte sie abweisend. »Wie kommst du denn auf so etwas?«

Jon warf ihr einen verärgerten Blick zu. »Es wird besser sein, wenn du dein heißes Temperament zügelst, meine Liebe. Ich kann dich jederzeit wieder fesseln, wenn dir das lieber ist.«

»Im Ausstoßen von Drohungen bist du ganz gut, was? Dann wollen wir doch mal sehen, ob du sie auch ausführst!«

Mit diesen Worten verpaßte sie ihm eine Ohrfeige, daß es klatschte. Jons Kopf flog zurück, und automatisch flog seine Hand an die getroffene Wange.

»Du verdammtes, kleines Luder!« fauchte er, packte ihre Hände und hielt sie fest. »Was dir fehlt, ist eine Tracht Prügel! Und solltest du mich noch mehr ärgern, wirst du sie auch erhalten!«

»Mein Gott, noch mehr Drohungen!« machte sich Cathy über ihn lustig. »Sieh mich nur an, ich zittere wie Espenlaub.«

Jon knirschte mit den Zähnen, packte sie an beiden Schultern und begann, sie zu schütteln, bis es Cathy schwindelig wurde.

»Laß mich los, du brutales Aas!« fuhr sie ihn an, als sie wieder sprechen konnte. Jon hörte auf, sie zu schütteln und warf ihr einen Blick zu, der sie eigentlich hätte bremsen müssen. Aber sie war zu wütend, um es zu erkennen. Wie konnte er sie nur so behandeln. Wieder schoß ihre Hand nach vorne und erwischte diesmal die andere Wange.

»Du Schlampe!« brüllte er und packte ihre Hände so fest, daß sie sich vor Schmerzen krümmte. »Das reicht jetzt! Ich sollte dich windelweich prügeln!«

»Na los doch, großer, mutiger Mann! Los doch, mach schon!« forderte ihn Cathy heraus. Jons graue Augen blitzten gefährlich, aber er kam ihrer Forderung nicht nach. Cathy hatte auch nicht geglaubt, daß er seine Drohungen wahrmachen würde. Sie kannte ihn zu gut, oder zumindest glaubte sie das...

Statt dessen drückte er sie wieder zurück auf die Matratze. Seine Knie zerquetschten ihr fast den Brustkorb, als er sie damit festhielt. Sie wand sich und fluchte, als er erst die eine, dann die andere Hand an der Koje festband. Als er seine Knie wieder von ihrer Brust nahm, war sie hilflos wie ein kleines Kind, und seine Augen glänzten vor Befriedigung.

»Binde mich sofort los, Jonathan Hale! Du bindest mich sofort los, oder es wird dir noch leid tun! Ich kratze dir die Augen aus, wenn ich hier wieder loskomme! Ich...!«

»Ruhig, ruhig, mein Mädchen«, kam Jons scheltende Stimme, und er ging zum Fußende der Koje. Er griff nach ihren Füßen, und Cathy hielt für den Augenblick still, überrascht, daß er sich offensichtlich doch entschlossen hatte, sie loszubinden. Aber nachdem ihre Füße endlich frei waren, fesselte er sie erneut; nur waren ihre Beine diesmal einzeln gefesselt – und ihre Beine weit geöffnet.

»Was tust du denn jetzt?« stieß sie aus.

Jon lächelte hämisch.

»Mir kam gerade, daß ich dich deines Bräutigams

beraubt habe. Aber mache dir deswegen keine Sorgen, Süßes. Ich werde ihn dir ersetzen.«

Plötzlich wurde Cathy alles klar, als ihr ihre Position bewußt wurde, wie sie mit weit geöffneten Beinen hilflos hier auf der Koje lag.

»Wage es ja nicht!« warnte sie ihn mit einem bösen, bebenden Flüstern. »Wage es ja nicht, Jon! Ich werde dich für immer hassen, wenn du das tust! Ich meine, was ich sage: Ich werde dich für immer hassen!«

»Das steht dir frei, Lady Stanhope«, gab er zur Antwort. »Aber ich glaube kaum, daß du mich mehr hassen kannst, als ich dich!«

Noch während er sprach, zog er das gefährlich aussehende Messer aus seinem Gürtel. Cathy starrte es angsterfüllt an und drückte sich tiefer in die Matratze, als sich die Klinge ihrer Kehle näherte. Aber dann wurde ihr erleichtert klar, daß er auf den Kragen ihres Nachthemds zielte. Jon hob die hauchdünne Seide etwas an, schob die Klinge darunter und zog das Messer über die ganze Länge des Stoffes nach unten. Cathy spürte die kühle Nachtluft, als er das, was von ihrem Nachthemd übrig war, unter ihr wegzog und zu Boden fallen ließ.

»Jon, tue das nicht! Bitte!« flehte sie ihn an, als er sich über sie beugte. Ihre Wut war verflogen und hatte blankem Entsetzen Platz gemacht. Sie würde es nicht ertragen können, wenn er sie so nahm, brutal und mit Haß zwischen ihnen beiden, wo früher Liebe gewesen war. Es wäre eine Vergewaltigung, wie Harold es mit ihr vorgehabt hatte.

»Jon, nicht! Bitte!« versuchte sie es erneut und warf sich hin und her, während seine starken, warmen Hände mit ihren schwieligen Handflächen langsam über ihren Körper wanderten.

»Wie schön sie bitten kann«, sagte Jon. »Hast du

Harold ebenso angefleht Lady Stanhope? Bevor du dich ihm hingegeben hast?«

»Nein!« schrie Cathy los und schüttelte ihren Kopf hin und her. Aber Jon hörte nicht länger zu. Er hatte sich wieder aufgerichtet und starrte sie unbeweglich an, während er sich seiner Kleidung entledigte. Ihr nackter Körper schimmerte weiß in der Dunkelheit, wie ein blasses X gegen den dunklen Hintergrund der Decke. Ihre Brüste waren weich, voll und schneeweiß, wie zwei Hügel, gekrönt von zwei vorstehenden, rosigen Brustwarzen. Sie bebten, als er sie anstarrte. Ihre Hüfte war schmal, ihr Bauch, der einst ihren gemeinsamen Sohn getragen hatte, war flach und glatt. Ihre langen Beine waren wohlgeformt und zerrten jetzt an den Seilen, die sie festhielten. Das zarte, goldene Haarvließ zwischen ihren Beinen schien ihn einzuladen, versprach ihm Freuden wie in der Vergangenheit. Sie lag vor ihm wie ein Festmahl, und plötzlich wußte Jon, daß er am Verhungern war. Seit Monaten hatte er keine Frau besessen, nicht, seitdem sie ihn auf Woodham verlassen hatte, um zu ihrem Vater zu fahren. Dann, während der langen Reise über den Atlantik nach England hatte er ständig von ihr geträumt, hatte er sich ihren nackten Körper vorgestellt, wie er ihn leidenschaftlich liebte. Und während der nicht enden wollenden Tage und Nächte im Gefängnis, waren seine Phantasien noch erotischer geworden. In seinen Gedanken hatte er sie auf jede Weise genommen, wie ein Mann eine Frau nehmen konnte, aber eine Verführung im Geiste war eine äußerst unbefriedigende Übung. Aber heute nacht – heute nacht! Sie lag vor ihm wie eine hilflose Jungfrau, die als Opfer dargebracht werden sollte. Und er würde sie nehmen. All ihr Bitten und Betteln würde ihn nicht rühren.

»Jon, tu das nicht!« flehte Cathy ihn erneut an, als er sich nackt neben sie auf die Koje legte.

»Stell dir einfach vor, ich sei Harold«, flüsterte er grob zurück, und Cathy zuckte dabei zusammen.

Er machte Anstalten, sie zu küssen, und sie drehte ihr Gesicht von ihm fort. Seine Hand schloß sich schmerzhaft um ihr Kinn und zwang sie dazu, ihm ihr Gesicht wieder zuzuwenden. Er ließ ihr Kinn auch dann nicht los, als sich sein Mund auf den ihren legte. Seine Zunge drängte sich zwischen ihre Lippen, berührte ihre Zähne, die Sie krampfhaft geschlossen hielt. Sie würde sich ihm nicht hingeben!

»Hör auf, dich zu wehren, Cathy, oder ich muß dir wehtun«, flüsterte er in ihr Ohr. Als sie sich ihm weiterhin widersetzte, biß er sie strafend leicht in ihr Ohrläppchen. Cathy sog vor Schmerz die Luft ein, und Augen und Mund öffneten sich gleichzeitig. Im gleichen Augenblick preßte er mit dem Daumen ihre Wange nach innen, so daß sie sich selbst beißen würde, sollte sie versuchen, ihren Mund wieder zu schließen. Dann schlossen sich seine Lippen wieder über ihren, und er küßte sie hungrig. Seine Zunge tauchte in die süße Tiefe ihres Mundes ein, und berührte kitzelnd ihre Zunge. Sie liebkoste ihre Lippen, ihre Zähne und ihren Gaumen.

Cathy, die ihn dafür haßte, was er ihr antat, dafür, daß er sie mit Gewalt nahm, weigerte sich, seine Berührungen zu genießen. Als er seine Hände auf ihre Brüste legte und zärtlich ihre Brustwarzen streichelte, versuchte sie, sich ihm zu entziehen. Aber durch die Fesseln konnte sie sich nur wenige Zentimeter bewegen. Seine Hand folgte ihr und fuhr mit ihrem Spiel fort. Schamerfüllt mußte sie feststellen, daß ihre weichen Hügel bebten und ihre Brustwarzen hart wurden.

Sein Mund löste seine Hände ab und begann gefühlvoll an ihren Brüsten zu saugen. Ohne etwas dagegen tun zu können, verspürte Cathy ein warmes Gefühl in ihrem Bauch. Als wollte er die Wärme schüren, strich seine Hand über die seidenweiche Haut ihres Bauches und hinunter zu der Stelle zwischen ihren Beinen, wo sie stoppte. Nach einer kurzen Weile begannen seine Finger, sich zu bewegen. Cathy vernahm ein heiseres Atmen und stellte erschrocken fest, daß es aus ihrer eigenen Kehle entsprang. Auch Jon hatte es vernommen und hob seinen Kopf, um sie triumphierend anzulächeln.

»Jon, wenn du das tust, werde ich es dir nie verzeihen«, flüsterte Cathy mit zitternder Stimme, als er sich auf sie legte.

Jon lachte.

6

Nachdem er sich verausgabt hatte, lag Jons schwerer regungsloser Körper auf ihr. Er war noch immer in ihr, während sich sein Atem langsam wieder normalisierte. Cathy, die sich einerseits durch sein brutales Eindringen in sie beschmutzt vorkam und andererseits beschämt über die instinktive Reaktion ihres Körpers war, lag still und regungslos unter ihm. Sein Gewicht drohte, ihr die Luft aus den Lungen zu pressen, aber sie nahm es kaum wahr. Ihr ganzes Bewußtsein konzentrierte sich auf das Entsetzliche, das er ihr angetan hatte. Ihre Augen hielt sie fest geschlossen, und sie versuchte, an gar nichts zu denken. Aber ihre Gedanken wollten einfach nicht abschalten. Das werde ich ihm nie vergessen, dachte sie wie taub, während sie spürte, wie die Wärme seines Samens an der Innenseite ihrer Schenkel hinablief. »Nie, niemals.«

Seine Gewalttätigkeit hatte die süße Blüte ihrer Liebe genommen und sie in etwas Häßliches verwandelt. Ihr war bewußt geworden, daß ihre Handlung ihn aus seiner Sicht provoziert hatte, aber sie weigerte sich, das als Entschuldigung anzuerkennen. Jahrelang hatte sie gegen seine Eifersucht angekämpft, gegen sein tief verwurzeltes Mißtrauen gegenüber dem gesamten weiblichen Geschlecht. Heute nacht hatte sie endgültig verloren. Und sie hatte kein Interesse mehr daran, noch einmal von vorn anzufangen, und den Kampf erneut anzugehen. Er war es einfach nicht wert, das war ihr ganz deutlich zum Bewußtsein gekommen. Für Jon war Liebe gleichbedeutend mit Sex, und er war der Meinung, daß alle Frauen nur daran interessiert waren. Selbst wenn es nicht zu dieser unseligen Verstrikkung von Vorfällen gekommen wäre, hätte er sie früher oder später der Untreue bezichtigt. Nun, sie war es leid, gegen seine eigene Unsicherheit anzukämpfen. Rechtlich war sie nicht länger an ihn gebunden, und durch seine eigene Tat hatte er das letzte emotionale Band zwischen ihnen zerrissen.

Cathy verspürte eine Eiseskälte, als sie daran dachte, wie er sie genommen hatte. Er hatte sie nicht physisch mißhandelt – da sie gefesselt war, hatte dafür keine Notwendigkeit bestanden. Aber als er in ihr eine Reaktion erweckt hatte, die sie nicht kontrollieren konnte, hatte er sie verhöhnt und sie mit schmutzigen Ausdrücken überschüttet. Sie hatte nicht einmal ihre Schenkel vor ihm schließen können...

Entsetzt und verwundert spürte sie, wie sich ein Kichern in ihrer Kehle entwickelte. Eine versuchte Vergewaltigung und eine vollendete Vergewaltigung in einer Nacht – und von zwei verschiedenen Männern! Das mußte eine Art Rekord sein! Vielleicht sollte sie sich sogar geschmeichelt fühlen. Schließlich konnte nicht jede Frau damit angeben. Es mußte etwas an ihr sein, das Männer die Grenzen ihres Anstands vergessen ließ und sie in wilde Tiere verwandelte. Sie stellte sich Jon als hageren, grauen Wolf und Harold als fettes, rosiges Schwein vor, und sie mußte laut loskichern.

Jon traute seinen Ohren nicht. Sie lachte! Die kleine Hure lachte tatsächlich! Er stützte sich auf den Ellbogen ab, um ihr ungläubig ins Gesicht zu sehen. Nach dem, was gerade eben vorgefallen war, konnte er es einfach nicht fassen.

Ihre Augen waren geschlossen, ihr rosa Mund, der von seinen Küssen angeschwollen war, war geöffnet, und das Gelächter brach in kurzen Abständen immer wieder aus ihr heraus. Als er sie fassungslos ansah, liefen ihr zwei glitzernde, silberne Tränen über die Wangen. Gegen seinen Willen meldete sich Jons Gewissen. Vielleicht hätte er sie doch nicht so nehmen sollen, wie er es getan hatte, so sehr sie es auch herausgefordert und verdient hatte. Aber er war wütend gewesen, hatte Harold vor sich gesehen, wie er ihren Körper küßte und streichelte, und er hatte jede Vernunft verloren.

Cathy öffnete die Augen, und sie starrte ihm einen Augenblick lang in seine Augen. Sie wirkte in diesem Augenblick so hilflos und so verdammt jung...

»Du siehst tatsächlich wie ein Wolf aus«, murmelte sie und kicherte erneut los.

»Cathy...« begann Jon, verstummte aber gleich wieder. Worte der Entschuldigung waren ihm auf der Zunge gelegen, aber er würde gar nicht daran denken, sich zu entschuldigen, oder sogar zu erklären versuchen! Weshalb auch? Schließlich hatte sie ihren Körper Harold geschenkt, und sicher ohne irgendwelche Gewissensbisse!

Jon rollte von der Koje und blickte sie stirnrunzelnd lange an, die Fäuste in die Hüften gestemmt. Sein schlanker Körper glänzte schweißnaß. Cathys Arme und Beine befanden sich noch immer in der Position, in der er sie festgebunden hatte.

Cathy starrte ihn mit ausdruckslosen Augen an. Als er sie ansah, halb verärgert, halb besorgt, wurde sie von einem Lachanfall nach dem anderen geschüttelt. Irgendwie machte es ihm Angst.

Natürlich, sie war hysterisch! Erleichtert wurde ihm das klar. Einen Augenblick lang hatte er schon geglaubt, sie hätte den Verstand verloren. Er beugte sich nach vorne, um sie loszubinden, aber das andauernde Gelächter brachte ihn so durcheinander, daß er fast eine Ewigkeit dazu brauchte. Selbst dann blieb sie in der gleichen Lage liegen und lachte weiter.

»Cathy, das reicht! Hör auf damit!« Seine Stimme war hart, und er packte sie an den Schultern, unfähig, das Gelächter noch länger zu ertragen. Grob zog er sie in eine sitzende Position und schüttelte sie, aber das Gelächter wurde nur noch schlimmer.

»Cathy!« Nur noch verzweifelt darauf bedacht, sie zu stoppen, hob Jon seine Hand und gab ihr eine schallende Ohrfeige. Sofort erstarb das Gelächter. Als sich ihr Blick wieder auf ihn konzentrierte, stellte er glücklich fest, daß sie wieder etwas klarer wirkte. Dann begann sie ganz plötzlich, herzzerreißend zu weinen.

Ihr Schluchzen zehrte an Jons Herz. Innerlich fluchend, setzte er sich auf die Koje, und entgegen besseres Wissen versuchte er, sie in die Arme zu schließen.

»Nein!« kreischte sie ihn an und schob ihn so fest von sich, daß er fast von der Koje fiel. »Rühr mich nicht an! Ich ertrage es nicht, wenn du mich anfaßt!«

»Cathy...« Seine Stimme war auf einmal heiser. Er räusperte sich und ratlos legte er stumm seine Hände in den Schoß.

»Ich werde dir nie verzeihen, was du mir angetan hast«, sagte sie ausdruckslos, und ihr Schluchzen war wie weggewischt. »Nicht, so lange ich lebe. Was mich anbelangt, ist das, was einmal zwischen uns existierte, tot und vorbei. Du bedeutest mir nichts mehr. Es ist seltsam, aber ich kann dich nicht einmal mehr hassen.«

Jon starrte sie an ohne zu sprechen. Seltsamerweise waren ihre Worte wie Messerstiche für ihn. Dann stieg langsam wieder Ärger in ihm auf, und er war fast dankbar dafür. Zumindest würde er ihn davon abhalten, noch einmal einen Narren aus sich zu machen.

»Falls du glaubst, mich mit deinen Tränen bezirzen

zu können, solltest du besser noch einmal nachdenken«, spuckte er aus und erhob sich. »Du hast mir und Harold und Gott wem noch alles das gegeben, was ich mir heute genommen habe. Dafür wurden die Frauen schließlich geschaffen – um uns Männern Freuden zu verschaffen. Ich habe dich nur dem Zweck zugeführt, für den du erschaffen wurdest.«

Während er sprach, zog Jon seine Hose wieder an. Cathy sah ihm wortlos dabei zu. Während er sich sein Hemd überzog, bestritten ihre Augen ein stummes Duell. Dann, noch immer wortlos, machte er auf dem Absatz kehrt und marschierte aus der Kajüte. Die Tür knallte er hinter sich zu. Cathys Blick blieb noch eine ganze Weile auf der geschlossenen Tür haften, dann brach sie schluchzend zusammen. Es dauerte lange, bis sie sich in den Schlaf geweint hatte.

»Cathy!«

»Laß mich in Ruhe!« murmelte sie verschlafen.

»Cathy, wach auf!« Sein harter Tonfall und seine rauhen Hände rissen sie endgültig aus ihrem Schlaf. Sie blinzelte, als er sie auf den Rücken drehte. Einen verwirrten Augenblick lang starrte sie ihn an und fragte sich, warum er so verärgert war. Dann bemerkte sie seinen Blick, der auf ihrem Körper haftete. Sie folgte seinem Blick, um zu entdecken, daß sie vollkommen nackt war, und die Decke als Knäuel zu ihren Füßen lag. Der Anblick ihrer eigenen Nacktheit brachte ihr schlagartig die Vorfälle der vergangenen Nacht wieder zu Bewußtsein. Erschrocken setzte sich Cathy blitzartig auf, daß ihre Brüste wippten, griff nach der Decke und zog sie sich bis zum Hals.

»Dein Anflug von Keuschheit steht dir zwar sehr gut, ist aber eine Kleinigkeit übertrieben«, sagte Jon. Cathys Augen blitzten ihn wütend an.

»Kommst du für deine Morgennummer?« fragte sie bissig und hob ihr Kinn.

Jons Augen verengten sich zu schmalen Schlitzen. »Vielen Dank für die Einladung«, erwiderte er langsam, »aber ich fürchte, ich muß ablehnen. Ich ziehe es vor, daß meine Sachen nicht so schnell abnutzen!«

»Du, du...!« brachte Cathy nur heraus. Ohne nachzudenken schlug sie mit der Faust in Richtung seines Gesichts. Diesmal hatte er es jedoch erwartet und fing die Hand ab. Er drückte sie, bis sie einen kurzen Schmerzensschrei ausstieß.

»Ich warne dich: Schlage mich noch einmal, und ich schlage zurück«, drohte er. »Ich habe die Nase voll von deinen kindischen Wutausbrüchen. Und jetzt raus aus dem Bett!«

Mit diesen Worten riß er sie vom Bett herunter. Hätte er sie nicht aufgefangen, wäre sie sicher auf den Boden gestürzt. Fast rasend vor Wut, riß sie sich von ihm los.

»Warum läßt du mich nicht endlich in Ruhe?« fuhr sie ihn an und richtete sich auf. »Gibt es auf dem Schiff keinen anderen, den du schikanieren kannst?«

»Zieh dich an«, befahl Jon nur und ignorierte ihre Stichelei. Um sie weiter zu strafen, ließ er seinen Blick verächtlich über ihren nackten Körper schweifen. Ihr Anblick war so schön, daß es ihm fast den Atem verschlug, aber er versteckte sein Gefühl gut und brachte es sogar fertig, ein verächtliches Schnauben loszuwerden.

»Geh zur Hölle!« erwiderte Cathy und schenkte ihm einen eisigen Blick. Sie weigerte sich sogar, ihre Blöße zu bedecken, denn das war es ja, worauf er wartete! Mit einem unterdrückten Fluchen packte er sie bei ihren nackten, weichen Schultern und sah sie dann warnend an.

»Da gibt es noch etwas, was du dir merken solltest«,

stieß er aus. »Hier auf diesem Schiff bin ich der Kapitän, und hier hat man zu gehorchen. Einen deiner Ausbrüche an Deck, und ich werde darauf auf eine Art und Weise reagieren, die dir mit Sicherheit nicht gefallen wird.«

»Das war eine beeindruckende Rede, *Captain*«, höhnte Cathy. »Aber sie war überflüssig. Ich habe nicht die geringste Absicht, einen Fuß an Deck zu setzen.«

»Ach, nein?« lächelte Jon, und sein Gesicht wirkte hinterhältig. »Dann fürchte ich, ich muß dich erneut enttäuschen: Du *wirst* an Deck gehen, und zwar schon sehr bald. Und während du da draußen bist, wirst du genau das tun, was ich dir sage. Im Gegensatz zu deinem Glauben, ist dies kein Schiff voller Luxus, wie die *Tamarind*. Auf der *Cristobel* arbeitet jeder mit.«

»Arbeiten?« Cathy war so überrascht, daß die Frage ganz normal aus ihrem Munde kam.

»Du hast richtig gehört, arbeiten«, antwortete Jon fröhlich. »Etwas, an das du nicht gewöhnt bist, ich weiß. Aber selbst jemand Nutzloses wie du kann etwas tun. Genau gesagt, bestehe ich sogar darauf.«

Cathy war fest entschlossen, von ihm keine Befehle entgegenzunehmen.

»Ich werde nichts dergleichen tun«, erklärte sie, verschränkte die Arme vor der Brust und sah ihn nur stur an. »Im übrigen kannst du mich nicht dazu zwingen.«

Jons Augen blitzten bei ihrem letzten Satz, und Cathy schoß es kurz durch den Kopf, daß eine solche Herausforderung vielleicht doch etwas unklug gewesen war. Dann, als er zu lächeln begann, war sie sich dessen sogar sicher.

»Ich denke, wir wissen beide, daß du hier falsch liegst«, sagte er fast freundlich. »Ich kann dich zu allem zwingen, was ich will, wie du letzte Nacht wohl bereits gemerkt hast. So, ich lasse dich jetzt allein, damit du dich anziehen kannst; im Gegensatz zu dir habe ich Arbeiten zu erledigen. Aber solltest du nicht innerhalb von fünfzehn Minuten an Deck erscheinen, komme ich dich holen. Und solltest du es so weit kommen lassen, werde ich es genießen, während du es bereuen wirst.«

»Ich wünschte, du wärst tot!« Aber er war bereits durch die Tür verschwunden und hatte es wahrscheinlich nicht einmal mehr gehört.

Düster ging Cathy zu ihrer Tasche, kniete vor ihr nieder und öffnete sie. Nachdem keines ihrer Kleider passend für irgendeine Arbeit war, wählte sie ein einfaches Nachmittagskleid aus blauer Seide aus. Mit seinem herzförmigen Ausschnitt, dem Rüschenbesatz und den Puffärmeln war es zwar ebenso hübsch und verspielt wie ihre anderen Kleider, aber zumindest war die Farbe relativ nüchtern. Wenn Jon von ihr erwartete, daß sie arbeitete, mußte er eben sehen, woher er die passende Kleidung für sie nahm, wenn ihm diese Kleider nicht gefielen.

Nachdem die Zeit fast abgelaufen war, beeilte sich Cathy, ihr Gesicht und ihren Körper mit dem lauwarmen Wasser zu waschen, das sie in einer Blechschüssel vorfand und begann, ihre Unterwäsche anzuziehen. Nachdem es ein heißer Tag zu werden schien, zog sie nur eine dünne Bluse und einen einzigen Unterrock an. Nachdem sie einen Augenblick nachgedacht hatte, beschloß sie, auch auf die Seidenstrümpfe zu verzichten. Die einzigen Schuhe, die sie dabei hatte, besaßen hohe Hacken und waren wohl kaum für das Deck eines Schiffes geeignet.

Ihr Haar stellte sie vor ein weiteres Problem. Jon hatte nicht daran gedacht, ihre Haarnadeln mitzunehmen, also blieb ihr nichts anderes übrig, als sie kräftig durchzubürsten und hinten mit einem blauen Band zusammenzufassen.

Es war eine hübsche, wenn auch etwas seltsam aussehende Lady,die wenige Minuten später im grellen Sonnenlicht blinzelte und ihre Augen mit einer Hand überschattete. Als sich ihre Augen allmählich an die Helligkeit gewöhnten, wäre sie am liebsten wieder in Jons Kajüte geflüchtet. An Deck wimmelte es förmlich von Männern. Wohin sie auch sah, schienen sie sich selbst im Wege zu stehen, und sie versuchten offensichtlich, nach bestem Können das Schiff zu segeln.

Während Cathy die Männer anstarrte, begannen diese, einer nach dem anderen, zurückzustarren. Die vielen, auf sie gerichteten Augenpaare, machten Cathy nervös. Eilig lief sie auf die schmale Treppe zum Achterdeck zu. Zwar hatte sie eigentlich vorgehabt, um Jon einen weiten Bogen zu machen, aber jetzt sehnte sie sich nach seinem Schutz. Als Cathy das Achterdeck betrat, fiel ihr als erstes auf, wie klein, eng und schmutzig es war. Ein kleiner, knochiger Mann mit kahlem Schädel steuerte das Schiff, während Jon mit einem kräftigeren Mann direkt hinter dem Bugspriet stand. Er schien den Mann in die Geheimnisse der Navigation einführen zu wollen, denn in der einen Hand hielt er einen Kompaß und in der anderen Hand einen Sextanten. Dann bewegte sich der Mann ein wenig zur Seite, und Cathy sah zu ihrer Verwunderung, daß auch noch eine Frau bei ihnen stand.

»Äh, Captain.« Der hagere Mann am Steuerrad räusperte sich laut. Als die drei ihn fragend ansahen, nickte er wortlos mit dem Kopf in Cathys Richtung. Drei Augenpaare mit unterschiedlichem Ausdruck richteten sich auf sie.

Cathy hatte keine Ahnung, welch bezauberndes

Bild sie abgab, als sie oben auf der letzten Stufe stand, eine Hand auf das Holzgeländer gelegt. Vor dem Hintergrund des blauen Himmels und der sich aufblähenden Segel spiegelte sich die Sonne in ihrem Haar und schien es in loderndem Feuer zu entfachen. Ihr seidenes Kleid legte sich an ihren Körper, betonte ihre runden Brüste, während sich das Kleid wie die Blütenblätter einer exotischen Blume um ihre Füße legte.

Jon hörte, wie O'Reilly neben ihm vor Bewunderung tief durchatmete, während sich Sarita auf seiner anderen Seite zu verkrampfen schien.

»Jonny, wer ist das?« wollte die Frau mürrisch wissen. Ihr besitzergreifender Tonfall ließ Cathys Kinn hochschnellen. Ihre Augenbrauen hoben sich, sie warf Jon einen eiskalten Blick zu und ging auf sie zu, wobei sie den Rock etwas anhob, um nicht darauf zu treten.

»Ja, Jon, wer ist *das*?« fragte Cathy eisig mit einem Seitenblick auf Sarita. Jon grinste amüsiert. Offensichtlich gefiel Cathy weder Saritas Gegenwart, noch ihr vertrautes »Jonny«. Insgeheim hoffte er, die Eifersucht würde sie ebenso verzehren, wie ihn während der vergangenen Wochen.

»Sarita, darf ich dich meiner...« Frau vorstellen, hätte Jon beinahe gesagt, ertappte sich jedoch im letzten Moment dabei. »Lady Stanhope«, beendete er den Satz. Mit einem Lächeln zu Cathy gewandt, fügte er hinzu: »Lady Stanhope, das ist Miß Sarita Jones. Der Herr neben mir ist Tom O'Reilly und der Mann am Steuer ist Mick Frazier. Alle, wie ich, befreite Sträflinge.«

Cathy nickte ihnen jeweils nur kurz zu. Ihr gefiel gar nicht, wie sich diese Frau an Jons Arm klammerte, als wäre er ihr Eigentum! Nicht, daß er ihr noch etwas bedeutete, aber...! Sarita ihrerseits starrte Cathy mit unverhohlener Feindseligkeit an. Cathy starrte ebenso zurück.

»Wo kommt sie her, Jonny?« Saritas schrille Stimme schmerzte in Cathys Ohren. Jon lächelte Sarita an und tätschelte die Hand, die sich an seinen Arm klammerte.

»Ich – äh – habe sie von *La Coruña*«, meinte Jon und schenkte Cathy ein hinterhältiges Grinsen. Cathy, bemüht, keine Anzeichen der Verärgerung zu zeigen, lächelte genauso zurück.

O'Reilly, der das alles beobachtete, kam es vor wie die Ruhe vor dem Sturm. Mit innerer Erleichterung wurde ihm jedoch bewußt, daß er sich nicht länger Sorgen darüber machen mußte, der Captain könnte Sarita ganz verfallen. O nein, so sehr die schwarzhaarige Hure ihm selbst auch gefiel, für einen Captain war sie noch lange nicht gut genug. Die kleine Blonde war das hübscheste Ding, das er seit Jahren zu Gesicht bekommen hatte, und er war sicher nicht der einzige, der so dachte. Der Captain sah sie auf eine Weise an, die die Worte »Hände weg!« förmlich aussprachen, und selbst eine Leiche mußte vor ihrem Tod taub und blind gewesen sein, wenn sie nicht merkte, wie die Luft knisterte, wenn sich ihre Blicke trafen. Eines war sicher: Mit der Lady an Bord, und solange der Captain so für sie empfand, würde es ein gewaltiges Feuerwerk geben. O'Reilly hoffte nur, daß er nicht dabei war, wenn es hochging!

»Sind Sie bereit, an die Arbeit zu gehen, Lady Stanhope?« fragte er mit harter Stimme.

»Ich bin bereit«, antwortete Cathy kühl und starrte ihn so lange an, bis er den Blick abwenden mußte. Seine Lippen aufeinander gepreßt, drehte er sich zu Sarita um.

»Lady Stanhope war so freundlich, sich bereitzuerklären, dir und den anderen Damen beim Kochen zu helfen«, erklärte er ihr. Cathys Blick war wie ein Paar Dolche, aber er war viel zu sehr damit beschäftigt, Sarita anzulächeln, um ihn wahrzunehmen. »Ich wäre dir sehr dankbar, wenn du ihr zeigen könntest, was sie zu tun hat.«

»Ja, Jonny.« Wenn man ihr zusah, wie sie Jon anhimmelte, konnte einem übel werden, dachte Cathy wutentbrannt. Das und dieses ewige Jonny ging ihr auf die Nerven.

Sarita führte sie das Achterdeck hinunter und lief über das Deck, wobei sie herausfordernd mit dem Hintern wackelte. Cathy, die ob dieser Provokation mit den Zähnen knirschte, blieb nichts anderes übrig, als ihr zu folgen. Sie war fest entschlossen, Jon gegenüber nicht das kleinste Anzeichen von Schwäche zu zeigen. Sie wußte, er wartete nur darauf, daß sie ihn um Gnade anflehte, um sich dann über sie zu amüsieren und ihr die Arbeit zu ersparen. Aber Cathy hatte nicht vor, ihn um irgend etwas zu bitten. Was Sarita ihr auch auftragen würde, sie würde es tun!

Als Cathy hinter Sarita über das Deck lief, fühlte sie alle Augen auf sich gerichtet. Männer starrten sie von jeder Ecke aus an. Einige bewundernd, andere neugierig und manche voller Lüsternheit. Aber niemand belästigte sie. Cathy nahm an, es hatte sich herumgesprochen, daß sie das Privateigentum des Captains war.

Die Arbeit, die Sarita ihr zuteilte, nämlich das Wasser aus den Fässern unter der Poop zu holen und damit die riesigen Kessel zu füllen, die sie zum Kochen benutzten, war äußerst mühselig. Cathy nahm an, Sarita hatte ihr diese Arbeit mit Absicht aufgetragen. Aber Cathy war fest entschlossen, es durchzustehen. Jon hatte ihr gesagt, sie würde arbeiten müssen, und sie würde arbeiten. Und sollte er darauf warten, daß sie zu seinen Füßen schluchzend zusammenbrach, würde sie ihn bitter enttäuschen!

Trotz der steigenden Hitze arbeitete Cathy wie ein

Pferd. Die Eimer, die sie hin und her schleppte, waren schwer und wurden von Mal zu Mal schwerer. Schon bald schmerzten die Muskeln ihrer Arme und Schultern, und die Metallgriffe der Eimer schnitten ihr in die weichen Hände. Schließlich blieb Cathy nichts anderes übrig, als ein Stück von ihrem Unterrock herauszureißen, um ihre wunden Hände etwas zu polstern.

Als endlich kein Wasser mehr gebraucht wurde, ließ sich Cathy an einem schattigen Platz auf Deck zu Boden sinken. Sie lehnte sich an die Reling und fächelte sich mit ihrem Rock Luft zu, um etwas Linderung von der brütenden Sonne zu erhalten. Die anderen Frauen – außer Sarita waren es vielleicht noch acht weitere – waren damit beschäftigt, den Eintopf aus gesalzenem Schweinefleisch und Gemüse umzurühren, den die Männer später essen würden. Cathy verspürte keinerlei Schuldgefühle hier zu sitzen, während die anderen arbeiteten. Sie hatte ihren Anteil an Arbeit bereits geleistet – mehr als die anderen – und sie brauchte eine Verschnaufpause. Schon konnte sie spüren, wie ihre Haut zu brennen begann; ihr Kopf schmerzte, und ihr Magen verursachte ihr Probleme.

Die Männer kamen in Schichten zum Essen, streckten den Frauen ihre Blechteller entgegen, damit diese ihnen auftaten. Cathy sah ihnen desinteressiert zu. Das Gekochte sah äußerst unappetitlich aus, und Cathy war sich nicht sicher, ob sie es würde essen können. Aber die Männer schienen es zu mögen. Gierig verschlangen sie, was auf ihren Tellern war, wobei sie sich meist mehr ihrer Finger als eines Löffels bedienten. Dann gingen sie los, um sich eine zweite Ration zu holen. Als die zweite Schicht zu essen begann, war es Cathy bereits vom Zusehen übel. Schließlich schloß sie die Augen, um es nicht länger mitansehen zu müssen. Ihr war so heiß, daß sie über das Stadium des Schwitzens bereits hinaus war, und jeder Muskel ihres Körpers schien ihr weh zu tun.

Als Jon schließlich mit dem Rest der Mannschaft kam, um zu essen, fand er sie so vor, mit weit ausgebreitetem Rock, den Kopf an die Reling gelehnt und die Augen geschlossen. Es sah fast aus, als hielte sie ihr Mittagsschläfchen. An ihrer schweißnassen Stirn und den verklebten Haaren konnte er sehen, daß sie etwas getan hatte. Was immer es auch war, offensichtlich arbeitete sie jetzt nicht mehr. Offenbar glaubte sie, sie könnte sich gegen ihn auflehnen. Nun, er hatte ihr gesagt, sie sollte arbeiten, also würde sie auch arbeiten!

»Lady Stanhope«, sagte er mit langgezogenem Tonfall, als er schließlich vor ihr stand. Cathy öffnete die Augen und mußte ihren Kopf weit in den Nacken legen, um zu ihm aufsehen zu können. Er sah sie mit gerunzelter Stirn an.

»Was willst du?« fragte sie mürrisch.

»Ich bitte um Vergebung, wenn ich Ihren Schlaf gestört haben sollte, Milady«, murmelte Jon. »Ich bin sicher, Sie haben ihn nötig, nach all der schweren Arbeit, die Sie geleistet haben.«

»Da hast du völlig recht«, gab Cathy mit offener Feindseligkeit zurück.

Jons Augen verengten sich bei ihrem Tonfall. »Schlafen muß sehr anstrengend sein«, murmelte er bösartig.

»Bist du nur hergekommen, um dich unbeliebt zu machen, oder wolltest du etwas Bestimmtes?« fauchte sie ihn an.

Ein Muskel in seiner Wange begann warnend zu zucken.

»Oh, sicher, ich möchte etwas. Ich möchte gerne etwas essen. Hol es.«

Cathy starrte ihn ungläubig an.

»Das soll wohl ein Witz sein«, antwortete sie schließlich.

»Aber ganz und gar nicht«, erwiderte Jon eisig. »Ich glaube, ich sagte bereits einmal, daß auf der *Cristobel* niemand umsonst mitfährt. Ich muß zugeben, daß du nicht zu viel taugst, aber du kannst mir wenigstens mein Essen holen.«

»Während du was machst?«

»Während ich eine wohlverdiente Pause mache. Im Gegensatz zu dir habe ich den ganzen Morgen hart gearbeitet.«

»Im Gegensatz zu mir...!« brach es aus Cathy heraus.

»Ich habe keine Lust, mich den ganzen Nachmittag mit dir zu streiten«, sagte Jon, und seine Augen verhärteten sich, als er ihr in die Augen blickte. »Ich sagte dir, du sollst mein Essen holen. Und ich möchte, daß das nun etwas plötzlich geschieht.«

»Du willst tatsächlich von mir bedient werden?« fragte sie, als könnte sie noch immer nicht fassen, was er da von ihr verlangte.

»Jawohl«, antwortete er. »Und zwar augenblicklich.«

Einen Augenblick starrte sie ihn noch an, dann machte sie auf dem Absatz kehrt, um zu tun, was er verlangte.

Jon grinste, als er sie gehen sah. Ganz offensichtlich war sie wütend auf ihn, und das amüsierte ihn.

Cathys Augen glitzerten gefährlich, als sie den Teller ausstreckte, um ihn mit dem Essen füllen zu lassen. Clara, die für diesen Kessel zuständig war, warf ihr einen abschätzenden Blick zu.

»Hat er uns eine Dienstmagd mitgebracht, was?« stieß sie belustigt aus und machte eine Kopfbewegung in Richtung Jon. Cathy hatte Mühe, sich zu beherrschen, aber sie hatte nicht vor, noch mehr zu Claras Belustigung beizutragen.

»Offensichtlich«, gab sie nur zur Antwort und warf Jon einen Blick zu, aus dem Mordlust sprach.

Jon hatte es sich inzwischen an der Stelle bequem gemacht, wo sie vorher gesessen hatte, und die Beine weit von sich gestreckt.

»Deine Sklavin ist zurück, Herr«, stieß Cathy aus, als sie wieder vor ihm stand. »Soll ich dich auch noch füttern?«

»Braves Mädchen«, machte er sich aber sie lustig und streckte die Hand nach dem Teller aus. Cathy lächelte ihn an, daß ihre kleinen, schneeweißen Zähne sichtbar wurden. Dann zog sie den Teller wieder außer Reichweite und begann, den Inhalt ganz langsam über seinen arroganten Kopf zu kippen.

7

»Verflucht!« brüllte Jon los, und seine Hand fuhr nach oben, um die schmierige Masse aus seinem Haar und seinem Gesicht zu wischen, während er auf die Füße sprang.

Cathy konnte ein triumphierendes Grinsen nicht unterdrücken. Es verschwand jedoch schnell wieder, als das Ausmaß seines Zorns sichtbar wurde. Seine Mundwinkel zuckten, und er starrte sie wütend an, die Hände zu Fäusten geballt. Cathy schluckte, plötzlich nervös. Sie mußte all ihren Mut aufbringen, um nicht davonzulaufen. Man hatte ihr schon immer gesagt, daß ihr Temperament sie einmal in große Schwierigkeiten bringen würde, und es sah aus, als sei dieser Moment heute gekommen. Dann vernahm sie das Raunen hinter ihr in der Menge und war sich dessen sicher.

Sie riskierte einen eiligen Blick über die Schulter, um festzustellen, daß sie und Jon im Mittelpunkt des Interesses standen. Sämtliche Tätigkeiten an Deck waren erstorben, und alle reckten die Köpfe, um zu sehen, was nun geschehen würde. Würde der neue Captain, der selbst den kräftigsten Mann wegen eines frechen Grinsens seine Fäuste spüren ließ, so etwas von einem Weib, so hübsch sie auch sein mochte, hinnehmen? Und falls nicht, wie würde er darauf reagieren?

»Ich wette, er versohlt ihr gehörig ihren süßen, kleinen Arsch!« Cathy hörte die Bemerkung aus der Menge.

»Ach was, er wird sie über Bord werfen«, kam die Antwort. Als ihre Augen furchtsam Jons Gesicht durchforsteten, fürchtete sie, daß die zweite Bemerkung zutreffen würde.

»Du dumme, kleine Hure!« stieß er schließlich aus. Dann griff er nach ihr. Cathy, die in seinen Augen nichts als blutige Vergeltung las, verließ plötzlich jeglicher Mut. Mit einem spitzen Schrei packte sie ihre weiten Röcke, machte kehrt und rannte los. Aber sie schaffte es nicht. Jon erwischte sie am Arm, seine Finger bohrten sich schmerzhaft in ihr Fleisch, und er riß sie zu sich herum, daß sie ihn wieder ansehen mußte. Sein Gesicht war eine dunkle, äußerst wütende Fratze.

»Ich – es tut mir leid«, stotterte Cathy in der Hoffnung, ihn zu beschwichtigen. Angesichts seiner Wut hatte sie ihr Stolz ebenso verlassen wie ihr Mut.

»Zu spät«, gab er zurück und riß sie an sich heran. Hart kam ihr Magen in Kontakt mit seinem gebeugten Knie, und sie wußte sofort, was er vorhatte. Als sich sein Arm wie eine Klammer um sie legte, begann sie wie wild um sich zu treten. Er hatte doch tatsächlich vor, ihr vor allen Leuten den Hintern zu versohlen!

»Laß mich los!« schrie sie.

»O nein«, erwiderte er. »Du hast es so gewollt, du Miststück, also bekommst du auch, was du verdienst!«

Cathy trat und wand sich, während sich unter den Leuten Gelächter und Gegröle breitmachte. Dann begannen ihre Wangen auf einmal zu brennen, als sie spürte, wie Jon ihre Röcke anhob.

Er schob ihren Rock und den Unterrock über ihre Hüfte hinauf, so daß sie nur noch mit dem dünnen Stoff ihrer rüschenbesetzten Unterhosen bekleidet war. Lauteres Gegröle und anfeuernde Rufe begleiteten seine Handlung, und Cathy wäre am liebsten im Boden versunken. Sofort verstärkten sich ihre Anstrengungen, aber im nächsten Augenblick blieb ihr die Luft weg, als seine kräftige Hand mit schmerzhafter Wucht auf ihrem Hinterteil landete.

»*Klatsch!*«Die Schläge wiederholten sich gnadenlos, bis sich Cathys Wutschreie in Schluchzen und Wimmern verwandelten. Ihr Hinterteil brannte wie Feuer, und sie hatte es aufgegeben, um sich zu treten, weil es seine Wut nur immer neu anzufachen schien, so daß sie schließlich ruhig auf seinen Knien lag. Anfeuernde Rufe und bewundernde Bemerkungen drangen an ihr Ohr.

»Nur auf diese Art lernen sie es, Capt'n!« Cathy hörte Respekt in der Stimme des Mannes.

»Ja, wir müssen den Weibern zeigen, wer der Boß ist«, rief ein anderer.

Jon landete einen letzten, harten Schlag und beendete damit ihre Bestrafung. Grob riß er sie auf die Füße. Ihre Röcke hingen noch immer um ihre Hüfte, und sie beeilte sich, sie mit den Händen hinunterzustreichen. Einen Augenblick lang schützten ihre goldenen Haare sie vor den Blicken der grinsenden Menge. Dann warf sie den Kopf stolz zurück. Ihre Augen glühten, und sie hob ihr Kinn, als sie sie ansah. Verdammt, sie würde vor diesen Galgenstricken keine Scham zeigen, und schon gar nicht Jon gegenüber!

Cathy konnte ihm gerade noch einen giftigen Blick zuwerfen, da nahm er sie bereits mit seinen kräftigen Armen hoch. Cathy rührte sich nicht und versuchte krampfhaft herauszufinden, was er nun wieder im Schilde führte. Einerseits wollte sie seine Wut nicht erneut entfachen, aber andererseits, falls er sie etwa ins Meer werfen wollte...

Was immer Cathy auch erwartet hatte, was jetzt kam, traf sie völlig unvorbereitet. Jon blieb plötzlich stehen. Cathy hatte gerade genug Zeit, festzustellen, daß sie sich in sicherer Entfernung von der Reling befanden, als ihre Knie auch schon nach oben flogen, und sich ihr Kopf senkte. Mit einem Aufschrei wurde ihr bewußt, daß dieser Bastard sie mit dem Kopf voran in den Kessel tauchte, in dem sich die schmierige Masse befand, die sie vorhin Jon über den Kopf gegossen hatte.

Als Jon sie wieder herauszog, waren ihre Haare über und über mit dem ekligen Zeug verklebt. Er hatte sie nur bis zur Stirn hineingetaucht, wofür sie ihm vermutlich dankbar sein durfte, aber in ihren Gedanken war nur noch pure Mordlust zu finden. Ihre Finger krümmten sich zu einer Klaue, als Jon sie wieder gegen seine Brust gepreßt hielt.

»Das würde ich mir noch einmal überlegen«, meinte er leise, als er die Bewegung ihrer Hände sah. Cathys Augen sprühten Feuer, aber sie gab klein bei. Sie würde nichts dadurch gewinnen, außer vielleicht weitere Demütigungen. Sie konnte warten...

Er lachte offen über sie, während er sie über das Deck trug. Die Männer machten einen Gang frei, um sie passieren zu lassen. Auch sie lachten und schienen sich köstlich zu amüsieren. Ha, ha! dachte Cathy insgeheim. *Ha, ha, ha!*

»Perkins, bring uns Wasser. Ich glaube, Lady Stanhope benötigt dringend ein Bad«, sagte er zu einem hageren Jungen im Vorbeigehen. Diese Bemerkung rief erneut Heiterkeit hervor. Cathy biß sich so fest auf die Unterlippe, daß sie Blut schmeckte. Dafür würde er bezahlen, schwor sie sich, und wenn sie ein ganzes Leben darauf warten mußte.

Noch immer grinsend, betrat Jon mit ihr seine Kajüte, wo er sie zu Boden gleiten ließ. Am liebsten hätte sie einfach ziellos auf ihn eingeschlagen, aber sie nahm all ihre Kraft zusammen und beherrschte sich. Er würde sich nicht noch weiter über sie amüsieren! Sie nahm ihr letztes bißchen Würde zusammen, kehrte ihm den Rücken zu und blickte zu einem der Bullaugen hinaus. Nur ihre Augen und die geballten Fäuste ließen ihren wahren Gemütszustand erkennen.

Aber Jon kannte sie bereits zu lange, um sich täuschen zu lassen.

»Ich hatte dich gewarnt, an Deck vorsichtig zu sein«, erinnerte er sie, und seine Mundwinkel zuckten noch immer amüsiert. Das war zuviel! Cathy fuhr wütend herum, und ihre verklebten Haare klatschten ihr ins Gesicht. Es war wie Öl auf das Feuer ihrer Wut.

Aber die Worte in ihrer Kehle wurden durch ein kurzes Klopfen an der Tür gebremst. Jon grinste sie breit an und öffnete. Draußen stand Perkins, ein großes Faß in seinen Armen. Als Witz hatte ihm jemand eine verbeulte Blechwanne über den Kopf gestülpt. Jon nahm dem Jungen das Faß ab, setzte es am Boden in in der Kajüte ab und befreite ihn dann von der Wanne. Perkins grinste ihn schüchtern an.

»Danke, Sir. Ich – ich dachte, Sie brauchen vermutlich eine ganze Menge...« stotterte er.

»Gut mitgedacht, Perkins. Du hast völlig recht«, sagte Jon trocken, und während der Junge noch abwartend stehen blieb, schloß Jon die Tür.

»Ausziehen!« sagte er, zu Cathy gewandt. Sie starrte ihn an, und ihre Wut war für den Augenblick verraucht.

»Wie bitte?« fragte sie.

»Ausziehen«, wiederholte er. »Die einzige Möglichkeit, das Zeug wieder aus dem Haar zu bekommen, ist durch waschen. Ich helfe dir.«

»Fahr zur Hölle!« stieß Cathy mit zusammengebissenen Zähnen aus. Jon lachte.

»Danke, da war ich schon, und obwohl es gar nicht

so übel war, habe ich nicht vor, dorthin zurückzukehren. So, und jetzt wirst du tun, was ich dir sage, oder...«

»Ich hasse dich, ich verabscheue dich«, zischte Cathy, die wußte, daß ihr nichts anderes übrig blieb als zu gehorchen. Also drehte sich Cathy um und begann, sich zu entkleiden. Jon schnaubte.

»Weshalb du ständig eine Schüchternheit an den Tag legst, die du nicht verspürst, verstehe ich nicht«, meinte er lakonisch. Ich kenne jeden Quadratzentimeter deines, zugegeben, bildhübschen Körpers. Mehr noch, ich habe ihn gespürt, gekostet, habe ihn unter meinen Händen zu einem bebenden Leben erweckt...«

»Halt endlich den Mund«, fuhr Cathy ihn an, verärgert und beschämt zugleich. Ihre Finger zitterten noch immer vor Wut, und sie hatte Schwierigkeiten, die Dutzenden von kleinen Haken an ihrem Rücken zu lösen.

»Brauchst du Hilfe?« Die leise Stimme ertönte direkt neben ihrem Ohr, und sie machte erschrocken einen Satz zur Seite. Nach kurzer Überlegung kam sie zu dem Schluß, daß er in gewisser Weise recht hatte mit dem, was er gesagt hatte, und daß sie in der Tat Probleme hatte, zurechtzukommen.

»Danke.« Cathys Stimme war kühl, als sie ihm gestattete, ihr behilflich zu sein. Er kämpfte einen Augenblick lang mit dem Haken und stieß dann einen Fluch aus.

»Das Problem ist, daß du das Zeug auf deinem gesamten Rücken hast. Da gibt es nur eine Lösung.« Mit diesen Worten packte er sie um die Hüften, hob sie hoch und trug sie quer durch die Kajüte. Als er sie wieder absetzte, stand sie mit beiden Füßen in der Blechwanne.

»Hast du irgendwo Seife?« fragte er, als sie ihn verständnislos ansah.

»Drüben, neben der Waschschüssel«, nickte Cathy und runzelte dann die Stirn. »Aber Jon, ich kann in diesem Kleid nicht baden. Die Seife würde die Seide ruinieren.«

»Wenn meine Meinung gefragt ist, würde ich sagen, es ist bereits ruiniert«, gab Jon zurück und holte die Seife. Als er zurückkam, nahm sie die Seife stumm entgegen, denn sie wußte, daß er recht hatte.

»Was ich dir zu verdanken habe«, sagte sie mit bitterem Tonfall.

»O nein, das hast du *dir* selbst zu verdanken«, erwiderte Jon. »Ich hatte dich davor gewarnt, an Deck die Wilde zu spielen. Du hättest eigentlich noch Schlimmeres verdient als du erhalten hast. Dir ist nichts passiert, nur dein Stolz wurde ein wenig angeknackst. Hättest du lieber die neunschwänzige Katze ausprobiert? Mit dem Gedanken daran hatte ich gespielt. Du mußt begreifen, daß die Männer dort draußen Seeleute sind. Sie gehorchen mir als Captain nicht, weil es sich so gehört. Sie gehorchen mir, weil sie wissen, daß ich ihnen die Zähne einschlage, wenn sie es nicht tun. Einige von denen warten nur darauf, daß ich ihnen ein Zeichen von Schwäche gebe, dann werden sie über mich herfallen. Was du heute getan hast, war verdammt dumm, und hätte ich es durchgehen lassen, wäre das vielleicht das Zeichen für solche Spitzbuben gewesen, es zu versuchen. Außerdem hatte ich dich gewarnt. Und ich warne dich noch einmal: Noch so eine Frechheit, und du bekommst die Peitsche wirklich zu spüren. Das schwöre ich dir.«

»Ich habe keine Angst vor dir«, spuckte sie aus.

»Dann sollest du dir das angewöhnen«, sagte Jon leise und erstickte Cathys Antwort, indem er ihr etwa ein Viertel des Inhalts des Fasses über den Kopf kippte. Als sie die Augen wieder öffnete, noch immer prustend, war Jon gerade beschäftigt, sich sein fleckiges Hemd über den Kopf auszuziehen. Während sie begann, ihr Haar einzuseifen, setzte er sich auf einen Stuhl und entledigte sich seiner Stiefel. Dann erhob er sich wieder und zog seine Hose aus.

Cathys Augen weiteten sich so sehr, daß ihr Seife in die Augen lief.

»Was machst du da?« verlangte sie zu wissen und rieb sich mit den Fäusten über die brennenden Augen.

»Wonach sieht es denn aus?« fragte er trocken und stieg dabei zu ihr in die Wanne. Sie standen so nah aneinander, daß Cathy die Hitze seines Körpers spüren und den männlichen Geruch seines Körpers wahrnehmen konnte.

»Zieh endlich das Kleid aus«, sagte Jon, bevor Cathy etwas sagen konnte. Er legte seine Hände auf ihre Schultern und drehte sie um. Gehorsam hielt sie ihre Haare nach oben, während er mit den Haken und Ösen kämpfte.

Nachdem ihn jetzt kein fettiges Haar mehr behinderte, gelang es ihm schnell, ihr Kleid ganz aufzuknöpfen. Noch immer in der Wanne stehend, ließ sie es geschehen, daß er ihr das Kleid über den Kopf auszog und zur Seite warf. Einen Augenblick stand sie in ihrem tropfnassen Unterrock da, unentschieden, ob sie ihn ebenfalls ausziehen sollte oder nicht. So dicht und nackt beieinander zu stehen, würde den Ärger förmlich heraufbeschwören.

Aber die Entscheidung wurde ihr abgenommen. Jons Hände legten sich um ihren Bauch und lösten die Bänder, mit denen der Unterrock gehalten wurde. Anschließend entledigte er sie auch dieses Kleidungsstückes. Als seine Hände nach den Schnüren ihrer

Unterhosen suchten, schob sie seine Finger weg und entledigte sich selbst ihrer Hosen. Während sie sie auszog, spürte sie, wie seine Hände fast zärtlich ihr Haar zu massieren begannen.

»Das kann ich auch selbst, vielen Dank«, sagte sie mit eisiger Höflichkeit, als sie schließlich völlig entkleidet war. Sofort ließen seine Hände von ihrem Kopf ab. Cathy kehrte ihm weiterhin den Rücken zu, aber sie standen so dicht beieinander, daß sie jeden Muskel, jede Sehne seines Körpers spüren konnte. Sie wußte, wann er seine Arme hob, um sich sein eigenes Haar einzuseifen. Und sie merkte, als sein Körper sich vor Verlangen anspannte...

Bei diesem Anzeichen machte Cathy eine hastige Bewegung, als wollte sie aus der Wanne steigen. Sofort schlangen sich Jons Arme um ihre Hüften, um sie festzuhalten. Jeder Versuch, sich aus seinem eisernen Griff zu bereien, war zwecklos.

»Wohin willst du? Du bist noch nicht fertig mit deinem Bad.« Seine Stimme klang beunruhigend heiser.

»Laß mich los. Du belästigst mich«, sagte Cathy mit scharfem Ton.

»Ist es das, was ich tue? Ich belästige dich?« Der Tonfall klang gezogen und lustvoll. »Nun, ich hätte es etwas anders bezeichnet...«

»Du bist ein eitler Gockel«, stieß Cathy verzweifelt aus, während eine große Hand begann, ihren Bauch einzuseifen. Er erweckte Anzeichen von Gefühlen in ihr, Anzeichen, die er nicht einmal erahnen durfte, wollte sie nicht ihre Würde ganz verlieren.

»Bin ich das?« hauchte er ihr ins Ohr und drängte sich immer näher an sie, bis sein warmer, behaarter Körper fest an ihren weichen Rücken gepreßt war. Eine Hand wanderte nach oben, um zärtlich ihre Brüste einzuseifen und sie dabei festzuhalten, während die andere den Weg nach unten, zwischen ihre Schenkel suchte...

Cathy gelang es nicht länger, das Beben ihres Körpers zu verbergen. Sie wußte, daß er die Schauer, die ihren Körper durchliefen, spüren mußte, ebenso wie das Anschwellen ihrer Brüste unter seinen liebkosenden Händen. Noch vor wenigen Augenblicken hätte sie nie geglaubt, daß es sie so nach ihm verlangen würde, nicht nach der Art und Weise, wie er sie behandelte. Aber jetzt, mit seinen Händen auf ihrer zitternden Haut, mit seinem warmen Atem in ihrem Ohr und seinem großen, harten Körper, der sich vertraut an sie preßte, konnte sie nicht mehr denken. Es verlangte sie so sehr nach ihm, daß sie einen physischen Schmerz in ihrem Bauch verspürte. Mit einem langen Seufzer entspannte sie sich und lehnte sich gegen ihn.

Seine Arme schlossen sich um sie, seine Finger spielten mit den harten Brustwarzen ihres Busens. Die Hand zwischen ihren Beinen drang weiter und weiter vor...

Cathys Augen waren geschlossen, ihren Kopf hatte sie zurück gegen seine Brust gelegt. Ihr Atem kam stoßweise.

Jon beugte sich hinunter, um ihren Nacken zu küssen. Sein Mund und seine Zunge folgten den Bändern in ihrem Hals und seine Zähne knabberten zärtlich daran. Cathy spürte, wie ihre Knie schwach wurden, bis sie kaum noch stehen konnte. Nur seine Kraft hielt sie noch aufrecht. Ließe er sie los, würde sie zu seinen Füßen einfach zusammensacken.

»O Gott«, hauchte er ihr heiser ins Ohr; irgend etwas in ihr freute sich darüber, daß auch er ein Opfer seiner Leidenschaft war. Dann drehte er sie in seinen Armen, daß sie wieder die Wärme seines Körpers spürte, und seine Hände glitten an ihrem Rücken hinunter bis zu ihrem Gesäß, das er an sich preßte, daß sie seine pulsierende Manneskraft spüren konnte.

»Du fühlst dich gut an«, murmelte er. Seine Hände ruhten weiterhin auf ihren Pobacken, und er begann, sie an seiner Haut auf und ab zu bewegen. Cathy erschauerte bis in die Zehenspitzen. Sie schloß die Augen, ihre Hände schlangen sich um seine Schultern, wo sie sich festklammerte. Er war noch immer voller Seife, so daß sein ganzer Körper unter ihrer Berührung weich und glitschig wirkte. Das Gefühl gefiel ihr, es war, als bewegten sich ihre Hände ohne ihr Zutun, strichen über seine Schultern und wieder hinunter zu seiner breiten Brust. Sie konzentrierte sich auf seine haarige Brust, fuhr mit den Fingern durch die kleinen Locken hindurch und zeichnete seine Muskeln mit den Fingernägeln nach. Schließlich, noch immer mit geschlossenen Augen, preßte sie ihren Mund auf die warme, seifige Haut. Jons Hände verkrampften sich auf ihren Hinterbacken. Er stöhnte. Dann hob er sie an, die Hände noch immer an ihrem Hinterteil; langsam wanderten sie ihre Schenkel hinab, um ihre Beine um seine Hüfte zu schlingen.

Cathy war unfähig, zu denken. Für sie existierte nichts mehr, außer dem Gefühl seines Körpers, seinem warmen, seifigen, männlichen Geruch und ihre sich immer weiter steigernde Leidenschaft. Tief in ihrem Innern warnte sie eine Stimme, daß sie es bereuen würde, sich ganz ihrer Leidenschaft hinzugeben. Aber Cathy beachtete sie nicht. Egal wie hoch der Preis sein mochte, sie wollte ihn ebenso sehr, wie es ihn ganz offensichtlich nach ihr begehrte. Wenn er sie nicht bald nahm, würde sie von den Flammen ihres eigenen Verlangens verzehrt werden.

»Leg deine Arme um meinen Hals«, flüsterte Jon heiser. Cathy befolgte seine Anweisung, ohne die Augen zu öffnen und klammerte sich förmlich an ihn. Sie konnte das Klopfen seines Herzens gegen ihre Brust spüren, seinen rasselnden Atem hören. O Gott, wie sie sich danach sehnte, von ihm genommen zu werden. Wollte er denn nie...?

Mit seinen großen Händen, die noch immer um ihre Hinterbacken gelegt waren, hob er sie ein wenig an. Cathy konnte die Härte seiner Männlichkeit spüren, wie er nach der Öffnung suchte. Ein Stöhnen der Lust entfuhr ihr, als er sie fand, und er seine ganze, pulsierende Länge vorwärts stieß, bis er tief in sie eingedrungen war. Dann blieb er eine ganze Weile regungslos, ihren weichen Körper gegen die Muskeln seines Bauches gepreßt. Cathy hielt es nicht länger aus. Sie begann sich zu winden, zu stöhnen, während sie nach der Erfüllung suchte, die er ihr zu verweigern schien. In Schlangenlinien bewegte sich ihr Körper gegen seinen, und unbewußt bohrte sie ihre Fingernägel in seinen Nacken. Auch er atmete jetzt abgehackt, sein Atem kam rasselnd, als läge er im Sterben. Cathy öffnete die Augen und nahm verschwommen seinen leidenschaftlichen Blick wahr. Immer wieder bohrte er sich tief in sie hinein, und Cathy streckte sich ihm mit jedem Stoß entgegen. Sie atmete schwer, ihre Beine umklammerten seine Hüfte wie eine Schere, ihren Kopf hatte sie in den Nacken geworfen und die Augen geschlossen. Der Sturm der Leidenschaft in ihrem Körper wurde stärker und stärker und riß sie mit sich. Cathy spürte, wie er erschauerte, spürte seinen Penis beben, und im nächsten Moment ergoß sich eine Ladung heißen Samens in ihr. Sie schrie auf und gab sich ihrem eigenen Orgasmus hin.

Ein paar Minuten hielten sie sich weiter fest umklammert, bis der Rausch, der sie beide erfaßt hatte, sich langsam auflöste. Sein Mund lag an ihrem Hals, und sein Atem fühlte sich warm auf ihrer feuchten Haut an. Nach einer Ewigkeit hob er den Kopf, löste seine Hände von ihrem Hinterteil, um ihre Beine von seiner Hüfte zu lösen. Langsam ließ er sie sinken, bis sie, noch etwas wackelig, wieder auf dem Boden stand. Sie hielt sich an seinen Schultern fest, um nicht umzufallen. Dann, als sie in seine wieder klar gewordenen, grauen Augen sah, spürte sie, wie ihr die Röte ins Gesicht stieg.

»Das war fantastisch«, sagte er, und sein Mund verzog sich zu einem teuflischen Grinsen. »Hast du das von Harold gelernt?«

Es war, als hätte er Cathy eine Ohrfeige verpaßt. Sie verkrampfte sich und ihre Augen begannen zu glühen.

»Ich hasse dich«, flüsterte sie voller Abscheu. Sein Grinsen wurde noch breiter.

»Mein Schatz, ich liebe es, wenn du haßt«, stichelte er, während sich ihre Hände zu Fäusten ballten.

»Mir wird übel, wenn ich dich nur sehe!« zischte sie, aber er lachte nur.

»Dir muß übel gewesen sein«, sprach er weiter, während er seinen Blick über ihren Körper schweifen ließ. »Du hast Geräusche gemacht, als lägest du im Sterben. Ich wette, man hat dich auf dem ganzen Schiff gehört.«

»Du, du ...!« Cathy ging auf ihn los, ihre Fingernägel zielten auf sein Gesicht ab. Er wehrte sie mit Leichtigkeit ab und lachte leise, während er sie sich mit einer Hand vom Leibe hielt.

»Ich glaube, du solltest etwas abkühlen, Lady Stanhope«, sagte er, schwang mit der freien Hand das Faß auf seine Schulter und kippte Cathy völlig unvorbereitet den restlichen Inhalt über den Kopf. Kaltes Wasser ergoß sich über ihren Körper, wusch die Seifenreste von ihrem Körper ab und damit auch ihr Gefühl der momentanen Schwäche ihm gegenüber.

»Du Bastard!« schrie sie ihn an, nachdem sie wieder Luft bekam, und ihre blitzenden Augen bohrten sich wie Dolche in seinen Körper. Jon grinste, aber seine Augen waren eiskalt.

»Wir sollten uns nicht gegenseitig mit Schimpfwörtern bedenken. Ich wette, mir fallen ein paar ein, die deine Schimpfworte für mich erblassen lassen.«

»Raus!« zischte Cathy.

»Oh, ich gehe, Liebling. Meinst du etwa, ich würde jetzt, nachdem du deinen Zweck für heute erfüllt hast, den Nachmittag mit dir verbringen wollen? Ich denke nicht daran!«

Cathy war so wütend, daß sie ihn am liebsten umgebracht hätte. Aber sie erkannte die Sinnlosigkeit in allem, was ihr einfiel und riß sich zusammen. Wortlos legte sie sich ein Handtuch um ihren Kopf, und als sie zu ihrem Reisekoffer ging, um ein Kleid herauszunehmen, sah sie, wie er sich das restliche Wasser aus dem Krug für ihre Morgenwäsche über den Kopf schüttete, um die restliche Seife herauszuspülen. Dann stieg er aus dem Zuber, trocknete sich ab, stieg in seine Hosen und griff nach einem frischen Hemd.

Als er sich wieder umdrehte, hatte Cathy bereits einen frischen Unterrock angezogen und war damit beschäftigt, sich ein goldfarbenes Nachmittagskleid über den Kopf zu streifen. Wie alle Kleider, die Harold für sie ausgesucht hatte, war auch dieses viel zu aufwendig und konnte eigentlich nur zu offiziellen Anlässen getragen werden. Aber der Inhalt des Reisekoffers war alles, was sie noch besaß.

»Hübsches Kleid«, meinte Jon, nachdem sie es sich

zurechtgezupft hatte. »Ich kann mich nicht daran erinnern, es schon einmal gesehen zu haben.«

»Du hast viele meiner Kleider noch nicht gesehen«, fuhr Cathy ihn wahrheitsgetreu an. Innerlich hoffte sie, er würde nicht erraten, woher diese Kleider stammten. Sie fühlte sich einem neuerlichen Wortgefecht nicht gewachsen.

»Teil deiner Aussteuer, Lady Stanhope?«

»Wenn du das denken willst, bitte!« Damit wendete sie sich von ihm ab und begann, ihre Locken durchzubürsten.

»Dreh mir, verdammt noch mal, nicht den Rücken zu«, stieß er aus. Mit zwei Schritten war er bei ihr, packte sie an den Schultern und wirbelte sie herum. Cathy starrte ihn wütend an.

»Und du sei nicht so grob«, gab sie zurück.

»Ich behandle dich, wie es mir paßt«, grollte er. Falls Cathy gehofft hatte, ihre Wut würde ihn ablenken können, so hatte sie sich getäuscht. »Hat dir Harold dieses Kleid gekauft?«

»Was, wenn es so wäre?« forderte Cathy ihn heraus.

»Mein Gott, er hat alles gekauft, was du am Leibe trägst«, stieß er tonlos aus, und seine Augen schweiften wutentbrannt über ihren Körper. »Er hat dich für deine Dienste gut bezahlt, was? Aber da hast du Pech, Lady Stanhope. Eher sehen wir uns in der Hölle wieder, als daß ich es zuließe, daß du Kleider trägst, die er bezahlt hat, solange du bei mir bist.«

Noch bevor Cathy erraten konnte, was er vorhatte, schoß seine Hand nach vorne, verkrallte sich im Ausschnitt ihres Kleides und machte eine heftige Bewegung in Richtung Boden. Der Stoff zerriß mit einem häßlichen Geräusch. Zu ihrem Entsetzen stellte Cathy fest, daß ihr Kleid an der Vorderseite auseinander klaffte. Aber im gleichen Augenblick riß er es ihr bereits vom Rücken und machte mit ihrem Unterrock und ihren Unterhosen weiter. Als sie schließlich wieder nackt vor ihm stand, lief er zu ihrem Reisekoffer hinüber. Er ließ sich auf ein Knie sinken und begann ihn zu durchwühlen. Ihre Bürste, ihren Kamm und ihre anderen Toilettenartikel warf er achtlos auf den Boden. Erst als er das zerrissene, goldene Kleid und die Fetzen ihrer einst hübschen Unterwäsche hineinstopfte, verließ sie die Selbstbeherrschung. Mit einem Schrei stürzte sie sich auf ihn und schlug mit den Fäusten auf ihn ein so fest sie konnte.

»Wildkatze!« stieß er aus, erhob sich und fuhr herum, um sie zu packen. Seine Finger schlossen sich so fest um ihre Handgelenke, daß sie spüren konnte, wie ihre Finger taub wurden.

»Laß mich los, du...!« tobte Cathy, der kein Name einfallen wollte, der abfällig genug für ihn war.

»Na, fallen dir keine Schimpfworte mehr ein?« fragte er bissig, und seine Finger bohrten sich schmerzhaft in ihr Fleisch. Cathy versuchte, sich von ihm loszureißen, und ein verirrter Sonnenstrahl, der seinen Weg durch das Bullauge gefunden hatte, wurde von dem gewaltigen Diamant in Harolds Ring reflektiert.

Cathy erstarrte, aber es war zu spät. Er hatte es gesehen. Sein Gesicht verwandelte sich in eine Maske aus Stein, und er starrte sie an.

»Ach, nein«, stieß er leise und auf eine Art aus, die Cathy schaudern ließ. »Was ist mit den Ringen geschehen, die ich dir geschenkt habe? Hast du die mit allem anderen weggeworfen?«

»Ja!« fauchte Cathy zurück, zu wütend, um sich über die Konsequenzen im klaren zu sein.

»Du Hure!« Im nächsten Moment zerrte er die Ringe von ihren Fingern, schob sie von sich weg und hob den Reisekoffer mit ihren Kleidern auf.

»Wohin gehst du mit meinen Sachen?«

»Ich werde sie über Bord werfen«, antwortete Jon und machte sich auf den Weg zur Tür.

»Das kannst du nicht!« protestierte Cathy verzweifelt. »Das sind alle Kleider, die ich habe! Ich habe doch sonst nichts anzuziehen!«

»Für deine neue Aufgabe brauchst du keine Kleider. Ich bin zu der Überzeugung gekommen, daß dein Wert in deinen Fähigkeiten als Hure liegt, und dafür bist du so genau richtig angezogen.« Während Cathy noch nach Luft schnappte, machte er auf dem Absatz kehrt und ging zur Tür.

»Sei bereit, deinen neuen Pflichten nachzukommen, wenn ich wieder zurückkomme«, sagte er noch über die Schulter und verließ die Kajüte.

»Du dreckiges Schwein!« schrie ihm Cathy durch die geschlossene Tür nach. Dann setzte sie sich auf die Koje. Ihre Knie zitterten so sehr, daß sie fürchtete, die Beine würden unter ihr nachgeben.

Jon hatte gesagt, ihre zukünftigen Aufgaben seien die einer Hure, und sie fand schnell heraus, daß es keine leere Drohung gewesen war. Er hielt sie nackt in seiner Kajüte eingesperrt und bediente sich ihres Körpers, wann immer es ihm paßte. Die Tage vergingen, und noch immer gab es kein Anzeichen dafür, daß er etwas nachgab. Cathys Haß auf ihn wuchs wie ein Geschwür in ihrem Körper; ihr Haß war wie ein Drachen in ihrem Innern, dem Rauch aus den Nüstern schoß und der ständig mit dem Schwanz peitschte. Jon schenkte ihren Schimpftiraden, die sie bei jeder Gelegenheit losließ, keinerlei Beachtung. Statt dessen packte er sie einfach, legte sie auf seiner Koje auf den Rücken und befriedigte sein Verlangen zwischen ihren Beinen. Nach jedem dieser Geschlechtsakte, in denen keinerlei Gefühl lag außer ihrer blinden Wut und seinem physischen Verlangen, verspürte sie eine solche Mordlust in sich, daß sie fast Blut schmecken konnte. Er hatte sie als Hure bezeichnet, und jetzt behandelte er sie als solche. Dafür würde sie ihn für immer hassen.

Natürlich schlief er auch neben ihr. Er dachte gar nicht daran, ihr die Koje allein zu überlassen. Normalerweise war es bereits spät in der Nacht, wenn er hereinkam: Er zog sich dann aus, wusch sich, fiel ins Bett, nahm sie oder auch nicht, je nachdem, wie es ihm gerade gefiel, rollte zur Seite und schlief ein. Meistens hielt er es nicht einmal für nötig, ein Wort zu sprechen. Cathy fühlte sich durch diese Behandlung zutiefst erniedrigt, und im gleichen Maß, wie ihre Erniedrigung wuchs, wuchs auch ihr Haß.

Eines nachts weckte er sie aus tiefem Schlaf. Sein Mund schloß sich über ihrem, seine Hände öffneten ihre Schenkel, und er drang in sie ein, noch bevor sie richtig erwachte. Cathy sog tief die Luft ein, als sie den Schmerz bei seinem Eindringen verspürte. Dann blieb sie steif wie ein Brett liegen, als er sich rhythmisch in ihr zu bewegen begann.

»Du tust mir weh!« rief sie aus, als er ihre empfindlichen Brüste rauh mit seinem Mund bearbeitete.

»So?« grunzte er unverschämt, ohne mit dem inne zu halten, was er gerade tat. »Schmerzen zu ertragen gehört zu den Aufgaben einer Hure. Daran hättest du denken sollen, bevor du zu einer geworden bist.«

»Runter von mir, du Schwein!« Ihre Fäuste trommelten gegen seine breiten Schultern, und sie drehte und wand sich in dem Versuch, sich von ihm zu befreien. »Runter von mir, hörst du nicht?«

Jon lachte nur. Ihre Anstrengungen schienen ihn kaum zu berühren, und er brachte in Ruhe zu Ende, was er vorgehabt hatte.

Als er schließlich von ihr abließ, lag Cathy neben ihm

und kochte innerlich vor Wut. Ihr ganzer Körper schmerzte, ihre Brüste brannten, wo er sie fast ganz mit seinem Mund umschlossen hatte, und die empfindliche Stelle zwischen ihren Beinen, wo er sie gewaltsam genommen hatte, schmerzte. Aber schlimmer noch als der physische Schmerz war ihre Fassungslosigkeit über sein Verhalten. Wie konnte er sie nur so behandeln? Er nahm ihren Körper, wo und wann es ihm paßte, egal, ob sie zustimmte oder ob es für sie angenehm war. Und das Schrecklichste von allem war, daß sie sich nicht einmal dagegen wehren konnte. Ihre Kraft verpuffte an ihm, und ihre Schreie und Beschimpfungen waren ebenso wirkungslos. Was sie benötigte, war eine Waffe, um ihm zu zeigen, daß sie es ernst meinte.

Cathy stützte sich auf einem Ellbogen ab und blickte nachdenklich in das Gesicht des schlafenden Mannes neben ihr. Er lag auf dem Rücken, einen Arm über den Kopf gelegt, den anderen lang nach unten ausgestreckt. Sein Gesicht war leicht von ihr abgewendet, sein schwarzes Haar stand wild in alle Richtungen. Einen Augenblick lang blieb Cathy fast das Herz stehen. Er sieht aus wie Cray, dachte sie, und ein unbeschreibliches Gefühl der Wärme überkam sie. Aber dann holte sie wieder die Erinnerung ein, wie er sie behandelt und als was er sie bezeichnet hatte. Sie dachte daran, wie brutal er sie heute genommen hatte, und sie versteifte sich. Er braucht eine Lektion, dachte sie grimmig, und als ihr Blick durch die Kajüte schweifte, nahm eine Idee in ihrem Kopf Form an.

Sie war lange vor ihm auf, das verblichene Laken hatte sie sich wie einen Sarong um ihren Körper geschlungen. Sie saß auf einem der harten Stühle, die Beine auf einen zweiten Stuhl gelegt. Ein Lächeln spielte um ihren Mund. Als Jon sich zu regen begann und seine Hand nach ihr tastete, wurde Cathys Lächeln noch breiter. Jetzt, mein lieber Captain, wirst du die Rechnung bekommen, dachte sie triumphierend.

Jon blinzelte, als seine Hand nicht fand, wonach sie gesucht hatte, und er runzelte die Stirn. Noch immer verschlafen, begannen seine Augen die Kajüte nach ihr zu durchforsten. Als er sie endlich entdeckte, legte sich ein warmer Schimmer in seine Augen, und er zeigte nicht die leisesten Anzeichen von Mißtrauen.

»Komm her«, befahl er, seine Stimme noch heiser vom Schlafen. Als Cathy keine Anstalten machte zu gehorchen, schüttelte er kurz den Kopf, als wollte er den Schlaf abschütteln, und stützte sich auf seinem Ellbogen ab.

»Hast du nicht gehört, was ich gesagt habe?« verlangte er zu wissen, inzwischen völlig wach geworden.

»O doch, gehört habe ich dich«, antwortete Cathy leise und lächelte weiter. Jon starrte sie einen langen Augenblick lang an.

»Dann komm her. Ich hätte Lust auf ein paar Morgenübungen.«

»Nein.« Cathy genoß es sichtlich. Nur mit Gewalt konnte sie ein Kichern unterdrücken. Ihm stand die eigentliche Überraschung noch bevor.

Jons Augen weiteten sich, als traute er seinen Ohren nicht.

»Was – hast – du – da – gesagt?« Er stieß die Worte einzeln und bedrohlich aus. Cathy hätte ihm am liebsten die Zunge herausgestreckt.

»Ich sagte, nein«, gab sie ruhig zurück. Jon starrte sie lange an, und sein Stirnrunzeln verstärkte sich noch. Sie sah aus wie die sprichwörtliche Katze, die den Kanarienvogel verspeist hatte: Ihre blauen Augen strahlten vor Aufregung, und ihr Gesicht wies eine rosige Farbe auf. Ihr goldenes Haar schien ein eigenes

Leben entwickelt zu haben. Auf den ersten Blick schien nichts Außergewöhnliches passiert zu sein, aber er kannte Cathy bereits lange genug, um zu wissen, wann sie etwas vorhatte.

»Wenn es nötig wird, daß ich erst aufstehe, um dich zu holen, wirst du es bereuen«, drohte er mit seidenweicher Stimme, während seine Augen jede ihrer Bewegungen beobachteten.

»Das würde ich an deiner Stelle gar nicht erst versuchen«, gab sie zurück, und ihre Augen glitzerten triumphierend.

»Du bist aber nicht an meiner Stelle«, erwiderte er und warf bereits das Laken, mit dem er zugedeckt war, beiseite.

»Bleib, wo du bist«, befahl Cathy, als er die Beine über die Bettkante schwang. Als er aufsah, schob sie das Laken um ihren Körper etwas zur Seite, und er blickte in den Lauf einer seiner Duellpistolen.

Jon blieb, wo er war, während er in seinem Kopf die Situation neu überdachte. Innerlich verfluchte er sich dafür, daß er die Waffen offen hatte herumliegen lassen. Er hätte wissen müssen, daß sie früher oder später so etwas versuchen würde. Aber er war wütend gewesen, so wütend, daß er nicht mehr hatte normal denken können. Und das war nun der Erfolg. Aber je mehr er nachdachte, um so mehr kam er zu der einen Überzeugung: Cathy würde nicht auf ihn schießen. Trotz ihres ungezähmten Temperaments hatte sie ein weiches Herz, und sie hatte ihn einst geliebt. Nein, er glaubte nicht, daß sie das durchziehen würde. Außerdem, was blieb ihm schon übrig, als herauszufinden, ob sie bluffte?

Er stand auf. Ihre Hand, die die Waffe hielt, zitterte etwas, und ihre blauen Augen weiteten sich, bis sie wie zwei riesige, saphirblaue Seen wirkten.

»Bleib, wo du bist!« Ihre Stimme klang schrill. »Ich meine es ernst, Jon, ich werde schießen! Ich mache keinen Spaß!«

»Ich glaube, die Lady macht zu viele Worte«, meinte er ironisch und machte einen Schritt auf sie zu. Alarmiert sprang Cathy auf die Füße und stieß dabei einen Stuhl um. Sie schenkte ihm keine Beachtung, als er mit lautem Getöse zu Boden fiel, und wendete keine Sekunde ihren Blick von Jon ab. Sie hielt die Pistole nun mit beiden Händen, und sie war fast regungslos auf Jon gerichtet. Verdammt, er konnte doch nicht einfach eine Pistole ignorieren, oder? schoß es Cathy verzweifelt durch den Kopf.

Offensichtlich tat er jedoch genau das. Langsam ging er auf sie zu, eine Hand nach der Pistole ausgestreckt. Schluckend machte Cathy einen Schritt rückwärts. Ihre Hände waren auf einmal schweißnaß.

»Jon, ich werde schießen!« warnte sie ihn erneut voller Verzweiflung, als sie mit dem Rücken gegen die mit Holz verkleidete Wand stieß. Er lächelte nur, ohne stehenzubleiben.

»Dann schieß doch«, sagte er leise und streckte die Hand nach der Pistole aus.

Cathy wich zur Seite aus. Die Pistole zitterte in ihrer Hand. Plötzlich begann er zu lachen. Als er wieder eine Schritt auf sie zu machte, hob sie die Pistole noch ein wenig, stieß ein stummes Stoßgebet aus und schloß die Augen. Dann drückte sie ab.

8

Der Knall erfüllte die ganze Kabine; die Wucht des Schusses ließ Cathy zurückstolpern. Sie riß die Augen auf, als sie fast stürzte, und die rauchende Pistole fiel ihr aus den plötzlich kraftlos gewordenen Fingern. Beißender Pulvergeruch drang ihr in die Nase.

Zu ihrem Entsetzen sah sie Jon stolpern; eine Hand hielt er auf eine Stelle knapp unterhalb seiner linken Schulter gepreßt. Hellrotes Blut lief ihm über die braunen Finger und tropfte auf das dichte Haar auf seiner Brust. Unter anderen Umständen hätte sein fassungsloser Blick fast komisch gewirkt.

»Verdammt, du hast auf mich geschossen!« murmelte er, und seine grauen Augen lösten sich von der Wunde in seiner Brust, um ungläubig Cathys ebenfalls erschrockenes Gesicht anzustarren.

»Ich hatte dich gewarnt, daß ich es tun würde!« rief sie anklagend zurück und eilte auf ihn zu. Als sie vor seinem kräftigen, nackten Körper stand, blieb sie hilflos stehen. Sie wußte nicht mehr, was sie jetzt tun sollte.

»Tut es sehr weh?« fragte sie schließlich. Jon warf ihr einen verärgerten Blick zu.

»Verdammt, natürlich tut es weh! Was hattest du denn erwartet?« fuhr er sie an und begann, vorsichtig seine verletzte Schulter zu untersuchen. Cathy sah, wie sein Gesicht eine fahle Farbe annahm.

»Leg dich lieber hin«, meinte sie, als sie sah, daß er zu schwanken begann. »Du siehst aus, als ob du gleich ohnmächtig wirst.«

»Was ich dir zu verdanken habe«, stieß er mit zusammengebissenen Zähnen aus. Er versuchte, sie abzuschütteln, als sie ihren Arm um seine Hüfte legte, aber sie ließ ihn nicht los. Sein Gewicht schien sich gerade auf sie zu verlagern, als es an der Tür klopfte. Sofort legte sich Jons gesunder Arm um ihre Schulter, und seine Finger bohrten sich in ihr Fleisch. Cathy war entsetzt, als sie die große, blutverschmierte Wunde sah, die sie verursacht hatte.

»Du hältst deine Zunge im Zaum, verstanden?« wies er sie an und rief dann mit lauter Stimme zur Tür gewandt: »Was gibt es?«

»Sind Sie in Ordnung, Captain?« kam O'Reillys Stimme zurück. »Wir haben einen Schuß gehört.«

»Ich habe meine Pistolen gereinigt, und dabei hat sich ein Schuß gelöst. Was habt ihr denn erwartet? Eine Meuterei?« Jon warf Cathy einen warnenden Blick zu, als diese Anstalten machte, zu widersprechen.

»Sollten wir nicht nach einem Arzt schicken?« flüsterte sie und starrte wie gebannt auf die Wunde, aus der noch immer Blut quoll. Langsam fürchtete Cathy, ihn ernsthaft verwundet zu haben.

»Nein«, antwortete er bestimmt. »Jetzt halt endlich den Mund.«

Wieder war O'Reillys Stimme zu vernehmen.

»Ich wollte nur sichergehen, Captain. Viel Spaß noch.« Als Cathy hörte, wie sich seine Schritte entfernten, drehte sie sich verärgert zu Jon um.

»Warum hast du ihm nicht gesagt, was passiert ist? Du brauchst einen Arzt!«

»Erstens gibt es an Bord keinen Arzt. Und selbst, wenn es hier einen gäbe, würde ich ihn nicht rufen lassen. Großer Gott, du begreifst immer noch nicht, wie es an Deck aussieht, was? Die Männer da oben sind alle verurteilte Verbrecher. Einige von ihnen würden dir und mir die Kehle durchschneiden, nur weil es ihnen Spaß macht. Was meinst du wohl, von mir einmal ganz abgesehen, was sie mit dir machen würden, wenn sie herausfänden, daß ich angeschossen wurde? Wie ein Rudel Wölfe würden sie über dich herfallen. Und ich glaube kaum, daß dir gefallen würde, was sie alles aus Zeitvertreib mit dir anfangen würden. Obwohl ich mich da irren kann. Ich habe mich ja bereits mehrfach geirrt.« Jon warf ihr einen so hämischen Blick zu, daß Cathy nicht im Zweifel darüber blieb, was er damit meinte.

»Du bist ekelhaft!« zischte sie. »Ich bin froh, daß ich auf dich geschossen habe. Du hast es verdient!«

Sie starrte ihn wütend an. Er starrte ebenso wütend zurück; dann schloß er plötzlich die Augen und sein Gesicht wurde noch bleicher.

»Ich glaube – ich – setze mich lieber«, murmelte er, und Cathy spürte, wie sich sein Gewicht gegen sie verlagerte. Sofort schlang sie ihren Arm fester um ihn und stützte ihn, so gut sie konnte, bis sie die Koje erreicht hatten. Als er sich setzte, kam sich Cathy wie eine Mörderin vor. Sie hatte ja gar nicht vorgehabt, wirklich auf ihn zu schießen. Sie hatte nur sein Ego ein wenig ankratzen wollen. Tief in ihrem Innern tauchte kurz ein Bild auf, wie er vor ihr kniete und sie anflehte, sein Leben zu schonen. Nachdem sie Jon kannte, hatte sie das zwar nicht wirklich erwartet, aber sie war auch nicht darauf vorbereitet gewesen, daß er lachen und nach der Waffe greifen würde...

»Solltest du dich nicht lieber hinlegen?« fragte sie besorgt, als er weiter, in sich zusammengesunken, sitzen blieb.

»Wenn ich mich jetzt hinlege, komme ich nicht mehr hoch«, sagte er abrupt, mit geschlossenen Augen. »Tue mir einen Gefallen: Sieh meinen Rücken an und sage mir, ob dort eine Austrittswunde ist. Das ist ein Loch wie das, was du mir vorne gebohrt hast.«

»Ich weiß, was eine Austrittswunde ist«, antwortete Cathy beleidigt. Hätte er nicht so offensichtlich starke Schmerzen, hätte sie ihn am liebsten sich selbst überlassen. Dann, gerade als sie seinem Wunsch nachkommen wollte, kam ihr ein Gedanke.

»Was ist, wenn es keine Austrittswunde gibt?« fragte sie mißtrauisch. Jon warf ihr einen düsteren Blick zu.

»Das bedeutet, daß die Kugel noch in der Schulter steckt, und du sie mir herausholen mußt«, knirschte er. »Mein Gott, redest du immer so viel? Mach jetzt endlich!«

Cathy biß die Zähne zusammen, sagte aber nichts mehr. Sie sah sich seinen Rücken an, und zu ihrer Erleichterung entdeckte sie eine zweite klaffende Wunde, aus der dickes Blut strömte.

»Es gibt eine Austrittswunde«, schluckte Cathy. Jon seufzte erleichtert. Dann fuhr Cathy fort: »Du – du blutest ziemlich stark. Ich – ich brauche etwas, um die Wunde zu verbinden. Ich nehme nicht an, daß es hier an Bord Verbandsmaterial gibt?«

»Zerreiße eines der Laken«, antwortete Jon. »Aber vorher öffne erst einmal die Kiste unter der Koje. Darin befindet sich eine Flasche Whisky; die gibst du mir.«

Cathy ließ sich auf die Knie sinken und tastete unter der Koje umher. Tatsächlich fand sie die Kiste und reichte Jon die gewünschte Flasche Whisky. Er nahm sie mit einem Grinsen entgegen, entkorkte sie mit den Zähnen und kippte ein Drittel der Flasche in großen Schlucken hinunter. Inzwischen schnappte sich Cathy das zerknitterte Laken am Fußende und blickte es zweifelnd an. Soweit sie wußte, war es das einzige, das noch zur Verfügung stand. Die *Cristobel* war mit Bettlaken nicht gerade gesegnet. Aber trotzdem es bereits mehrfach gewaschen worden war, seit sie an Bord gekommen war, konnte man es nicht gerade als sauber bezeichnen.

»Gibt es denn nichts anderes, was ich zum Verbinden benutzen kann? Das Laken ist alles andere als sauber.«

»Es wird reichen müssen«, antwortete Jon kurz angebunden. »Ich blute wie ein abgestochenes Schwein. Kannst du dich nicht etwas beeilen?«

»Weißt du was, du undankbares Ekel, ich sollte dich verbluten lassen!« Cathy war so wütend, daß sie das Laken mit einem einzigen Ruck durchriß. Schnell riß sie die beiden Hälften in schmale Streifen und kniete sich vor ihm auf die Koje.

»Moment noch«, sagte er, als sie ein Stück zusammengelegten Stoffes auf die Wunde pressen wollte. »Erst das hier.« Er reichte ihr die Flasche Whisky. »Zum desinfizieren«, erklärte er.

Cathy nahm die Flasche und starrte sie einen Augenblick lang an. Übelkeit machte sich in ihr breit, als sie wieder die klaffende Wunde ansah. Sie sah schrecklich aus... Dann nahm sie ihre Unterlippe zwischen die Zähne und kippte den Whisky auf die Wunde.

Jon schnappte nach Luft, als die goldene Flüssigkeit über die Wunde lief. Sein Gesicht wurde schneeweiß.

»Tränke ein Stück Stoff damit und presse es auf die Wunde«, stieß er mit zusammengebissenen Zähnen aus. Cathys Hände zitterten, aber sie tat, was er sagte. Dann, während sie mit einer Hand den Stoff gegen die Wunde preßte, lehnte er sich etwas zurück, damit sie an die vordere Wunde gelangen konnte. Diesmal gab Jon keinen Laut von sich, als sie die Wunde desinfizierte, aber die Schweißtropfen auf seiner Stirn sprachen für sich. Cathy stöhnte innerlich, als sie auch hier ein mit Whisky getränktes Tuch auf die Wunde legte.

»Was stöhnst du denn so? Du bist doch nicht verletzt.« Jons Sarkasmus klang so natürlich, daß Cathy fast so etwas wie Erleichterung verspürte. Seine grauen Augen öffneten sich, und sie sah ihn an.

»Es tut mir leid, daß ich auf dich geschossen habe«, sagte sie leise. »Ich hätte es nie getan, wenn du nicht gelacht hättest.«

Jon zog eine Grimasse, dann mußte er grinsen.

»Ich weiß«, gestand er ihr zu. »Mach dir keine Sorgen. Du hast mich ja nicht umgebracht.«

»Darüber bin ich glücklich«, flüsterte sie, zu seiner und ihrer eigenen Überraschung. Nach allem, was in letzter Zeit vorgefallen war, hätte sie es genießen müssen, ihn leiden, ja sogar tot zu sehen. Aber wenn er starb, schoß ihr durch den Kopf, was geschah dann mit ihr? Sie wäre den Männern ausgeliefert, vor denen sogar Jon Respekt hatte. Also redete sie sich ein, daß dies der einzige Grund war, weshalb sie glücklich war, daß er noch lebte. Eine ganze Zeitlang sprach keiner von beiden ein Wort.

Erst eine ganze Weile, nachdem sie ihn verbunden und etwas vom Blut gereinigt hatte, öffneten sich Jons Augen wieder, und als sein Blick auf ihren traf, mußte sie feststellen, daß sie wieder steinhart wirkten.

»Hilf mir, mich anzuziehen«, befahl er und richtete sich wieder auf. Cathy sah ihn fassungslos an.

»Das kann doch nicht dein Ernst sein«, sagte sie.

»Das ist mein voller Ernst. Und jetzt hole mir meine Hosen.« Seine Stimme klang fest entschlossen. Cathy blickte ihn einen Moment lang hilflos an. Seine Augen waren geschlossen, und sie war sicher, daß er starke Schmerzen empfand. Während sie ihn noch ansah, öffneten sich seine Augen erneut, und schienen sich in ihre zu bohren.

»Los schon, hol meine Hosen«, stieß er ungeduldig

aus. »Wenn ich noch lange hier bleibe, wissen die Männer, daß hier etwas nicht stimmt. Um diese Zeit zu rechtfertigen, müßte ich dich ja fünfzigmal gebumst haben.«

Cathy spürte, wie ihre Wangen bei dieser Bemerkung zu brennen begannen. So dachte er also über ihren Geschlechtsakt! Sie warf ihm einen wütenden Blick zu und ging los, um seine Hose zu holen.

»Wenn du schon dabei bist, bring auch gleich mein Hemd mit.« Cathy gehorchte, und nachdem sie auch noch seine Stiefel aufgehoben hatte, kehrte sie zu ihm zurück.

»Erst die Hose«, befahl er. Cathy kniete vor ihm nieder und preßte die Lippen aufeinander. Als sie aufsah, blickte er sie mit ironischem Grinsen an.

»Jon...« begann sie, wurde aber mit einer kurzen Handbewegung wieder zum Schweigen verdonnert.

»Hör endlich auf«, fuhr er sie an. »Akzeptiere einfach, daß ich weiß, was ich tue. Und steh wieder auf. Ich habe keine Lust, wie ein Kleinkind angezogen zu werden.«

»Wenn du dich unbedingt anziehen willst«, sagte sie mit eisiger Stimme, »werde ich dir helfen. Würdest du nun bitte die Füße etwas anheben?«

Als sie ihm half, die Hose hochzuziehen, meinte sie: »Die Hose starrt ja vor Dreck. Hast du keine saubere mehr?«

»Nein, Lady Stanhope, leider nicht«, gab er zurück. »Im Gegensatz zu dir war ich nicht auf Vergnügungsreise. Ich war Strafgefangener, auf dem Weg in die Kolonien, falls du dich erinnerst. Seitdem konnte ich mir ein paar Hemden besorgen, aber Hosen in meiner Größe sind mir noch nicht über den Weg gelaufen.«

»Die hier müssen jedenfalls gewaschen werden«, sagte sie kurz angebunden, zog sie ihm über die Hüfte und begann, sie zuzuknöpfen. »Vielleicht kannst du ja Sarita darum bitten«, fügte sie schließlich bissig hinzu.

»Vielleicht«, gab er nur zurück. Cathy schloß den letzten Knopf und bohrte ihm dabei ihren spitzen Fingernagel in den Bauch, daß er zusammenzuckte.

Dann richtete sie sich unentschlossen wieder auf.

»Die Stiefel«, sagte Jon. Cathy runzelte die Stirn, hob aber dann seine Stiefel auf. Volle fünf Minuten kämpfte sie mit den widerspenstigen Dingern, ohne sie weiter als bis zur Wade hinaufzubekommen.

Schließlich drehte sie sich um, nahm eines seiner langen, muskulösen Beine zwischen ihre Beine, wozu sie ihren künstlichen Sarong weit nach oben schieben mußte. Dann, leicht nach vorne gebeugt, zerrte sie mit aller Kraft an dem Stiefel. Aber er bewegte sich nur wenige Zentimeter. Sie beugte sich wieder vor, um einen erneuten Versuch zu starten, als sie plötzlich spürte, wie eine Hand unter das Laken um ihre Hüften wanderte und ihren nackten Hintern streichelte. Cathy verschluckte sich fast und fiel beinahe über Jons Bein, als sie herumfuhr. Wütend stellte sie fest, daß er lachte und hob drohend die Hand. Er tat so, als wiche er vor ihr zurück und hob seinen gesunden Arm, um eventuelle Schläge abzuwehren.

»Es war zu verlockend«, erklärte er grinsend, und dann, als Cathy die Hand noch etwas weiter hob, fügte er eindringlich hinzu: »Du wirst doch keinen verletzten Mann schlagen, oder?«

Cathy sah ihn finster an und ließ langsam ihren Arm wieder sinken. Plötzlich lächelte er. Es war ein herzliches und charmantes Lächeln, wie Cathy es nicht an ihm gesehen hatte, seit sie Woodham verlassen hatte.

»Du bist eine blutrünstige, kleine Katze«, sagte er leise. Während sie ihn noch immer angaffte, packte er sie und zog sie auf sein Knie herunter. Cathy traute dem Frieden noch nicht ganz. Seine Hand wanderte unter ihr Kinn und drückte ihr Gesicht nach oben, so daß sie ihn ansah. Zärtlich legte sich sein Mund auf ihre Lippen. Der Kuß war nur kurz aber unglaublich liebevoll. Zunächst blieb Cathy passiv, aber dann begann sie den Kuß zu erwidern, und Hoffnung machte sich in ihr breit. Es war Jon, der sich von ihr löste. Er hob seinen Kopf und zog sie von seinem Knie, bis sie neben ihm auf der Koje saß. Sie war noch immer ganz benommen von dem Kuß, als er abrupt aufstand.

»Hilf mir mit dem Hemd. Ich muß an Deck«, sagte er brummig. Er sah sie nicht an, als er das Hemd aufhob. Verwirrt erhob sich Cathy. Sie nahm stumm das Hemd entgegen und half ihm, es sich über seine verletzte Schulter zu ziehen. Dann, als er auch den zweiten Ärmel übergestreift hatte, knöpfte sie ihm das Hemd zu, wie sie es für Cray getan hätte. Ihre Gefühle waren völlig durcheinander geraten, aber schließlich kristallisierte sich nur ein Gedanke heraus: Sie mußte noch einen Versuch unternehmen, Jon zu erklären, weshalb sie Harold geheiratet hatte. Um ihrer einstigen Liebe und um ihres Sohnes Willen mußte sie es tun.

»Jon...« begann sie, und ihre Hände verkrampften sich in seinem Hemd, als sie ihm in die Augen blickte. Die graue Tiefe seiner Augen war unergründlich, aber zumindest schienen sie ihr nicht mehr feindselig zu sein. Cathy fuhr sich mit der Zunge über ihre plötzlich ausgetrockneten Lippen.

»Jon, ich...« versuchte sie es erneut.

»Später«, gab er kurz angebunden zurück und befreite sich von ihrem Griff. Cathy konnte ihm nur hilflos nachstarren, als er sich von ihr abwandte und die Kajüte verließ.

Den ganzen Tag über und bis spät in die Nacht hinein wartete Cathy auf ihn, wie eine ungeduldige

Braut auf ihren Bräutigam. Sie würde vor ihm auf die Knie sinken, wenn es erforderlich war, um ihn davon zu überzeugen, daß sie alles, was sie getan hatte, für ihn getan hatte. Er *mußte* ihr einfach Glauben schenken: Schließlich mußte er doch nur einfach sich selbst und Harold vergleichen. Gab es eine Frau im Vollbesitz ihrer geistigen Kräfte, die Jons harten, kräftigen Körper gegen Harolds schwabbelige Massen an Fleisch eintauschen würde? Mit Sicherheit nicht. Cathy mußte bei dieser Vorstellung unwillkürlich lächeln. So gesehen, mußte es sogar Spaß machen, ihn davon zu überzeugen.

Cathy summte, während sie sich wusch, und ihre Stimmung wurde nur etwas getrübt, als sich das Wasser in der Schüssel von Jons Blut, das ihr über ihre Schultern und ihre Hände gelaufen war, langsam braun färbte. Vielleicht hatte es doch sein Gutes gehabt, daß sie auf Jon geschossen hatte. Zumindest hatte es ihn dazu bewegt, ihr mehr Zärtlichkeit entgegenzubringen, als je zuvor, seit sie an Bord der *Cristobel* gekommen waren. Vielleicht hatte er den Schock gebraucht, um wieder zur Vernunft zu kommen. Cathy runzelte die Stirn, als sie daran dachte, daß die Wunde ihm Probleme bereiten könnte. Er war sicherlich geschwächt, sowohl vom Schock als auch vom Blutverlust, und sein Arm würde gewaltig schmerzen. Aber abgesehen davon, war es ein glatter Durchschuß gewesen. Das Blut war stark geflossen und hatte, so hoffte sie, alle Fremdkörper aus der Wunde herausgewaschen. Das Problem war die Möglichkeit einer Infektion. Cathy erinnerte sich noch gut an den schrecklichen Wundbrand, der eingesetzt hatte, als Jon vor drei Jahren einen Messerstich ins Bein abbekommen hatte, und erbleichte bei dem Gedanken. Aber diese Wunde war nichts im Vergleich dazu. Er würde es überleben, sagte sie sich tröstend. Und er hatte es auch verdient – so von ihr zu denken!

Sie machte sich daran, den Boden und die Wände zu schrubben, und es war Stunden später, lange nach Sonnenuntergang, als Cathy schließlich nicht länger warten konnte. Wo war Jon? Er mußte doch genauso darauf brennen, ihre Probleme aus der Welt zu schaffen, wie sie. Und er mußte doch gespürt haben, daß sie ihm etwas Wichtiges mitteilen mußte. Er hätte schon längst zurück sein müssen. Cathy weigerte sich, den Gedanken auch nur in Betracht zu ziehen, er könnte es nicht erfahren wollen. Irgend etwas anderes mußte ihn davon abhalten, zu kommen, redete sie sich immer wieder ein, oder vielleicht war er auch nur schüchtern. An sich war dieser Gedanke albern, aber man konnte ja nie wissen. Vielleicht sollte sie ihn holen gehen, dachte Cathy. Es war schließlich dunkel, und wenn sie sich die Decke fest um den Körper wickelte, gab es für niemanden etwas zu sehen. Selbst Jon konnte nichts dagegen haben. Nickend entschloß sie sich dazu, wikkelte ihren Sarong erneut, so daß er er mehr einer Toga glich und schlich aus der Kajüte.

Es war eine pechschwarze Nacht. Der Mond war noch nicht am Himmel, und nur ein paar wenige Sterne waren zu sehen. Die See war ruhig, und nur das leise Schwappen der Wellen gegen den Schiffsrumpf und das Knarren in den Wanten durchbrach die Stille. Das Deck schien wie leergefegt, und obwohl Cathy wußte, daß das nicht sein konnte, verspürte sie ein wunderbares Gefühl des Friedens. Cathy atmete tief die salzige Seeluft ein, die Mischung aus Fisch und Teer, die sie immer an die See erinnern würde. Lange Zeit blieb sie regungslos stehen und genoß die Nacht, bevor sie sich zu den Stufen umwandte, die zum Achterdeck führten. Sie war fast sicher, daß sie Jon dort finden würde, also würde sie dort ihre Suche beginnen.

Zuerst dachte sie schon, das Achterdeck sei ebenfalls verlassen, und sie runzelte ungläubig die Stirn. Jon würde die Wut packen, wenn er das wüßte. Eine seiner wichtigsten Maxime war, daß immer ein Mann auf Wache stehen mußte. Ihr Stirnrunzeln verstärkte sich noch, als sie sah, daß das Steuer festbunden war. Wo waren die Männer alle? War etwas passiert, wovon sie nichts wußte? Dann, als sie um das Steuer herumlief und sich der Backbordseite näherte, erstarrte sie. Ihre Augen verengten sich und sie biß ihre Zähne zusammen, als sie plötzlich den Grund für die Totenstille erkannte.

Wie sie erwartet hatte, befand sich Jon tatsächlich auf dem Achterdeck. Er war damit beschäftigt, dieses Frauenzimmer Sarita zu küssen, die sich wie eine Weinranke an ihn klammerte.

Als sie ihnen zusah, verspürte Cathy einen Zorn, der sie zu zerfleischen drohte. Ihre Finger krümmten sich zu Klauen, und ihre Nägel bohrten sich tief in ihre Hände. Cathy spürte den Schmerz nicht einmal. Ihre ganze Aufmerksamkeit war auf die Silhouetten der beiden Körper gerichtet, die ebensogut eins hätten sein können. Der Anblick schmerzte sie so sehr, daß sie kaum noch atmen konnte. Sie hätte am liebsten geschrien, geweint, die beiden mit Gewalt auseinander gerissen! Aber sie tat nichts dergleichen. Sie stand wie angewurzelt und starrte dort hinüber, während jeder Tropfen ihres Blutes zu Eis geworden sein schien.

Sie mußte irgendein Geräusch gemacht haben, denn Jon hob auf einmal den Kopf. Über Saritas schwarzes Haar hinweg, trafen sich ihre Blicke. Cathy hatte erwartet, er würde die Frau zumindest von sich wegstoßen, würde einen Versuch unternehmen, ihr das zu erklären. Statt dessen entdeckte sie nur Triumph in seinen Augen. Cathy konnte förmlich spüren, wie er ihren Schmerz genoß. Dann legte sich Saritas Hand auf seinen Hinterkopf und zog ihn zu sich herab. Ohne Cathy eines weiteres Blickes zu würdigen, küßte er Sarita erneut.

Mit dem Gefühl, ersticken zu müssen, machte Cathy kehrt und rannte blindlings die Treppe hinunter in ihre Kabine.

Sie ließ sich auf die Koje sinken, alle Gefühl in ihr wie abgestorben. Es war, als wäre ein Teil von ihr gestorben, als hätte man ihr einen Arm oder ein Bein amputiert. Wie konnte er nur so etwas tun? ging es ihr immer wieder durch den Kopf. Wie konnte er ihr so etwas antun?

Cathy wußte, es war albern, sich betrogen zu fühlen, aber sie konnte nicht gegen das Gefühl ankämpfen. Es half nicht einmal, daß sie daran dachte, daß Jon nicht mehr ihr Ehemann war – nie gewesen war. Entgegen aller Logik betrachtete sie ihn noch immer als ihr Eigentum. Sie schlang ihre Arme um ihre Knie und wiegte sich vorwärts und rückwärts wie ein Kind, das sich in der Dunkelheit auf einmal alleingelassen fühlte. Jeden Augenblick erwartete sie, daß Jon hereinkam und Entschuldigungen und Erklärungen heraussprudelte. »Die Hure Sarita hat mich geküßt, ich wollte es gar nicht«, würde er sagen und sie in die Arme nehmen, sie küssen und ihr immer wieder sagen, daß sie die einzige Frau in seinem Leben sei. Cathy betete, daß so etwas geschehen möge. Aber die Stunden vergingen, und als die Nacht sich langsam verzog, mußte sie sich mit der harten Realität anfreunden: Jon würde nicht ins Bett kommen. Zumindest nicht in ihr Bett. Zweifellos hatte er es sich während der letzten Stunden in Saritas Bett bequem gemacht. Schließlich, als die ersten orangen Strahlen über den Himmel zogen, verwandelten sich ihre Befürchtungen in absolute Sicherheit. Die Tränen auf Cathys Wangen waren bereits getrocknet, als sie schließlich erschöpft einschlief.

Jon erwachte und fühlte sich miserabel. Seine Schulter schmerzte fürchterlich, sein Mund fühlte sich an, als hätte er auf Watte gekaut, und seine Muskeln rächten sich dafür, daß er die Nacht auf den Planken des Decks verbracht hatte. Aber noch schlimmer als die physischen Schmerzen war die Selbstverachtung, die er für sich empfand. Er hatte Sarita nur dazu benutzt, um sich an Cathy zu rächen, und der Schuß war nach hinten losgegangen. Er hatte bei dem Geschlechtsakt keine Befriedigung empfunden. In Wahrheit war er nur mit Mühe dazu fähig gewesen, und nur sein männlicher Stolz hatte ihn davon abgehalten, im letzten Moment klein beizugeben. Der Anblick von Saritas überreifem Körper hatte Übelkeit in ihm hervorgerufen: Mit jedem Blick hatte er ihn in Gedanken mit den perfekten Formen Cathys verglichen. Cathy. Er stöhnte bei dem Gedanken an sie, rollte auf den Rücken und legte einen Arm über seine Augen, um sie vor dem grellen Licht der aufgehenden Sonne zu schützen. Der getroffene Blick in ihren Augen, der ihm am Abend zuvor so viel Genugtuung geschenkt hatte, kehrte jetzt im Tageslicht zurück, um ihn zu verfolgen. Entgegen jeglicher Vernunft verspürte er Schuldgefühle.

Völlig zu Unrecht, schalt er sich selbst. Er war ein freier Mann, war durch keine Bande der Ehe an Cathy gebunden. Er war ledig – einen Augenblick lang genoß Jon den Gedanken, der ihm gerade gekommen war – und es gab keinen Grund, warum er sich nicht mit jeder Frau vergnügen sollte, mit der es ihm gefiel. Vergnügen: Was war das für ein Wort! Mit Sicherheit hatte er bei Sarita kein Vergnügen empfunden, trotz all ihrer Anstrengungen. Es war Cathy, die er wollte, es war Cathy, mit der er schließlich geschlafen hatte, als seine Gedanken seinem Körper die Kraft für Sarita verweigert hatten. Als er schließlich seinen Samen in Saritas Körper entlud, hatte er sich weiches, goldenes Haar, eine samtene Haut, und schwarze Wimpern vorgestellt, eine süße Stimme, die seinen Namen stöhnte... O Gott! Was auch immer diese kleine Hure mit ihm angestellt hatte, sie hatte es gründlich getan. Sie hatte ihn mit seidenen Fäden umsponnen wie eine Spinne ihr Opfer. Seit er zum erstenmal mit ihr geschlafen hatte – vor einer Ewigkeit, wie es jetzt schien – hatte er kein Verlangen mehr nach einer anderen Frau verspürt. Bis letzte Nacht war er ihr treu gewesen, wie ein alter Hund, der von seinem Herrn verlassen am Straßenrand saß und Tag für Tag darauf hoffte, er würde zurückkehren, dachte Jon.

Gestern hatte sie auf ihn geschossen: Jeder normale Mann wäre wütend gewesen. Aber ihre Tat und ihre offensichtliche Reue hinterher hatten in ihm ein Gefühl erweckt, das er seit langem erloschen geglaubt hatte. Wer, außer Cathy, hätte so etwas zu tun gewagt, und wer, außer Cathy, hätte sich hinterher so liebevoll um ihn gekümmert? Als er ihr zugesehen hatte, wie sie ihn anzog, obwohl er es sehr gut hätte alleine tun können, hatte er gespürt, wie der eisige Klumpen der Wut in seinem Innern zu schmelzen begann. Sie hatte ihn entwaffnet, diese kleine Katze hatte ihn fast so weit gebracht, daß er wieder von ihr gefangen und sogar glücklich darüber war. Aber glücklicherweise hatte er sich gerade noch rechtzeitig besonnen. Sie hatte ihn einmal betrogen, und wenn sie die Möglichkeit bekam, würde sie es sicher auch ein zweites Mal tun. Er würde sein Herz nicht ein zweites Mal zurückweisen lassen.

Die Geschichte mit Sarita war erniedrigend gewesen. Sie war nackt gewesen und hatte sich wie eine Krake über ihn hergemacht. Er hatte nicht einmal die Hose ausgezogen, er hatte sie nur aufgeknöpft. Das ganze hatte keine fünf Minuten gedauert, und anschließend hatte er Sarita verlassen, um den Rest der Nacht allein an Deck zu verbringen. Jon grinste bitter. Falls die Ereignisse der vergangenen Nacht jemals herauskommen sollten, und das würden sie vermutlich, war Jons Ruf als Liebhaber mit Sicherheit ruiniert. Zu seiner Überraschung belastete ihn dieser Gedanke jedoch nicht weiter. Die einzige Frau, deren Liebe er wirklich wollte, wußte es besser. Und er würde dafür sorgen, daß sie zumindest keine Zweifel bezüglich seiner sexuellen Fähigkeiten hatte!

Sie würde wütend sein, ging es Jon durch den Kopf, aber er war sicher, er würde sie beschwichtigen können. Nachdem er Sarita letzte Nacht verlassen hatte, wäre er beinahe direkt in seine Kajüte gegangen, um sich ihrem Zorn zu stellen, aber ein Schuldgefühl in ihm hatte ihn zurückgehalten.

Aber weshalb sollte er sich schuldig fühlen? Was sie getan hatte, war weitaus schlimmer als dieses eine Treffen mit Sarita. Sie hatte sich an einen anderen Mann verkauft, obwohl sie wußte, daß er, Jon, sie noch liebte, sie noch immer als seine Ehefrau betrachtete. Und sie hatte diesen Mann immer wieder in ihr Bett gelassen... Bei dem Gedanken knirschte Jon mit den Zähnen. Er hoffte, sie war wütend. Er hoffte, sie würde nur einen Bruchteil dessen durchmachen, was er hatte durchmachen müssen!

Abrupt stand er auf. Er würde jetzt in seine Kajüte gehen und sich waschen; und sollte dieses Frauenzimmer ihn beschimpfen, weil er mit Sarita geschlafen hatte, dann war es auch gut. Es gab auch genug, was er ihr zu sagen hatte.

Der Klang lauter Frauenstimmen ließ Jon einen Moment innehalten, als er auf seine Kajüte zumarschierte. Eine Frau kreischte etwas, dann vernahm er das unmißverständliche Klatschen einer Ohrfeige. Die Geräusche kamen aus seiner Kajute, würde es Jon auf einmal bewußt, und er hätte schwören können, die eine Stimme gehörte Sarita. Großer Gott, was nun? Dann kam ihm ein schrecklicher Gedanke, und er eilte vorwärts.

Cathy war von zwei rauhen Händen aus ihrem unruhigen Schlaf gerissen worden, die sie von der Koje zerrten. Einen Augenblick lang dachte sie schon, Jon sei endlich zurückgekehrt. Als sie ihre Augen mit der festen Absicht öffnete, ihn mit einem eisigen Blick der Gleichgültigkeit zu strafen, stellte sie verwirrt fest, daß es nicht sein Gesicht war, das sich über sie beugte: Die Augen, die sie ansahen, waren groß und schwarz, eine breite Nase und ein voller Mund gehörten zu einem weiblichen Gesicht. Sarita! Gleichzeitig mit dieser Erkenntnis fiel ihr auch ein, unter welchen Umständen sie sie zum letztenmal gesehen hatte. Während sie sich mit einer Hand den Schlaf aus den Augen rieb, riß sie sich von den Fingern los, die sich in ihre Schultern bohrten.

»Verschwinde von hier!« fauchte Sarita sie an, noch bevor sie eine Gelegenheit hatte, etwas zu sagen. »Ich ziehe jetzt hier ein! Jonny gehört jetzt mir, nicht mehr dir!«

»Herzlichen Glückwunsch«, gab Cathy trocken zurück, während sie Sarita genauer ansah. Offensichtlich war sie selbst noch nicht lange wach. »Aber die Kajüte verlasse ich dann, wenn Jon es mir sagt, nicht du!«

»Du ziehst hier aus, wenn ich es dir sage. Und zwar jetzt! Jonny will dich nicht mehr! Letzte Nacht hat er mich zu seiner Frau gemacht, und ab jetzt schlafe ich in seinem Bett!«

»Ach.« Cathy stieß die Worte verächtlich aus und ließ ihre Augen abfällig über Saritas Körper schweifen. »Wie schön für dich!«

»Du brauchst gar nicht so mit mir zu reden! Als ob du eine feine Lady bist, und ich gar nichts! Jonny hat mir alles von dir erzählt: Du bist auch nichts Besseres als ich!«

»Eine Nutte, meinst du?« fragte Cathy bissig.

»Halt die Klappe! Du hast kein Recht, mich so zu nennen, du, mit deinen feinen Röcken und deinem Getue! Du Hure!« Sarita ließ einen Schwall Schimpfworte auf sie herabregnen, von denen sie die Hälfte noch nie zuvor gehört hatte. Sie hörte sich alles schweigend an, nur eine Augenbraue hatte sie etwas angehoben. Sie hatte schon vor langer Zeit gelernt, daß man mit so einer Person am besten fertig wurde, wenn man die Dame aus bestem Hause spielte.

»Verschwinde jetzt von hier!« beendete Sarita schließlich ihre Schimpfkanonade. Cathy sah die Frau an, als wäre sie ein besonders ekelhafter Käfer, der gerade unter einem Stein hervorgekrochen war.

»Nein.« Sie sprach das Wort leise aus und lächelte Sarita dabei an. Nur in ihren Augen konnte man sehen, daß sie langsam wütend wurde. Je länger sie daran dachte, wie Sarita die letzte Nacht verbracht hatte, um so schwieriger wurde es für sie, sich zu beherrschen.

»Iiiiiih!« kreischte Sarita plötzlich los und ihre Hand klatschte gegen Cathys Wange. Automatisch legte Cathy ihre Hand auf die Stelle ihres Gesichts, wo sie getroffen worden war. Ihre Augen glitzerten gefährlich. Dann, als Sarita nach ihr griff, um sie mit Gewalt aus Jons Kajüte zu entfernen, zog Cathy aus und gab ihr die Ohrfeige mit Zinsen zurück.

Als Jon in die Kajüte platzte, rollten die beiden Frauen auf dem Fußboden herum, wie zwei japanische Ringer. Saritas Hand hatte sich in Cathys Locken vergraben und zerrte an ihnen, während sich Cathys Hände um Saritas Kehle schlossen. Jon blieb einen Augenblick stehen und sah sich die Szene teils bestürzt, teils belustigt an. Er war zu seiner Kajüte geeilt, weil er befürchtet hatte, Cathy könnte verletzt werden. Sarita mußte fast fünfzehn Pfund schwerer sein als Cathy: Sie war größer und weitaus kräftiger. Außerdem war sie auf den Straßen Londons aufgewachsen; Prügeleien waren für sie nichts Neues, während Cathy wohlbehütet aufgewachsen war. Jon hätte um jede Summe gewettet, daß Sarita Cathy in Stücke reißen würde. Das Lustige daran war, daß er vermutlich verloren hätte: Noch während er zusah, schaffte es Cathy, sich auf Sarita zu rollen, und sie zwischen ihren Beinen auf dem Boden festzuhalten. Als Saritas lange Fingernägel nach Cathys Gesicht tasteten, hob Cathy eine geballte Faust und versetzte ihr einen Kinnhaken, der eines Boxers würdig gewesen wäre. Sarita schrie auf, und dieses Geräusch ließ Jon aktiv werden. Noch ehe Cathy Sarita ernsthaft verletzen konnte, hatte er die beiden getrennt.

»Das reicht!« Er packte Cathy um die Hüfte und hob sie förmlich von Sarita herunter. Cathy baumelte in seinem Arm, wie ein fauchendes, kleines Kätzchen, und Sarita nutzte sofort die Situation, um aufzuspringen. Mit ausgestreckten Fingernägeln stürmte sie auf Cathy zu. Jon, der einen Sekundenbruchteil zu spät erkannte, was Sarita vorhatte, schaffte es nicht mehr, Cathy rechtzeitig hinter sich zu stoßen, und Saritas Fingernägel hinterließen tiefe Kratzer in Cathys Hals. Cathy sog tief die Luft ein, und als Jon sie losließ, um nach Sarita zu greifen, sprang sie hinter ihm vor und hinterließ mit ihren Nägeln tiefe Spuren auf Saritas bloßen Schultern. Jon fluchte; mit einer Hand packte er Cathys Arm, mit der anderen Saritas. Es war die einzige Möglichkeit, die beiden auseinander zu halten, und er war ernsthaft versucht, die beiden mit den Köpfen zusammenzustoßen, um dem Kampf ein Ende zu setzen. Statt dessen brüllte er laut nach O'Reilly.

Als O'Reilly hereinkam, erkannte er die Situation mit einem Blick. Mit beiden Armen packte er Sarita um die Hüfte und schleppte sie mit Gewalt aus der Kajüte. Sarita hörte während der ganzen Zeit nicht auf, Cathy zu beschimpfen.

Cathy wiederum, bebte in Jons Armen. Sie war wütend, und nachdem Sarita jetzt aus dem Weg war, richtete sich ihr ganzer Zorn gegen ihn.

»Wie kannst du es wagen, deiner – deiner *Liebschaft* zu sagen, mir zu befehlen, ich solle verschwinden?« brüllte Cathy ihn an. Ihre blauen Augen sprühten Feuer, und ihr weicher rosiger Mund bebte. Offensichtlich hatte sie in einem seiner Hemden geschlafen; es war ihr viel zu groß, reichte ihr bis über die Knie hinunter, und die Ärmel hatte sie mehrfach umgeschlagen. Mit ihrem goldenen Haar und den wogenden Brüsten, die sich deutlich unter dem Stoff abzeichneten, wirkte sie klein und zerbrechlich, und unwiderstehlich weiblich.

»Eifersüchtig, Cathy?« fragte er leise, und ihm gefiel ganz und gar nicht, welche Gefühle sie wieder in ihm hervorrief. Cathy warf ihren Kopf zurück, wie ein Bulle, der bereit war, im nächsten Augenblick anzugreifen. Jon konnte die Hitze ihrer Wut förmlich spüren.

»Auf die da? Mach dich nicht lächerlich!« spuckte sie aus. Jon, der sie noch immer fest in seinen Armen hielt, lächelte sie amüsiert an.

»Ich glaube doch«, sagte er leise. »Ich glaube, du bist so eifersüchtig, daß es dich innerlich fast zerfleischt. Ich glaube, das ist auch der Grund, weshalb du auf Sarita losgegangen bist...«

»*Ich* soll auf *Sarita* losgegangen sein?« stieß Cathy aus. »Du mußt dir ja verdammt viel auf deine Fähigkeiten im Bett einbilden! Ehrlich gesagt, mein Lieber, du bist es gar nicht wert!«

»Ach, tatsächlich?« Jons Stimme war weich wie Seide; nur die Art, wie sich seine Augen verengten, deuteten an, daß Cathys Pfeil ihr Ziel getroffen hatte. »Wenn ich dich nackt in meinen Armen halte, sprichst du aber ganz anders: ›Jon‹, seufzt du dann, dann atmest du schwer und bettelst, daß ich weitermache...«

»Du eingebildetes Schwein!« zischte Cathy. Sie spürte, wie ihre Wangen brannten. »Ich lasse dich nie mehr auch nur in meine Nähe kommen! Du wirst mich eher umbringen müssen, als daß ich es zuließe, daß du mich noch einmal berührst!«

»Das glaube ich nicht«, erwiderte Jon, und in seinen Augen erschien ein häßliches Glitzern. Dann machte er sich daran, ihr zu beweisen, daß er recht hatte.

9

Weihnachten kam und ging, gefolgt von Neujahr. Aufgrund des stürmischen Wetters, das die ganze Aufmerksamkeit der Besatzung beim Segeln des Schiffes verlangte, schien es Cathy, als sei sie die einzige, die überhaupt daran gedacht hatte. Nur kurz gingen ihr Bilder der Feiertage im letzten Jahr durch den Kopf, die sie, zusammen mit Jon und Cray in Woodham als Familie verbracht hatte. Aber die Bilder waren zu schmerzhaft, und sie verdrängte sie schnell wieder aus ihren Gedanken. Diese kurze Zeit des Glücks erschien ihr mehr und mehr wie ein schöner Traum. Die harte Realität bestand aus dem Rollen der *Cristobel*, Jons wachsender Kälte ihr gegenüber und der Tatsache, daß ihr Sohn viele, viele Meilen von ihr entfernt war.

Die *Cristobel* segelte in südlicher Richtung. Das Wetter wurde heiß und drückend, und es regnete immer öfter völlig unerwartet. Widerwillig hatte ihr Jon auf ihre Frage geantwortet, daß er in Richtung Teneriffa segelte. Auf der Insel besaß er noch viele Freunde aus seiner Zeit als Freibeuter, und er benötigte ihre Hilfe, um die *Cristobel* absolut seetüchtig zu machen, bevor er über den Atlantik nach Amerika segelte.

Cathy hatte sich endlich ein paar Kleidungsstücke besorgt, die sie Angie Harrow, einer weiteren, ehemaligen Strafgefangenen verdankte. Sie war ebenso klein wie sie, aber weitaus magerer, und sie wirkte farblos wie ein Stück braunes Papier. Angie war Zimmermädchen gewesen, bis sie beschuldigt worden war, ihrer Herrin ein Paar diamantbesetzte Ohrringe gestohlen zu haben. Das Mädchen beharrte eisern auf ihrer Unschuld, und Cathy neigte dazu, ihr Glauben zu schenken. Nicht daß es eine Rolle spielte. Angie schien Cathy als ihre neue Herrin zu betrachten, und Cathy empfand es als angenehm, jemanden um sich zu haben, der all die Aufgaben gerne erfüllte, von denen sie nie erwartet hatte, daß sie sie einmal selbst würde tun müssen.

Jon betrachtete diese neue Freundschaft mit Mißtrauen, aber er sagte nichts. Für Cathy war es nur natürlich, jemanden zu haben, der sie bediente. Er bestand nur darauf, daß Angie aus seiner Kajüte verschwand, wenn er sich darin aufhielt, und ihre anderen Pflichten nicht vernachlässigte. Nachdem ansonsten beide Mädchen mit der Rollenverteilung zufrieden waren, ließ er sie in Ruhe.

Die Kleider, die sie von Angie erhalten hatte, waren dieselben einfachen Blusen und Rücke, die alle weiblichen Strafgefangenen erhalten hatten. Cathy besaß nur noch einen einzigen Unterrock, was sie jedoch nicht davon abhielt, ihn anzuziehen und an Deck zu gehen, wann immer sie konnte. An heißen Tagen war es weitaus angenehmer an Deck, wo doch immer eine leichte Brise ging, als in der stickigen Kabine zu bleiben. Wegen der Hitze hatte sie sich angewöhnt, ihr Haar zu einem Zopf zu flechten; mit ihren nackten Füßen, die unter dem Rock hervorlugten und ihrem inzwischen gebräunten Gesicht, sah sie aus wie eine Piratenbraut. Jon, der ihr zusah, wie sie an Deck mithalf, dachte, daß sie nie hübscher gewesen war, und fluchte innerlich über das Verlangen, das wie eine Pflanze immer wieder in ihm zu wachsen schien, und die sich nie mitsamt der Wurzel entfernen ließ.

Jons Augen waren nicht die einzigen, die Cathy auf Deck verfolgten. Viele der Männer gelüstete es ganz offensichtlich nach ihr, aber doch nicht so offensichtlich, daß Jon es mitbekam. Und Sarita beobachtete Cathy voll böser Gedanken. Seit jener Nacht war Jon nicht mehr auf ihr Lager gekommen, und diese Hure von Frauenzimmer bewohnte noch immer seine Kajüte. In Sarita brodelte es, und sie wartete auf ihre Gelegenheit.

Das Verhältnis zwischen Jon und Cathy ließ sich am besten als eine Art Waffenstillstand bezeichnen. Er schlief mit ihr, wenn er ihr nicht länger widerstehen konnte, und sie nahm es kampflos hin. Sie sprachen kaum miteinander. Nach außen hin lebten sie nebeneinander her wie zwei Fremde. Nur wenn sie zusammen in der Koje lagen, stillten sie ihren Hunger, den sie füreinander empfanden. Cathy schämte sich, daß sie sich so vollständig einem Mann hingab, der sie mit einer anderen betrogen hatte, der sie wie eine Dirne behandelte und sie offensichtlich auch dafür hielt. Aber sie konnte nicht dagegen an. Wenn seine Hand sie auch nur berührte, verriet sie ihr eigener Körper. Sie wollte ihn, und er wollte sie. Was das anbelangte, so waren sie sich einig.

Die Wunde, die sie Jon an der Schulter zugefügt hatte, war fast vollständig verheilt. Jon hatte sich selbst darum gekümmert und ihr nur einen eiskalten Blick zugeworfen, als sie sich angeboten hatte, ihm zu helfen. Es war, als wollte er sie nicht an sich heranlassen. Mitte Januar ließen nur noch zwei rote Flecken erkennen, wo die Wunde gewesen war, und Jons Arm besaß fast wieder die volle Kraft wie zuvor. Dafür war Cathy insgeheim dankbar. Die Unerfahrenheit der Crew der *Cristobel* erforderte, daß Jon viel Zeit in den Wanten verbringen mußte, um Segel zu setzen oder Taue zu verknoten. Jedesmal, wenn sie sah, wie er sich Hand um Hand an einem Seil nach oben zog, verursachte ihr die Angst um ihn Magenschmerzen. Wenn er stürzen sollte... Aber Jon war unglaublich kräftig. Sobald er wieder seine ganze Kraft besaß, würde er keinen Fehler machen. Und seine Kraft hatte er fast vollständig wiedererlangt.

Seit einiger Zeit fiel Cathy auf, daß ihr übel wurde, wenn das Schiff zu sehr rollte oder wenn sie sich zu lange in der Sonne aufhielt. Zunächst schob sie die Schuld daran auf das unappetitliche Essen, das es als Verpflegung gab, und vergeudete keine weiteren Gedanken daran. Aber ganz allmählich nahm ein bestimmter Verdacht immer mehr Form an: Sie hatte schon seit längerer Zeit keine Monatsblutungen mehr gehabt. So schrecklich dieser Gedanke auch war, es wurde immer wahrscheinlicher, daß sie ein Kind erwartete.

Als Cathy sich diese Möglichkeit endlich eingestand, war es ihr unverständlich, daß sie es nicht schon früher gemerkt hatte. Wenn sie zurückdachte, wurde ihr bewußt, daß ihr Magen ihr schon seit Monaten Probleme machte, und was ihre Blutungen anbelangte – Cathy dachte angestrengt nach. Das letzte Mal hatte sie Sie vor dem Verlassen Woodhams gehabt. Das bedeutete – großer Gott, sie war demnach mindestens im fünften Monat schwanger!

Cathy war wie erstarrt. Instinktiv legte sie ihre Hand auf ihren Bauch. Jetzt, wo sie es wußte, konnte sie eine gewisse Schwellung ihres Bauches ertasten, wenn auch nicht soviel, daß es einer Schwangerschaft im fünften Monat gerecht wurde. Vielleicht hatte sie sich verrechnet oder das Kind war außergewöhnlich klein. Cathy fragte sich, wie wohl Jons Reaktion ausfallen würde, wenn er erfuhr, daß er erneut Vater wurde, und erbleichte. Er würde alles andere als begeistert sein. Er würde ihr dafür die Schuld geben... Trotzig hob Cathy das Kinn. Es gehörten immer noch zwei dazu, ein Kind zu zeugen, also trug er mindestens ebenso die Verantwortung dafür wie sie. Außerdem betraf es ihn nicht sonderlich. In den Augen des Gesetzes war Jon nicht einmal der Vater des Kindes. Harold würde der Vater sein, denn er war ihr legaler Ehemann. Sie verspürte das unerklärliche Verlangen loszukichern. Jon würde rasen, wenn ihm dieser Aspekt der Lage zu Bewußtsein kam. Sein Kind von Harold rechtmäßig beansprucht! Wenn es ein Junge wurde, erbte er sogar Harolds Titel und alle seine Besitztümer. Cathy stellte sich Harolds Wut vor, wenn er erfuhr, daß die Frau, mit der er nie geschlafen hatte, ihm einen Erben schenkte, und diesmal mußte sie wirklich kichern. Mein Gott, was war das alles nur für ein Durcheinander.

»Was ist denn so lustig?« ertönte eine tiefe Stimme an ihrem Ohr. Cathy zuckte schuldbewußt zusammen. Ein Blick über die Schulter zeigte ihr, daß Jon hinter ihr stand.

»Nichts«, antwortete sie hastig. Sie brauchte selbst erst einmal Zeit, bevor sie ihm die Neuigkeit beibrachte. »Ich – ich mußte einfach lachen.«

»Ich würde gerne an deiner Heiterkeit teilhaben«, sagte er verstimmt. »Ich würde auch ganz gerne wieder einmal herzhaft lachen.«

Cathy warf ihm diesmal einen längeren Blick zu. Er sah müde aus. Die Linien, die sein Gesicht zeichneten, schienen tiefer als sonst, und es lagen Schatten unter seinen Augen. Sein Haar war inzwischen so lang, daß es in Locken über seinen Kragen fiel, und Cathy dachte, ich muß ihn überzeugen, daß er es mich schneiden läßt, bevor sie sich wieder ernsteren Gedanken zuwandte.

»Stimmt etwas nicht?« fragte sie leise. Jon schnitt eine Grimasse.

»Nicht mehr als üblich«, sagte er und blickte über ihre Schulter hinweg aufs Meer hinaus. »Ich bin nur gekommen, um dir zu sagen, daß ein Sturm aufzieht. Ein böser Sturm. Alle Anzeichen sprechen dafür. Ich werde alle Hände voll zu tun haben, das Schiff vor dem Sinken zu bewahren und keine Zeit haben, mir um dich Sorgen zu machen. Ich möchte, daß du mir versprichst, die Kajüte nicht zu verlassen, bis ich dir sage, daß es wieder sicher ist.

Cathy warf ihm einen fragenden Blick zu.

»Wenn ich dich nicht besser kennen würde, Captain, hätte ich den Verdacht, du wärest besorgt um mich«, murmelte sie herausfordernd. Jon schnaubte verächtlich.

»Sagen wir einfach, ich möchte nicht, daß sich die Haie an diesem schönen Körper genüßlich tun – zumindest noch nicht. Im Moment fallen mir noch zu viele schöne Dinge ein, die man damit anstellen kann.« Cathy versteifte sich während dieser Worte.

»Spring doch meinetwegen über Bord«, sagte sie mit eisiger Stimme, machte auf dem Absatz kehrt und wollte davonlaufen. Jon packte sie am Arm und hielt sie fest. Cathy warf ihm einen feindseligen Blick zu.

»Versprich es mir«, sagte er leise. »Oder ich schwöre, ich schließe dich ein. Wenn mir dann etwas geschieht und das Schiff sinkt...«

Cathy schluckte, als sie sich ausmalte, was dann geschehen würde.

»Na schön, ich verspreche es«, stieß sie aus, und er ließ ihren Arm los, so daß sie gehen konnte.

Bis lange nach Einbruch der Dunkelheit blieb sie an Deck. Jon war auf dem Achterdeck beschäftigt, und Angie war unter Deck verschwunden. Niemand sonst belästigte sie, und Cathy gab sich ganz ihren Gedanken hin. Diese drehten sich fast ausschließlich um das

Baby. Sie würde es Jon sagen müssen, darüber gab es keinen Zweifel. Eine Schwangerschaft ließ sich nicht lange verborgenhalten. Sie verwünschte die Tatsache, daß das Kind in ein solches Durcheinander hinein geboren werden sollte. Jon liebte sie nicht – das hatte er ihr nur zu deutlich zu verstehen gegeben. Und sie – liebte sie ihn? Ihre Gedanken waren in einem solchen Aufruhr, daß sie es selbst nicht mehr wußte. Manchmal liebte sie ihn noch, wenn er der Jon war, den sie noch von Woodham her kannte, ihr zärtlicher Liebhaber, der Vater ihres Sohnes Cray. Aber dann wieder, wenn er sie verächtlich für etwas zu strafen suchte, was sie nie begangen hatte, haßte und verabscheute sie ihn. Und immer wieder dachte sie an jene Nacht, die er mit Sarita verbracht hatte, und Haß stieg in ihr auf. Wenn sie sich also fragte, ob sie ihn liebte, war die ehrliche Antwort, daß sie es nicht wußte.

Die See wurde immer rauher, und der Wind frischte auf. Die *Cristobel* pflügte durch die immer höheren Wellen. Über ihnen hatte sich eine Wand schwarzer Wolken aufgetürmt, die den blassen Mond verdeckte. Kalte, salzige Gischt wehte über die Seite des Schiffes und erwischte Cathy im Gesicht. Abrupt aus ihren Gedanken gerissen, prustete sie erschrocken. Während sie sich noch die Feuchtigkeit aus dem Gesicht wischte, verfing sich der Wind im falschen Ende eines der Segel, und es begann zu schlagen und zu knallen wie eine Peitsche.

»Rafft das Segel!« hörte sie Jon brüllen. Cathy fuhr herum und entdeckte seine Figur, wie er über das Deck schritt. Unter dem Hauptmast blieb er stehen und wiederholte sein Kommando zu dem Mann in den Wanten mit einer Stimme, die den beginnenden Donner noch zu übertönen schien.

»Hölle und Verdammnis!« fluchte Jon, als der Mann

seinen Befehl offensichtlich nicht richtig ausführte. Ihre Augen weiteten sich, als sie sah, wie Jon den Mast umklammerte und scheinbar mühelos hinaufzuklettern schien. Noch ehe er ein Drittel der Strecke zurückgelegt hatte, stand sie unter dem Mast und warf ihren Kopf weit in den Nacken, um hinaufsehen zu können. Er war nicht allein dort oben. Es mußten sich mindestens ein Dutzend weiterer Männer da oben befinden, die teils halsbrecherisch an den Rahen hingen und sich teils angstvoll an den Tauen festklammerten. Ihre Aufgabe war selbst einer Landratte wie Cathy klar. Sie sollten die Segel raffen, bevor der Sturm losbrach.

Er blieb eine gute Viertelstunde dort oben, und Cathy brach fast das Genick, als er endlich wieder herunterkam. Als er Cathy entdeckte, die neben dem Mast auf ihn wartete, platzte ihm fast der Kragen.

»Verdammt noch mal, ich dachte, du hättest mir versprochen, du würdest während des Sturms in der Kajüte bleiben!« brüllte er sie an. Cathy schnitt eine Grimasse.

»Welcher Sturm?« fragte sie frech. »Alles was ich sehe, sind ein paar Regentropfen.«

Jon knirschte hörbar mit den Zähnen. Er packte ihren Arm so fest, daß es schmerzte.

»Was ich sehe, sind die Vorboten eines Wirbelsturms«, preßte er heraus. »Und in etwa zehn Minuten wird hier die Hölle losbrechen. Ich habe keine Zeit, mit dir Spielchen zu spielen. Du gehst jetzt sofort in die Kajüte und bleibst dort, oder ich fessele dich an die Koje, bis der Sturm vorbei ist!«

»Ein Wirbelsturm?« hauchte Cathy entsetzt. Die Bezeichnung allein weckte Bilder in ihr, die ihr nackte Furcht einjagten. Es war schon schlimm genug, einen solchen Sturm an Land zu erleben, aber mitten im

Meer, und mit einem Schiff wie der *Cristobel*, die alles andere als seetüchtig war – der Gedanke allein verursachte ihr eine Gänsehaut.

»Ja, ein Wirbelsturm«, grollte Jon, und seine Finger bohrten sich noch tiefer in ihre Arme.

»Das – das wußte ich nicht – ich bleibe in der Kajüte«, sagte Cathy, aber Jon war nicht bereit, es noch einmal ihren Launen zu überlassen.

»O'Reilly!« brüllte er, und als der Mann neben ihm erschien, befahl er ihm: »Bring Lady Stanhope in meine Kajüte. Und zwar auf dem direkten Weg, verstanden?«

»Zu Befehl.« O'Reilly nickte kurz. Zu Cathy gewandt, fügte Jon hinzu: »Und wenn ich dich noch einmal an Deck sehe, bekommst du meinen Gürtel zu spüren! Das ist ein Versprechen!«

Cathy war noch viel zu sehr mit dem Gedanken an den Wirbelsturm beschäftigt, um seine Drohung ernst zu nehmen. Gehorsam ließ sie es zu, daß O'Reilly ihren Arm ergriff. Sie waren noch keine drei Schritte weit gekommen, als Jon O'Reilly noch einmal rief.

»Schicke die anderen Frauen ebenfalls in meine Kabine«, ordnete er an. »Dort sind sie sicherer, und es ist besser, wir wissen, wo alle sind. Ich traue es den Frauenzimmern zu, daß eine von ihnen auf die Idee kommt, während des Sturms einen Spaziergang an Deck zu machen.«

»Aye, aye, Sir«, antwortete O'Reilly grinsend. Cathy kochte innerlich bereits wieder, aber O'Reilly sorgte dafür, daß sie sich kurz darauf in Jons Kabine wiederfand, wo er sie allein ließ. Cathy zündete eine Kerze an und wartete auf die anderen Frauen.

»Der Captain sagt, keine Kerzen – es könnte ein Feuer ausbrechen«, sagte O'Reilly, als er mit Angie, Sarita und den anderen Frauen zurückkehrte. Schweigend gingen sie an ihm vorbei und kauerten sich in der Mitte des Raumes zusammen.

»Und daß mir keine die Kabine verläßt«, fügte er eindringlich hinzu, wobei sein Blick auf Sarita gerichtet war. Dann blies er die Kerze aus und verließ sie, während die Kabine in völliger Dunkelheit versank.

Wenn Cathy geglaubt hatte, daß sie keine fünf Minuten mit Sarita in einem Zimmer würde bleiben können, ohne daß sie aufeinander losgingen, hatte sie sich getäuscht. Die Furcht in diesem dunklen Raum, während draußen der Sturm losbrach, machte sie alle zu Verbündeten. Alle Gedanken an ihre Rivalität waren wie weggeblasen. Jede von ihnen wollte nichts anderes, als überleben.

Der Sturm tobte achtundvierzig Stunden lang, und unzählige Male während dieser Zeit glaubte Cathy, ihre letzte Stunde hätte geschlagen. Einmal schien die *Cristobel* zu kentern, und Cathy sah den schwarzen Ozean über dem Bullauge zusammenschlagen. Ein anderes Mal ergoß sich ein gewaltiger Brecher über das Deck, so daß das Wasser in Strömen durch den Spalt unter der Tür zu ihnen hereindrang.

Jon kehrte während der ganzen Zeit nicht zu seiner Kajüte zurück. Cathy machte sich um ihn noch mehr Sorgen, als um sich selbst. Draußen an Deck war er der vollen Wucht des Sturmes ausgesetzt. Er mußte bis auf die Knochen durchnäßt, hungrig und erschöpft sein. Cathy sprach ein stilles Gebet für ihn. Ob sie ihn nun liebte oder haßte, sie wollte, daß er lebte.

Durch den Sturm war es unmöglich, abzuschätzen, ob es Tag oder Nacht war. Cathy hatte keine Ahnung, ob es eher Mittag oder Mitternacht war, als der Wind endlich nachzulassen begann, aber sie war dafür dankbar. Es schien, als wären ihre Gebete erhört und die *Cristobel* errettet worden.

Als Jon endlich in der Tür erschien, war er bis auf die Haut durchnäßt und schwankte vor Erschöpfung. Cathy vergaß allen Streit und die Zuschauer und eilte an seine Seite. Hinter ihm konnte sie erkennen, daß der Regen nur noch ein Nieseln war, und daß der Himmel zwar noch immer voller grauer Wolken hing, aber lange nicht mehr so schwarz war, wie vorher.

»Bist du in Ordnung?« fragte sie und legte unbewußt eine Hand auf seine klatschnasse Brust. Er sah sie einen Augenblick mit unergründlichen Augen an, während er sich am Türrahmen abstützte.

»Ich bin in Ordnung«, antwortete er, und über ihren Kopf hinweg sagte er zu den anderen gewandt: »Ihr könnt jetzt alle zurück in eure Kabinen. Die Gefahr ist vorbei.«

»Gott sei Dank! Und auch Ihnen vielen Dank, Captain!« hauchte Angie, und ihre Augen schlossen sich erleichtert.

»Ja, Jonny, vielen Dank! Du warst wundervoll, ich weiß es!« rief Sarita gespielt dramatisch aus und hätte sich ihm an den Hals geworfen, hätte Cathy ihr nicht einen bösen Blick zugeworfen, der eine ganze Armee gestoppt hätte.

Sarita erwiderte den Blick, aber als Jon die Tür freimachte, lief sie an ihm vorbei, ohne einen Versuch zu unternehmen, ihn zu berühren.

Als sie schließlich allein waren, und sich die Kabinentür hinter ihnen geschlossen hatte, schleppte sich Jon zu seiner Koje hinüber und schüttelte Cathy von sich ab, als sie ihn stützen wollte.

»Gott, bin ich müde«, seufzte er und ließ sich auf die Koje fallen. Cathy sah ihn besorgt an. Er war blaß, die Haut grau vor Nässe und Erschöpfung.

»Wann hast du das letzte Mal etwas gegessen?« fragte sie leise und schob seine Hände weg, als er anfangen wollte, sein Hemd aufzuknöpfen. Sie erledigte das für ihn. Er lehnte seinen Kopf zurück und ließ es mit sich geschehen.

»Irgendwann gestern – glaube ich«, sagte er und schloß die Augen. »Tinker hat uns allen etwas getrocknetes Rindfleisch gebracht.«

»Und seit zwei Tagen hast du nicht mehr geschlafen.« Es klang mehr wie eine Feststellung denn eine Frage.

»Hier, lehn dich nach vorne.« Cathy zog ihm das nasse Hemd über den Kopf, als er tat, was sie gesagt hatte. Er beugte sich hinunter, um sich die Stiefel selbst auszuziehen, knöpfte dann seine Hose auf und zog sie aus. Er zitterte, als er nackt vor ihr stand, und Cathy sah, daß er eine Gänsehaut hatte. Schnell ergriff sie ein grobes Handtuch und rieb ihn trocken. Dann zog sie die Decke von der Koje und wickelte ihn darin ein. Automatisch kam seine Hand heraus, um die Decke zu halten.

»Mach nicht so ein Theater. Mir fehlt nichts, außer etwas Schlaf und etwas zu essen«, meinte er gereizt, als Cathy ihn zurück auf die Koje drückte. »Außerdem wette ich, daß du genauso wenig gegessen oder geschlafen hast.«

»Nein«, pflichtete ihm Cathy bei. »Aber zumindest waren wir nicht draußen im Sturm. Und überhaupt, wir konnten zumindest ab und zu einen Happen essen und sogar gelegentlich ein wenig dösen. Ich werde jetzt den Herd schüren, dir etwas zu essen machen, und dann kannst du schlafen. Und nicht nur ein Nikkerchen.«

»Immer noch der gleiche Befehlston«, meinte er mit einem Grinsen, aber Cathy fiel auf, daß er nicht widersprach. Sie lächelte ihn an, aber seine Augen waren bereits wieder geschlossen. Leise verließ sie die Kajüte, um sich auf die Suche nach etwas Kohle und etwas zu essen zu machen.

Als sie über das Deck lief, war sie über das Ausmaß der Schäden durch den Sturm entsetzt. Die Spitze eines Mastes war abgebrochen und lehnte wie ein ausgedienter Weihnachtsbaum gegen das Achterdeck. Was von den Segeln noch übrig geblieben war, hing in Fetzen herunter. Holz, Tuchfetzen und anderes Gerümpel lag über das gesamte Deck verstreut, auf dem noch immer das Wasser stand. Ein Stück weiter war eine notdürftige Versorgungsstation für die Verletzten eingerichtet worden. Etwa ein halbes Dutzend Männer lag unter dem schützenden Holzvorbau des Vorderdecks. Keiner schien verletzt zu sein, allerdings war einer unter ihnen, der sein Bein umklammert hielt, das auf fast die dreifache Dicke angeschwollen war und fürchterlich stöhnte. Ein anderer, in dem sie den etwas schulmeisterlichen Dougan erkannte, lief zwischen ihnen hin und her und hatte offensichtlich die Rolle des Arztes übernommen.

»Brauchen Sie Hilfe?« fragte sie leise. Er drehte sich um, erkannte, wer ihm die Frage gestellt hatte und errötete leicht.

»O nein, Ma'am, ich meine, Milady«, stammelte er. »Eine der anderen Ladies – der anderen Frauen hat sich bereits angeboten zu helfen. Angie, wissen Sie. Sie ist ein gutes Mädchen. Und von den Jungs ist keiner schwer verletzt. Außer Croomer, der sich sein Bein gebrochen hat. Der tolpatschige Idiot ist über eine Taurolle gestolpert.«

Croomer, der Mann, der sein Bein umklammert hielt und stöhnte, fluchte laut bei dieser Bemerkung. Dougan wirkte entrüstet.

»Hüte deine Zunge, du verdammter Narr. Hier ist eine Lady«, fuhr er ihn an und erschrak im nächsten

Augenblick selbst, als er sich überlegte, ob ›verdammt‹ nicht vielleicht zu stark für Cathys Ohren war. Cathy konnte nur mit Mühe ein Grinsen unterdrücken.

»Sorgen Sie für den Capt'n, Milady?« fragte Dougan. Als Cathy nickte, machte er eine zustimmende Geste. »Er ist ein mutiger Mann, Milady. Er war überall zur gleichen Zeit, hat überall Hand angelegt, wo es kritisch war. Er allein hat uns durch den Sturm gebracht, das ist eine Tatsache.«

»Ich weiß«, antwortete Cathy und ging weiter. Aber als sie die Vorräte zusammensuchte, die sie benötigte und sich wieder auf den Rückweg machte, verspürte sie ein warmes Gefühl des Stolzes.

Jon war eingeschlafen, während sie fort war. Er war noch immer in sitzender Position, und er schnarchte leicht durch seinen etwas geöffneten Mund. Cathy betrachtete ihn lange Zeit, und ein Gefühl tiefer Zuneigung stieg in ihr auf. Er sah so verletzlich aus, so schutzlos, daß Mutterinstinkte in ihr wach wurden. In diesem Augenblick war sie bereit, alles zu vergeben und zu vergessen, was zwischen ihnen vorgefallen war. Er war müde und hungrig, und er fror. Er brauchte sie, und sie würde sich um ihn kümmern.

Sie machte sich daran, ein Feuer im Herd zu entfachen und ging anschließend zu Jon hinüber. Als sie sein salzverkrustetes Gesicht sah, dachte sie bereits daran, ihn etwas zu waschen, kam dann aber zu dem Schluß, daß er seinen Schlaf nötiger brauchte. Mit einiger Mühe schaffte sie es, Jon soweit herumzuziehen, daß sein Kopf auf dem Kissen ruhte, und packte anschließend seine Beine, um diese ebenfalls auf die Koje zu legen. Dabei stellte sie amüsiert fest, daß seine Füße ein ganzes Stück über das Ende der Koje hinausragten. Jon war weit über einen Meter achtzig groß, und die Pritsche war offensichtlich für einen weitaus kleineren Mann ausgelegt.

Jon hatte alles über sich ergehen lassen, ohne aufzuwachen, und schnarchte noch immer. Cathy mußte unwillkürlich lächeln. Jon schlief immer wie ein Toter, und Cray hatte diese Eigenschaft von ihm geerbt. Der Herr sei ihnen gnädig, sollte jemals eine Notsituation eintreten und die Männer der Familie Hale schlafen. Vermutlich mußte sie dann allein jeglicher Gefahr entgegentreten. Und plötzlich fragte sie sich, ob das neue Baby, das gerade in ihrem Leib heranwuchs, genauso sein würde. Es ließ das Kind auf einmal viel realer erscheinen, und sie verspürte zum erstenmal Liebe für dieses ungeborene Wesen. Egal, wieviel Probleme es für sie bedeutete, sie wollte es, und wenn niemand sonst es wollte. Noch so ein kleiner Junge wie Cray, oder vielleicht eine Tochter...

Cathy machte es sich auf einem der harten Stühle bequem und trank eine Tasse Tee, den sie sich gemacht hatte. Sie war ebenfalls müde, aber sie wollte sich nicht neben ihn legen, um ihn nicht zu wecken. Er brauchte den Schlaf viel nötiger als sie. Sie konnte jederzeit schlafen, aber seine Anwesenheit am Deck war wichtig, er war praktisch unabkömmlich. Cathy lächelte wieder.

Sie würde ihm bald von dem Baby erzählen müssen, dachte Cathy plötzlich. Früher oder später würde er das Ausbleiben ihrer Monatsblutungen oder das langsame Anschwellen ihres Bauches bemerken. Er kannte ihren Körper ja fast besser als sie selbst; Cathy war überrascht, daß ihm die Fülle ihrer Brüste und der wachsende Bauch noch nicht aufgefallen waren.

Ihrem neuen Kind und Cray zuliebe, mußten sie wieder versuchen, miteinander ins Reine zu kommen. Ihr Kind – ihre Kinder, verbesserte sich Cathy sofort – verdienten eine liebevolle Familie, wie sie beide und Jon es vor dieser Geschichte mit Harold gewesen waren. Ihre Ehe mit Harold stellte ein Problem dar, aber sie war sicher, daß es sich lösen ließ. Schließlich war die Ehe nie vollzogen worden. Eine Annullierung zu erlangen, war zwar schwierig, aber nicht unmöglich.

In der Kajüte war es während des Sturmes feucht und kalt gewesen. Selbst jetzt, nachdem der Ofen sich langsam aufheizte, durchdrang die Kälte noch immer Cathys Kleidung. Sie zitterte, zog ihre Knie bis unter das Kinn und schlang ihre Arme um ihren Körper, um sich zu wärmen. Mit Ausnahme des schwachen Lichthofes um den Herd, war die Kabine voller düsterer, grauer Schatten.

Ganz überraschend mußte Cathy gähnen. Sie wurde müde! Eine Zeitlang blieb sie noch sitzen und kämpfte dagegen an, aber schließlich gab sie es auf. Sie stand auf, lief zur Koje hinüber und zog sich aus. Sie fühlte sich nicht ganz wohl dabei, nackt zu schlafen, aber wenn man nur einen Satz Kleidungsstücke besaß, blieb einem nichts anderes übrig.

Einen Augenblick lang starrte sie Jon an. Er lag inzwischen auf dem Bauch, das Gesicht im Kissen vergraben, Arme und Beine weit von sich gestreckt. Seufzend machte sich Cathy daran, ihn zur Seite zu drehen, damit sie ebenfalls Platz fand, aber er bewegte sich keinen Zentimeter. Schließlich kam ihr die Idee, ihm ins Ohr zu pusten. Zuerst ignorierte er es, aber dann runzelte er die Stirn, fuhr sich mit der Hand über das Ohr, und als es nicht aufhören wollte, drehte er sich mit einem Grunzen zur Wand. Schnell glitt Cathy neben ihm in die Koje, zog einen Teil der Decke über ihren Körper und kuschelte sich an seinen Rücken, um sich zu wärmen. Ihr Arm schlang sich um seine Hüfte, und mit einem kleinen Seufzer auf den Lippen schlief sie ein.

Das Gefühl einer warmen Hand, die zärtlich mit ihren Brüsten spielte, weckte sie. Einen Moment lang blieb sie regungslos liegen, noch immer ganz benommen. Die Hand fuhr mit ihren Bewegungen fort, streichelte und liebkoste ihre Brustwarze, die sich aufzurichten begann. Dann wanderte die Hand zu ihrer zweiten Brust und wiederholte das Spiel, bis auch diese vor Erregung zu beben begann. Cathys Atem wurde schwerer, und sie öffnete die Augen. Jon lag neben ihr, einen Arm unter ihren Kopf als Kissen gelegt, während er mit der anderen Hand mit ihrem Körper spielte. Seine grauen Augen schienen verträumt, und die Schatten unter ihnen schienen inzwischen pechschwarz. Es mußte mitten in der Nacht sein.

»Schlaf weiter«, flüsterte Jon, und seine Stimme war wie eine Droge. Seine zärtliche Hand wanderte nach unten, wo sie begann, ihren Bauch zu streicheln. Cathy schloß die Augen wieder. Es war viel leichter, sich vorzustellen, das alles sei ein schöner Traum...

Seine Finger strichen von ihrem Bauch zu ihren weißen Schenkeln hinunter und wieder zurück, sie formten Kreise, fühlten sich rauh an, auf ihrer seidenweichen Haut. Absichtlich ließ er eine Stelle aus, die Stelle, die am meisten nach seiner Berührung verlangte. Cathy begann zu stöhnen, und sie warf ihren Kopf auf dem Kissen hin und her. Langsam versuchte sie, ihn mit ihren Bewegungen so weit zu bringen...

Die Augen noch immer geschlossen, verdrängte sie den Gedanken daran, daß er vor nicht allzu langer Zeit Sarita ebenso berührt hatte. Eifersucht begann in ihr aufzusteigen, aber sie verschloß entschieden ihre Gedanken diesem Gefühl. Sein Mund begann an ihrem

Nacken zu knabbern, dann zeichnete er mit der Zunge den Weg von ihrem Schlüsselbein zu ihren Brüsten nach. Cathy stöhnte, als seine feuchte Zunge über ihre erigierte Brustwarze strich. Langsam, ganz langsam zog seine Zunge enge Kreise um ihre Brustwarze, bis sie es nicht länger aushielt. Mit einem leisen Aufschrei langte sie nach oben und zog seinen schwarzen Kopf ganz zu sich herunter.

»Du machst mich verrückt«, flüsterte er ihr ins Ohr, als sein Mund von ihrer Brust wieder abließ, um das Innere ihres Ohres mit der Zunge zu erforschen. Cathy konnte als Antwort nur stöhnen, denn er hatte seine Hand endlich an die Stelle geführt, auf die sie sehnsüchtig gewartet hatte: zu dem warmen, golden Vließ zwischen ihren Schenkeln. Eine Sekunde lang preßte sie die Beine zusammen, als wollte sie sich des Glückes entsagen, das nur Jon ihr zu geben fähig war, aber als seine Finger zielstrebig genau die richtigen Stellen berührten, öffnete sie sie langsam für ihn. Aber er nahm sie noch immer nicht, obwohl ihr Körper förmlich danach schrie. Jon hauchte Küsse auf ihre geschlossenen Lider, ihre Schläfen, ihre Wangenknochen und ihren Mund, blieb aber nie an einer Stelle. Cathys Hände verkrampften sich in seinen kräftigen Schultern und spielten dann mit seinen dichten Brusthaaren. Wie von selbst folgten sie den Konturen seiner Muskeln über seinen Bauch hinunter, zu den drahtigen Haaren, die seinen erigierten Penis umrahmten. Cathy, die sich unter den Liebkosungen seiner Hände hin und her wand, beschloß, ihn ebenfalls etwas zu quälen. Ihre Finger legten sich zärtlich um seine pulsierende Männlichkeit und schlossen sich fest um sie.

»O Gott, Cathy, oh Cathy!« stöhnte er, als ihre Hand begann, sich auf und ab zu bewegen. Sein Atem wurde heftiger, bis er rasselnd und abgehackt kam. Aber diesmal kannte Cathy keine Gnade. Sie spielte mit ihm, wie er mit ihr gespielt hatte, bis er flach und stöhnend auf dem Rücken lag, mit ihr über seinen Körper gebeugt.

»Bin ich besser als Sarita?« verlangte sie plötzlich zu wissen. Jons Augen öffneten sich, und seine Lippen öffneten sich zu einer Antwort. Cathy gab ihm keine Gelegenheit, zu sprechen.

Statt dessen beugte sie sich schnell nach unten, wo ihr Mund die Stelle einnahm, wo eben noch ihre Hände gewesen waren; sie war fest entschlossen, ihn sich voll und ganz zu eigen zu machen, dafür zu sorgen, daß er sie nie vergaß.

»O Gott, hör nicht auf«, stöhnte er, als sie ihren Kopf schließlich wieder hob. Cathy blieb über ihn gebeugt, und ihre blauen Augen glitzerten wie die einer Katze.

»Bin ich besser als Sarita?« verlangte sie erneut zu wissen. Jon sog rasselnd den Atem ein.

»O ja, o Gott, ja«, stieß er mit belegter Stimme aus. Triumphierend senkte Cathy wieder ihren Kopf zwischen seine Beine.

Als er seinen heißen Samen verspritzte, fühlte sie sich, als hätte sie eben einen Preis gewonnen. Siegesbewußt ließ sie von ihm ab und ließ sich in die Kissen zurücksinken. Neben ihr konnte sie spüren, wie sich sein schwerer Atem langsam wieder zu normalisieren schien. Ein Lächeln spielte um ihre Lippen, und sie schloß die Augen, um zu schlafen.

»Nicht so schnell«, vernahm sie seine Stimme dicht an ihrem Ohr. Seine Hände drückten ihre Schenkel auseinander, und im nächsten Augenblick war sie wieder hellwach.

»Was...?« stotterte sie. Sie fühlte, wie ihr Gesicht tiefrot anlief, als er sich zwischen ihre geöffneten Beine kniete, und seine Hände ihre Beine mit stählerner

Kraft über seine Schultern legte. Großer Gott, er wollte doch nicht etwa...! Sie hatte ihm so etwas noch nie gestattet, und er hatte es nie erzwungen. Es war unanständig, obszön...

Und es war himmlisch. Cathy zuckte und wand sich unter den heißen Berührungen seiner Zunge. Fast schreiend vor Lust, war jegliches Schamgefühl schnell verschwunden. Als er seinen Kopf anheben wollte, legten sich ihre Hände auf sein schwarzes Haar und preßten ihn wieder an sich.

»Bin ich besser als Harold?« kam es diesmal kehlig aus seinem Mund. Cathy, fast wahnsinnig vor Verlangen, konnte die Antwort nur schluchzen.

»Ja, o ja, o Gott ja!«

Sein Mund kehrte wieder an Ort ihrer Lust zurück und die Bewegungen seiner Lippen und seiner Zunge wurden noch intensiver. Cathy kam wieder und wieder. Ein Orgasmus folgte dem nächsten. Wenn er doch nur aufhören würde, schoß es ihr einmal durch den Kopf, so erschöpft schien sie von dem Liebeskampf; dann, als sich die Lust erneut aufbaute, wünschte sie sich wiederum, er möge niemals aufhören. Wenn doch dieses Gefühl nie mehr aufhören würde...

Schließlich blieb er einen Augenblick regungslos zwischen ihren Beinen liegen. Cathy hatte die Augen geschlossen und glaubte, zu sterben. Als er sich aufrichtete und die Koje verließ, empfand sie seine Bewegungen wie aus weiter Ferne. Es war kaum wahr, daß er ihr nicht einmal eine gute Nacht wünschte.

Das nächste, was Cathy empfand, war ein Gefühl, als schwämme sie durch tropische Gewässer. Sie befand sich tief unter der Wasseroberfläche und wußte, sie mußte entweder nach oben kommen, oder sie ertrank. Mit aller Kraft versuchte sie es, und gerade, als sie schon glaubte, die Lungen würden ihr platzen, schaffte sie es. Sie sog tief die Luft ein und öffnete die Augen.

Einen Augenblick lang wußte Cathy nicht, wo sie war. Statt der schwappenden Wellen sah sie nur Sonnenstrahlen, die durch das schmutzige Glas der Bullaugen hereindrangen. Neben ihr atmete rhythmisch ein warmer Körper. Cathy drehte ihren Kopf, bis sie den Körper ganz sehen konnte, und erkannte Jon. Und mit dieser Erkenntnis kehrten schreckliche Erinnerungen an die vergangene Nacht zurück. Sie dachte daran, was sie getan hatte und lief vom Kopf bis in die Fußzehen rot an. Dann erinnerte sie sich daran, was er getan hatte, und sie hätte sich am liebsten zusammengekauert und wäre gestorben. Aber nach wenigen Sekunden wurde ihr klar, daß man nicht einfach auf Kommando starb. Sie würde leben, und diese Nacht würde zum unauslöschlichen Teil ihres Lebens werden. Sie dachte daran, wie sie Jon entgegentreten sollte und verspürte ein flaues Gefühl in der Magengegend. Noch nie zuvor in ihrem Leben hatte sie sich so schrecklich gefühlt.

Und verklebt. Cathy kam es vor, als sei ihr ganzer Körper verklebt. Ihre Haut schien am Laken zu haften, an Jons gebräunter Haut, ja teilweise sogar an ihrer eigenen Haut. Sie fühlte sich richtig schmutzig. Sie brauchte ein Bad, und zwar sofort. Leise rollte sie von der Koje herunter, um Jons Erwachen so lange wie möglich hinauszuziehen.

Das Wasser im Krug war kalt, aber es machte Cathy nichts aus. Sie stellte sich in die Mitte des Zubers und goß es langsam über ihren Körper. Dann griff sie nach der Seife und begann, sich sorgfältig einzuseifen. Sie arbeitete voller Konzentration und zwang sich dazu, an nichts anderes zu denken, als daran, sich zu waschen.

Wie lange Jon sie schon beobachtet hatte, bis sie sich dessen gewahr wurde, wußte Cathy nicht. Ihr nackter Körper zeichnete sich als Silhouette vor dem Licht der Bullaugen ab, und als sie einmal ihren Kopf drehte, sah sie seine grauen Augen, die auf sie gerichtet waren. Der Ausdruck in seinem Gesicht verwirrte sie, und sie runzelte fragend die Stirn. Sein Mund war voller harter Linien, die Lippen grausam und unbeweglich. Und seine Augen waren hart und wiesen einen beängstigenden Schein auf, als sie auf ihren unschuldigen Blick trafen.

»Wie lange meintest du eigentlich, mir die Tatsache vorenthalten zu können, daß du schwanger bist, Lady Stanhope? stieß er aus. Mit einem Gefühl des Unbehagens wurde ihr bewußt, daß in ihm das Feuer der Wut loderte.

10

»Ich – ich...« stotterte Cathy, die darauf nicht gefaßt gewesen war.

»Bitte, fahren Sie fort, *Lady Stanhope*«, stieß Jon aus, wobei er ihren Titel aussprach wie eine Beleidigung.

Cathy schluckte in der Erkenntnis, daß sie mit ihrer Beichte zu lange gewartet hatte. Sie hätte ihm die Neuigkeit mitteilen müssen, bevor er es von alleine herausfand. Schnell kippte sie sich den Rest des Wassers über ihren Körper, um die Seife von ihrer Haut zu waschen, griff nach dem Handtuch und wickelte es sich um den Leib, während sie aus dem Zuber stieg. All ihre Gedanken waren nur damit beschäftigt, wie sie Jons Ärger wieder besänftigen konnte. Sicher mußte auch er erkennen, daß sie ihren Streit um der Zukunft der Kinder willen begraben mußten.

»Ich warte«, bohrte Jon gefährlich leise. Cathy biß sich auf die Lippen, als sie abrupt aus ihren Gedanken gerissen wurde.

»Und versuche nicht, es abzustreiten«, fügte er hinzu. »Dein Zustand ist unübersehbar.«

»Ich würde nicht im Traum daran denken, es abzustreiten«, antwortete Cathy leise. »Ich bin, im Gegenteil, stolz darauf. Ich will dieses Kind haben.«

»Du Dirne!« knirschte Jon, und die Linien um seinen Mund wurden weiß vor Zorn, während er sich aufsetzte. »Du gottverdammte, kleine Hure!«

Cathys Augen weiteten sich verärgert bei diesen Schimpfworten. Sie starrte ihn an, und ihr Kinn hob sich trotzig. Als sie ihn so unverwandt anstarrte, knirschte er hörbar mit den Zähnen.

»So lasse ich nicht mit mir reden«, informierte sie ihn in erhabenem Tonfall. »Ich habe deine Gossensprache satt! Weshalb sollte ich nicht über dieses Kind glücklich sein? Es ist schließlich meines!«

»Das ist das einzige, woran ich nicht zweifle«, murmelte Jon böse. Dann, etwas lauter, fügte er hinzu: »Wußte Harold von deinem interessanten Zustand, bevor du – bevor du ihn so plötzlich verlassen mußtest?«

»Nein, natürlich nicht«, erwiderte Cathy ungeduldig, und ihr Temperament ließ wieder etwas nach. Schließlich war es nur natürlich, daß er im ersten Moment geschockt war, und die erste Reaktion war nie vorherzusagen. Schließlich war sie selbst zu Beginn entsetzt darüber gewesen, daß sie ein Kind bekam. Nachdem er etwas Zeit gehabt hatte, sich mit dem Gedanken anzufreunden, würde er seiner Vaterschaft sicher ebenfalls mit mehr Gelassenheit entgegensehen. Sie brauchte ja nur daran denken, wie vernarrt er in Cray gewesen war...

»Ich wußte es damals ja selbst noch nicht«, fügte sie hinzu.

»Armer Harold«, meinte Jon verächtlich. »Du wirst ihm schreiben müssen, um es ihn wissen zu lassen. Er wird überglücklich sein.«

Cathy fühlte, wie ihr der Unterkiefer herunterklappte. Sie konnte Jon nur sprachlos anstarren, als sie begriff, was er damit sagen wollte.

»Du willst doch nicht etwa andeuten«, krächzte sie, als sie endlich ihre Sprache wiedergefunden hatte, »daß dieses Kind von *Harold* ist?« Bei seinem Namen hob sich ihre Stimme unwillkürlich.

»Nein, nein – das will ich nicht andeuten. Ich stelle es fest.«

»Du Schwein!« hauchte Cathy, und blaue Flammen

schienen aus ihren Augen zu lodern. »Harold hat mich nie berührt! Das Kind ist von dir, verdammt!«

Mit einer geschmeidigen Bewegung stand Jon auf. Er stand nun vor ihr und starrte sie von oben herab ab.

»Du erwartest doch nicht von mir, daß ich dir das abnehme, oder?« fragte er ironisch. »Du scheinst vergessen zu haben, daß ich mit meinen eigenen Augen gesehen habe, wie Harold dich – äh – *nicht* berührt hat!«

»Da hat er versucht, unsere Ehe zu vollziehen«, zischte sie. »Was ich nie zugelassen habe. Ich habe mich immer seekrank gestellt – *seekrank*, begreifst du das? – von der ersten Nacht unserer Ehe bis du kamst und mich brutal weggeschleppt hast! In jener Nacht, als du gekommen bist, hatte er erst herausgefunden, daß ich nicht wirklich seekrank war. Er wollte mich mit Gewalt nehmen, aber du bist gekommen, bevor er sein Vorhaben in die Tat umsetzen konnte. Glaub mir, das Kind kann unmöglich von Harold sein!« Den letzten Satz spuckte sie förmlich aus. Jons Lippen verzogen sich.

»Ich würde dir nicht glauben, und wenn du auf einen ganzen Stoß Bibeln schwörtest!« stieß er aus. »Wenn – bitte achte auf das Wörtchen *wenn* – das, was du erzählst, wahr sein sollte, warum, zum Teufel, hast du noch nicht früher etwas gesagt? Warum hast du dann erst gewartet, bis ich herausgefunden habe, daß du ein Kind bekommst? Sehr praktisch eingefädelt.«

»Ich war wütend«, erklärte Cathy und bemühte sich, ihr Temperament im Zaum zu halten. Nicht in ihren entferntesten Träumen hätte sie daran gedacht, Jon könnte sich weigern, die Vaterschaft anzuerkennen. Ginge es nicht um das Kind und um Cray, hätte sie ihn am liebsten für immer zur Hölle geschickt. Wie konnte er nur pausenlos solch schreckliche Dinge von ihr denken?

»Du warst so verbohrt in deiner Überzeugung, ich

hätte dich betrogen«, fuhr sie bitter fort. »Weshalb sollte ich dich mit Gewalt zu überzeugen suchen? Wenn du mich nicht gut genug kanntest, und mir nicht soviel Vertrauen entgegenbringen konntest, daß ich so etwas nie tun würde, dann hatte es von vornherein keinen Sinn, auch nur den Versuch zu unternehmen. Du hattest gesagt, du liebst mich: was für ein Witz! Wenn man jemanden liebt, dann vertraut man ihm und denkt nicht sofort das Schlimmste von einem, wie du es bei mir getan hast! Seit du das erste Mal mit mir geschlafen hast – vielleicht darf ich dich daran erinnern, daß ich damals noch unschuldig war, und du mich gegen meinen Willen genommen hast – hast du mich der Untreue bezichtigt, wenn ich einen anderen Mann auch nur angelächelt habe! Ich habe es einfach satt, dich immer wieder vom Gegenteil überzeugen zu müssen. Glaub doch, was du, verdammt noch mal, glauben willst!«

«Oh, das werde ich auch«, erwiderte er bösartig. »Ich habe mir deine Lügen jetzt lange genug angehört, um zu wissen, daß sie dir ganz natürlich über die Lippen kommen! Du wirst mich nie davon überzeugen, daß du nicht mit Harold geschlafen hast. Ich wette, du hast dich nicht einmal dagegen gewehrt. Du vergißt, daß ich weiß, wie du es liebst, von einem Mann geritten zu werden! Du bist heißer als jede Hure, die ich je kennengelernt habe. Du hältst ja keine zwei Tage aus, ohne die Beine breitzumachen. Ich frage mich, wozu Harold dich überhaupt geheiratet hat. Ich wette, er mußte nicht warten, bis der Ring an deinem Finger steckte, um einen Vorgeschmack von dir zu bekommen. Ich mußte es ja auch nicht.«

»Du mieser, dreckiger Bastard!« schrie ihn Cathy an. »Der einzige Grund, warum du nicht warten mußtest, war der, daß du mich vergewaltigt hast, und das weißt du auch! Ansonsten wäre ich nie in deine Nähe gekommen – ein Pirat, ein Verbrecher! Du warst es nicht wert – du *bist* es nicht wert, mir die Türe zu meiner Kutsche aufzuhalten! Du bist nichts als Abschaum!« Sie war so wütend, daß ihr ganzer Körper bebte.

»Und du bist nichts weiter als eine hochwohlgeborene Dirne, die vorgibt, eine Lady zu sein!« brüllte er zurück. Dabei griff er nach seiner Hose, schlüpfte mit den Beinen hinein und zog sie hinauf.

»Wenn du so über mich denkst, weshalb läßt du mich dann nicht gehen?« Nur mit Mühe hielt sie sich zurück, um sich nicht auf ihn zu stürzen und ihm das Gesicht zu verkratzen. »Zurück zu Harold?« stichelte er. »Das werde ich vielleicht sogar tun. Ich kann dich sowieso nicht mehr gebrauchen. Das ist das Problem mit euch Dirnen: man hat euch schnell satt.«

»Du Bastard!« stieß Cathy aus und stürzte sich auf ihn. Er sah sie kommen und fing sie an den Oberarmen ab. Seine Finger bohrten sich tief in ihr Fleisch. Er lächelte dabei bösartig, als bereitete es ihm Vergnügen, ihr Schmerz zuzufügen. Cathy warf ihren Kopf zurück und starrte ihn mit ohnmächtiger Wut an. Gott, wie haßte sie ihn! Was gäbe sie nicht dafür, fünf Minuten lang ein kräftiger Mann zu sein, um ihm dieses häßliche Grinsen aus dem Gesicht zu wischen.

»Ich würde es lieber nicht versuchen«, sagte er leise, als er die Mordlust in ihren Augen erkannte. »Es würde mir viel Freude bereiten, dich zu verprügeln, bis du um Gnade winselst. Das hätte ich schon vor Jahren machen sollen. Vielleicht hättest du dann heute nicht die Moralvorstellungen einer streunenden Katze.«

»Du kotzt mich an!« zischte sie, und ohne sich weiter Gedanken über die Konsequenzen zu machen, spuckte sie ihm ins Gesicht.

Jons Blick schien sie durchbohren zu wollen. Cathy wußte, daß sie eigentlich hätte Angst haben müssen, aber ihr Zorn hatte die Oberhand. Sie wollte töten, und falls er das gleiche empfand, war es ihr nur recht. Sie wollte eher sterben, als sich vor ihm zu ducken.

»Das war nicht sehr intelligent von dir«, sagte er nach einem Moment gedehnt. »Ich sollte dir dafür eine Tracht Prügel verpassen – und solltest du es wagen, so etwas noch einmal zu tun, wird es auch dazu kommen. Das verspreche ich dir. Daß ich bisher noch nie Hand an dich gelegt habe, bedeutet nicht, daß das auch in Zukunft so bleibt.« Er hob sie hoch und setzte sie auf die Koje.

»Setz dich«, sagte er und preßte seine Finger noch einmal warnend in ihr Fleisch, bevor er sie losließ. Cathy gehorchte.

Er wandte seinen bohrenden Blick nicht von ihr ab, während er seine Hose schloß und sein Hemd überstreifte. Cathy, die immer noch einzig und allein mit dem Handtuch bekleidet war, las eine stille Herausforderung in seinen Augen: eine Bewegung, und ich sorge dafür, daß es dir leidtut, schienen sie sagen zu wollen. Sie besaß gerade noch genug Vernunft, es nicht darauf ankommen zu lassen.

»Du bist ein schlaues Mädchen«, sagte er einen Augenblick später.

»O ja, aber nicht halb so schlau wie du«, schnurrte sie zurück und setzte ein gespieltes Lächeln auf. Sie wollte ihm wehtun. »Wie schlau von dir, zu erraten, daß das Kind von Harold ist. Ich hätte wissen sollen, daß es keinen Sinn hat zu lügen...«

Einen Augenblick lang dachte Cathy schon, sie sei diesmal zu weit gegangen: in seinen Augen loderte das Feuer der Gewalt, und er mußte ganz offensichtlich an sich halten, um sie nicht zu schlagen. Sie sah ihn trotzig an, und nach einem kurzen Moment der Spannung hatte er sich wieder unter Kontrolle.

»Ja, das hättest du in der Tat«, erwiderte er, machte auf dem Absatz kehrt und verließ die Kabine. Als die Tür hinter ihm zuknallte, sprang Cathy auf. Ihre Hände fanden den Porzellankrug und sie schleuderte ihn gegen die Tür. Es war wie eine innere Befriedigung, als er daran zerschellte und Hunderte von Scherben zu Boden fielen.

Jon kehrte weder in dieser, noch in einer der folgenden Nächte zurück. Statt dessen schickte er Perkins, damit dieser seine wenigen Habseligkeiten abholte. Nachdem Perkins ihr stotternd erklärt hatte, weshalb er gekommen war, packte Cathy stumm Jons Rasiermesser, seinen Rasierpinsel und die Seifenschale, sein einziges Hemd zum Wechseln und seine halbvolle Whiskyflasche zusammen und drückte dem Jungen die Sachen wortlos in die Hand. Perkins stammelte immer noch Entschuldigungen vor sich hin, bis Cathy ihm die Türe vor der Nase zuknallte.

Allein in der Kapitänskajüte zurückgelassen, wuchs Cathys Zorn von Tag zu Tag. Sie weigerte sich, mit Jon zu sprechen, wenn sie sich an Deck sahen, und er schien ihr aus dem Weg zu gehen. Sie war sich nicht sicher, wo er schlief, aber sie war sicher, daß er auf weibliche Gesellschaft nicht verzichten mußte. Saritas Schadenfreude war ihr ins Gesicht geschrieben.

Die Crew verfolgte die Trennung zwischen ihrem Captain und Cathy mit einer Mischung aus Belustigung, Neugier und Spekulation. Der Grund war zwar keinem bekannt, aber der Streit mußte äußerst heftig gewesen sein. Und das Seltsamste war, daß der Captain ihr seine Kabine überließ, während er selbst sich einen anderen Schlafplatz suchte. Ihrer Ansicht nach wäre es natürlicher gewesen, daß er sie rauswarf, wenn er sich eine neue Geliebte nahm. Irgend etwas war im Busch, aber sie kamen nicht überein, was es war. Cathy hörte sogar einmal, wie sie bezüglich der Ursache Wetten abschlossen. Die Wetten stand zwei zu eins, daß sie im Bett abgekühlt war!

Währenddessen schleppte sich die *Cristobel* schwerfällig zum nächstgelegenen Hafen. Der Sturm hatte sie weit vom Kurs abgebracht. Jons Berechnungen nach, befanden sie sich weit östlich von Teneriffa, und angesichts des Zustands, in dem sich das Schiff befand, wäre es Wahnsinn gewesen, etwas anderes zu versuchen, als die nächste Küste zu erreichen. Die Segel waren zerfetzt, der Schiffsrumpf schwer angeschlagen, und es war ein Wunder, daß sie nicht gesunken waren. Sollten sie in einen weiteren Sturm geraten, oder auch nur in schwere See, würden sie wie ein Stein untergehen.

Das Wetter blieb heiß und feucht. Die Sonne brannte herunter, und selbst wenn noch etwas Segel übriggeblieben wäre, hätte das bißchen Wind nicht ausgereicht, auch nur eine Spielzeug-Windmühle anzutreiben. Anstatt Seemeilen, schien die *Cristobel* nur Zentimeter zurückzulegen, und Jon konnte nur insgeheim beten, daß sie Land erreichten, bevor ihre Vorräte zur Neige gingen.

Während die Tage vergingen, wurde die Stimmung an Bord immer schlechter. Jon hatte angeordnet, das Essen zu rationieren und O'Reilly mit dieser Aufgabe betraut. Knurrende Mägen und die Hitze führten bereits vereinzelt zu Streitigkeiten zwischen den Männern und teilweise sogar zwischen den Frauen. Die Anstifter solcher Streitigkeiten wurden einige Stunden tief unter Deck eingesperrt, und die drückende Hitze dort unten sorgte dafür, daß sie sich anschließend zusammennahmen. Andernfalls knallte Jon die Streithähne mit ihren Köpfen zusammen. Seine Laune war so schlecht, daß sogar O'Reilly begann, ihm aus dem Weg zu gehen.

Auch Cathy ging es nicht viel anders. Mehr als einmal brachte sie Angie mit ihrer spitzen Zunge zum Weinen. Cathy entschuldigte sich zwar immer hinterher, aber ihre Reue war nie stark genug, um sich längere Zeit zu beherrschen.

Zumindest hatte sie genug zu essen. Jon hatte Anweisung gegeben, daß sie genug zu essen erhielt, erfuhr sie, als sie Clara fragte, weshalb ihr Teller so beladen wurde. Cathy war sich darüber im klaren, daß sie das ihrem Zustand zu verdanken hatte und vermutete, daß Jon von ihr Dankbarkeit erwartete. Aber sie dachte gar nicht daran! Sie hatte von ihm eine bevorzugte Behandlung weder erbeten, noch erwartet, und wäre es nicht zum Wohle ihres ungeborenen Kindes gewesen, hätte sie ihm mit Freuden den vollen Teller vor die Füße geworfen!

Das Wasser wurde noch strenger rationiert als das Essen. Zum Baden blieb überhaupt kein Wasser übrig. Cathy blieb nichts anderes übrig, als im Meerwasser zu baden, wie die anderen Frauen auch. Das Ergebnis war, daß sie sich nie richtig sauber fühlte. Auch ihre Kleidung wurde durch das Waschen in Salzwasser hart und begann, ihre zarte Haut wund zu scheuern. Es juckte sie, sie schwitzte und betete, diese furchbare Reise würde endlich zu Ende gehen.

Eine weitere Auswirkung auf Jons Auszug aus seiner Kabine war, daß einige Männer Cathy auf eine Art anzusehen begannen, die ihr ganz und gar nicht gefiel. »Ist sie zu haben?« fragten sie sich ganz offensichtlich untereinander, und ohne Jon, um sie zu beschützen, würde es Ärger geben. Früher oder später würde einer von ihnen sein Glück versuchen. Natürlich konnte sie jederzeit nach Jon schreien, und sie zweifelte nicht daran, daß er ihr zu Hilfe eilen würde, denn damit konnte er ihr vor Augen führen, wie sehr sie von ihm abhängig war. Aber vermutlich würde ihr nichts anderes übrig bleiben, falls es so weit kam. Aber sie hoffte, es würde nicht so weit kommen...

Ihre Hoffnung war umsonst. Eines heißen Nachmittags saß Cathy auf dem Hüttendeck, wo sie inzwischen die meiste Zeit verbrachte. Dafür gab es zwei Gründe: zum einen gab es dort wenigstens noch etwas Schatten, und zum anderen befand es sich am entgegengesetzten Ende des Schiffes zum Achterdeck, wo Jon den größten Teil seiner Zeit verbrachte. Sie saß auf einem umgekippten Faß, das sie so nahe wie möglich an die Heckreling geschoben hatte und sah hinaus aufs Meer. Sie wünschte sich sehnlichst Regen herbei. Keinen Sturm, nur einen leichten, kühlenden Regen, wie sie ihn in London so oft verwünscht hatte. Was würde sie nicht dafür geben, in einem kräftigen Regenschauer stehen zu können! Cathy schloß die Augen und stellte es sich bildlich vor. Sie konnte die Tropfen auf ihrer Haut förmlich spüren...

»Einsam, Milady?« ertönte eine Stimme dicht an ihrem Ohr. Cathys Augen öffneten sich widerwillig. Verärgert starrte sie den Mann an, der sie einfältig anlächelte. Er hieß Grogan, und ein häßlicherer Mann war an Bord nicht zu finden. Er war groß, über und über behaart; seine Arme waren lang wie die eines Affen, trotzdem wurde er von einigen Frauen als anziehend betrachtet. Für Cathy war dieser grobschlächtige Kerl, der die Angewohnheit hatte, Kautabak durch seine Zahnlücke hindurch auszuspucken, abstoßend. Trotzdem war er bisher immer höflich gewesen.

»Ganz und gar nicht«, erwiderte sie mit kühler Höflichkeit und ließ ihren Blick wieder zurück auf das Meer schweifen. »Ich genieße das Alleinsein.«

Wenn sie glaubte, er hätte den Wink mit dem Zaunpfahl verstanden, hatte sie sich getäuscht. Er grinste und kam noch etwas näher.

»Ich und die Jungs, wir dachten, daß Ihnen ein bißchen Gesellschaft gefallen würde«, drängte er weiter. »Nachdem sie doch jetzt ganz allein sind.«

Der Unterton in seiner Stimme war für Cathy unüberhörbar, aber sie entschloß sich, ihn zu ignorieren. Würdevoll erhob sie sich und bedachte Grogan mit einem gleichgültigen Blick.

»Es ist nett, daß Sie sich um mich Sorgen machen, aber ich ziehe es vor, alleine zu sein«, sagte sie, und ohne ihn noch eines weiteren Blickes zu würdigen, wandte sie sich von ihm ab, um in ihre Kabine zu gehen. Er folgte ihr die Treppe hinunter auf das Hauptdeck, aber sie wollte nicht ihre Schritte beschleunigen und ihre wachsende Unruhe verraten. Männer sind wie Hunde, dachte sie angewidert. Sobald sie merkten, daß man Angst vor ihnen hatte, schlugen sie zu.

»Warten Sie, Lady«, sagte Grogan hinter ihr und streckte den Arm aus, um sie festzuhalten. Cathy kam zu der Überzeugung, daß Angriff ihre beste Verteidigung war, wirbelte herum und blitzte ihn an.

»Nehmen Sie bitte Ihre Hand von meinem Arm«, verlangte sie mit eisigem Tonfall. Grogans Augen weiteten sich angesichts der Heftigkeit ihrer Stimme, und dann begann er zu grinsen.

»Sieh an, sieh an, Sie sind ja gar nicht so kalt«, grinste er, machte aber keine Anstalten, sie loszulassen. Cathys Muskeln spannten sich an und sie starrte ihn mit kalten Augen an.

»Nehmen Sie bitte Ihre Hand von meinem Arm«, wiederholte sie. Grogan blinzelte sie an.

»Klar doch, Lady, klar doch – wenn Sie mich richtig schön darum bitten. Zum Beispiel mit einem Kuß.« Inzwischen hatten sich schon die ersten Zuschauer eingefunden, und vereinzelt wurde rohes Gelächter laut.

»Ich bitte Sie jetzt zum letztenmal, mich loszulassen«, stieß Cathy aus und beherrschte sich nur mit Mühe.

»Nein, nein.« Grogan schüttelte ganz langsam den Kopf. »Nicht, bevor ich einen Kuß bekommen habe.«

»Den Teufel kriegen Sie«, fauchte ihn Cathy an. »Wenn Sie wissen, was gut für Sie ist, sollten Sie mich jetzt besser loslassen, sonst...«

»Sonst was?« lachte er. »Wollen Sie den Captain um Hilfe rufen? Lady, das interessiert ihn gar nicht. Er hat sich für eine andere entschieden, und ich schließe daraus, daß Sie für mich frei sind.«

Mit einem Ruck riß er sie zu sich heran und umarmte sie mit Gewalt. Seine Lippen preßten sich auf ihre, und sie hatte genug: sie wollte nur noch nach Jon rufen, zusehen, wie er ihn zusammenschlug. Sie drückte mit aller Kraft gegen Grogans Schultern, wollte endlich ihren Mund befreien, um nach Jon rufen zu können. Ihre Augen wurden während ihres Kampfes immer größer, und plötzlich, über seine Schultern hinweg, sah sie, wie sich auch Jon unter die Zuschauer mischte. Erleichtert sank sie förmlich in sich zusammen. Grogans Arme schlossen sich noch fester um sie, in dem Glauben, sie wollte sich ihm unterwerfen.

Jeden Augenblick erwartete sie, daß Jon wütend losbrüllte, Grogan von ihr wegriß und ihm die Luft aus den Lungen schlug. Zu ihrer Überraschung tat er nichts dergleichen. Statt dessen blieb er stehen, verschränkte die Arme vor der Brust, und ein teuflisches Lächeln spielte um seine Lippen, als er ihr zusah. Als sich ihre Blicke trafen, senkte er langsam ein Lid und blinzelte ihr zu.

»Du Bastard!« schrie sie innerlich, und ihr wurde klar, daß er keinen Finger für sie rühren würde, bis sie bereit war, ihn auf Knien anzuflehen. Als ihr klar wurde, daß er tatsächlich tatenlos zusehen würde, wie sich ein anderer Mann auf sie stürzte, begann Cathys Blut zu kochen. Er wollte ihr eine Lektion erteilen? Ha! Sie würde es ihm schon zeigen!

Grogan bearbeitete gierig ihren Mund und hielt so dicht an sie gepreßt, daß sie seinen Bauch spüren konnte. Cathys Hände legten sich auf seine Schultern, um sich abzustützen, und dann riß sie ihr Knie mit aller Kraft zwischen seinen Beinen nach oben.

Ein fürchterlicher Schrei entfuhr Grogans Kehle, und er ließ von ihr ab, als wäre sie plötzlich glühend heiß. Cathy stolperte zurück, während Grogan vorübergebeugt stand und seine beiden, fleischigen Hände gegen die getroffene Stelle gepreßt hielt. Sie fing sich und richtete sich stolz auf, während die Zuschauer sich lachend die Bäuche hielten.

»Mann, Grogan, schaffst du es nicht einmal mehr, mit einem Weibsbild fertig zu werden?« rief einer der anderen.

»Weibsbild! Ein Teufelsweib ist sie!« stöhnte Grogan und versuchte noch immer, der Schmerzen Herr zu werden.

Cathy warf stolz ihren Kopf zurück, daß ihr dicker Zopf wie ein Pferdeschwanz nach hinten flog und starrte in die Menge, bis einer nach dem anderen den Blick senkte.

»Laßt euch das allen eine Lehre sein«, sagte sie laut und deutlich und warf dabei Jon einen triumphierenden Blick zu. »Das gleiche wird jedem Mann passieren, der es bei mir versucht, das verspreche ich euch!«

Damit machte sie auf dem Absatz kehrt und marschierte davon. Zurück ließ sie eine Gruppe Männer, in deren Gesichtern sich eine Mischung aus Belustigung und Respekt spiegelte. Nicht wenig überrascht war auch Jon. Er hatte sie erniedrigen wollen, indem er sie dazu zwang, nach seiner Hilfe zu rufen. Statt dessen hatte sie perfekt eine Situation gemeistert, in der jede andere Frau, und erst recht eine Frau ihrer Herkunft, in Ohnmacht gefallen wäre. Ungewollt verspürte er ein Gefühl der Bewunderung für sie. Verdammt, sie war eine unter Millionen! Zumindest in gewisser Hinsicht.

Er kämpfte sich zwischen den Männern hindurch nach vorne, und seine Kieferknochen mahlten, als er Grogans schmerzverzerrtem Blick begegnete. Sein erstes Verlangen war, dem Mann einen kräftigen Haken zu verpassen, aber er hatte zu lange gewartet. Das hätte er tun müssen, als der Mann das erste Mal Hand an Cathy gelegt hatte. Jetzt war es überflüssig und, was noch schlimmer war, es würde ihn wie einen eifersüchtigen Narren hinstellen. Was er vermutlich auch war, gestand er sich verärgert ein, aber das war etwas, was niemanden, und schon gar nicht Cathy, etwas anging.

»Wer Lady Stanhope belästigt, bekommt es mit mir zu tun«, informierte er die noch immer grinsenden Männer. »Sagt das auch den anderen. Und jetzt zurück an die Arbeit.«

Damit ließ er sie stehen und ging zurück zum Achterdeck. Die Männer warfen sich fragende Blicke zu und taten dann, wie ihnen geheißen wurde.

Während der nächsten paar Tage war Cathy überrascht, mit welch neuerlicher Ehrerbietung ihr die Crew begegnete. Sie unternahmen jede Anstrengung, um ihr zu Diensten zu sein, ohne ihr dabei auf die

Nerven zu fallen. Verwirrt machte sie sich über diesen Stimmungswechsel Gedanken. Sicher konnte doch die kleine Episode mit Grogan keine so weitreichenden Auswirkungen haben? Grogan selbst betrachtete sie mit unterschwelliger Feindseligkeit, aber er unternahm keinen neuen Versuch, sie zu belästigen und sie ging ihm aus dem Weg so gut es ging. Auch Jon ging sie aus dem Weg; sie war fest entschlossen ihm zu zeigen, daß sie ihn absolut nicht brauchte!

Nicht lange nach diesem Vorfall fand Angie heraus, daß Cathy ein Kind erwartete, und Cathy fand sich resigniert mit dem Gedanken ab, daß sie die Neuigkeit in Windeseile verbreiten würde. Das Schlimmste daran war, daß Angie automatisch davon ausging, daß es Jons Kind war. Nachdem Angie nicht die lange Vorgeschichte kannte, sondern wie die meisten an Bord der Meinung war, sie und Jon hätten sich erst in La Coruña kennengelernt, verbrachte sie die meiste Zeit damit, sich über das Schamgefühl auszulassen, von dem sie annahm, daß Cathy darunter litt. Aber Cathy fühlte sich nicht im geringsten beschämt darüber, daß sie von Jon schwanger war, trotzdem sie ihn zutiefst verabscheute, aber sie hatte keine Lust, das alles Angie zu erzählen. Also bereitete sie sich darauf vor, daß die Mannschaft schon bald ihre Witzchen reißen würde, und sie behielt recht: innerhalb vierundzwanzig Stunden nach Angies Entdeckung folgten ihr alle Blicke an Bord, wie die Augen einer Katze den Bewegungen einer Ratte folgten.

Jon brauchte etwas länger, bis er merkte, daß die ganze Mannschaft über ihren Zustand Bescheid wußte, weil niemand es wagte, ihn deshalb anzusprechen. Sie nahm korrekt, wenn auch aus falschen Gründen heraus an, daß Cathys Schwangerschaft der Grund für den schwelenden Streit zwischen ihr und Jon war. Ihre

Schlußfolgerung war jedoch, daß er wütend darüber war, daß es seine ›Braut‹ erwischt hatte, und sie jetzt nicht mehr jeden Spaß mitmachen konnte. Selbst O'Reilly, der einen großen Teil der Vorgeschichte kannte, glaubte diese Version. Er ging sogar so weit, Jon zu seiner kommenden Vaterschaft zu beglückwünschen. Jon biß die Zähne zusammen und ließ das joviale Schulterklopfen seines Freundes wortlos über sich ergehen. Es würde sowieso zu nichts führen, wenn er das bekanntgab, was er für die Wahrheit hielt: nämlich, daß der Vater von Cathys ungeborenem Kind Harold, Lady Stanhopes gesetzlicher Ehemann war.

Seit dem Vorfall mit Grogan hatte er Cathy kaum noch gesehen. Ganz offensichtlich ging sie ihm bewußt aus dem Weg, und wenn sie sich einmal an Deck begegneten, schien sie einfach durch ihn hindurch zu sehen. Und immer wieder, wenn er sie sah, drängte sich ihm die Vorstellung auf, wie sie das Kind empfangen hatte.

Die Vorräte der *Cristobel* waren bis auf ein halbes Faß Wasser und einen traurigen Rest Nahrungsmittel geschrumpft, als die Mannschaft endlich Land sah. Der freudige Ausruf »Land ahoi!« ließ alle an Deck rennen und zur Reling stürzen. Zu Anfang war es nur ein feiner, dunkler Streifen am Horizont, aber im Laufe der Stunden verwandelte er sich langsam in einen herrlichen weißen Strand, dessen Weite nur durch die Silhouette einer Stadt unterbrochen wurde.

»Wo sind wir«, fragte Cathy an O'Reilly gewandt, der neben ihr an der Reling stand. Es war wundervoll, wieder einmal Land zu sehen, zu wissen, daß sie bald frische Speisen und frisches Wasser erhalten würde, und daß sie endlich wieder ein Bad würde nehmen können.

»Der Capt'n sagt, es ist wahrscheinlich Rabat in Marokko«, antwortete O'Reilly.

»Rabat«, wiederholte Cathy nachdenklich. Den Namen hatte sie noch nie gehört. Dann blickte sie wieder auf den Streifen Land vor ihren Augen. Je mehr sie sich ihm näherten, um so unfaßbarer schien es ihr.

Unzählige Schiffe lagen im Hafen, wie sie es auch von London oder Charleston gewöhnt waren. Aber was für Schiffe! Solche Schiffe hatte sie noch nie zuvor gesehen: es waren wunderschön bemalte, fast flache Schiffe, mit herrlichen Schnitzereien. Die Masten waren kurz, mit fast quadratischen Segeln. Etwa ein halbes Dutzend langer Ruder waren auf jeder Seite zu sehen. Dunkelhäutige Männer, in weißen Pumphosen und weißen Turbanen, liefen über die Decks zur Reling und starrten ihnen nach, als die *Cristobel* an ihnen vorbeisegelte. Offensichtlich war das englische Schiff hier ein ungewohnter Anblick. Auf einmal kam Cathy der Gedanke, die Bewohner könnten ihnen vielleicht alles andere als freundlich gesonnen sein.

»Sie sehen nicht gerade sehr erfreut aus, uns zu sehen«, meinte Cathy zweifelnd zu O'Reilly gewandt.

»Das sind sie auch nicht. Scheich Ali Ben-Kazar, der hier die Macht hat, liebt Besucher nicht besonders. Glücklicherweise sind er und ich uns schon einmal begegnet«, ertönte auf einmal Jons Stimme hinter ihr.

Sie drehte sich zu ihm um. Zum erstenmal seit Wochen sah sie ihn bewußt an. Seine Haut war tief gebräunt und hatte fast die Farbe der Leute auf den anderen Schiffen angenommen. Sein schwarzes Haar, das sich leicht in der sanften Brise bewegte, verstärkte noch seine Ähnlichkeit mit den Arabern. Nur seine grauen Augen und sein hoher Wuchs legten ein Zeugnis seiner Herkunft ab.

»Du warst schon einmal hier?« Diese Bemerkung

weckte ihr Interesse so sehr, daß sie bereit war, einen momentanen Waffenstillstand zu akzeptieren.

»Ja.« Seine Antwort war kurz, aber es war immerhin eine Antwort. Offensichtlich war auch er bereit, den Streit für den Augenblick zu begraben.

»Wann?« hakte Cathy nach.

»Lange bevor ich dich kennenlernte«, war alles was er sagte, woraus Cathy schloß, daß es noch zu seinen Zeiten als Freibeuter gewesen sein mußte. Sie schluckte nervös. Sie war sich nicht sicher, ob das gut oder schlecht war. Vielleicht war Scheich Ali, wie immer er auch weiter hieß, nicht begeistert von Piraten.

»Ali und ich sind Freunde«, informierte Jon sie, der ihren Gesichtsausdruck richtig gedeutet hatte. »Zumindest bis zu einem gewissen Punkt. Solange wir keinen Ärger machen, wird er uns gerne willkommen heißen. Deshalb wollte ich auch mit dir sprechen: für die Dauer unseres Aufenthaltes in Rabat wirst du außer Sichtweite bleiben. Alle anderen Frauen werden ebenfalls an Bord bleiben, aber was dich mit deinen blonden Haaren anbelangt, du erregst Aufmerksamkeit, wo wir sie überhaupt nicht brauchen können. Hast du mich verstanden?«

»Ich darf nicht an Land gehen?« rief Cathy aus, mehr entsetzt als verärgert. Sie hatte sich so sehr darauf gefreut, endlich wieder einmal festen Boden unter den Füßen zu spüren.

»Nein.« Jon mußte die Enttäuschung in ihren Augen gelesen haben, denn er milderte seine Ablehnung sofort etwas ab. »Zumindest nicht gleich. Später, wenn ich mich mit der Umgebung etwas vertraut gemacht habe, nehme ich dich vielleicht mit. Aber unter keinen Umständen darfst du ohne mich gehen!« Seinen letzten Satz unterstrich er mit einem eindringlichen Blick. Cathy erwiderte seinen Blick.

»Es macht dir Spaß, die Peitsche zu schwingen, was?« fragte sie bitter. Er preßte die Lippen aufeinander.

»Und du forderst mich gerne heraus«, gab er dann zurück. »Aber irgendwann wirst du es einmal zuviel tun. Und jetzt gehst du zurück in die Kabine. Ab sofort hast du die Kabine nicht mehr zu verlassen.«

Cathy starrte ihn trotzig an. Das tat er nur, um ihr wehzutun.

»Zwinge mich nicht, dich einzuschließen«, sagte er so leise, daß nur sie es hören konnte. Cathy warf O'Reilly einen Seitenblick zu, der sich während der Unterhaltung taktvoll abgewendet hatte. Ihr Stolz sagte ihr, daß jetzt nicht der richtige Zeitpunkt war, um mit ihm zu streiten, aber später...

Die Nase nach oben gereckt, bedachte sie Jon mit einem langen, verächtlichen Blick und schwebte davon.

Es war heiß in der Kajüte. Cathy schimpfte und schmollte abwechselnd und zerschmiß schließlich einen Teller, um sich abzureagieren. Danach fühlte sie sich etwas besser – bis sie die Scherben aufzuheben begann. Eine spitze Scherbe bohrte sich in ihren Finger, und als sie dasaß, und das Blut ableckte, das ihr aus dem Finger quoll, kehrte ihr ganzer Zorn wieder zurück.

Am späten Nachmittag schließlich, gingen sie vor Anker. Cathy, die das Kommen und Gehen im Hafen durch ein Bullauge beobachtete, konnte die Luft in der Hitze flimmern sehen. Die Stadt selbst schien fast vollständig aus langen, niedrigen, weißen Häusern zu bestehen, die ihr fast unwirklich vorkamen. Menschen, ob Frauen oder Männer ließ sich nicht sagen, spazierten vorüber und trugen lange, weite, weiße Gewänder, die sie um ihren Leib geschlungen hatten.

Selbst ihre Köpfe waren damit bedeckt. Von Zeit zu Zeit kamen Reiter auf Kamelen vorbei, und dann sah Cathy eines der Boote der *Cristobel* wie es auf die Küste zuhielt. Jon saß im Bug, und etwa sechs Männer bedienten die Ruder. Als sie zusah, wie das kleine Boot verschwand, machte sich ein Gefühl der Trauer in ihr breit. Sich selbst versagte Jon offensichtlich nicht die Freuden, an Land zu gehen.

»Wenn die Katze aus dem Haus ist, tanzen die Mäuse.« Unzählige Male hatte Cathy gehört, wie Martha diesen Spruch getan hatte. Jetzt wurde ihr zum erstenmal richtig bewußt, was sie damit gemeint hatte. Sie fühlte sich tatsächlich, wie eine kleine, graue Maus, als sie jetzt aus der Kabine schlich. Und sie verspürte keinerlei Schuldgefühle dabei. Warum sollte sie auch? Jon wollte nur wieder seine Macht ausspielen, als er ihr befahl, in der Kabine zu bleiben, wie immer. Also würde sie gar nicht daran denken, seinen Worten Folge zu leisten.

Die Männer waren viel zu aufgeregt, seit Wochen das erste Mal dem Land wieder so nahe zu sein, daß sie Cathy keinerlei Beachtung schenkten, als sie an der Reling entlang spazierte. Aus ihren Unterhaltungen schloß sie, daß sie in kleinen Gruppen an Land gehen durften, vorausgesetzt, sie blieben beisammen und machten keinen Ärger. Nach dem, was der Captain gesagt hatte, erzählte ein grauhaariger, alter Mann, hatten die Berber, um die es sich hier handelte, und die nicht mit Arabern zu verwechseln waren, äußerst strenge Gesetze, was das Trinken und Frauen anbelangte: der kleinste Tropfen Alkohol würde darin resultieren, daß man öffentlich ausgepeitscht wurde, während das Berühren einer Frau, die nicht die eigene Frau war, unweigerlich den Tod zur Folge hatte. Cathy fragte sich, weshalb die Männer dann überhaupt noch an Land gehen wollten, denn Frauen und Alkohol waren das einzige, worum es den Seeleuten gewöhnlich ging. Sie selbst würde zu gerne nur einfach deshalb an Land gehen, um auf etwas zu treten, was nicht hin und her schwankte, aber *Männer* – sie schürzte verächtlich die Lippen – Männer waren wie Tiere: ihr Verlangen war stärker als alles andere, einschließlich der Vernunft. Sie wettete, die Besatzung der *Cristobel* würde der Versuchung nicht widerstehen können und sich über alle Warnungen hinwegsetzen.

Der Sonne nach zu urteilen, schätzte Cathy die Tageszeit auf den frühen Abend. Die Luft wurde bereits merklich kühler. Vage erinnerte sie sich daran, einmal gehört zu haben, daß die Nächte in Wüstenländern bitterkalt sein konnten. Sie setzte sich auf die Heckreling und atmete tief die frische Luft ein.

»Ganz schön eingebildet, was?« zischte ihr eine bösartige Stimme ins Ohr. Cathys Muskeln verkrampften sich, als sie Saritas Stimme erkannte. Sie hatte mit der Frau kaum ein Wort gewechselt, seit sie damals während des Sturms in einer Kajüte gewohnt hatten, aber ihr war aufgefallen, daß Sarita ihr gelegentlich giftige Blicke zuwarf. Warum, wußte sie nicht. Eifersüchtig konnte sie nicht auf sie sein. Alles, was in diesem Spiel schließlich zählte, war der Besitz, und nach diesem Gesetz gehörte Jon mittlerweile fast vollständig Sarita.

»Hast dich wohl für sehr schlau gehalten, indem du dich von ihm hast schwängern lassen, was?« fuhr Sarita fort, als Cathy auf ihre erste Stichelei nicht einging. Jetzt bist du fett wie ein Schwein, und er will mich! Und die feine Lady wird einen Bastard zur Welt bringen, für den sie keinen Vater hat!«

Cathy spürte, wie ihr die Haare im Genick zu Berge standen. Ob sie es merkte oder nicht, Sarita bewegte sich auf gefährlichen Pfaden. Allein die Bezeichnung

»Bastard«, in Verbindung mit Cray, hatte Cathy früher rot sehen lassen. Sie stellte jetzt fest, daß sie ähnlich bei ihrem neuen Kind fühlte.

»Wenn du nicht auf deine Zunge aufpaßt, werde ich sie dir herausreißen«, sagte sie mit zuckersüßem Lächeln und blickte die Frau erstmals seit Beginn dieses Zusammentreffens an. Sarita erschrak offensichtlich. Dann, als ihre Augen über Cathys angeschwollenen Bauch strichen, wurde ihr Gesicht zu einer häßlichen Fratze.

»Ach wirklich?« erwiderte Sarita und streckte die Hand aus, um Cathy kräftig an ihrem Zopf zu ziehen, der über ihre Schulter herunterhing. Wütend sprang Cathy auf die Füße und versetzte der kräftigeren Frau einen Stoß, daß sie schwankte. Dann, als Sarita schwer auf ihren gut gepolsterten Hintern plumpste, bedachte Cathy sie mit einem langen, eiskalten Blick und wandte sich dann zum Gehen. Den Kopf noch immer hoch erhoben und noch immer kochend vor Wut, marschierte sie das Deck entlang, zu ihrer Kabine.

Sie war so wütend, daß sie die kleine Gruppe Männer nicht bemerkte, die links von ihr standen, bis sie ihnen fast gegenüberstand. Sie fuhr sich mit den Fingern durch das Haar und versuchte die Strähnen, die sich durch Saritas Reißen an ihrem Zopf gelöst hatten, wieder in Ordnung zu bringen. Erst als sie die bohrenden Blicke interessierter Augen spürte, sah sie sich um.

Drei weiß gekleidete Berber betrachteten sie eingehend, aber Cathy nahm sie kaum wahr. Ihre Aufmerksamkeit war ganz und gar auf ein Paar wütende, graue Augen gerichtet. Sie schluckte unwillkürlich. Auf den ersten Blick konnte man sehen, daß Jon vor Wut kochte. Und es war nicht schwer zu erraten, daß sie der Grund dafür war!

11

Die untergehende Sonne, die ihre letzten Strahlen aussandte, fing sich in Cathys hellem Haar und ließ es glänzen wie Feuer. Die Berber, die nur an den Anblick dunkelhaariger und dunkelhäutiger Frauen gewöhnt waren, schienen sichtlich beeindruckt. Jon, dessen Augen Cathy zu durchbohren schienen, war die Reaktion seiner Begleiter nicht entgangen.

»Wer ist das?« hauchte der weiß gekleidete Mann zu seiner Linken. Sein Name war Mustafa Kemal, und er war der engste Vertraute des Scheichs. Jon starrte Cathy noch ein letztes Mal an und wandte sich dann höflich dem Sprecher zu. So verzweifelt, wie er die Hilfe des Scheichs benötigte, durfte er auf keinen Fall diesen Mann, und durch ihn den Scheich beleidigen.

»Sie ist meine Frau«, sagte er und warf dabei Cathy einen warnenden Blick zu, es nicht etwa abzustreiten. Sie war ein paar Schritte von ihnen entfernt unsicher stehengeblieben. Ihre Augen weiteten sich bei seinen Worten, aber dieses eine Mal schwieg sie vorsichtshalber.

»Sehr schön«, meinte Kemal, während die beiden anderen Berber zustimmend nickten, ohne ihre Blicke von Cathy abzuwenden. Einer von ihnen sagte etwas auf arabisch zu Kemal, und der andere schien es zu unterstützen. Kemal antwortete in der gleichen Sprache und wandte sich dann wieder an Jon.

»Dürfen wir es berühren?« fragte er, und seine Augen schimmerten schwarz unter seinem weißen Turban. Einen Moment lang war Jon verwirrt, aber dann wurde ihm klar, daß er von ihrem Haar sprach. Er hatte gewußt, würden die Berber je ihre blonden Haare zu sehen bekommen, dann würden sie keine Ruhe mehr geben. Deshalb hatte er ihr auch befohlen, in ihrer Kabine zu bleiben. Er verfluchte sie für ihren Ungehorsam und sich selbst für seine Dummheit. Er hätte wissen sollen, daß sie sich ihm widersetzen würde, sobald er ihr den Rücken zugekehrt hatte. Das nächste Mal würde er sie einsperren. Aber jetzt mußte er sehen, wie er mit der Situation fertig wurde.

»Sicher. Ich werde es ihr vorher sagen, damit sie sich nicht fürchtet.« Mit einem höflichen Nicken zu Kemal löste sich Jon aus der Gruppe und ging die wenigen Schritte zu Cathy hinüber. Den Rücken den Berbern zugewandt, verstellte er ihnen die Sicht auf Cathy. Cathy, die ihn schuldbewußt ansah, blieb das Ausmaß seiner Wut nicht verborgen.

»Sie wollen dein Haar berühren«, zischte er zwischen den Zähnen hindurch, »und du wirst es zulassen. Du wirst deinen Blick unterwürfig auf den Boden senken und sie nicht ansehen. Und du wirst nicht sprechen. Diese Männer sind einen ganz anderen Typ Frauen gewöhnt, und du wirst nichts unternehmen, was sie irgendwie beleidigen könnte. Verstanden?«

Cathy gefiel weder sein Tonfall, noch seine Laune, aber sie wußte, daß er es im Augenblick am besten wissen mußte. Die Intensität, mit der die Fremden sie ansahen, beunruhigte sie. Sie befeuchtete ihre Lippen und nickte.

»Gut. Bleib hinter mir.« Mit einem letzten, warnenden Blick machte er kehrt und lief zu den anderen Männern zurück. Cathy folgte ihm mit gesenktem Kopf.

Etwas seitlich von den Männern blieb er stehen, streckte die Hand aus und zog Cathy zu sich heran. Sie war dankbar für den Arm, den er um ihre Hüfte gelegt hatte, als einer nach dem anderen begann, ihr Haar zu befingern.

Wie Jon angeordnet hatte, hielt sie den Blick unterwürfig gesenkt und sprach kein Wort, während sie diese seltsame Inspektion über sich ergehen ließ. Fast ehrerbietig berührten sie ihr festes Haar, als könnte es im nächsten Augenblick vor ihren Augen verschwinden. Dann, nachdem nichts dergleichen geschah, strichen sie mit ihren Fingern durch die seidenen Strähnen und rissen teilweise daran, daß Cathy der Kopf schmerzte. Sie zuckte zusammen, aber der Druck von Jons Hand ließ sie alles stumm ertragen. Schließlich berührten sie mit ihren braunen Fingern ihre zarte, weiße Haut, die sie offensichtlich ebenso bemerkenswert fanden.

»Sie ist äußerst ungewöhnlich und sehr schön«, sagte Kemal schließlich zu Jon gewandt und setzte damit auch für die anderen das Zeichen, von Cathy wieder abzulassen. Cathy bebte vor Erleichterung, als sie sich ein paar Schritte von ihr entfernten. Eine Weile hatte sie richtiggehend Angst gehabt, wo das noch hinführen würde. Sie verstand jetzt, warum Jon ihr befohlen hatte, in der Kabine zu bleiben.

Einer der Berber sagte wieder etwas auf arabisch zu Kemal, der die Lippen schürzte und langsam nickte. Kemal sah Jon an und seine weißen Zähne glänzten, als sich sein Mund zu einem Lächeln verzog.

»Der Scheich wird über eine solche Frau hocherfreut sein. Wir werden sie für ihn kaufen«, erklärte er. Cathy, entsetzt über das, was sie eben vernommen hatte, sah auf. Er begegnete ihrem Blick für den Bruchteil einer Sekunde, bevor er sich ebenfalls lächelnd dem Mann zuwandte. Seine Hand legte sich auf Cathys Arm, und er zog sie zu sich heran, daß sie vor ihm stand. Ein fester Arm schlang sich um ihre Hüfte und preßte sie an ihn. Seine Hand legte sich besitzergreifend über die Rundung ihres Bauches.

»Es wäre mir eine Ehre, sie dem Scheich zum Geschenk zu machen«, erwiderte er höflich, »würde sie nicht meinen Sohn im Leibe tragen. Ich bin sicher, er wird verstehen, daß ich mich unter diesen Umständen nicht von ihr trennen möchte. Überbringt ihm mein Bedauern und glaubt mir, im anderen Falle würde sie noch heute Nacht in seinem Serail erscheinen.«

Kemal, der Jon während der ganzen Zeit fragend angesehen hatte, nickte und streckte seine Hand aus, um Cathys Bauch zu tätscheln, als wollte er Jons Behauptung überprüfen. Was er spürte, schien ihn zufriedenzustellen. Mit einer bedauernden Bewegung zog er seine Hand wieder zurück, während sich Cathy wieder fest an Jon preßte. Untersucht zu werden, wie ein Sklave auf dem Markt, war nicht nur erniedrigend, es war furchterregend.

»Es stimmt, sie trägt ein Kind in ihrem Leib«, seufzte er und sagte dann etwas zu seinen Begleitern. Sie sahen enttäuscht aus.

»Geh zurück in die Kabine und bleibe dort«, flüsterte Jon Cathy ins Ohr und ließ sie los. Cathy warf ihm einen schnellen, dankbaren Blick zu und entfernte sich eilig. Um sie zu retten, hatte er behauptet, das Kind sei von ihm, obwohl er glaubte, daß es Harolds Kind war. Es hatte ihn viel Stolz gekostet, das zu tun, das wußte sie, trotzdem hatte er nicht gezögert. Vielleicht glaubte er inzwischen selbst nicht mehr daran, oder vielleicht mochte er sie doch noch mehr, als er zugeben wollte. Aus welchen Gründen auch immer, er hatte es getan. Hätte Jon nicht soviel Geistesgegenwart besessen, ihre Schwangerschaft als Entschuldigung zu nutzen, könnte sie jetzt schon auf dem Weg zum Harem des Scheichs sein. Bei dem Gedanken schauderte es sie.

Cathy blieb in der Kabine wie befohlen, bis Jon zu ihr kam. Es waren bereits einige Stunden vergangen, und Cathy wurde langsam nervös. Was, wenn die Berber beschlossen hatten, der Scheich könnte sie trotz ihrer Schwangerschaft wollen? Was könnte Jon dann schon anderes tun, als sie herauszugeben? Sie konnten nicht einmal auslaufen, denn die *Cristobel* würde keine weiteren acht Tage auf See überstehen.

Als er endlich die Kabine betrat, zitterte sie förmlich. Mit großen Augen sah sie ihn stumm an. Er sah sie auf seltsame Weise an, schien aber nicht sonderlich verärgert zu sein.

»Was – was ist passiert?« fragte sie schließlich, als er keine Anstalten machte, etwas zu sagen. Jons Lippen zuckten.

»Die Berber waren sehr beeindruckt«, sagte er trokken. »Sie haben dem Scheich die Nachricht deiner Schönheit überbracht, der von dem Gedanken einer Frau mit goldenen Haaren und einer Haut, die weiß wie das Fell einer Ziege ist, ebenso gefesselt war. Als er hörte, daß du ein Kind im Leibe trägst – ein Kind, von dem ich gezwungen war, es als das meine auszugeben, wenn ich das erwähnen darf, damit sie dich nicht als Ehebrecherin ansehen und zu Tode steinigen, wie es hier Brauch ist – hat er sich sehr besorgt um deine Gesundheit gezeigt. Er hat mir sogar für die Dauer der Schiffsreparatur eines seiner Häuser im Palastkomplex angeboten, damit du nicht länger die Unbequemlichkeiten an Bord eines Schiffes in Kauf nehmen mußt.«

»Ein Haus?« stieß Cathy ungläubig aus. »Das ist ja wundervoll!«

»Ja, nicht wahr?« Jon zog eine Grimasse. »Das letzte Mal, als ich hier war, hat er mir nicht so viel Höflichkeit entgegengebracht. Offensichtlich bist du doch nicht ganz nutzlos.«

Cathy lächelte ihn an, und ihr stiegen Tränen in die Augen. Endlich würde sie wieder einmal für einige Zeit in einem Haus leben können und den Schmutz des Schiffes hinter sich lassen.

»Es wird nicht so schön sein, wie du es dir vorstellst«, warnte Jon. »Du wirst sehr zurückgezogen wohnen, und dich ohne meine Begleitung draußen nicht sehen lassen. Und selbst dann wirst du dich benehmen müssen, wie die Frauen hierzulande: du wirst dich von Kopf bis Fuß verhüllen, immer einen Schritt hinter mir laufen, wenn du das Haus mit mir verläßt und nie einen Mann, der hier als höheres Wesen angesehen wird, ins Gesicht sehen – ist das klar?«

Cathy blickte ihn zweifelnd an, und ihre Freude verflog. »Ist das dein Ernst?« fragte sie und kaute auf ihrer Unterlippe.

»Mein voller Ernst«, erwiderte Jon, und sein Tonfall ließ keinen Zweifel aufkommen, daß er meinte, was er sagte. »Ich warne dich, die Gesetze hier sind streng: wenn sie der Meinung sind, eine Frau sei ohne Moral – und das passiert bereits, wenn sie gegen eine ihrer Konventionen verstößt – wird sie sofort getötet.«

»Ich glaube, du willst mir nur Angst einjagen«, meinte Cathy nach einer Weile.

»Du kannst glauben, was du willst«, sagte er kühl. »Aber du wirst tun, was ich dir gesagt habe.«

Das Haus, das ihnen der Scheich zur Verfügung stellte, bestand nicht, wie Cathy zunächst vermutet hatte, aus vier Lehmwänden und einem Dach, sondern war ein Gebäude aus dicken, weißen Steinmauern mit großen, geräumigen Zimmern und Marmorfußböden. Selbst in der größten Mittagshitze war es angenehm kühl im Innern, und es machte Cathy nichts aus, im Haus zu bleiben. Das Haus bestand aus vier Flügeln, deren Innenseiten sich zu einem Innenhof öffneten. Hier konnte sie völlig ungestört sitzen, wenn sie frische Luft atmen wollte. Meist ging sie gegen Abend nach draußen. Hier in diesem Innenhof, umgeben von den Düften exotischer Blumen und Grünpflanzen, verbrachte sie die schönsten Stunden.

Auch Bedienstete hatte man ihnen zur Verfügung gestellt. Sie waren klein, dunkelhäutig und unauffällig, und sie kümmerten sich so perfekt um das Haus, daß es für Cathy nichts zu tun gab. Womit sie ganz zufrieden war. Nachdem sie bereits in den siebten Monat ihrer Schwangerschaft kam, war sie fast ständig müde. Jeden Nachmittag legte sie sich hin, und bis sie wieder erwachte, gebadet und angezogen war, war es bereits Zeit zum Essen. Normalerweise aß sie allein oder mit Angie, die sie von Zeit zu Zeit vom Schiff besuchen kam. Cathy hätte das Mädchen gerne eingeladen, bei ihnen zu bleiben, aber Jon war dagegen gewesen. Je mehr Leute von der *Cristobel* an Land wohnten, um so größer war die Gefahr, daß es Ärger gab. Es war schon schlimm genug, daß sie durch ihren Unverstand dazu gezwungen waren, täglich mit den strengen Moslems in Kontakt zu kommen.

Jon selbst ging jeden Morgen fort und blieb meist bis spät in die Nacht verschwunden. Die Überwachung der Reparaturarbeiten nahm einen großen Teil seiner Zeit in Anspruch, und zusätzlich war er damit beschäftigt, den Seeleuten des Scheichs die Feinheiten der Navigation beizubringen. Das hatte er zugesagt, um als Gegenleistung das notwendige Material für die Reparaturen und Lebensmittel für ihre weitere Reise zu bekommen.

Um den Schein zu wahren, teilten sich Jon und Cathy ein Bett. Die Diener, die zwar immer höflich waren, würden jede Einzelheit dem Scheich zutragen, informierte er Cathy, als sie widersprechen wollte. Wenn sie nicht zu den vielen Konkubinen des Scheichs gehören wollte, sollte sie möglichst überzeugend zeigen, daß sie zu Jon gehörte.

Seit er entdeckt hatte, daß sie schwanger war, hatte Jon nicht mehr versucht, mit ihr zu schlafen. Während die Wochen vergingen, verdrängte jedoch die bevorstehende Entbindung alle anderen Gedanken Cathys. Zwar war dieses Kind nicht so aktiv wie Cray damals gewesen war, und sie war bei weitem nicht so dick wie damals, aber sie konnte sich noch immer daran erinnern, wie schmerzhaft die erste Entbindung gewesen war. Ein Kind in einem fremden Land und ohne Arzt zu bekommen, war sicher alles andere als leicht, nahm sie an. Aber sicher war es immer noch besser hier, als an Bord eines Schiffes, mitten im Ozean. Insgeheim begann sie zu hoffen, sie würden in Rabat bleiben, bis das Kind geboren war. Als sie eines Nachts das Thema ansprach, war seine Antwort kurz angebunden.

»Ich habe schon daran gedacht«, war alles, was er sagte, aber Cathy fühlte sich sofort erleichtert.

Nachts wurde das Kind immer aktiver, und Cathy wußte, daß Jon die unmißverständlichen Anzeichen des Lebens in ihrem Leib spüren mußte, wenn sie sich an seinen Rücken kuschelte, aber er erwähnte es mit keiner Bemerkung. Es war, als wollte er das Kind ignorieren. Die wenigen Male, wenn er gezwungen war, über das Kind zu sprechen, machte er deutlich, daß sich seine Meinung bezüglich der Vaterschaft des Kindes nichts geändert hatte. Noch immer hielt er es für Harolds Kind, was Cathy wütend machte.

Wenn Cathy gelegentlich ausging, war es immer in Jons Begleitung. Nach dem, was am ersten Tag im Hafen vorgefallen war, hörte sie auf das, was er sagte.

Wie eine Berberfrau gekleidet, mit langem Gewand, das sowohl ihr blondes Haar, als auch ihre Schwangerschaft verbarg, fiel sie nicht weiter auf. Zu ihrer Überraschung fand sie heraus, daß es tatsächlich stimmte, was Jon ihr bezüglich des Verhaltens der Frauen erzählt hatte, kam sich dabei jedoch so erniedrigt vor, daß sie es vorzog, zu Hause zu bleiben.

Ebenso schlimm war es, wenn sie Gäste hatten. Sie durfte zwar anwesend sein, mit den Männern jedoch nicht essen, und sie mußte während der ganzen Zeit unterwürfig hinter Jon sitzen und den Boden anstarren, ohne ein Wort sagen zu dürfen. Nach dem ersten Mal versuchte Cathy, es dabei bewenden zu lassen, aber Jon informierte sie nüchtern darüber, daß ihre Abwesenheit als Beleidigung aufgefaßt werden würde. Also schluckte sie ihren Stolz hinunter und tat, was von ihr erwartet wurde.

Mustafa Kemal war ein häufiger Gast, und er ließ keinen Zweifel daran, daß er sie noch immer als zukünftige Bereicherung des Harems seines Scheichs betrachtete. Einmal fragte er Jon sogar, was er mit ihr vorhatte, sobald sie das Kind zur Welt gebracht hatte. Jon hatte darüber gelacht, aber in ihr war ein ungutes Gefühl zurückgeblieben. Plötzlich war sie nicht mehr so erpicht darauf, das Kind hier in Rabat zu bekommen.

Einmal nahm Jon sie mit auf das Schiff, und Cathy sah, daß die Reparaturen gut vorankamen. Die *Cristobel* würde lange vor ihr selbst wieder seetüchtig sein, und Cathy war erleichtert. Sollten sie bald fliehen müssen, würde es ihnen zumindest möglich sein.

Während Jon sich mit O'Reilly über ein paar Punkte unterhielt, begegnete Cathy Sarita. Sie war erschrokken über den blanken Haß, der in ihren schwarzen Augen geschrieben stand.

»Hure!« zischte Sarita, und noch bevor Cathy eine Antwort geben konnte, drehte sich Jon zu ihr um, und Sarita machte sich davon. Trotz der Kürze der Begegnung, blieb ein Gefühl der Kälte in Cathy zurück.

Etwa eine Woche nach dieser Begegnung, aß Cathy allein und wollte früh zu Bett gehen, wie es ihre Angewohnheit war, wenn Jon nicht anwesend war. Sie legte das weiße Gewand ab, das sie tagsüber trug, steckte ihr langes Haar hoch und stieg in das gekachelte Becken, das im Nebenzimmer im Boden eingelassen war. Das Badezimmer war ebenso großzügig ausgelegt, wie der Rest des Hauses, und Cathy wußte, daß sie es schrecklich vermissen würde, wenn sie wieder von hier fortgingen. Mit den Bediensteten, die das Becken mit heißem Wasser füllten, ihr Handtücher und parfümierte Seife brachten und dann verschwanden, war es ein fast sündhafter Luxus.

Als sie die Stufen hinunterstieg, fiel ihr Blick in den riesigen Spiegel, der die gegenüberliegende Wand zierte. Es war das erste Mal seit langer Zeit, daß sie sich nackt im Spiegel betrachtete, und ihr gefiel gar nicht, was sie sah. Mit ihrem weit vorspringenden Bauch und den schweren Brüsten konnte sie auf einmal verstehen, daß Jon Sarita vorzog. Sie beeilte sich, ihren Körper in das warme Wasser zu tauchen, um ihn vor dem Spiegel zu verbergen, um nicht in depressive Stimmung zu verfallen.

Als Cathy das Becken schließlich wieder verließ, sich abtrocknete und das einfache Baumwollhemd über den Kopf zog, in dem sie schlief, war ihr nach Heulen zumute. Sie schob es auf das fortgeschrittene Stadium ihrer Schwangerschaft, wußte jedoch insgeheim, daß dies nicht der einzige Grund war. Aber sie weigerte sich, sich darüber Gedanken zu machen und ging zu Bett.

Sie konnte nicht schlafen. Sie warf sich im Bett hin und her, bearbeitete ihr Kopfkissen und wünschte sich, Jon wäre hier, um ihre schlechte Laune mit ihr ertragen zu müssen. Es war nicht fair, daß sie all die Unannehmlichkeiten und Schmerzen ertragen mußte, während er nur seinen Spaß daran hatte und sich anschließend sogar weigerte, das Kind als seines anzuerkennen. Je länger sie darüber nachdachte, um so wütender wurde sie. Sie würde auf ihn warten, entschied sie schließlich, und sobald er das Zimmer betrat, würde sie ihm endlich einmal wieder die Meinung sagen.

Es war einige Zeit später, als sie endlich hörte, wie Jon leise das Haus betrat. Ihre Wut war inzwischen teilweise verflogen, aber sie war noch immer fest entschlossen, ihm zu sagen, was ihr so mißfiel. Stundenlang alleine gelassen zu werden, Tag für Tag, war einfach zuviel, und das würde sie ihm sagen! Nicht, daß es sie etwa nach seiner Gesellschaft verlangte – o nein, das Gegenteil war eher der Fall! – aber sie sah keinen Grund, weshalb Angie ihr nicht Gesellschaft leisten konnte. Schließlich war es unwahrscheinlich, daß das Mädchen für Ärger sorgen würden, und außerdem...

Ihre Gedanken wurden unterbrochen, als sich die Tür öffnete. Cathy, die aufrecht im Bett saß, die Arme vor der Brust verschränkt hatte und in Gedanken bereits ihre Worte durchging, hatte die Lippen bereits geöffnet, um loszulegen, als sie überrascht feststellte, daß nicht Jon zur Türe hereinkam. Es war Sarita!

»Was machst du hier?« stieß sie aus, sobald sich die erste Überraschung gelegt hatte. Sollte es Jon gewagt haben, dieses Frauenzimmer in dieses Haus zu bringen, würde sie ihn mit ihren bloßen Händen erwürgen...

Sarita lächelte sie an, und ihre schwarzen Augen glitzerten bösartig im Halbdunkel des Raumes.

»Ich habe eine Überraschung für dich«, murmelte sie und rief leise über ihre Schulter in die dunkle Halle: »Beeilt euch! Sie ist hier, ihr Schwachköpfe!«

Ein ungutes Gefühl machte sich in Cathy breit. Mit wem Sarita auch gesprochen haben mochte, Jon war es mit Sicherheit nicht gewesen! Ganz plötzlich begann ihr Herz wie wild zu hämmern, und sie verspürte eine Todesangst. Womöglich glaubte Sarita, der Weg zu Jon wäre frei, wenn sie und ihr Kind starben.

Kaum war ihr dieser Gedanke gekommen, öffnete sich Cathys Mund zu einem Schrei, während sie versuchte, sich im Bett aufzurichten. Sie würde kämpfen... Aber es war zu spät. Der Schrei hatte kaum ihre Kehle verlassen, da stürmten auch schon zwei Männer auf sie zu. Sie hatte gerade noch Zeit, in einem der Männer Grogan zu erkennen, da legte sich auch schon eine Hand rauh auf ihren Mund, während ihre Arme nach hinten gerissen und gefesselt wurden. In Windeseile passierte das gleiche mit ihren Beinen. Hilflos lag sie auf dem Bett, unfähig sich zu wehren oder durch den Knebel, den sie ihr in den Mund gesteckt hatten, einen Ton herauszubringen. Großer Gott, was hatten sie mit ihr vor? Wollten sie sie etwa, so wie sie war, ins Meer werfen, daß sie ertrank?

»Angst, Lady?« Grogan flüsterte die Worte, während Sarita schadenfroh im Hintergrund lachte. »Keine Angst. Wir haben nicht vor, dir wehzutun. Es ist nur, Sarita hat mit dem Freund des Scheichs einen kleinen Handel geschlossen.«

»Es wird dir gefallen, in einem Harem zu leben, liebste Freundin«, zischte Sarita ihr zu. »Es ist genau der richtige Ort für eine Hure wie dich! Jonny wird nie erfahren, was mit dir passiert ist – nicht daß es ihn interessieren würde! Ich werde mich so um ihn kümmern, daß er sich bald nicht einmal mehr an deinen Namen erinnert!«

Cathy erbleichte, als sie verstand, was Sarita mit ihr vorhatte. Sie wollte dafür sorgen, daß sie beim Scheich landete!

»Dieser Kemal hat mir eine ganze Kiste Juwelen versprochen, als ich ihm sagte, ich könnte dich ihm verschaffen! Wie es aussieht, kann es der Scheich gar nicht erwarten, eine Frau mit blondem Haar zu vernaschen – obwohl ich daran nichts Außergewöhnliches sehe. Das kann auch nur der einzige Grund sein, warum er mit dir schlafen will. Es gibt nichts, was sonst an dir das Verlangen eines Mannes wecken könnte. Du bist fett wie ein Schwein!«

Hätte Cathy nicht solche Angst gehabt, wäre sie bei diesen Worten wütend geworden. War sie erst einmal im Harem des Scheichs, gab es kein Entkommen mehr, das wußte sie. Seine Frauen wurden, fern von der Öffentlichkeit, eingesperrt und gut bewacht. Selbst wenn Jon erfahren sollte, was mit ihr geschehen war und sie würde befreien wollen, konnte sie sich nicht vorstellen, wie er das bewerkstelligen wollte. Sobald sie dem Scheich gehörte, war sie für Jon so gut wie tot. Er würde sie nie auch nur sehen dürfen...

»Alles klar.« Grogan hatte nachgesehen, ob alles draußen ruhig war. Er beugte sich zu ihr hinab und hob sie hoch. Seine Bewegungen waren grob, als machte es ihm Spaß, ihr wehzutun. Auf jeden Fall schien ihn ihr Zustand in keinster Weise zu interessieren. Cathy spürte, wie ihr Bauch gegen Grogans Affenbrust gepreßt wurde und stöhnte vor Angst und Schmerz auf. Wenn er sie weiter so behandelte, verlor sie womöglich noch das Kind!

Sie wand sich und versuchte um sich zu treten, aber

sie mußte schnell erkennen, daß es zwecklos war. Sie konnte bestenfalls darauf hoffen, daß sie die Aufmerksamkeit der Diener erregte, die dann Hilfe holten. Oder vielleicht nicht. Schließlich gehörten sie vor allem anderen zum Gefolge des Scheichs, und für sie war Cathy nur eine unbedeutende Frau, nach der es den Scheich gelüstete. Selbst wenn sie ihre Schreie vernahmen, würden sie vermutlich die Ohren davor verschließen.

Das Haus befand sich nicht weit von dem gewaltigen Palast des Scheichs. Sie mußten nicht weit gehen. Es schienen nur Minuten gewesen zu sein, bis sie eine Seitentür erreichten, die sich bei ihrem Erscheinen öffnete. Auf der anderen Seite warteten drei Männer. Cathy erkannte Mustafa Kemal und erschauerte. Zwei riesige, glatzköpfige Eunuchen standen neben ihm.

»Wir haben sie«, rief Sarita überflüssigerweise aus, als sie eintraten und sich die Tür hinter ihnen schloß. Cathy sah, daß sie sich in einem schmalen Gang befanden, der von brennenden Fackeln an der Wand erhellt wurde.

»Gut gemacht«, sagte Kemal ernst, und seine Finger berührten kurz Cathys blondes Haar. »Und es gab keinen Ärger mit Captain Hale?«

»Nein«, erwiderte Grogan kurz angebunden. Sarita warf ihren Kopf zurück und fügte hinzu: »Ich hatte Euch doch schon gesagt, daß es keinen Ärger geben würde. Er hat sowieso kein Interesse mehr an ihr. Jetzt, wo sie fort ist, wird er dafür dankbar sein«.

»Ich hoffe, daß du recht hast. Ich möchte keinen Ärger«, sagte Kemal und winkte einen der Eunuchen heran. »Gib sie Muhammed. Eure Aufgabe ist erledigt.«

Wie ein Paket wanderte Cathy von Grogans Armen in die ebenso massiven Arme des Eunuchen.

»Und was ist mit unserer Belohnung? Ihr habt uns versprochen...« begann Sarita.

»Ich habe es nicht vergessen«, sagte Kemal, leicht verärgert. Über die Schulter zu dem Eunuchen gewandt, sagte er: »Bringe sie zu den Frauengemächern. Salina-Begum erwartet sie bereits.«

Während die hilflose Cathy weggebracht wurde, konnte sie die verzückten Ausrufe Saritas hören, als sie offensichtlich die versprochenen Juwelen erhielt.

Der Palast erschien Cathys verängstigten Augen wie ein Kaninchenbau, so viele Räume und Gänge gab es hier. Überall lagen wertvolle Teppiche, hingen Wandteppiche und standen silberne und goldene Gegenstände herum. Die Möbel allein mußten ein Vermögen wert sein, ging es ihr durch den Kopf, während sie versuchte, sich den Weg, den sie gingen, einzuprägen, für den Fall, daß sie irgendwie ausbrechen konnte. Aber es war nur eine schwache Hoffnung, das wußte sie. Flucht war praktisch unmöglich.

Der Eunuch blieb vor einer mit Schnitzereien verzierten Tür stehen, an deren beiden Seiten zwei weitere Eunuchen standen.

Er sagte etwas in arabischer Sprache, und sie traten gehorsam beiseite. Dann trug er sie hinein und durch das schwach erleuchtete Zimmer, und legte sie schließlich auf die weichen Kissen eines Diwans.

Mit einer leichten Verbeugung vor einer Person, die Cathy nicht sehen konnte, machte er kehrt und verschwand lautlos aus dem Zimmer.

»Sie sind nicht gerade zart mit dir umgegangen«, sagte eine alte Frau in stockendem Englisch. Cathy, die angsterfüllt aufblickte, sah, daß sie eine Bourka trug, das Kleidungsstück der bediensteten Frauen des Scheichs, das sie trugen, wenn sie von Männern gesehen werden durften. Zählten Eunuchen als Männer?

fragte sich Cathy unsinnigerweise. Dann verdrängte die Überraschung diese Gedanken aus ihrem Kopf. Denn, als die Frau vorsichtig begann, sie loszubinden, konnte sie unter dem dicken Schleier ein Paar blaue Augen erkennen.

»Wer sind Sie?« stieß Cathy aus, als die Frau ihr den Knebel aus dem Mund genommen hatte.

»Ich bin Salina«, antwortete die Frau, löste ihre Handfesseln und machte sich daran, auch ihre Füße loszubinden.

»Sie – Sie sind Engländerin!« rief Cathy aus, die noch immer nicht ihren Augen und Ohren trauen wollte.

»Vor langer, langer Zeit war ich einmal Engländerin«, sagte Salina traurig. »Jetzt bin ich ein Berber. Wie auch du es sein wirst.«

»Nein!« protestierte Cathy instinktiv. Salina aber lächelte.

»Ich habe damals ebenso reagiert, aber wie du siehst, hat es mir nichts genützt«, sagte sie und rieb Cathys Fußgelenke, wo die Fesseln tiefe Druckstellen hinterlassen hatten.

»Wie sind Sie hierhergekommen?« fragte Cathy neugierig.

»Wie auch du, wurde ich vom Scheich gekauft. Aber mein Leben war ganz anders, als deines verlaufen wird. Selbst als junges Mädchen war ich nicht sonderlich hübsch, und er wollte mich nicht als Konkubine haben. Also wurde ich *Dai* – Hebamme – für die Frauen. Deshalb hat man mich auch geschickt, um für dich zu sorgen. Du wirst nicht zu den anderen dürfen, bevor das Kind geboren wurde, und auch der Scheich wird dich bis dahin nicht mit seiner Anwesenheit beehren. Aber ich werde mich um dich kümmern, und alles wird gut werden. Du brauchst keine Angst zu haben.«

»Bitte – Sie müssen mir helfen! Ich will keine Konkubine des Scheichs werden!« rief Cathy verzweifelt aus und hoffte, Salina würde Mitlied mit ihr haben, da sie ja aus dem gleichen Land stammten. »Ich habe noch ein Kind, einen kleinen Jungen, der in England auf mich wartet. Und es gibt einen Mann...«

»Es ist der amerikanische Captain, nicht wahr?« fragte Salina wissend und überraschte damit Cathy. Als sie Cathys Überraschung bemerkte, daß sie von Jon auch nur gehört haben sollte, lächelte sie. »Oh, wir hören viel, selbst in *Purdah*. Und man erzählt sich, der amerikanische Captain – ein äußerst gutaussehender Mann – besäße eine Frau mit Haaren, deren Farbe der des Goldes gleicht, eine Frau, nach der es den Scheich verlangt. Wir haben deine Ankunft schon vor längerer Zeit erwartet, kleine Frau.«

»Mein Name ist Cathy«, sagte Cathy automatisch und dachte über das nach, was Salina ihr eben gesagt hatte.

»Und ich hieß einst Sarah«, sagte ihr die ältere Frau. »Aber seit ich hier im Palast lebe, heiße ich, zum Wohlgefallen des Scheichs, Salina. Ich bin sicher, er wird auch für dich einen neuen Namen finden – einen zärtlichen und schönen Namen, so wie du es bist.«

»Ich muß von hier fliehen! stöhnte Cathy, als sie sich vorstellte, sie müßte für immer hier leben.

»Das wird dir nicht gelingen.« Salina war geduldig, aber eindringlich, als spräche sie zu einem unverständigen Kind. »Niemand entkommt von hier; niemand möchte von hier fliehen – nach einer Weile. Du wirst hier gut behandelt werden und unter den Frauen eine Ehrenstellung einnehmen. Zweifellos wirst du mit deiner Schönheit den Scheich für dich gewinnen, und er wird dich oft zu seinem Nachtlager rufen.«

»O Gott!« Cathy wurde es übel bei dieser Vorstellung. »Bitte – bitte lassen Sie mich gehen! Ich flehe Sie an. Ich könnte doch heimlich...«

»Es tut mir leid, kleine Frau, aber solltest du verschwinden, würde man mich streng bestrafen – vermutlich würde man mich blenden. Das kann ich nicht riskieren. Und dein Leben unter uns wird nicht unangenehm sein. Vertraue mir.« Salina tätschelte ihr beruhigend den Arm. Cathy stieß die Hand von sich.

»Ich bleibe nicht hier!« schluchzte Cathy. Als Salina sich tröstend über sie beugte, sah sie ihre Chance kommen. Mit einem kräftigen Stoß stieß sie die alte Frau weit von sich. Sofort sprang Cathy auf die Füße und rannte zur Tür. Voller Verzweiflung zog sie daran und spürte, wie sie sich öffnete. Sie riß sie weit auf – und erstarrte. Die zwei riesigen Eunuchen blockierten den Weg und starrten sie böse an.

»Ahmad, Radi, die kleine Frau ist schrecklich aufgeregt. Bringt sie zu mir zurück, und ich werde ihr etwas zu trinken geben, was ihr guttun wird. Morgen wird sie dann vernünftiger sein, hoffe ich.«

Ahmad und Radi packten sie an je einem Arm und brachten sie in das Zimmer zurück. Cathy versuchte gar nicht, sich weiter zu wehren. Es war sowieso sinnlos. Selbst wenn sie aus dem Zimmer herauskam, würde sie keine zehn Schritte weit kommen, bevor man sie zu fassen bekam.

Als die Eunuchen sie auf den weichen Diwan legten und festhielten, sah sie Salina verzweifelt an.

»Bitte...«

Salina lachte mitleidig.

»Arme Kleine, du darfst dich nicht so aufregen. Denke doch an dein Kind. Alles wird gut, du wirst sehen. So, jetzt trink dies...«

Damit hielt sie einen goldenen Kelch an ihre Lippen. Cathy, die noch immer von den beiden Eunuchen gehalten wurde, hatte keine Wahl. Während sie schluckte, dachte sie, daß das Getränk einen leicht bitteren Geschmack hatte, wie billiger Wein. Dann begann sich der Raum um sie zu drehen. Mit Entsetzen wurde Cathy klar, daß man ihr eine Droge verpaßt hatte.

Die nächsten vierundzwanzig Stunden blieben für Cathy immer wie ein unwirklicher Traum. Salina gab ihr von dieser Droge, die nach ihren Worten dazu dienen sollte, zu verhindern, daß Cathy sich oder dem Baby unbewußt etwas antat, in regelmäßigen Abständen. Cathy schlief die meiste Zeit, und erhob sich nur, um zu essen. Salina schien ständig bei ihr zu sein, badete sie und kämmte ihr sogar die Haare, wenn sie schlief. Cathy, die von dunklen Verliesen und düsteren Gestalten in weißen Gewändern träumte, spürte, wie ihr Tränen über die Wangen liefen.

Während einer dieser halbwachen Phasen, wurde es draußen vor der Tür einmal unruhig. Noch immer unter dem Einfluß der Droge, wunderte sie sich nicht weiter darüber und nahm kaum wahr, daß Salina sich von ihr entfernt hatte und an der Tür lauschte.

Cathys Augen hatten sich wieder geschlossen, als sie zu hören glaubte, daß sich die Tür öffnete und Salina aufschrie. Mit Mühe gelang es Cathy, die Augen zu öffnen. Sie glaubte, das Gesicht, das sich über sie beugte, gehörte zu einem ihrer Träume, aber sie lächelte trotzdem.

»Cathy, wach auf!« kommandierte eine Stimme, und eine Hand packte sie schmerzhaft am Arm und schüttelte sie. Cathy blinzelte, und ihr Kopf fiel von einer Seite auf die andere. Hätte sie es nicht besser gewußt, wäre sie dem Glauben aufgesessen, daß tatsächlich Jon vor ihr stand...

»Jon...?« murmelte sie und blinzelte, als das verschwommene Gesicht plötzlich klare Züge annahm.

»Großer Gott, sie haben ihr Drogen gegeben«, hörte sie ihn wütend murmeln, dann beugte er sich über sie. Sie spürte, wie sich seine Arme um sie legten und sie vorsichtig hochhoben. Dann schien er sie fortzutragen, durch das Labyrinth der Gänge und Räume des Palastes. Wie im Traum sah Cathy Salina neben der Tür liegen, und etwas weiter entfernt in der Halle die blutverschmierten Körper von Ahmad und Radi. Aber es war alles so verschwommen, daß sie alles ihren Träumen zuschrieb. Erst als die bitterkalte Nachtluft in ihr Gesicht strich, wurde Cathy langsam klar, daß Jon sie tatsächlich, wie durch ein Wunder, gefunden und befreit hatte.

»Wie – wie...?« stotterte sie, als er sie auf ein Pferd hob und hinter ihr aufstieg.

»Endlich aufgewacht?« meinte er, leicht amüsiert. »Mein Gott, du hast mir die schrecklichsten vierundzwanzig Stunden meines Lebens bereitet! Aber wir haben jetzt keine Zeit zu reden. Ich erzähle es dir, wenn wir in Sicherheit sind.«

Er gab dem Pferd die Sporen, hielt mit einer Hand die Zügel und mit der anderen Cathy. Sie lehnte sich zurück, an seine starke Brust, immer noch matt von den Auswirkungen der Droge. Als die Hufe über das Dock trommelte, Jon aus dem Sattel sprang und hinauflangte, um sie herunterzuheben, sah Cathy, daß der Himmel über dem Palast des Scheichs hell erleuchtet schien.

»Sieh nur...« sagte sie und deutete mit ausgestrecktem Arm in Richtung des orangeroten Scheins. Jon lachte hart.

»Ich fürchte, der Palast des Scheichs brennt, mein Liebling, und wenn wir nicht schnellstens von hier verschwinden, wird es uns ähnlich ergehen«, erwiderte er und lief weiter, bis zu einer Stelle, wo ein kleines Boot auf sie wartete. Im Boot wartete O'Reilly, und Jon reichte Cathy hinunter, bevor er hinterhersprang.

»Sie steht unter Drogen«, sagte er kurz, zu O'Reilly gewandt. Dann befahl er den Männern, die an den Rudern saßen: »Um der Liebe Gottes willen, rudert was das Zeug hält! Es wird nicht lange dauern, bis sie herausfinden, was los ist.«

Sofort begannen die Männer, sich mit aller Kraft ins Zeug zu legen. Das kleine Boot schoß förmlich über das Wasser dahin. In kürzester Zeit hatten sie die *Cristobel* erreicht, und die Männer beeilten sich, die Strickleiter hinaufzuklettern.

»Das wird vielleicht etwas weh tun, aber ich habe keine Zeit, mir etwas besseres auszudenken«, sagte Jon zu Cathy, und im nächsten Augenblick hievte er sie sich auf den Rücken und schlang ihre Arme um seinen Hals und band sie zusammen.

»Halte dich fest«, sagte er über die Schulter und begann im nächsten Augenblick, die Leiter emporzuklettern, während Cathy hilflos an seinem Hals hing.

Als sie fast oben angelangt waren, streckten sich ihnen zahllose Hände entgegen, um Jon und Cathy an Deck zu ziehen.

»Wie geht es ihr, Captain?« Cathy erkannte Angies besorgte Stimme, während Jon ihre Arme wieder losband.

»Gut, glaube ich«, antwortete er angespannt. Dann zu den wartenden Männern gewandt, fügte hinzu: »Was steht ihr noch da und glotzt? Hißt die Segel!«

12

Jon wußte, daß seine Gefühle widersprüchlich waren, aber er konnte nicht dagegen an. Einerseits haßte er Cathy dafür, daß sie ihn und ihre Liebe betrogen hatte. Aber andererseits war er fast wahnsinnig geworden, als sie in Rabat verschwunden war. Es waren in der Tat die schlimmsten vierundzwanzig Stunden seines Lebens gewesen. Die Bediensteten hatten angedeutet, sie könnte sich vielleicht in einem Anfall der Verzweiflung, wie man sie oft bei hochschwangeren Frauen vorfände, in der Bucht ertränkt haben. Auf jeden Fall schienen sie überzeugt davon zu sein, daß es keinen Sinn hatte, zu suchen. Aber irgend etwas in ihren Gesichtern, in ihrem Tonfall, hatte Jon mißtrauisch gemacht. Sie wußten mehr, als sie zugeben wollten. Nicht einen Augenblick lang hatte er geglaubt, Cathy könnte sich etwas antun wollen. Nicht seine Cathy, mit ihrem Kampfgeist! Und erst recht nicht, solange sie schwanger war. Sie war eine ausgezeichnete, liebevolle Mutter, der Cray und das kommende Kind über alles ging. Er konnte sie sich nicht vorstellen, wie sie sich oder dem Kind etwas antun konnte. Hatte sie sich vernachlässigt oder mißbraucht gesehen, wie die Bediensteten andeuteten, dann war es wohl eher wahrscheinlich, daß sie *ihm* etwas antun würde.

Er hatte die ganze Stadt abgesucht, im Glauben, sie könnte sich versteckt haben, um ihm einen Schrecken einzujagen. Nach der erfolglosen Suche, war er schließlich zur *Cristobel* zurückgekehrt. Vielleicht wußte ja Angie etwas. Aber noch bevor er eine Gelegenheit fand, mit Angie zu reden, war ihm Sarita begegnet. Ihr wissendes Lächeln hatte seine Aufmerksamkeit erregt. Dann, als er zu wissen verlangte, ob sie etwas bezüglich Cathys Verbleib wüßte, hatte sie zugleich schuldbewußt und ängstlich gewirkt. Es hatte ausgereicht, ihn zu überzeugen, daß, egal, was Cathy zugestoßen war, Sarita ihre Finger mit im Spiel gehabt hatte. Angesichts seiner schrecklichen Wut, hatte sie alles abgestritten. Jon hätte nie geglaubt, daß es ihm Freude bereiten könnte, eine Frau zu schlagen, aber er hatte sich getäuscht. Er hatte die Wahrheit aus ihr herausgeprügelt und sie schluchzend auf dem Boden seiner Kabine liegenlassen. Aber sie konnte dabei noch von Glück reden. Wäre sie ein Mann gewesen, hätte er sie getötet. Wie er auch Grogan und Meade getötet hätte, wäre ihm genug Zeit geblieben.

Cathy durch einen Sturm auf den Palast des Scheichs zu erretten, wie er es zuerst vorgehabt hatte, war ganz klar unmöglich. Der Palast glich einer Festung, die von hunderten von Leuten bewacht wurde. Nein, seine einzige Hoffnung, lebend hinein und mit Cathy wieder herauszukommen, war, ein Ablenkungsmanöver zu organisieren. Was ihm auch gelungen war, indem er an einer der Außenmauern Bomben gelegt hatte. Wie erhofft, rannten alle zum Ort der Explosion, um nachzusehen, was los war, und sie waren lange damit beschäftigt, das sich schnell ausbreitende Feuer zu löschen. Die einzigen, die sich ihm noch in den Weg gestellt hatten, waren ein paar Eunuchen gewesen.

Der Scheich würde rasen vor Wut, wenn er entdeckte, was geschehen war, darüber war sich Jon im klaren. Vielleicht sogar wütend genug, um ihn mit Schiffen zu verfolgen. Deshalb hielt es Jon sogar für besser, seinen ursprünglichen Plan, nach Teneriffa zu segeln, aufzugeben, und direkt nach Amerika aufzubrechen, wo sie sowohl außer Reichweite des Scheichs, als auch der britischen Marine waren.

Das einzige Problem bei diesem Plan bildete Cathy. Ihre Schwangerschaft war bereits weit fortgeschritten. Sie war, nach Jons Berechnungen, mindestens im siebten Monat, und sogar noch weiter, wenn Jon ihren Behauptungen Glauben schenken sollte. Was er natürlich nicht tat. Er konnte sich noch sehr gut daran erinnern, welch riesigen Körperumfang sie besessen hatte, als sie Cray zur Welt brachte, und davon war sie noch weit entfernt. Ihr eigener Körper strafte ihre Geschichte Lügen. Dennoch, der siebte Monat war weit genug, und er würde erst wieder beruhigt schlafen können, wenn er sie sicher an Land und in der Obhut eines Arztes wußte. Er konnte sich nichts Schlimmeres vorstellen, als eine Geburt an Bord der *Cristobel*, auf hoher See, mit einer der Frauen als Hebamme. Der Gedanke allein verursachte ihm Schweißausbrüche. Seine eigene Mutter war im Kindbett gestorben, und er hatte seitdem immer Angst davor. Und Cathy hatte so sehr bei Crays Geburt gelitten...

Im ungünstigsten Fall brauchten sie vier Wochen, um den Atlantik zu überqueren, weniger, wenn sie mit vollen Segeln über die Azoren direkt auf Neufundland zuhielten. Sollte es vorzeitig losgehen, konnten sie immer noch auf den Azoren anlegen, bis das Kind geboren war. Bei diesen Gedanken fühlte sich Jon erleichtert.

Cathy dagegen machte sich große Sorgen, auch wenn sie es sich Jon gegenüber nicht anmerken ließ. Sie war viel wahrscheinlicher im neunten, denn im siebten Monat, egal was Jon glaubte. Die Wahrscheinlichkeit, das Kind auf hoher See zu bekommen, war groß. Aber da waren ja Angie, um sich um sie zu kümmern, und Clara, die ihr versicherte, daß sie als ehemalige Besitzerin eines Bordells schon viele Kinder zur Welt gebracht hatte. Was, abgesehen von ihrem ehemaligen Beruf, eine große Beruhigung war.

Cathy wußte, daß Jon noch immer davon überzeugt war, das Kind stamme von Harold. Trotzdem war er jetzt freundlich zu ihr und fragte sogar häufig nach ihrem Befinden. Sie hatte noch immer seine Kabine für sich allein, aber sie brauchte sich nicht länger darüber Gedanken zu machen, wo er die Nächte verbrachte. Sarita, Grogan und den anderen Mann hatten sie in Rabat zurückgelassen. Der Gedanke daran beruhigte sie ungemein.

Außerdem freute sie der Gedanke daran, daß Jon bald davon überzeugt sein würde, daß das Kind von ihm war. Sobald das Kind zur Welt gekommen war, mußte er nur neun Monate zurückrechnen, um jeden Zweifel zu beseitigen. Das Kind war gezeugt worden, bevor sie Woodham verlassen hatte, und nach der Geburt mußte Jon einsehen, daß es unmöglich Harolds Kind sein konnte.

Die Tage gingen dahin, und nach einer Woche befand sich die *Cristobel* weit von Rabat entfernt, auf nordwestlichem Kurs. Das Wetter war gut, aber heiß. Jon hatte Cathy auf dem Achterdeck eine geschützte Stelle errichten lassen, wo sie frische Luft schnappen konnte, aber gleichzeitig vor der sengenden Sonne geschützt war. Hier verbrachte Cathy die meiste Zeit, zu lethargisch, um mehr zu tun, als sich in der Hängematte zurückzulegen und zu schlafen. Ab und zu sah sie auch Jon zu, wie er das Schiff kommandierte. Fast widerwillig lächelte er sie dann an, und kam sogar ab und zu, um sich mit ihr zu unterhalten. Meist sprachen sie über das Wetter oder die alltäglichen Vorgänge an Bord und vermieden beide, Themen anzuschneiden, die zu einem Streit führen konnten. Beide waren glücklich darüber, daß ihr Verhältnis in halbwegs freundschaftlichen Bahnen verlief.

Eines morgens erwachte Cathy und ging an Deck, um die Welt in eine Wolke aus Nebel eingehüllt vorzufinden, die einen kaum die Hand vor Augen erkennen ließ. Zunächst begrüßte sie es sogar, eine Zeitlang der heißen Sonne entflohen zu sein, aber nach einigen Stunden wurde die Feuchtigkeit unangenehm. Cathy schauderte es in ihrer Hängematte vor Kälte. Jon, der es bemerkt hatte, sandte sie unter Deck. Cathy ging, ohne zu widersprechen.

Als sie wieder an Deck kam, war es Nachmittag, und der Nebel schien etwas nachgelassen zu haben. Zumindest war es etwas wärmer, und Cathy atmete tief ein.

Anstatt sich wie gewöhnlich in ihre Hängematte zu legen, beschloß sie, zu Jon an die Reling zu gehen. Er war damit beschäftigt, ihre Position festzustellen, wozu er abwechselnd einen Kompaß betrachtete und in den Himmel starrte. Als sie zu ihm hinüberlief, nickte sie beiläufig zu Mick Frazier hinüber, der am Ruder stand.

»Solltest du bei diesem Wetter nicht besser in der Kajüte bleiben?« fragte Jon und runzelte die Stirn, als er ihre Gegenwart schließlich bemerkte. Cathy lächelte ihn an. Eine Haarsträhne war ihm ins Gesicht gefallen, und sie stellte sich auf Zehenspitzen, um sie zurückzustreichen. Seine Augen verengten sich, aber dann lächelte er ebenfalls.

»Wo sind wir?« fragte sie nach einem Augenblick.

»Soweit ich es bestimmen kann, müßten wir auf halber Strecke zu den Azoren sein. Noch zehn Tage, und wir müßten sie sehen können. Meinst du, du kannst es bis dahin noch aushalten?« Er klang halb sarkastisch, halb beunruhigt. Cathy beschloß, sich nicht ärgern zu lassen.

»Ich werde es versuchen«, sagte sie ernst, und seine Stirn legte sich wieder in Falten.

»Du – du fühlst dich doch nicht unwohl, oder?« Die Frage klang fast wie eine Anklage.

»Interessiert dich das wirklich?« fragte sie bitter. Kaum hatte sie die Worte ausgestoßen, bereute sie sie auch schon. Aber es war zu spät. Seine Lippen preßten sich aufeinander, und seine Augen schienen sich mit Eis zu überziehen.

»Ich möchte nicht, daß es dir an etwas fehlt, solange du unter meiner Obhut bist«, sagte er bösartig. »Harold würde es vielleicht nicht gefallen, wenn sein Nachwuchs totgeboren würde.«

»Wie kannst du nur so etwas Schreckliches sagen!« stieß Cathy aus, und ihre Hand legte sich schützend auf ihren Leib. Jon verfolgte ihre Bewegung mit schmalen Augen.

»Was, daß es Harold nicht gefallen würde?« fragte er kühl.

»Daß das Baby totgeboren werden könnte«, korrigierte ihn Cathy. »Das weißt du auch ganz genau, du Mistkerl! Wie kannst du nur so über dein eigens Kind reden?«

»Davon wirst du mich nie überzeugen«, erwiderte Jon mit harter Stimme.

»Ach nein?« Cathy starrte ihm wütend ins Gesicht.

»Nein!« gab er wütend zurück. »Du...«

Die nächsten Worte blieben unausgesprochen. Von irgendwo hoch oben ertönte ein Schrei.

»Segel in Sicht!«

»In welcher Richtung?« brüllte Jon sofort zurück, und der Streit mit Cathy war augenblicklich vergessen. Jedes Segel war Anlaß zur Beunruhigung. Wenn es nicht der Scheich war, so konnte es jederzeit die königliche Marine, oder sogar ein Piratenschiff sein.

»Steuerbord voraus!«

Sofort ging Jon nach rechts, um dort in den Nebel hinauszustarren, aber es war nichts zu sehen.

»Wo willst du hin?«, fragte sie ihn und hielt ihn am Arm fest, als er sich von ihr entfernen wollte.

»Nach oben, in den Ausguck. Ich muß nachsehen...« Er verstummte, und Cathy ließ ihn wieder los. Plötzlich wurde ihr die Gefährlichkeit ihrer Situation bewußt. Sie wußte nicht, was schlimmer war; von den Männern des Scheichs eingeholt zu werden, oder der britischen Marine in die Finger zu fallen. In letzterem Fall würde man sie verschonen, und sie konnte Jon vielleicht sogar helfen. Aber vielleicht war es ja nur ein harmloser Frachter.

Hoch oben, über dem Deck, starrte Jon voll Konzentration in den Nebel hinaus. Da war es – ein, nein, zwei Schiffe, beides Fregatten, weniger als drei Stunden von ihnen entfernt. Im Nebel hatten sie sich unbemerkt nähern können. Und das Schlimmste daran war, daß sie die unverwechselbaren Farben rot, weiß und blau der königlich britischen Marine gehißt hatten.

Jons Gedanken rasten, als er wieder nach unten kletterte. Zweifellos hatten sie die *Cristobel* entdeckt. Königin Viktorias Seeleute waren die besten der Welt, ganz anders, als seine zusammengeschusterte Mannschaft. Und sie würden mit den modernsten Fernrohren ausgestattet sein, ganz zu schweigen von Kanonen. Die nächste Frage war, würden sie die *Cristobel* als gekapertes Strafgefangenenschiff erkennen? Schließlich war es durchaus möglich, daß ihre Anwesenheit hier reiner Zufall war. Aber nicht wahrscheinlich, gestand sich Jon ein. Nein, so wie die beiden Fregatten auf die *Cristobel* zuhielten, waren sie als Beute auserkoren.

Unter diesen Umständen blieben ihnen drei Möglichkeiten: sie konnten sich ergeben, fliehen oder kämpfen. Mit den wenigen Kanonen an Bord und seiner unerfahrenen Crew, käme ein Kampf mit den Fregatten Selbstmord gleich. Außerdem hinderte ihn schon allein der Gedanke an Cathy daran. Nein, ein Kampf stand außer Diskussion. Aber sich zu ergeben, erschien ihm ebenso wenig ansprechend. Er und seine Leute würden alle hängen, denn Meuterei wurde mit dem Tode bestraft. Und Jon konnte sich nicht vorstellen, daß der Captain warten würde, bis sie wieder in England waren, um das Urteil zu vollstrekken.

Also blieb nur noch die Möglichkeit der Flucht. Wenn er an die Schwerfälligkeit der *Cristobel* dachte, verließ ihn der Mut. Er glaubte nicht, daß sie es schaffen konnten.

Aber er versuchte es. Mit einigen, wenigen Worten erläuterte er den Männern ihre Lage und setzte dann alles, was sich an Segel setzen ließ. Der Nebel erwies sich für sie als Segen, aber noch während Jon Gott insgeheim dafür dankte, begann er sich bereits langsam aufzulösen.

Cathy, mit weißem Gesicht, blieb auf dem Achterdeck, obwohl Jon mehrfach versuchte, sie in die Kabine zu schicken. Sie wußte nur zu gut, daß ihre Chancen, zu entkommen, gering waren.

Der Nebel verflog, so schnell er gekommen war. Einen Augenblick lang waren sie von dichten, grauen Schwaden umhüllt, und im nächsten Moment schien die Sonne aus klarem, blauen Himmel auf sie herab. Cathy, die Jons Blick mit den Augen folgte, erschrak, als sie die Fregatten so nahe erblickte. Plötzlich war sie sicher, daß die *Cristobel* nicht entkommen konnte.

»Geh in die Kabine und bleibe dort«, ordnete Jon

grimmig an. »Komm auf keinen Fall an Deck. Sollte es notwendig werden, werde ich dich holen.«

»Jon...« begann Cathy leise, die ihn wissen lassen wollte, daß er auf sie zählen konnte, sollten sie gefangengenommen werden. Er brachte sie mit einem Blick zum Schweigen.

»Ich sagte, geh in die Kabine!« befahl er. Cathy vergab ihm seinen Tonfall aufgrund des ausdrucklosen Gesichts. Er war besorgt. Sie drehte sich zum Gehen, zögerte aber dann. Blitzschnell stellte sie sich auf Zehenspitzen, legte ihre Hand auf seine kratzige Wange und küßte ihn. Einen Augenblick lang blieb er regungslos, dann legten sich seine Arme um sie und preßten sie verzweifelt an sich. Sein Mund arbeitete heiß auf ihren Lippen, als wollte er für immer in ihrer Erinnerung bleiben. Cathy erwiderte seinen Kuß und wußte plötzlich, daß sie ihn trotz allem, was vorgefallen war, liebte. Dann stieß er sie fast grob von sich.

»Geh in die Kabine!« sagte er erneut, und diesmal ging sie.

Cathy tat, was er befohlen hatte – eine Zeitlang. Aber die Unwissenheit ließ ihr keine Ruhe. Sie mußte sehen, was los war. Also verließ sie die Kabine und drückte sich in die Schatten an Deck, damit Jon sie vom Achterdeck aus nicht sehen konnte. Sie würde nur einen Augenblick hierbleiben und dann zurückgehen.

Die Fregatten waren inzwischen direkt achtern und kamen schnell näher. Cathy starrte die riesigen Schiffe an, und ihre Augen weiteten sich, als sie Dutzende von Kanonen an den Breitseiten der Schiffe erkennen konnte. Gegen solche Gegner war die *Cristobel* hilflos! Sie dachte an die unweigerliche Gefangennahme Jons und der anderen und hätte am liebsten geheult.

Jon beobachtete die schnell näherkommenden Schiffe vom Achterdeck aus mit einem Gesicht, das aus

Granit gemeißelt schien. Es war nicht das erste Mal, daß er einen stärkeren und besser bewaffneten Gegner hatte herankommen sehen, aber mit Cathy an Bord und all den Leuten, die sich auf seine Entscheidung verließen, war es diesmal schlimmer. Aber es gab nicht viel zu entscheiden: kämpften sie, würden sie alle untergehen, ergaben sie sich, würden zumindest Cathy und die anderen Frauen davonkommen.

Noch nie in seinem Leben hatte Jon sich ohne Kampf ergeben, und es ging völlig gegen seine Überzeugung. Aber mit drei uralten Kanonen und nur zwei Männern außer ihm, die sie bedienen konnten, waren sie verloren, bevor sie den ersten Schuß abgaben. Er wußte, daß die Männer dagegen sein würden, da sie, wie ihn selbst auch, der sichere Tod erwartete, wenn sie gefangengenommen wurden. Aber er als Captain mußte die Entscheidung treffen, und er wußte, daß sie eigentlich bereits gefallen war: um Cathys Willen würde die *Cristobel* nicht kämpfen.

Eine der Fregatten, die sich vielleicht noch eine Viertel Seemeile von ihnen entfernt befand, begann, mit ihnen gleichzuziehen. Jon erkannte ihren Namen *Four Winds*. Sie war so dicht, daß er die Männer wie Ameisen an Deck hin und her laufen sehen konnte. Was er erblickte, sah aus wie die Vorbereitung zu einem Kampf und er runzelte die Stirn. Wahrscheinlich wollten sie der *Cristobel* nur einen Warnschuß vor den Bug geben, damit sie aufgab. Trotzdem, es würde nicht schaden, Vorkehrungen zu treffen...

»O'Reilly, sag Logan und Berry, sie sollen die Kanonen laden. Sie sollen sich beeilen, aber so unauffällig wie möglich sein.«

»Aye, aye, Captain.«

Die Männer wußten nicht, daß er sich entschlossen hatte, sich zu ergeben, und sie würden nicht erfreut sein, ging es Jon durch den Kopf, der sich darauf vorbereitete, jeden zu erschießen, der das Achterdeck zu stürmen versuchte. Der Versuch einer Meuterei war wahrscheinlich. Nicht, daß sie damit Erfolg haben würden. Er war schon früher in solchen Situationen gewesen und wußte, wie man damit umging.

Jon lud beide Pistolen und schob sie in seinem Gürtel. Zwei weitere legte er in Reichweite auf ein Faß. Er würde keine Skrupel haben, diese Männer zu erschießen, obwohl sie unter seinem Kommando standen. So oder so waren sie so gut wie tot. Er mußte an Cathy denken.

Die eine Fregatte war noch immer achtern, als die zweite auf gleiche Höhe mit ihnen zog. Die Zeit, zu kämpfen oder sich zu ergeben, war gekommen, und Jon bereitete sich darauf vor, den Befehl zu geben, eine weiße Fahne zu hissen.

Eine Kanone donnerte los. Jon sah dem Geschoß entgegen, das ihnen die Ausweglosigkeit ihrer Situation klarmachen sollte. Er öffnete bereits den Mund, um den Leuten zuzurufen, daß sie sich ergeben – da blieb er ihm offen stehen. Denn die tödliche, schwarze Kugel strich nicht harmlos über den Bug der *Cristobel* hinweg, sondern flog direkt auf ihr Deck zu!

Mit gewaltigem Getöse fand sie ihr Ziel. Der Klang der Explosion vermischte sich mit den Schreien der Crew. Jon rannte fluchend zum Hauptdeck. Offensichtlich wollten ihnen die Fregatten keine Wahl lassen. Sie wollten sie versenken! »Logan, Berry, an die Kanonen!« brüllte Jon und rannte selbst zu der dritten Kanone. »Frazier, ans Ruder! O'Reilly, du nimmst die Hälfte der Männer und löscht Feuer, wenn nötig! Alle anderen, ihr sucht alles zusammen, was aus Eisen ist – Nägel, egal was! – Hauptsache, wir können die Kanonen damit laden! Bewegung! Es geht um unser Leben!«

Schwitzend und fluchend lud er die Kanone, als die Seite der *Four Winds* zu explodieren schien. Die Kugeln fanden ihr Ziel in der Steuerbordseite der *Cristobel*. Das Schiff schien zu bersten, und die Schreie der Männer, die es unter Deck erwischt hatte, erfüllten die Luft.

Jon verschloß seine Ohren vor den entsetzlichen Schreien der Verwundeten und feuerte seine eigene Kanone ab. Der Rückstoß der Kanone hätte ihn beinahe erwischt und er konnte nur noch im letzten Moment zur Seite springen. Verbissen zog er sie wieder nach vorn, ohne richtig zu bemerken, daß sein Schuß sogar etwas Schaden angerichtet hatte. Erneut lud er die Kanone. Wieder feuerte er sie ab.

Hinter ihm schrien und brüllten die Männer, rannten hin und her, in dem Versuch, die Brände zu löschen. Jon versuchte, die Bilder einfach zu verdrängen. Im Augenblick war er Schütze, nicht Captain. O'Reilly würde versuchen müssen, Ordnung in das Chaos hinter ihm zu bringen. Er konzentrierte sich darauf, die *Four Winds* zur Hölle zu blasen.

Die riesige Fregatte ging in Position für eine weitere Breitseite. Jon wußte, was sie vorhatten, und gab Logan und Berry an den anderen Kanonen ein Zeichen. Sie mußten ihre Schüsse koordinieren. Er lud seine Kanone, sah daß die beiden anderen bereit waren und ließ die Hand sinken. Die drei Kanonen donnerten gleichzeitig los. Jon beobachtete aus den Augenwinkeln heraus das Ergebnis, während er die Kanone nachlud. Eine Kugel hatte ihr Ziel verfehlt, eine richtete leichten Schaden an, aber die dritte riß ein großes Loch in die Schiffswand der *Four Winds*.

Die Antwort der Fregatte ließ nicht lange auf sich warten. Das Grollen der zwölf Kanonen war lauter als jeder Donner. Die Geschosse erwischten die *Cristobel* als volle Breitseite. Eines ließ den Besanmast wie ein

Streichholz umknicken. Jon konnte hören, wie er auf das Deck krachte, vernahm die Schreie der Männer, die von dem Mast erdrückt wurden. Jon schob die Metallabfälle, die ihm seine Leute gebracht hatten, in die Kanone und machte sie bereit zum Feuern. Verdammt, wenn sie auf Verwüstung aus waren, würde er mit Verwüstung antworten!

Ein bösartiges Lächeln spielte um seine Lippen, als er die Lunte ansteckte. Er hatte diesen Trick – das Deck eines feindlichen Schiffes mit einer Ladung Schrapnell zu beschießen, von dem jedes Stück Eisen die Wirkung einer Kugel hatte – von einem der gerissensten Piraten, der je die Meere befahren hatte. Er selbst hatte ihn bereits ein- oder zweimal selbst angewendet. Jetzt gab es nichts Wirkungsvolleres.

Die Kanone donnerte los, und er machte sich nicht einmal die Mühe, nachzusehen, wieviel Schaden sein Schuß angerichtet hatte. Statt dessen brachte er die Kanone wieder in Position und lud erneut. Als er gerade die Lunte ansteckte, warf er zufällig einen Blick hinter sich. Er traute seinen Augen nicht. Hier an Deck, offensichtlich damit beschäftigt, die Verwundeten zu versorgen, war Cathy!

»Gott im Himmel!« brüllte er los, zugleich wütend und entsetzt. Dieses dumme, dickköpfige, ungehorsame Frauenzimmer; wußte sie denn nicht, daß sie getötet werden konnte? Aufgrund seines Schreis blickte sie auf und ihre blauen Augen sahen ihn an. Tränen liefen ihr übers Gesicht.

Hinter ihm krachte die Kanone los. Die Wucht sandte ihn quer über das Deck zur anderen Seite des Bugs. An der rechten Seite seines Gesichts und im Nacken verspürte er auf einmal ein schrecklich brennendes Gefühl. Unwillkürlich legte er seine Hand auf die Stelle und brüllte los. Er brannte!

»Jon!« hörte er Cathy wie aus weiter Entfernung schreien. Instinktiv schlug er auf seine Kleidung ein, unfähig, etwas zu erkennen, weil ihm Schießpulver in die Augen geschleudert worden war.

Wie eine Gottesgabe ergoß sich plötzlich kaltes Wasser über seinen Kopf und erstickte die Flammen, die sich in sein Fleisch hatten fressen wollen. Einen Augenblick lang lehnte er sich zurück, noch immer unter der Schockwirkung dessen, was eben passiert war. Er spürte, wie sein Kopf angehoben und auf etwas weiches und gut riechendes gelegt wurde...

Er wußte nicht, ob es eine Sekunde oder eine Ewigkeit später war, als er wieder die Augen öffnete. Er sah noch immer alles verschwommen, aber offensichtlich war er nicht ernsthaft verletzt. Die Schmerzen, die er verspürte, verdrängte er einfach. Er sah Cathy auf sich herabblicken, deren hübsches Gesicht pulvergeschwärzt und tränenüberströmt war.

»Ich – ich bin in Ordnung«, krächzte er, und sofort wirkte sie erleichtert. Erst jetzt wurde ihm klar, daß sein Kopf in ihrem Schoß lag. Dann fiel ihm wieder die unbemannte Kanone ein, und er richtete sich erschrokken auf. Er mußte sofort wieder zu seiner Kanone...

»Sie ist in die Luft geflogen«, sagte Cathy, als hätte sie seine Gedanken gelesen. Jons Augen folgten ihrem Blick, und er verstand, was geschehen war. Anstatt den Schuß abzufeuern, hatte die alte Kanone dem Druck der Ladung nicht widerstehen können und war explodiert. Er konnte sich glücklich schätzen, daß er noch am Leben war.

Wieder ertönte Kanonendonner, und die *Cristobel* bebte, als die Geschosse einschlugen. Jon erhob sich unsicher. Solange er noch stehen konnte, würde er kämpfen. Was konnte er sonst auch tun?«

»Wohin willst du?« Cathy erhob sich mit ihm. Ihre

Stimme klang fast hysterisch, und ihre Hände krallten sich in seiner Kleidung fest, als wollte sie ihn nie wieder loslassen.

»Geh zurück in die Kabine, und bleib um Gottes Willen dort«, stieß er aus und versuchte, den Gedanken zu verdrängen, daß dies das letzte Mal sein könnte, daß sie sich sahen.

»Nein!« Cathy klammerte sich noch fester an ihn. Jons Hände schlossen sich um die Finger, die sich in seine Arme bohrten und lösten sie vorsichtig. Einen Augenblick lang blieb er so stehen, ihre Hände in seinen und blickte in ihr trauriges Gesicht.

»Cathy...« begann er, erschrocken, wie erstickt seine Stimme klang. Aber jetzt war nicht die Zeit für schöne Reden oder Gefühle. Bestimmt schob er sie von sich und sagte: »Geh zurück in die Kabine!«

Er begann sich abzuwenden. Ihre Hände streckten sich nach ihm aus, da ertönte ein ohrenbetäubendes Krachen, lauter als das Öffnen der himmlischen Tore am Tag des Jüngsten Gerichts. Grelle Flammen schossen aus dem Bauch des Schiffes durch die Luke an Deck nach oben. Durch die Explosion wurde das Schiff förmlich angehoben, und das Schicksal der *Cristobel* war besiegelt.

Das Pulver! Eine der Kanonenkugeln hatte ihre Pulvervorräte getroffen! Noch während die Wahrheit Jon bewußt wurde, begann das Schiff zu brennen. Die Flammen schossen an den beiden verbleibenden Masten empor und verwandelten die Segel in ein Meer aus Flammen. Die Schreie der Verwundeten drangen an seine Ohren und der Brandgeruch drang ihm in die Nase.

»Los, komm!« schrie er, packte Cathy an der Hand und zog sie hinter sich her, den einzigen Weg entlang, der ihnen noch offenstand. Ein Flammenmeer trennte den Bug des Schiffes vom Rest, das unmöglich zu überwinden war. An der Backbordseite entlang liefen sie nach vorn, wo sich eines der Boote befand. Mit schier übermenschlichen Kräften hievte er es über die Reling, während die Hitze die Farbe bereits Blasen werfen ließ. Der Qualm war dick und schwarz, und Cathy mußte hinter ihm husten.

»Runter mit dir!« rief er heiser und drückte sie in die Hocke. Dichter am Boden war die Luft etwas besser, und sie waren besser vor herumfliegenden Geschossen geschützt. Glühende Ascheteilchen schwebten von oben herab und versengten ihre Haut. Sie mußten vom Schiff herunter. Sofort, solange es noch ging. Unter ihnen wartete das Boot, leise schaukelnd. Allein wäre er über Bord gesprungen und zum Boot geschwommen. Aber er mußte an Cathy und ihren Zustand denken. Sie war sicher eine gute Schwimmerin, aber aus dieser Höhe ins Wasser zu springen, könnte ernsthafte Verletzungen nach sich ziehen.

Eine weitere Explosion ließ das Schiff erzittern, und die Frage erledigte sich von selbst. Sie hatten keine Zeit mehr. Wenn sie nicht wie Erdnüsse geröstet werden wollten, mußten sie jetzt verschwinden. Er stand auf, nahm Cathys Hand und zog sie zu einer Stelle auf Höhe des Bootes. Sie befanden sich an der Backbordseite der *Cristobel* und waren durch dichten Rauch vor Blicken von den angreifenden Fregatten geschützt.

»Was hast du vor?« rief Cathy aus, als er an ihrem Rock zerrte. Er hatte keine Zeit, ihr zu erklären, daß sie mit dem Rock im Wasser nicht würde schwimmen können.

»Wir müssen springen!« rief er zurück, packte sie um die Hüften und hob sie auf die Reling. »Schwimme zum Boot! Los! Ich bin dicht hinter dir!«

Cathy sah ihn mit großen, angsterfüllten Augen an.

Dann sprang sie. Jon sah ihr zu, wie sie fiel, wie sich der dünne, weiße Stoff ihres Unterrocks nach oben aufblähte und merkte sich ihre Position, um nicht auf ihrem Kopf zu landen. Dann sah er, wie sie im Wasser eintauchte, und während sie in den Wellen verschwand, sprang er hinterher.

Mit einem Kopfsprung tauchte er in das Wasser ein und spürte den Aufprall an Brust und Bauch. Die Luft wurde ihm aus der Lunge gepreßt, und er kämpfte sich an die Wasseroberfläche. Er mußte Cathy finden – er mußte Cathy finden – er mußte ...

Sie war neben ihm, als er auftauchte, und trat Wasser. Das Haar hing ihr in langen Strähnen wie Seetang vom Kopf. Als er sich das Wasser aus den Augen schüttelte, hätte er vor Erleichterung fast gelacht.

»Schnell«, stieß er aus und deutete auf das Boot, das etwa zehn Meter von ihnen entfernt auf den Wellen schaukelte. Die *Cristobel* konnte jeden Augenblick wie ein Stein sinken und alles mit sich in die Tiefe reißen. Bevor das geschah, mußten sie ein ganzes Stück von hier fort sein!

Trotz ihres Zustandes, schwamm Cathy mit kräftigen Zügen und schaffte es, mit ihm mitzuhalten. Nach kurzer Zeit hatte er das Boot erreicht und zog sich hinein. Wortlos drehte er sich um, streckte Cathy die Hände entgegen und zog sie ebenfalls über die Kante ins Boot. Sie war klatschnaß, halbnackt, und sie zitterte, aber er hatte jetzt keine Zeit, sich um sie zu kümmern. Zu seiner Erleichterung sah er, daß die Ruder noch immer an der Stelle befestigt waren, wo sie hingehörten. Er riß ein Paar aus ihrer Halterung, brachte sie in Position und begann, mit aller Kraft zu rudern.

Er hielt nicht an, bis sie sich in sicherem Abstand befanden. Schließlich, als er der Meinung war, weit genug gerudert zu sein, zog er die Ruder ein, und rang schwer atmend nach Luft. Cathy hatte ihre schlanken Beine angezogen und die Arme um sie geschlungen, um sich etwas zu wärmen. Ihr trocknendes Haar fiel ihr in Locken um das Gesicht. Dicke Tränen liefen ihr über das rußverschmierte Gesicht. Ihr Blick ruhte unbeweglich auf dem brennenden Rumpf der *Cristobel*.

»Cathy«, sagte er heiser. Ihr leerer Blick wanderte zu seinem Gesicht.

»Angie«, krächzte sie. »Die anderen...«

Ihre Lippen bebten, als sie sich das sichere Ende der anderen vorstellte.

Jons Kieferknochen mahlten. Mehr als alles in der Welt, drängte ihn sein Instinkt, zu ihr zu gehen, sie in die Arme zu nehmen und sie ihr Leid an seiner Schulter ausweinen zu lassen. Aber dazu war jetzt keine Zeit. Sie waren noch nicht in Sicherheit.

»Die Fregatten werden die Überlebenden aufnehmen«, sagte er. »Wenn wir vom Schiff hier untergekommen sind, werden andere es ebenfalls geschafft haben.«

»Ja«, antwortete Cathy leise, und er stellte erleichtert fest, daß seine Worte sie etwas getröstet zu haben schienen. Dann sah er, daß ihre Lippen vor Kälte ganz blau waren und ihre Zähne klapperten. Die Dämmerung brach bereits herein, was ihrer Flucht zugute kommen würde, aber die Nacht würde kalt sein, und sie war naß und unter Schockeinwirkung.

Er kletterte zu der Seemannskiste im Bug, öffnete sie und sah erleichtert, daß alles Notwendige zum Überleben vorhanden war. Offensichtlich hatten die vorherigen Herren der *Cristobel* ebensowenig Vertrauen in ihre Seetüchtigkeit gehabt wie er, und für den Notfall vorgesorgt. Unter anderem fand er eine Decke, getrocknetes Rindfleisch, einige Schläuche Wasser und eine Flasche Whisky. Er grinste, als er die Flasche hervorzog. Wer immer den Proviant hier verstaut hatte, schien vorgehabt zu haben, sich auf See zu amüsieren. Dann legte sich seine Hand auf etwas Hartes, Rundes. Als er sah, um was es sich handelte, weiteten sich seine Augen. Ein Kompaß! Also würden sie nicht völlig hilflos umhertreiben.

»Hier, wickele dich darin ein«, sagte er zu Cathy und reichte ihr die Decke. »Aber zieh vorher deine nassen Kleider aus. Du holst dir sonst noch eine Lungenentzündung.«

Dabei kletterte er zurück in die Mitte des Boots, um ihr die Decke zu reichen. Sie nahm sie teilnahmslos entgegen, ihre Augen starrten noch immer wie gebannt auf die Fackel des Schiffes.

»Sieh nicht hin«, sagte er leise, als er das blanke Entsetzen in ihrem Gesicht las. »Es gibt nichts, was wir für sie tun könnten. Wir müssen an uns selbst denken – und an das Baby. Verstehst du das?«

Zu seiner Beruhigung nickte sie und begann, sich auszuziehen. Während sie sich mit der Decke erst etwas abtrocknete und sich dann darin einwickelte, begann er erneut zu rudern.

Die Nacht war eisig, wie er vorhergesagt hatte. Aber die See war relativ ruhig, und ein weißer Vollmond stieg auf und erhellte ihren Weg. Cathy kam zu ihm, setzte sich zu seinen Füßen und schlief mit dem Kopf in seinem Schoß ein. Während er ruderte, betrachtete er ihr schlafendes Gesicht mit einem Gefühl der Liebe, daß es ihn fast schmerzte. Heute hatte er sie fast für immer verloren...

Der Morgen graute bereits, als sie sich regte und aufsetzte. Die ersten roten Streifen erschienen am östlichen Horizont. Jon, todmüde, steif und erschöpft vom Rudern, wollte sie gerade bitten, ihm den Whisky zu reichen, da fiel ihm auf, daß ihr Gesicht unnatürlich eingefallen wirkte.

»Was ist los?« fragte er erschrocken, und ein unbehagliches Gefühl durchzog seine Adern. Gegen seine Beine gelehnt, konnte er spüren, wie sie sich plötzlich verkrampfte. Sie jammerte leise, ein Stöhnen drang tief aus ihrer Kehle, und ihre Hand preßte sich fest gegen ihren Bauch.

13

Cathy bekam ihr Kind. Es schmerzte, o Gott, die Schmerzen waren fürchterlich! Wenn sie sah, wie sich Jons bleiches Gesicht über sie beugte, versuchte sie, so gut es ging, ihre Schmerzschreie zu unterdrücken, aber es gelang ihr nicht. Es dauerte bereits viel zu lange... Einen Tag, oder waren es sogar zwei? Sie wußte es nicht mehr. Aufgezehrt von den Schmerzen, hatte sie jedes Zeitgefühl verloren. Statt Minuten zählte sie Messerstiche des Schmerzes. Das Wiegen des Bootes drang ebenso wenig in ihr Bewußtsein, wie der Sonnenschutz, den Jon ihr aus den Resten seines zerrissenen Hemdes gebaut hatte. Für sie existierte nur der Berg ihres Bauches, das Kind, das auf seinem Weg in diese Welt ihren Leib zu zerreißen drohte.

»Preß noch einmal, Liebling, bitte!«

Jons heisere, drängende Stimme drang wie aus einer anderen Welt an ihr Ohr. Sie sollte pressen. Das sagte er ihr immer wieder. Sie wollte ihm ins Gesicht schreien, daß es schmerzte, wenn sie preßte, daß gerade dadurch die Schmerzen unerträglich wurden, aber sie konnte es nicht.

»Pressen, Cathy!«

Diesmal war es ein Befehl. Widerstrebend gehorchte sie. Der Schmerz durchfuhr alle ihre Gliedmaßen, als sie erneut versuchte, das Kind in die Welt zu pressen. Ihre Fingernägel bohrten sich in Jons Bein, daß er zu bluten begann. Jon, bleich und schwitzend, suchte nach irgendwelchen Anzeichen, daß das Kind tatsächlich soweit war. Cathy wand sich und stöhnte fürchterlich. Ihre Kehle war vom Schreien wund, daß ihr sogar dieses Geräusch Schmerzen verursachte.

Nichts geschah. Cathy betete schluchzend darum, von diesen Schmerzen erlöst zu werden. Jon, der nur hilflos zusehen konnte, betete ebenfalls. Gott, das war schlimmer als alles, was er sich je hätte vorstellen können. Die Wehen dauerten nun schon vierundzwanzig Stunden an, und sie waren allein in diesem offenen Boot, und das einzige, was er über Geburtshilfe wußte, kannte er von Fohlen und Kälbern. Er hatte schreckliche Angst, sie könnte sterben. Er hatte alles in seiner Macht stehende getan, um es ihr so angenehm wie möglich zu machen, aber sie mußte furchtbare Schmerzen haben. Mit zusammengebissenen Zähnen wünschte er sich im Stillen, er könnte die Schmerzen für sie übernehmen. Er würde alles tun, um sie nicht so leider sehen zu müssen! Aber es war sinnlos. Er konnte nur zusehen und versuchen, ihr so gut wie möglich zu helfen. Alles andere lag in ihren und Gottes Händen!

»Schrei, Cathy«, hatte er ihr schon bald gesagt, als er gesehen hatte, wie sie ihre Schreie unterdrücken wollte. »Schrei, Liebling, wenn du dich dadurch besser fühlst.«

Schließlich hatte sie geschrien, vermutlich, weil sie es nicht länger aushielt. Jeder ihrer Schreie war wie ein Degenhieb gewesen. Hilflos hatte er ihre Hand festgehalten und nicht einmal gemerkt, wie sich ihre Nägel in seine Haut bohrten.

Nach der nächsten Wehe kniete sich Jon zwischen ihre Beine, um zu sehen, ob schon die ersten Anzeichen der Geburt zu erkennen waren. Er fürchtete, wenn das Kind nicht bald kam, würde Cathy zu schwach sein, um genug eigenen Lebenswillen zu haben. Mit zusammengebissenen Zähnen empfand er auf einmal einen abgrundtiefen Haß für dieses Ding, das sie umbringen zu wollen schien. War es aus seinem Samen entsprungen, war er ebenfalls ein Mörder. War es Harolds Kind – Jons Augen blitzten bitter. Wenn Cathy starb, würde er Harold umbringen!

»O Gott!« stöhnte sie, als sich eine neue Wehe ankündigte. Jon sah, wie sich ihr gewaltiger Bauch bewegte, und mit einer schwachen Erinnerung an Petersham, bei der Geburt eines Fohlens, legte er seine Hand auf ihren Bauch und drückte mit nach unten. Sie warf ihren Kopf hin und her und stöhnte. Der einzige Hoffnungsschimmer lag in der Tatsache, daß die Wehen in immer kürzeren Abständen kamen. Sicher bedeutete das, daß die Geburt unmittelbar bevorstand. Er betete, daß es so war. Tränen des Schmerzes und der Erschöpfung liefen Cathy über die Wangen, und sogar Jon stiegen bei diesem Augenblick Tränen in die Augen.

»Versuche es noch einmal, Cathy«, ermutigte er sie, als sie wieder aufgeben wollte. »Nur noch einmal, Cathy, du mußt es versuchen!«

Cathy, deren Gedanken sich nur noch um ihre Schmerzen drehten, vernahm dennoch seine Stimme. Warum quälte er sie so? ging es ihr durch den Kopf. Alles, was sie wollte, war hier zu liegen und einzuschlafen...

Aber ihr eigener Körper ließ es nicht zu. Alle Muskeln schienen sich zu verkrampfen, und sie schrie, ehe sie es verhindern konnte. Der Schmerz fraß sie auf, und sie wollte einfach nicht mehr. Und immer wieder wurde sie von Jon gedrängt. Konnte er denn nicht sehen, daß sie müde war...?

Wieder zog eine Welle des Schmerzes durch ihren Körper. Cathy verkrampfte sich, schrie, und es kam ihr vor, als würde sie in zwei Teile zerrissen.

»Es kommt! Cathy, es kommt! Preß weiter, Liebling, wir haben es gleich geschafft!«

Sie konnte seine Hände spüren, die versuchten, ihr zu helfen. Und sie mußte nicht länger auf seine Kommandos hören. Ihr Körper tat automatisch das Richtige. Ohne ihr Zutun preßte sich ihr Körper zusammen, um das Kind herauszupressen. Schnaufend, schluchzend und tränenüberströmt preßte sie, so fest sie konnte. Plötzlich war jeder Widerstand weg, und es war, als löste sich nach langer Anstrengung der Korken einer Flasche. Erleichtert sank sie in sich zusammen. Sie konnte spüren, wie ihre Schenkel warm und klebrig wurden.

»Cathy, du hast es geschafft! Mein Gott, du hast es tatsächlich geschafft!« Jon war außer sich und ein breites Grinsen legte sich auf sein Gesicht, als er das Kind mit den Händen auffing. Er sah, daß Cathy blaß und regungslos dalag, ohne zu begreifen, was er tat. Einen Augenblick lang blieb ihm fast das Herz stehen. Dann bemerkte er die weichen Bewegungen ihrer Brüste und war beruhigt. Sie hat nur aus Schmerz das Bewußtsein verloren, sagte er sich. Am besten ließ er sie jetzt ruhen, bis sie wieder ein wenig zu Kräften gekommen war. Dabei blickte er das winzige Wesen auf seinem Arm an, das noch immer mit der Nabelschnur mit seiner Mutter verbunden war. Was sollte er jetzt mit dem Baby tun? fragte er sich verzweifelt. Vage erinnerte er sich daran, wie er gleich nach Crays Geburt in das Zimmer geplatzt war. Der Arzt hatte den Jungen an den Beinen hochgehoben, auf seinen kleinen Hintern geschlagen, und der Junge hatte geschrien. Das mußte er jetzt auch tun – mit diesem kleinen Mädchen, dachte er, als er das neugeborene Kind zum erstenmal richtig ansah. Aber zunächst mußte er die Nabelschnur abtrennen. Er legte das Neugeborene etwas unbeholfen auf sein Bein und zog sein Messer aus dem Gürtel. Als er es herausgezogen hatte, sah er es stirnrunzelnd an. Er mußte es so gut es ging sterilisieren... Vorsichtig goß er etwas Whisky darüber und sah die Flasche anschließend sehnsüchtig an. Aber es war nicht mehr viel da, und vielleicht brauchte er ihn noch für Cathy. Er stellte die Flasche beiseite und durchtrennte die Nabelschnur. Dann verknotete er die beiden Enden, hob das Kind an den Beinen hoch und verabreichte dem kleinen Hinterteil mit schlechtem Gewissen einen Klaps. Zu seiner Erleichterung und Überraschung, öffnete das kleine Mädchen seinen runzeligen Mund und begann zu weinen.

Als Cathy die Augen wieder öffnete, war es bereits Abend. Sie bewegte sich, hob den Kopf und sah Jon, nicht weit von ihr entfernt. Er saß mit gekreuzten Beinen auf dem Boden des Bootes, wiegte sich vorwärts und rückwärts, und seltsame Geräusche schienen aus seiner Kehle zu kommen. Sie starrte ihn an. Was, um alles in der Welt, machte er da? Dann sah sie das winzige Bündel, das er in seinen Armen hielt, und die Erinnerung kehrte zurück. Ihr Baby! Mit einem leisen Freudenruf streckte sie die Arme nach ihrem Kind aus.

Beim Klang ihrer Stimme sah Jon auf und lächelte.

»Du hast eine Tochter«, sagte er und legte ihr das Kind in die Arme. Cathy starrte glücklich das runzelige, kleine Wesen an.

»Eine Tochter«, hauchte sie. Dann sah sie ihn an, und ihre Stirn legte sich in Falten. »*Wir* haben eine Tochter«, korrigierte sie ihn.

Jon sah in ihre blauen Augen.

»*Wir* haben eine Tochter«, stimmte er ihr ausdruckslos zu.

Erlöst richtete sich Cathys ganze Aufmerksamkeit wieder auf das Kind in ihren Armen. Jon hatte es gewaschen, und es wirkte sauber und unschuldig. Er hatte das Kind in ein Stück Stoff gewickelt, das er aus seiner Hose gerissen hatte und Cathy mußte lächeln. Wenn er so weiter machte, würde er bald nackt vor ihr sitzen... Das Baby war offensichtlich kerngesund, hatte zehn Finger und zehn Zehen. Kleine Löckchen rötlichen Haars bedeckten seinen Kopf. In Cathys Augen war es wunderschön, und sie lächelte, als sie Jon ansah, um ihm das zu sagen.

»Sie ist gesund«, sagte sie glücklich, und Jon lächelte zurück.

»Ich weiß«, sagte er.

Als sie so dasaßen und sich wie Kinder anlächelten, verspürte sie wieder unsägliche Liebe für ihn. Er hatte seine Fehler, aber wer hatte die nicht? Wieviele Männer hätten sie wohl sicher von dem brennenden Schiff gerettet und anschließend Geburtshilfe geleistet; und das alles innerhalb von achtundvierzig Stunden? Nicht viele. Die meisten Männer, die sie kannte, wären vermutlich völlig hilflos gewesen. Jon war ein Mann, auf den man sich verlassen konnte.

Sie öffnete den Mund, um ihm das zu sagen, da wurde sie von einem leisen Wimmern abgelenkt. Cathy starrte verzaubert in ein Paar Augen, die so blau waren, wie die ihren.

»Sie hat Hunger«, sagte Jon, als sich das Wimmern in ein Schreien verwandelte.

»Ja«, meinte Cathy und spürte, wie sie rot wurde, als sie die Decke aufschlug, in die Jon sie offensichtlich nach der Geburt gewickelt hatte. Darunter war sie völlig nackt. Es war lächerlich, sich zu schämen, sagte sie sich, als sie das Kind an ihrer Brust anlegte. Aber als sie ihn ansah, und bemerkte, wie er mit einem unergründlichen Gesichtsausdruck auf das Baby an ihrer Brust starrte, errötete sie noch mehr. Jon bemerkte es und wendete taktvoll den Blick ab.

Als er wieder zu ihnen hinübersah, schliefen Cathy

und das Baby. Das Kind lag in ihren Armen, und beide waren fest in die Decke eingewickelt. Jon, der kein Hemd mehr trug, fröstelte es in der zunehmenden Kühle der Nacht. Er hoffte, die Decke würde ausreichen, die beiden zu wärmen.

Er ruderte die ganze Nacht hindurch, ohne sich von der Erschöpfung übermannen zu lassen. Cathy und das Kind – er hatte noch immer Zweifel bezüglich der Vaterschaft; das rötliche Haar war ihm nicht entgangen – ihr Leben hing allein von ihm ab. Er würde sie sicher ans Ziel bringen, oder bei dem Versuch dazu sterben.

Erst gegen Morgen konnte er nicht mehr, machte es sich so gut es ging neben Cathy bequem, um etwas von ihrer Körperwärme zu profitieren und schlief fast augenblicklich ein.

Cathy wurde wieder von einem Wimmern geweckt und einem kleinen Mund, der sich hungrig an ihrer Brust entlangtastete. Benommen legte sie das Kind an, und schüttelte den Rest Müdigkeit von sich ab. Sie hob eine Hand, um sich eine Haarsträhne aus dem Gesicht zu streichen und blinzelte in der hellen Sonne. Mit einem Stirnrunzeln stellte sie fest, daß das Boot ziellos dahintrieb. Wo war Jon? dachte sie beunruhigt und richtete sich vorsichtig in eine sitzende Position auf. Dann sah sie ihn. Er lag ganz in der Nähe auf dem Rücken, einen Arm über die Augen gelegt und die Beine auf der hinteren Sitzbank. Es sah schrecklich unbequem aus. Cathy lächelte liebevoll, als sie ihn sah. Er war ohne Hemd und das dichte Haar auf seiner Brust konnte nicht die rote Haut verbergen, wo er sich einen Sonnenbrand geholt hatte, während er Stunde um Stunde bei ihr gesessen hatte. Auch sein braungebranntes Gesicht wies einen roten Schimmer auf, besonders an der rechten Seite, wo er von den Flammen der explodierenden Kanone erwischt worden war.

Bartstoppeln bedeckten seine Wangen und sein Kinn, und sein schwarzes Haar stand in alle Richtungen. Dann sah sie auf einmal, daß er eine Gänsehaut hatte. Da wurde ihr erst bewußt, daß er ihr und dem Kind die einzige Decke überlassen hatte. Er mußte halb erfroren sein! Sie ließ ihren Blick auf der Suche nach ihren Kleidern umherschweifen, um ihm die Decke zu überlassen, und entdeckte sie, zu einem Stoffknäuel zusammengerollt, nicht weit von ihr entfernt.

Das kleine Mädchen beendete seine Mahlzeit und schlief fast augenblicklich wieder ein. Cathy legte sie vorsichtig zur Seite, kroch zu ihren Kleidern, zog sich den Unterrock über ihren Kopf und deckte Jon mit der Decke zu. Er regte sich keinen Zentimeter. Lächelnd wickelte sie das Kind in ihre Bluse, machte es sich so bequem wie möglich und begann, sich über einen Namen für das Kind Gedanken zu machen.

Als Jon endlich erwachte, brannte die Mittagssonne bereits auf sie herab. Er fühlte sich auf einmal wie ein Fisch auf dem Grill. Als er die Augen öffnete, stellte er fest, daß sein Kopf im Schatten des Sonnendaches lag, unter dem auch Cathy saß, die Beine angezogen und das Kind auf ihrem Schoß. Ihre blauen Augen lächelten, als sie seinem Blick begegnete.

»Guten Morgen«, sagte sie leise.

Jon gähnte, setzte sich auf und berührte den Sonnenschutz mit dem Kopf, als er sich aufsetzte.

»Du hast mir die Decke gegeben«, sagte er, schon fast anklagend, als er sie jetzt erst um seine Beine gewickelt fand.

»Du sahst aus, als würdest du frieren«, erklärte sie ihm. Jon runzelte die Stirn.

»Wie fühlst du dich?« fragte er besorgt.

»Viel besser als gestern um diese Zeit«, antwortete sie mit einem Grinsen.

Jon, der sich noch immer an ihre Schmerzen erinnern konnte, grinste nicht zurück. Im Gegenteil, er wirkte noch besorgter.

»Du solltest dich ausruhen«, sagte er ernst. »Mein Gott, du hast dich ja sogar angezogen! Du bist noch zu schwach...«

»Es geht mir gut«, unterbrach ihn Cathy leise. »Wirklich!«

In Wahrheit fühlte sie sich noch sehr schwach, aber das war nur normal. Und sie würde auf keinen Fall Jon etwas davon sagen. Sonst glaubte er gleich wieder, sie läge bereits im Sterben.

Er blickte skeptisch drein.

»Du solltest dich ausruhen und nicht hier herumturnen«, wiederholte er dickköpfig. Cathy seufzte. Das Baby stieß ein kurzes Wimmern aus, und verstummte gleich wieder. Sofort flog Jons Blick zu dem kleinen Bündel.

»Geht es ihr gut?« wollte er wissen. »Sie wirkt so unheimlich ruhig.«

»Ihr geht es ebenfalls gut«, versicherte ihm Cathy lächelnd. »Und ich habe mir bereits einen Namen überlegt. Was hältst du von Virginia, nach deiner Mutter?«

Jon sagte nichts, sondern starrte sie nur mit schmalen, grauen Augen an. Wenn das Kind wirklich von ihm war – und dem Geburtsdatum nach war es durchaus möglich – hätte er den gleichen Namen gewählt. Aber wenn es Harolds Kind war, das aufgrund der traumatischen Ereignisse zu früh zur Welt gekommen war... Cathy starrte ihn erwartungsvoll an und wartete auf seine Antwort. Welche Rolle spielte es schon? entschied er sich. Im Moment zählte nur, daß es Cathy gut ging. Wenn es sie glücklich machte, darauf zu bestehen, das Kind sei von ihm, und es nach seiner

Mutter zu nennen, würde er nicht widersprechen.

»Virginia ist schön«, sagte er. »Solange ihr zweiter Name Catherine ist. Für *ihre* Mutter.«

Cathy strahlte ihn an. »Virginia Catherine«, wiederholte sie langsam und betrachtete das schlafende Kind. Dann sah sie Jon wieder mit glänzenden Augen an. »Was, meinst du wohl, wird Cray sagen, wenn er erfährt, daß er eine Schwester hat?«

»Ich habe keine Ahnung«, antwortete Jon trocken und sah zu dem Kind hinüber. Dann beschloß er, daß es wohl besser war, das Thema zu wechseln.

»Ich wette, du hast Hunger«, sagte er. Cathy nickte.

»Das schon«, erwiderte Cathy zögernd. »Aber haben wir denn genug zu essen? Ich kann auch warten...«

Sie klang besorgt, und Jon erkannte, daß ihr langsam ebenfalls ihre Situation bewußt wurde.

»Es ist genug da«, log er barsch. »Trockenfleisch, zumindest, und wenn uns das ausgeht, gibt es immer noch Fisch.«

Er machte eine Kopfbewegung aufs Meer hinaus und lächelte mit gezwungenem Humor. Cathy lächelte ebenfalls, und ihre besorgte Miene legte sich etwas.

»Irgendwie kann ich dich mir nicht als Fischer vorstellen«, murmelte sie, während er zum anderen Ende des Bootes, zu ihren Vorräten, kletterte. Jon grinste sie über seine Schulter an.

»Meine Fähigkeiten sind bereits zur Legende geworden«, erklärte er und klang verletzt, wie sie auch nur an ihm zweifeln konnte. Cathys Augen glänzten.

»Ich weiß«, murmelte sie. Jon, der mit den Vorräten zurückkehrte, lachte laut.

»Iß, du Luder«, befahl er und reichte ihr ein großes Stück getrockneten Fleisches. »Bevor ich vergesse, daß du noch auf dem Krankenlager liegst. Ich hätte nämlich außer auf Essen auch noch auf etwas anderes Appetit.«

»Ich erinnere mich«, erwiderte Cathy mit dem gleichen, herausfordernden Tonfall und strahlte ihn an. Jon stöhnte und zog aus Rache leicht an einer ihrer Locken. Nachdem er nichts darauf erwiderte, begann Cathy hungrig zu essen. Sie hatte ihr Stück fast gegessen, da fiel ihr auf, daß Jon überhaupt nichts aß.

»Du ißt ja gar nichts«, sagte sie anklagend.

»Ich habe gegessen, bevor ich mich hingelegt habe«, log er. »Ich habe keinen Hunger. Jetzt iß.«

Aber Cathy weigerte sich. Stur hielt sie ihm den Rest ihres Stückes Fleisch entgegen und bestand darauf, daß er es aß.

»Wenn du es nicht ißt – ich esse es nicht«, sagte sie bestimmt. Jon hatte seit über vierundzwanzig Stunden nichts gegessen. Er war hungrig, wollte aber das Wenige, was sie besaßen, für Cathy aufheben, die es viel nötiger hatte als er, und biß nur einmal ab, um sie zu besänftigen. Wenn er sich bezüglich ihrer Position getäuscht hatte, mußten sie vielleicht noch lange Zeit auf See zubringen. Bei seinem Körperbau konnte er einige Zeit ohne Essen auskommen, aber Cathy – und das Baby... Es schauderte ihn, wenn er daran dachte, welche Auswirkungen die langen Tage auf See auf sie haben würden. Denn ohne Leine, Haken und Köder Fische zu fangen, war leichter gesagt als getan.

»Wo sind wir?« fragte sie, nachdem sie einen Schluck Wasser getrunken und sich wieder bequem zurückgelehnt hatte. Die schlafende Virginia lag auf ihrem Schoß.

Jon zog eine Grimasse. »Soweit ich es feststellen kann, befinden wir uns etwa zwischen Madeira und den Kanarischen Inseln. Es gibt noch eine kleine Inselgruppe in der Nähe, die die Portugiesen Ilhas Desertas nennen – die verlassenen Inseln. Mit etwas Glück müßten wir auf einer von ihnen stranden.«

»Sollten wir nicht versuchen, eine bewohnte Insel zu erreichen?«

»Ich glaube, diese Auswahl haben wir nicht, mein Liebling«, antwortete er grimmig.

»Bin ich dein Liebling?« fragte sie leise. Jons Augen verdunkelten sich, als er sie ansah. Obwohl er es verstanden hatte, tat er so, als hätte er nichts gehört.

Die nächsten paar Stunden ruderte Jon unablässig und machte nur ab und zu eine kurze Pause, um einen Schluck Wasser zu trinken. Cathy döste und stillte Virginia, die fast den ganzen Tag wie ein Engel schlief. Gnadenlos brannte die Sonne auf das kleine Boot herunter. Ohne den Sonnenschutz aus Jons Hemd wäre ihre Haut bereits verbrannt. Sie kroch darunter, so weit es ging und versuchte so gut wie möglich, Virginia etwas Kühle zu ermöglichen. Jedesmal, wenn sie zu Jon hinüberblickte, und zusah, wie sich seine schweißüberströmten Muskeln dehnten und streckten, verspürte sie tiefe Liebe und Zuneigung für ihn. Die Sonne hatte seiner Haut eine dunkle, rotbraune Färbung gegeben, fast wie der eines amerikanischen Indianers, den Cathy einmal gesehen hatte. Sie wußte, er mußte schrecklich schwitzen, Schmerzen haben und hungrig sein, aber er weigerte sich, mehr als einen Bissen zu essen. Statt dessen wachte er streng darüber, daß sie alles aß, was er bestimmte. Aber er fuhr fort, unermüdlich zu rudern, und Cathys Bewunderung für ihn wuchs mit jedem Ruderschlag. Sie war stolz darauf, daß er der Vater ihrer Kinder war. Er war der stärkste, gutaussehendste und mutigste Mann, den sie je kennengelernt hatte.

Die Sonne begann zu sinken, und noch immer ruderte Jon weiter. Sie hatten noch immer kein Stück Land entdeckt, und er begann, sich Sorgen zu machen. Wenn er sich bezüglich ihrer Position getäuscht hatte –

was durchaus möglich war – konnten sie weit aufs Meer hinausgetrieben werden und würden sterben. Jon machte sich keine Illusionen darüber, wie lange es Cathy und das Baby in einem offenen Boot aushalten würden. Schon jetzt hatte Cathys Gesicht eine hellrote Farbe angenommen, trotz des Schattens unter dem Stoff. Mit ihrer hellen Haut hatte sie keine Chance. Als Jon sich einen solchen Tod vorstellte, wurde er noch entschlossener. Er würde sie – und das Baby natürlich – an Land bringen. Er schickte ein Stoßgebet zum Himmel.

Gegen Morgen schlief er wieder und teilte sich die Decke mit Cathy, die darauf bestanden hatte. Sie war erwacht, als er sich neben sie gelegt hatte, hatte sich an seine Brust gekuschelt und ihren Kopf auf seine Schulter gelegt, während sie die Decke über sie beide zog. Virginia lag zwischen ihnen. Jon war viel zu müde, um zu protestieren. Er war dankbar für die Wärme, sowohl die der Decke, als auch die ihrer Zuneigung. Er legte einen Arm um ihre Schultern, küßte ihr Haar und schlief ein.

Der nächste Tag war die Hölle. Die Sonne brannte noch stärker herunter als tags zuvor, daß man kaum das Holz des Bootes berühren konnte. Es war kaum noch etwas zu essen da, und Jon bestand darauf, daß Cathy es aß. Auch das Wasser wurde knapp. Hiervon nahm Jon, was er brauchte, denn er wußte, er würde unter der brennenden Sonne umfallen, wenn er keine Flüssigkeit zu sich nahm. Dann würde er niemanden mehr etwas nützen.

Virginia weinte ständig. Es war ein schwaches Weinen, und Cathy schaffte es nicht, sie zu beruhigen. Umsonst versuchte sie, ihr die Brust zu geben, sie mit Meerwasser zu besprengen oder ihr etwas vorzusingen. Es war alles zwecklos. Das Weinen wurde zu einem Hintergrundgeräusch, wie das Klatschen der Wellen.

»Sie ist so heiß«, sagte Cathy zu Jon, als sie endlich eingeschlafen war. Die Stimme war eine Mischung aus Entschuldigung und Sorge. Jon sah sie an und fand, daß sie ebenfalls stark unter der Sonne zu leiden schien. Jedes Fleckchen Haut, das nicht von dem Unterrock bedeckt war, glühte rot. Ihre blauen Augen waren groß und wirkten verschwommen; ihre Lippen waren angeschwollen. Plötzlich fiel Jon auf, daß sie nicht mehr zu schwitzen schien. Erschrocken streckte er seine Hand nach ihr aus und berührte ihre Stirn, ihre Wangen und ihre Hände. Sie war glühend heiß, und nicht von der Sonne. Sie hatte Fieber!

Wenn Jon die vergangenen Tage für einen Alptraum gehalten hatte, so fehlten ihm die Worte für das, was jetzt folgte. Cathy war an, wie er vermutete, Kindbettfieber erkrankt. Seine eigene Mutter war bei seiner Geburt daran gestorben, und er hatte fürchterliche Angst, Cathy könnte ebenfalls sterben. Ab und zu erwachte sie aus ihren schweren Fieberträumen, manchmal erkannte sie ihn, manchmal nicht. Er kümmerte sich um sie, so gut es ging, kühlte ihren Körper mit Meerwasser und trichterte ihr den Rest Wasser ein, den sie noch besaßen. Er schaffte es sogar, mit seinem Messer einen Fisch zu erjagen, und ihr das zarte Fleisch zu füttern. Auch um Virginia kümmerte er sich so gut er konnte. Er konnte das Kind nicht einfach sterben lassen, auch wenn er sich manchmal, wenn Cathy an der Schwelle zum Tod zu stehen schien, wünschte, es wäre nie gezeugt worden. Er stellte sich ein Leben ohne Cathy vor, und wußte, es würde leer und einsam sein. Sie war alles, was er auf dieser Welt besaß, und sie entschwand ihm immer mehr...

Jon betete, wie er noch nie zuvor gebetet hatte. Er

versprach Gott Unmögliches, wenn er nur Cathy errettete. Aber wenn er Virginia an Cathys fieberheiße Brust hielt, bereitete er sich auf das Schlimmste vor. Niemand konnte innerlich so verbrennen und überleben.

In dieser Nacht war sie wie im Delirium, rief seinen Namen, erkannte ihn jedoch nicht, wenn er vor ihr stand. Sie schlug wild um sich, schluchzte vor Schmerz und Angst. Jon, der sie so zärtlich es ging festhielt, spürte, wie ihm die Tränen über die Wangen rollten. O Gott, er liebte sie so sehr – vor diesem Wissen konnte er sich nicht länger verschließen. Und sie starb vor seinen Augen...

»Heiß – ist so heiß«, hauchte Cathy, und ihre blauen Augen öffneten sich, blickten ihn an und schienen ihn sogar zu sehen. Zärtlich schob Jon eine Locke aus ihrer Stirn und kühlte ihre Stirn mit einem feuchten Tuch.

»Ich weiß, Liebling«, flüsterte er tröstend. Neben ihm regte sich Virginia und jammerte. Jon registrierte das Weinen des Babys kaum; all seine Aufmerksamkeit galt Cathy.

»Cray«, flüsterte sie, und ihr Kopf drehte sich hin und her, während sie nach dem Ursprung des Jammerns suchte. »Cray«, sagte sie erneut und streckte die Arme in Richtung des weinenden Kindes aus. Ihre Arme waren jedoch zu schwach und fielen kraftlos herunter. Schließlich nahm Jon das Kind und legte es ihr auf den Bauch. Ihre Hand hob sich und streichelte den Rücken des Kindes. Sofort war Virginia still. Cathys Augen schlossen sich, und sie schien zu lächeln. Ihre Hände fielen wieder zurück.

»Cathy«, stöhnte Jon, und der Schmerz zerriß seine Brust, als er fühlte, daß sie an der Schwelle des Todes stand. »Cathy, Liebling, verlaß mich nicht! Ich brauche dich, Cathy. Cray braucht dich. Das Baby braucht dich. Bitte, bleib bei uns Cathy. Ich liebe dich!«

Sie hörte seine Worte nicht und schien kaum noch zu atmen. Jon beugte sich über ihren reglosen Körper, und Tränen tropften in ihr bleiches Gesicht.

»Bitte, Herr«, betete er immer wieder. »Laß sie am Leben. Bitte!«

Er konnte die Glut spüren, die ihr Körper abstrahlte, eine Glut, die sie zu verzehren drohte. Wenn er doch nur das Fieber etwas würde senken können ... Er hob den Kopf, überlegte verzweifelt, während kühle Gischt vom Wind in sein Gesicht getragen wurde.

Das Meer! Es hatte sie fast umgebracht, vielleicht war es jetzt die Rettung! Im nächsten Augenblick erhob er sich bereits, wickelte Cathy aus der Decke und zog ihr den dünnen Unterrock aus. Er würde sie, wie sie war, ins Wasser tauchen!

Ohne sich seiner Hose zu entledigen, nahm er Cathy hoch und ließ sich mit ihr vorsichtig ins Wasser sinken. Dort legte er sich auf den Rücken, zog sie zu sich hoch, daß ihr Kopf auf seiner Brust ruhte, und trat Wasser. Er blieb dicht am Boot und bewegte sich nur soviel, daß sie nicht untergingen.

Der Morgen graute bereits, als er erst sie ins Boot hob und dann hinterherkletterte. Er zitterte vor Kälte, schenkte dem jedoch keine weitere Beachtung. Statt dessen kniete er sich neben Cathys nackten Körper und strich mit der Hand über ihre Haut, erst zaghaft, dann hoffnungsvoll. Sie war im Wasser so ruhig gewesen, daß er schon geglaubt hatte, der Schock hätte sie getötet. Aber jetzt sah er, daß sie atmete. Ihre Brust hob und senkte sich in gleichmäßigem Rhythmus. Und ihre Haut fühlte sich kühl an ... Großer Gott, vielleicht hatte er es geschafft! Vielleicht würde sie doch weiterleben! Bei diesem Gedanken wollte er lachen, singen, tanzen vor Erleichterung. Aber noch war die Gefahr nicht gebannt, und er mußte sie abtrocknen und in die

Decke einwickeln, sonst bekam sie womöglich noch eine Lungenentzündung. Mit ihrem Unterrock rieb er sie trocken und wickelte ihn wie einen Turban um ihr nasses Haar. Dann wickelte er sie und das Baby in die Decke ein und nahm sie in seine Arme. Sie seufzte, lehnte sich an ihn, und Jons Arme schlossen sich schützend um ihren Körper. Sie schien zu schlafen...

Jon küßte sie zärtlich auf die Stirn, die sich kühl anfühlte.

»Danke, Herr«, murmelte er. Dann schloß er die Augen und schlief ebenfalls ein.

Virginias Weinen weckte ihn. Es war heller Tag, aber der Himmel war bedeckt. Es wird bald regnen, dachte Jon, aber zumindest würden die Wolken die gleißende Sonne von Cathy fernhalten. Sie lag noch immer regungslos in seinen Armen, aber ihre blasse Haut fühlte sich kühl an, und ihr Atem ging ruhig und gleichmäßig. Sie schlief tief und fest. Sie brauchte den Schlaf. Er würde sie jetzt nicht wecken, nicht einmal für Virginia. Das Kind würde sich mit ihm begnügen müssen, bis seine Mutter aufwachte.

Nachdem er es Cathy auf dem Boden des Bootes bequem gemacht hatte, wandte er sich Virginia zu, deren Wimmern von einem Schluckauf abgelöst worden war. Er legte sie auf sein Bein, und sie schien ihn mit ihren blauen Augen zu beobachten. Er lächelte, während sie ihn ernst anstarrte. Er runzelte die Stirn, aber ihr Gesichtsausdruck veränderte sich nicht. Sie sieht wie Cathy aus, dachte er, und zum erstenmal verspürte er ein Gefühl der Zuneigung für dieses kleine Wesen. Dann, als er sein Knie auf und ab hüpfen ließ, weiteten sich auf einmal seine Augen. Dort wo sie saß, wurde das, was von seiner Hose noch übrig war, plötzlich feucht. Verwirrt starrte er sie an.

Verdammt, jetzt ist sie auch noch ausgelaufen, dachte er und mußte lachen. Bis er sie einigermaßen gesäubert und selbst ein kurzes Bad im Meer genommen hatte, weinte Virginia wieder. Sie hatte Hunger, das war ihm klar, aber im Moment konnte er nichts dagegen tun. Er versuchte, das Schreien zu ignorieren und begann zu rudern. Aber das Weinen ließ ihm keine Ruhe. Schließlich erhob er sich und hob das kleine Bündel hoch. Virginia starrte ihn mit rotem Gesicht trotzig an. Unwillkürlich verglich er sie mit Cathy und mußte grinsen. Den Dickkopf hatte sie von ihrer Mutter!

Vorsichtig, um Cathy nicht zu wecken, zog er die Decke weg und legte Virginia an Cathys Brust an. Cathy lächelte, und eine Hand legte sich kurz auf das winzige Köpfchen, um anschließend wieder zurückzufallen. Ihre Augenlider flatterten, und kurz darauf lag sie wieder still da. Resigniert wurde sich Jon bewußt, daß es noch ein weiter Weg war, bis sie wieder gesund sein würde.

Spät am Nachmittag begann es zu regnen. Es war mehr ein ständiges Nieseln, aber es dauerte nicht lange, und der Sonnenschutz, unter dem Cathy lag, war durchgeweicht, und die ersten Tropfen fielen auf ihr Gesicht. Schon bald begann sie zu zittern. Fluchend zog er die Ruder ein, legte sich neben sie und beugte sich so über ihren Körper, daß er den Regen für sie abfing.

Als er so dalag, und den einzigen Menschen im Arm hielt, der ihm wirklich etwas bedeutete, machte sich Verzweiflung in ihm breit. Wenn sie nicht bald Land erreichten, würden sie sterben. Sie hatten nichts mehr zu essen, und Fische zu fangen, war kein leichtes Unterfangen. Er hatte sich inzwischen an den Hunger gewöhnt, aber er fürchtete, daß Cathy es in ihrem geschwächten Zustand nicht lange ohne Essen aushalten würde. Und wenn sie keine Milch mehr hatte – und die ersten Anzeichen dafür gab es bereits – würde auch das Baby sterben. Und dann das Wetter. Erst waren sie der brütenden Sonne ausgesetzt gewesen, jetzt dem Regen. Jetzt fehlte nur noch Schnee, dachte er zynisch. Er konnte nicht glauben, daß Gott Cathy vom Fieber errettet hatte, nur um sie jetzt sterben zu lassen.

Jon machte Gott gerade neue Versprechen, damit er Cathy verschonte, da drang ein vertrautes Geräusch über die Wellen an sein Ohr. Zunächst wollte er es nicht glauben, aber dann sprang er überglücklich auf. Er erschreckte Virginia, die zu weinen begann, aber Jon versuchte nur noch verzweifelt, den Nieselregen mit seinen Augen zu durchdringen. Denn er glaubte, Brandung gehört zu haben. Und eine Brandung gab es nur dort, wo auch Land war.

14

Selbst hinterher konnte sich Cathy nur vage an die Tage direkt nach Virginias Geburt erinnern, und die wenigen Erinnerungen waren eine Mischung aus Wahrheit und Traum. Hatte Jon wirklich geweint, als er sich über sie gebeugt hatte, wie sie so krank im Boot gelegen hatte? Hatte er ihr gesagt, daß er sie liebte, daß er sie brauchte und zu einem Gott gebetet, von dem sie nie vermutet hätte, daß er an ihn glaubte? Sie war sich nicht sicher. Aber selbst wenn es Träume waren, waren es schöne Träume, und sie klammerte sich an ihnen fest. An sie zurückzudenken, während sie langsam wieder Kräfte sammelte, gab ihr Kraft.

Sie konnte sich schwach daran erinnern, daß er sie und Virginia durch die Brandung hindurch an Land getragen hatte, und dann zurückgegangen war, um das Boot zu holen. Er hatte hart gearbeitet und ihnen einen Unterschlupf aus dem auf den Kopf gestellten Boot und einer sandigen Klippe gemacht. Hier lag sie jetzt. Sie waren seit etwa fünf Tagen auf dieser Insel, und sie konnte bereits wieder alleine sitzen und Virginia stillen. Das arme Ding war ganz dünn geworden, aber das bekommen wir schon wieder hin, dachte sie. Cathy wußte, daß sie selbst auch gewaltig an Gewicht verloren hatte.

Jon war losgezogen, um etwas Eßbares zu finden, und Cathy erwartete ihn nicht so schnell zurück. Nach den zehn Tagen, in denen sie nur von getrocknetem Fleisch gelebt hatten, waren ihr die tropischen Früchte hier auf der Insel, die Bananen, Mangos, Orangen und Papayas wie ein Festmahl vorgekommen, aber Jon hatte darauf bestanden, daß sie auch etwas Kräftiges brauchte, um wieder auf die Beine zu kommen. Also aß sie den Fisch, den er fing und die Vogeleier, die er fand. Auch Virginia profitierte von dieser verbesserten Speisekarte und Cathy konnte förmlich sehen, wie sie aufblühte. Dank Jon ging es ihnen gut.

Er hatte strikte Anordnung gegeben, nicht umherzulaufen, und bisher hatte sich Cathy auch daran gehalten. Aber als jetzt die Sonne zu ihr hereinschien, verspürte sie plötzlich ein Verlangen, sich etwas umzusehen.

»Es scheint mir besser zu gehen«, dachte Cathy insgeheim. Noch vor wenigen Tagen war es ihr egal gewesen, ob sie lebte oder starb.

Sie kletterte aus ihrem Unterschlupf und blieb erst einmal verzaubert stehen.

Sie waren an einem kleinen, halbrunden Strand gelandet, umspült von tiefblauem Wasser. Hinter ihr verwandelte sich der Strand in weiße Klippen, und es war gegen eine dieser Klippen, wo Jon ihren Schutz gebaut hatte. Er hatte das Boot als Basis genommen und Sträucher und Blätter darüber gelegt, um Regen und Sonne abzuhalten. Kein Wunder, daß es darin angenehm kühl war. Die Luft hing voller Düfte tropischer Früchte und herrlicher Blumen, und Cathy atmete tief ein. Die ganze Welt wirkte seltsam sauber und aufgeräumt.

A propos sauber, dachte Cathy und machte ein paar Schritte. Sie konnte ebenfalls ein Bad gebrauchen. Ihr weißer Unterrock, das einzige Kleidungsstück, das ihr geblieben war, starrte vor Dreck, und sie selbst fühlte sich nicht viel sauberer. Sie riskierte einen schnellen Blick, ob Jon irgendwo zu sehen war. Aber er war sicher im tropischen Wald verschwunden, durch den er zu einem Süßwassersee gelangte, wie er ihr erklärt hatte. Dort gab es ausreichend Fische, und sie waren leichter zu fangen als ihre Salzwasserkollegen.

Ein Blick zeigte ihr, daß Virginia ruhig schlief, und sie machte sich langsam auf den Weg zum Wasser hinunter. Sie war noch etwas wackelig auf den Beinen, aber sie watete ins Wasser, bis es ihr zu den Knien reichte. Dann beschloß sie, nicht weiter zu gehen, bevor sie nicht etwas kräftiger war. Sie setzte sich und begann sich mit Sand abzureiben. Sie machte sich nicht einmal die Mühe, ihren Unterrock auszuziehen, sondern schrubbte ihn gleich mit und rieb sich schließlich den Sand in die Haare. Nicht gerade die beste Seife, aber es wirkte. Als sie sich zurücklehnte und den restlichen Sand aus ihren Haaren spülte, fühlte sie sich herrlich sauber.

»Was, zum Teufel, glaubst du eigentlich, was du da machst?« ertönte Jons finstere Stimme vom Ufer, und als Cathy sich umdrehte, starrte er sie zugleich alarmiert und verärgert an. Cathy blickte ihn einen Moment lang an und lächelte anschließend.

»Wonach sieht es denn aus? Ich nehme ein Bad«, rief sie zurück. Selbst aus dieser Entfernung konnte sie seine Wangenknochen arbeiten sehen. Mit einem Fluch watete er ins Wasser und lief auf sie zu.

Als er fast bei ihr angelangt war, spritzte sie ihn verspielt naß. Er lächelte nicht. Statt dessen baute er sich vor ihr auf und stützte die Hände in die Hüften.

»Besitzt du denn überhaupt keinen Funken Vernunft?« platzte er los, als sie ihn einfach anlächelte. »Noch vor einer Woche war es nicht sicher, ob du leben oder sterben würdest! Und kaum drehe ich dir den Rücken zu, gehst zu schwimmen! Muß ich dich denn erst anbinden, um dich ruhig zu halten?«

»Ich kam, um ein Bad zu nehmen, nicht um zu schwimmen«, berichtigte Cathy ihn.

»Es ist mir egal, warum du ins Wasser gegangen bist«, sagte er mit zusammengebissenen Zähnen. »Du solltest überhaupt nicht herumlaufen. Ich dachte, das hättest du verstanden.«

»Es geht mir schon viel besser.« Cathys Stimmung wurde etwas gedämpft. »Und ich wollte baden. Ich habe mich schrecklich schmutzig gefühlt.«

»Mein Gott«, murmelte Jon. Noch bevor Cathy reagieren konnte, hatte er sie bereits hochgenommen und begann, mit ihr auf die Küste zuzulaufen. Plötzlich mußte sie lachen, und sie begann, seinen kräftigen Nacken zu streicheln.

»Tyrann«, sagte sie zärtlich zu ihm.

»Du brauchst einen Tyrannen«, gab er sofort zurück. »Von allen Dummheiten mußtest du die größte begehen. Nur zu deiner Information: hier vor der Küste herrscht eine starke Strömung, und du bist noch nicht kräftig genug, um gegen sie anzukommen. Ein Schritt zuviel und sie zieht dich hinaus ins Meer, und du ertrinkst.«

»Täte dir das leid?« fragte sie stichelnd. Er begriff, daß sie ihn damit zu einem Eingeständnis bringen wollte.

»Ja«, erwiderte er langsam. »Weißt du, ich komme mit Virginia noch nicht so ganz allein klar.«

»O du, du...!« rief Cathy aus und rupfte spielerisch an seinem Haar.

Während der nächsten Wochen wachte Jon über sie wie eine Glucke über ihre Küken und führte sich fürchterlich auf, wenn sie irgend etwas unternahm, was sie seiner Meinung nach zu sehr strapazierte. Wenn es nach ihm ging, dachte Cathy verärgert, würde ich den Rest meines Lebens im Liegen, im Schatten verbringen. Ohne auf ihn zu hören – zumindest, wenn er nicht anwesend war – begann sie mit täglichen Spaziergängen am Strand, wobei sie Virginia mit sich trug. Allmählich begann sie, regelmäßig nachmittags zu schwimmen. Er hatte ihr zwar klar und deutlich verboten, ohne ihn zu schwimmen, aber sie ging nach dem Prinzip: was er nicht weiß, macht ihn nicht heiß. Und während er sich auf Nahrungssuche begab oder die Insel erforschte, machte Cathy was sie wollte.

Die langen Tage voller Sonnenschein und das herrliche Wetter wirkten Wunder für ihre Gesundheit, ging es Cathy eines Nachmittags durch den Kopf, als sie mit Virginia am Strand lag. Das Mädchen lutschte zufrieden an ihrem Zeh, eine Angewohnheit, von der sie nicht loszubringen war, während Cathy lachend den Anstrengungen zweier Landkrebse zusah, wie sie wie ein Paar Krieger um ein Stück Fisch kämpften. Jon hatte an diesem Tag beschlossen, hier in der Bucht sein Glück beim Fischfang zu versuchen und stand etwa fünfzehn Meter entfernt von ihr schenkeltief im Wasser, wo er, das Messer im Mund, auf eine Gelegenheit wartete. Zuvor hatte er vor Cathy angegeben, wie er die glitschigen Dinger mit bloßen Händen fangen konnte, und als Cathy ihm belustigt zugezwinkert hatte, bot er sich an, es ihr zu zeigen. Nun stand er bereits seit einer halben Stunde dort draußen, war klatschnaß, fluchte und hatte noch immer nichts gefangen. Cathy hätte am liebsten laut gelacht, aber das würde ihn möglicherweise verärgern. Er hatte ihr bereits einige finstere Blicke zugeworfen, worauf sie ihn völlig unschuldig angesehen hatte.

»Vielleicht sind die Fische alle ertrunken«, rief sie ihm frech zu und grinste. Er sah sie nur abfällig über die Schulter an, und Cathy lachte. Sie stand auf, nahm Virginia auf den Arm und lief in Richtung ihres Unterstandes.

»Wohin gehst du?« verlangte er sofort zu wissen.

»Zuerst werde ich Virginia hinlegen, damit sie ihren Mittagsschlaf halten kann. Dann suche ich nach ein paar Möweneiern, damit wir etwas zum Abendessen haben. Bei deinen Fischereikünsten werden wir sonst noch verhungern.«

»Hexe!« erwiderte er, machte auf einmal kehrt und kam mit großen Schritten auf sie zu. »Ich werde dich lehren, mir Respekt zu erweisen!«

Cathys blaue Augen weiteten sich, als er auf sie zukam, jedoch nicht wegen seiner Worte. Er war aus dem Wasser gekommen und marschierte auf sie zu, seine dunkelbraunen Füße auf dem weißen Sand. Sie war nicht die einzige, die diesen Kontrast bemerkte. Offensichtlich hatte auch die größere der beiden Krabben das gleiche bemerkt...

»Autsch!« heulte Jon und sprang hoch. Seine Hände klammerten sich um seinen Fuß. Ein Tropfen roten Blutes quoll aus seinem großen Zeh. Er starrte ihn so erschrocken an, daß Cathy in einen Lachkrampf verfiel. Sie ließ sich in den Sand plumpsen und wiegte ihren Oberkörper lachend vor und zurück. Jon sah sie fassungslos an, was ihre Heiterkeit noch verstärkte. Unfähig zu sprechen, deutete sie auf die sich entfernende Krabbe.

»Verdammtes Biest!« murmelt Jon und sah zu, wie die Krabbe in einem Loch im Sand verschwand. Dann fiel sein Blick wieder auf Cathy.

»Das ist also lustig, was?« grollte er und kam auf sie zu. Sein Humpeln ließ ihr vor Lachen Tränen in die Augen steigen. Hilflos blieb sie sitzen, um über sich ergehen zu lassen, was er sich als Strafe ausdachte. Er baute sich bedrohlich vor ihr auf, aber immer noch konnte sie ihr Kichern nicht unterdrücken.

»Ich wette, du hast das Ganze geplant«, beschuldigte er sie und mußte selbst dabei lächeln. »Du brauchst eine Lektion, mein Schatz!«

Damit packte er sie an den Unterarmen und riß sie hoch. Cathy hielt Virginia verzweifelt fest, daß sie ihr nicht aus den Armen glitt. Trotzdem mußte sie noch immer weiterlachen.

»Paß auf – Virginia«, rief sie warnend aus, als er sie gegen seine Brust preßte und festhielt. Virginia war zwischen ihnen beiden eingekeilt, und Jon, der dadurch nicht näherkommen konnte, sah sie mit finsteren Augen an, die aber ein Lächeln nicht verbergen konnten. Cathys eigene Augen tanzten vor Frohsinn, und ihre Wangen schienen vor Aufregung zu glühen. Ihre Lippen gaben den Blick auf ihre weißen Zähne frei, und plötzlich verspürte Jon das unsägliche Verlangen, diese Lippen zu küssen. Es war schon so lange her...

Cathy sah, wie sich sein Kopf senkte, und ihr Herz schien auf einmal lauter zu klopfen. Er würde sie küssen, wurde sie sich plötzlich bewußt und auf einmal konnte sie es kaum noch erwarten. Ihre blauen Augen schienen sich zu verdunkeln, ihre schmale Hand legte sich um seinen Nacken und zog seinen Kopf zu sich herunter. Ihre Lippen trafen sich mit der Hitze eines Feuers, von dem sie nicht wußte, von wem es ausging.

Sein Mund verschlang den ihren hungrig, und seine Lippen und seine Zunge erforschten ihren Mund. Cathy erwiderte den Kuß, während sie auf Zehenspitzen stand und sich nur mit ihrer Hand an ihm festhielt. Ihre Nägel bohrten sich in seinen Nacken, aber sie merkten es beide nicht. Jons Hand wanderte nach unten und preßte ihren Unterkörper an seinen. Cathy konnte seine harte Männlichkeit spüren, und ihre Zehen bohrten sich in den warmen Sand.

Zwischen ihnen begann Virginia, in Protest zu zappeln. Als das nichts half, begann sie zu schreien. Wie aus weiter Ferne klang ihr Wimmern an Cathys Ohr, und nur ganz allmählich wurde ihr klar, woher es kam. Aber Jon ließ bereits von ihr ab, wenn auch widerwillig. Cathy konnte das Verlangen in seinen Augen sehen. Sein Atem ging schwer. Er wollte mich auch, ging es ihr überglücklich durch den Kopf. Ihre Lippen lächelten ihn an. Ihre blauen Augen schimmerten wie Sterne.

»Virginia...« sagte er heiser, ohne den Blick von Cathys Gesicht abzuwenden. Cathy blinzelte, schluckte und machte einen Schritt rückwärts. Nachdem Virginia jetzt auf ihrer Mahlzeit bestand, war der Zeitpunkt ungünstig. Aber später...

»Sie hat Hunger«, erklärte Cathy, die sich plötzlich bewußt wurde, daß sie Jon mit ihren Augen förmlich verspeiste. Er errötete leicht, und sie senkte ihren Blick zu ihrer Tochter. Jon schnitt eine Grimasse und wandte sich ab.

»Ich kenne das Gefühl genau«, hörte Cathy Jon murmeln und lächelte wissend.

In der Folgezeit war es Jon fast unmöglich, die Finger von ihr zu lassen. Sie war seine Frau, egal was andere sagten, und es gab kaum etwas anderes, an das er noch denken konnte. Er versuchte, ihr fernzubleiben, denn allein der Anblick ihres kaum bedeckten Körpers reichte aus, in ihm ein Feuer der Leidenschaft zu entfachen. Er konnte sie nicht lange allein lassen, denn sie lief Gefahr, sich selbst in irgendwelche Schwierigkeiten zu bringen, aber in ihrer Nähe zu sein, bedeutete, sich zu quälen. Jon kam zu einem Kompromiß, indem er viele Stunden lang, in denen er angeblich durch den Wald strich, oben auf den Klippen auf dem Bauch liegend verbrachte, und ihr zusah, wie sie mit Virginia spielte. Von dort aus konnte er sie ansehen, sich nach ihr sehnen, denn er war weit genug entfernt, um seiner Leidenschaft nicht nachzugeben. So verführerisch ihr Körper auch sein mochte, er erinnerte sich daran, daß sie noch nicht genügend Zeit gehabt hatte, sich von einer schwierigen Geburt zu erholen. Es wäre schon fast ein Verbrechen, sie in diesem Zustand zu berühren, aber sie trieb ihn fast zum Wahnsinn. Er konnte sich nicht klar darüber werden, ob sie es aus Absicht tat oder nicht. Aber vermutlich nicht. Woher sollte sie wissen, daß jedes Lächeln von ihr, jede Berührung ihrer Hand seine Temperatur zum Kochen brachte und den Mund austrocknen ließ?

Waren die Tage schon schlimm, so waren die Nächte eine Tortur. Nachdem die Sonne untergegangen war, wurde es ungemütlich kalt. Wenn sie sich dann dicht an ihn kuschelte und ihren Arm um ihn legte, bedurfte es aller Willenskraft, sie nicht auf den Rücken zu drehen und an Ort und Stelle zu nehmen. Während sie schlief, kämpfte Jon um seine Selbstbeherrschung, und bisher war es ihm gelungen. Das einzige, was ihm Kraft gab, war die Angst, ihr in seiner neu aufgeflammten Leidenschaft seine Liebe zu gestehen. Er war nach langer Überlegung zu dem Schluß gekommen, daß ein Leben ohne sie nichts wert war, und er wollte sie behalten – jedoch zu seinen Bedingungen, nicht ihren. Nie wieder würde er den sprichwörtlichen Kniefall vor ihr machen und den Saum ihres Kleides küssen. Nein, sie war eine Frau, aus Fleisch und Blut, mit allen Fehlern, die Frauen an sich hatten. Und er mußte die Tatsache akzeptieren, daß man von Frauen ebensowenig Treue erwarten konnte, wie vom Wetter. Nur so lange sie in seiner Nähe war, konnte er sich ihrer Treue sicher sein. Also würde er es entsprechend einrichten. Sollten sie je von dieser Insel fortkommen, würde er sie mit nach Woodham nehmen – als Frau oder als Geliebte war ihm egal. Er würde auch Virginia mitnehmen und als seine Tochter anerkennen, ob sie nun von ihm war oder nicht. Und er und Cathy würden noch viele Kinder haben, von denen die Vaterschaft jedoch außer Frage stehen würde. Und dann war da noch Cray... Cray war sein Sohn, da gab es keinen Zweifel. Die drei waren in Woodham eine glückliche Familie gewesen, und sie konnten es wieder werden. Er war dumm gewesen, wegen Cathys Verbindung mit Harold eifersüchtig zu sein, mehr von ihr zu erwarten, als man von ihr erwarten konnte...

Jon knirschte mit den Zähnen. Allein der Gedanke an Harold und Cathy zusammen im Bett, ließ ihn wütend werden. Also verdrängte er die Gedanken wieder, so gut es ging, was geschehen war, war geschehen. Virginia war der lebende Beweis dafür. Wenn er Cathy besitzen wollte – und das wollte er – mußte er sie als das akzeptieren, was sie war. Ein fehlbares, menschliches Wesen, wie er selbst.

Während Jon seine persönliche Hölle durchmachte, war Cathy mit ihrem Dasein zufrieden. Die Tage auf der Insel schienen ihr wie goldene Augenblicke, die sie der Zeit geraubt hatten. Es existierten keine Vergangenheit, keine Zukunft, nur die sonnigen Momente der Gegenwart. Sie war von Wundern umgeben: ausreichend zu essen, Schutz und Wärme; der Nähe ihrer Tochter und des Mannes, den sie liebte. Die einzige Wolke an ihrem Himmel des Glücks war Cray, aber sie weigerte sich, daran zu denken. Ihm ging es gut, das wußte sie. Daß Jon noch immer Zweifel bezüglich der Vaterschaft Virginias hatte, kam ihr nie in den Sinn. Sie hatte gehört, wie er das Kind als seines akzeptiert hatte, und ihr Geburtsdatum mußte ihn endgültig überzeugt haben. Und er war so besorgt um sie beide, unternahm alles, daß es ihnen an nichts fehlte...

Ihn verlangte nach ihr, das wußte sie, dennoch unternahm er aus Sorge um ihre Gesundheit keinen Versuch. Seine Rücksichtnahme wärmte ihr das Herz. Viele Männer hätten sie trotzdem genommen. Schließlich lag die Geburt nun schon über einen Monat zurück. Aber er war bereit, zu warten, und sie liebte ihn dafür. Schließlich hatten sie Zeit. Alle Zeit der Welt.

Die Insel barg immer neue Überraschungen für sie. Daß Jon ihr verboten hatte, den Strand ohne seine Begleitung zu verlassen, war gut begründet. Im Wald gab es große Schlangen, die einen Menschen erwürgen konnten, aber es gab auch Affen, die lustige Gesichter zogen und denen immer irgendwelche Dummheiten einfielen, und Vögel aller Größen und Farben, die zwischen den Bäumen umherflogen, über den Strand rannten oder einfach hin und her stolzierten. Papageien, Kakadus und Flamingos begeisterten sie immer wieder von neuem.

Die Papageieninsel, wie Cathy diese Insel getauft hatte, schien völlig unbewohnt zu sein. Zumindest im Augenblick. Jon hatte Anzeichen dafür entdeckt, daß sie von Zeit zu Zeit von Menschen besucht wurde, obwohl der Zweck dieser Besuche nicht ersichtlich war. Andererseits spielte es auch keine Rolle. Selbst wenn nur gelegentlich jemand auf diese Insel kam, standen ihre Chancen, gerettet zu werden, relativ gut. Jon errichtete einen großen Holzhaufen auf der größten Klippe, um ihn in Brand zu setzen, sollte ein Schiff in Sicht kommen. Dann, nachdem es nichts weiter zu tun gab, genoß er das unbeschwerte Leben auf der Insel.

Eines Morgens, als Cathy ihren Unterschlupf verließ, entdeckte sie Jon am Rande der Bucht, wo er gebeugt in das Wasser starrte. Was um alles...? dachte sie und begann, zu ihm zu laufen. Als er ihre Schritte im Sand vernahm, sah er sie lächelnd an.

»Guten Morgen, Schlafmütze«, sagte er. Cathy sah, wie ihm Blut über das Kinn lief. Ihre Augen weiteten sich und ihr fiel das Messer in seiner Hand auf. Dann sah sie, daß die eine Hälfte seines Bartes bereits verschwunden war.

»Du hast dich geschnitten«, sagte sie.

»Dessen bin ich mir wohl bewußt«, erwiderte er und drückte einen Finger auf die kleine Schnittwunde. »Und nicht nur an dieser einen Stelle. Die ganze rechte Seite meines Gesichts ist roh! Und das alles nur, um meiner Dame zu gefallen.«

Cathy mußte grinsen.

»Lügner«, sagte sie und zog eine Grimasse. »Wahrscheinlich hast du nur die Erfahrung machen müssen, daß ein Bart juckt. Außerdem hast du mir mit Bart gefallen. Du hast so herrlich grausam damit ausgesehen.«

»Das hättest du mir auch früher sagen können«, stöhnte er, und seine Augen blitzten belustigt. »Wenn ich daran denke, daß ich mich ganz umsonst verstümmelt habe!«

»Pech!« gab sie zurück.

»O Hartherzige«, hauchte er, erhob sich und drückte ihr einen Kuß auf die Lippen, ehe sie noch reagieren konnte.

»Laß mich das fertig machen«, bot sie sich an, damit er sich nicht noch aus Versehen die Kehle durchschnitt. Jon grinste sie an.

»Ich hatte gehofft, du würdest das sagen«, gab er zu und reichte ihr das Messer. Sie sah mit gerunzelter Stirn zu ihm auf.

»Du bist zu groß«, beklagte sie sich. »Du mußt dich setzen.«

»Wie meine Lady befiehlt«, erwiderte er und ließ sich mit gekreuzten Beinen auf den Sand sinken. Cathy ging vor ihm in die Hocke, zögerte, und ging dann hinter ihn.

»Lege deinen Kopf in meinen Schoß«, sagte sie, denn auf diese Weise kam es ihr leichter vor.

»Gibt es da nicht eine Legende von einem Einhorn, die mir dabei einfallen sollte?« fragte er sich laut, als er seinen Kopf in ihren Schoß legte. »Ja, richtig, jetzt fällt es mir wieder ein: um ein Einhorn fangen zu können, braucht man zunächst eine Jungfrau. Das Tier legt seinen Kopf dann in ihren Schoß, um eine Belohnung zu bekommen, und in dieser Position kann es dann gefangen werden.«

»Hör auf zu reden«, sagte Cathy ernst, »und halte still. Es sei denn, du willst die andere Seite genauso verschnitten haben, wie die erste. Das ist nämlich gar nicht so einfach.«

»Als ob ich das nicht wüßte«, murmelte Jon und schwieg, während Cathy mit der Klinge sein Gesicht bearbeitete. Sie arbeitete so vorsichtig es ging, ritzte ihn aber dennoch ab und zu. Als sie fertig war, seufzte Jon erleichtert.

»Du kannst jetzt aufstehen«, meinte Cathy und richtete ihren Oberkörper auf. Er grinste sie an.

»Es ist aber sehr bequem hier«, gab er zurück, und seine Hand wanderte unter ihren Unterrock und begann ihre Wade zu streicheln. Als Cathy in sein Gesicht blickte, sah sie etwas in seinen Augen, das sie erbeben ließ. Seine Hand war ganz warm auf ihrer Haut... Sie hielt still, wagte kaum zu atmen, als seine Hand langsam höher kroch und ihre Schenkel berührte. Dann berührte er sie dort, wo sie es sich schon lange sehnlichst gewünscht hatte...

»O Gott«, hörte sie ihn stöhnen, als sie ihre Augen schloß und die Luft einsog. Dann war seine Hand plötzlich verschwunden, und er sprang auf die Füße.

Cathys Augen flogen ungläubig auf, und sie weigerte sich, es zu begreifen. Jetzt trieb er es mit dem Anstand aber zu weit!

»Jon«, murmelte sie, biß sich dann aber auf die Lippen. Sie würde nicht darum betteln!

Als sie seinen Namen nannte, sah er zu ihr hinunter, das Gesicht ausdruckslos.

»Hilf mir auf«, sagte sie und streckte ihm ihre Hand entgegen.

Während des ganzen Tages blieb das Verlangen nach ihm wie ein dumpfer Schmerz in ihrem Körper. Sie begann zu verstehen, was Männer manchmal dazu drängte, voreilig etwas zu tun. Es verlangte sie nach ihm mit einer Intensität, die ständig in ihr war. Selbst als er sie, wie jeden Nachmittag, verließ, verspürte sie keine Erleichterung. Es war, als brenne ihr ganzer Körper.

Als er zurückkam, wurden die Schatten bereits lang. Bald würde die Sonne untergehen. Wenn sie daran dachte, daß sie die Nacht neben Jon verbringen würde, biß sie die Zähne zusammen. Das war unmöglich!

Die Frustration machte sie ärgerlich, und die wenigen Blicke, die sie ihm schenkte, waren böse. Daß er ebenso kurz angebunden war, kam ihr gerade recht. Sie brannte darauf, sich mit ihm zu streiten, und so, wie er sich verhielt, ging es ihm nicht anders.

»Fahr zur Hölle«, kreischte sie ihn schließlich an, als er ihr grundlos sagte, sie solle ihre schlechte Laune nehmen und zu Bett gehen.

»Mit Vergnügen!« fauchte er zurück und sprang auf. »Dann bin ich wenigstens vor deiner giftigen Zunge sicher!«

»Wenn sie dich so sehr stört, schlage ich vor, du suchst dir einen anderen Platz zum Schlafen!«

»Dirne!« knirschte er, und wie von selbst streckten

sich seine Arme aus, um sie schmerzhaft an den Schultern zu packen und zu schütteln. Cathys Hände formten sich zu Klauen und schossen auf seine Augen zu.

»O nein, das wirst du nicht tun!« Inzwischen klang er wirklich wütend, als er ihre Hände abfing, bevor sie irgendwelchen Schaden anrichten konnten.

»Laß mich los!« schrie sie ihn wütend an. Dann, als sich seine Finger noch fester um ihre Hände schlossen, stieß sie aus: »Du tust mir weh!«

»Ich will dir weh tun«, sagte er mit zusammengebissenen Zähnen. »Ich will...«

Seine Worte verstummten, als sich sein Mund auf ihren legte, sich hart und brutal gegen ihre Lippen preßte. Cathy spürte, wie das Verlangen in ihr wieder aufflammte. Ungeachtet der Tatsache, daß der Kuß als Strafe gemeint war, preßte sie sich an ihn, und ihre Haut brannte wie Feuer, wo immer sie seine Berührung verspürte. Jon, der diese Reaktion nicht erwartet hatte, stöhnte auf, ließ ihre Hände los und legte seine Arme um ihre Hüfte und den Rücken. Dann preßte er sie an sich. Cathy legte ihre Hand in seinen Nacken, stellte sich auf Zehenspitzen um seinen Kuß zu erwidern, und ihr Mund öffnete sich ergeben. Er war grob, sein Kuß eine Vergewaltigung und es gefiel ihr. Sie zitterte in seinen Armen, ihre Beine fühlten sich an, als könnten sie sie nicht länger tragen. Sein Atem war heiß in ihrem Mund, seine Zunge schien sie zu quälen. Cathy klammerte sich an ihn und preßte ihren Körper schamlos gegen seinen. Seine Hände begannen, über ihren Körper zu wandern, und eine strich über ihren Rücken nach vorn, um sich um eine ihrer Brüste zu legen.

»Nein!« protestierte sie, als er sie auf einmal hart von sich stieß. »Jon...!«

Einen Augenblick lang stand er da, starrte sie schwer

atmend an, als versuchte er, sich wieder in die Gewalt zu bekommen. Seine Hände waren zu Fäusten geballt.

»Himmel noch mal, geh endlich zu Bett!« stieß er aus, als bereitete ihm jedes Wort Schwierigkeiten. »Bevor ich noch ganz wahnsinnig werde!«

»Aber ich möchte doch...« begann Cathy, und ihr ganzer Stolz war von der Hitze ihres Verlangens wie weggewischt. Sie hätte sich die Worte sparen können. Noch als sie sprach, hatte er bereits auf dem Absatz kehrt gemacht und stapfte davon.

»Wohin gehst du?« rief sie ihm hinterher und stampfte mit dem Fuß auf. Er gab keine Antwort.

Cathy verbrachte die nächste Stunde damit, um die Reste des Feuers herumzulaufen. Virginia schlief bereits fest, und es gab nichts, um sie von den Flammen abzulenken, die noch immer in ihrem Körper wühlten. Er hatte sie ebenfalls gewollt, dachte sie wütend, trotzdem hatte er sie von sich gestoßen! Was hatte er nur? Wenn er meinte, es wäre noch zu früh nach Virginias Geburt, würde sie ihn schon vom Gegenteil überzeugen. Sie war wieder völlig in Ordnung, und sie war eine erwachsene Frau, mit dem Verlangen einer Frau. Seine übertriebene Besorgnis um ihr Wohlergehen richtete mehr Schaden an als Gutes. Dieser blinde, dickköpfige Idiot! Sie hätte ihm am liebsten den Hals umgedreht!

Schließlich, ohne daß sie sich richtig dazu entschlossen hatte, marschierte sie los und folgte dem Pfad, den Jon freigeschlagen hatte. Sie würde zu dem Teich gehen, sagte sie sich, und dann zurückkehren, um zu schlafen. Und sie versuchte nicht daran zu denken, daß der Teich, in dem Jon immer fischte, sehr wahrscheinlich der Ort war, zu dem es Jon gezogen hatte.

Es war dunkel im Wald, und er war voller Geräusche. Cathy versuchte, nicht daran zu denken, woher all die Geräusche kamen. Jon würde platzen vor Wut, wenn er wüßte, daß sie gerade allein durch den Dschungel lief. Selbst am Tag ließ er es nicht zu, daß sie den Strand ohne seine Begleitung verließ. Aber in der Nacht...

Gerade als Cathy beschließen wollte, zurückzugehen, sah sie den silbernen Schein des Mondlichts, das sich in dem kleinen See spiegelte. Erleichtert lief sie darauf zu, blieb jedoch am Rande des Waldes stehen. Hier konnte sie sehen, ohne gesehen zu werden.

Wie sie insgeheim schon erwartet hatte, war Jon hier. Sie bemerkte ihn sofort. Er war im See und sein Kopf war über der Wasseroberfläche zu sehen, wie der eines Seehundes. Während sie ihm zusah, sprang er hoch, um wieder einzutauchen und dicht unter der Wasseroberfläche zu schwimmen. Der Mond schien auf seinen gestreckten Körper, als er mit kräftigen Zügen schwamm. Cathys Herz klopfte ihr bis zum Hals, als sie feststellte, daß er nackt schwamm.

15

Cathy trat in das Mondlicht hinaus. Jon, der gerade auftauchte, sah sie dort stehen, und die Leidenschaft, gegen die er die ganze Zeit angekämpft hatte, flammte erneut auf. Der Mond verwandelte ihr Haar in ein silbern schimmerndes Feuer. In seinem Licht schien ihre Haut ein eigenes Licht abzustrahlen. Ihre Augen wirkten riesig und unergründlich.

Er öffnete den Mund, um sie zu rufen, aber als er sah, was sie im Begriff war, zu tun, erstarben ihm die Worte auf der Zunge. Sie hatte den Saum ihres Unterrocks ergriffen und zog ihn sich mit einer einzigen Bewegung über den Kopf. Einen Augenblick stand sie nackt vor dem Hintergrund des dunklen Dschungels, dann kam sie ins Wasser.

Jon sah ihr zu, wie sie auf ihn zu watete. Ihre Brüste und Schenkel schimmerten hell über der Wasseroberfläche, und sein Herz begann zu hämmern. Sein Mund schien wie ausgetrocknet. Gott, war sie schön, und er wollte sie besitzen...!

Cathy spürte, wie ihr das Wasser bis über die Hüften stieg, dann über den Bauch und schließlich, als sie bei Jon anlangte, reichte es ihr bis über die Brüste. Was sie tat, war schamlos, das wußte sie, aber es war ihr egal. Wenn sie ihn verführen mußte, dann ging es eben nicht anders. Und wie oft hatte er sie schließlich schon verführt?

Seine Augen ruhten auf ihr, und sie konnte hören, wie schwer sein Atem ging. Sie lächelte, und durch das Wasser hindurch streckte sie ihre Arme nach ihm aus. Seine Augen glitzerten wie Silber, als er sie anstarrte.

Einen Moment lang fürchtete sie schon, er würde sie zurückweisen, aber dann schlossen sich seine Hände um ihre Handgelenke und zogen sie fest an ihn heran.

»Das ist doch Wahnsinn«, murmelte er, als sein Mund bereits auf ihrem Hals ruhte. Seine Hände strichen über ihren Rücken, als könnte er nicht genug von ihr bekommen. Cathy lachte und warf den Kopf zurück, um ihm ins Gesicht sehen zu können.

»Ich liebe es, wahnsinnig zu sein«, flüsterte sie, und im nächsten Augenblick legten sich seine Lippen bereits auf ihren Mund.

Cathy erwiderte seinen Kuß fieberhaft und fachte damit seine Leidenschaft nur noch weiter an. Sie stand auf Zehenspitzen, die Finger in seinem Nacken verschränkt. Seine stählerne Brust schien ihre Brüste zu erdrücken; sie konnte seine rauhe Körperbehaarung spüren und begann, sich daran zu reiben. Jon bebte. Seine muskulösen Arme und Beine zitterten vor Verlangen. Cathy löste sich von seinem Mund und ließ ihre Lippen über seinen Nacken und seine Schultern wandern.

»O Gott, ich will dich«, stöhnte er. Cathy bedeckte seine Brust mit vielen, kleinen Küssen, und sein Brusthaar kitzelte sie an der Nase.

»Dann nimm mich«, hauchte sie, und ihre Finger folgten dem Weg, den ihre Lippen eben noch gegangen waren. Als sie die Wasseroberfläche erreicht hatte, hörte sie nicht auf, sondern ließ ihre Hände noch tiefer gehen, streichelten ihn, bis sein Verlangen wie ein Schmerz in seinem Innern tobte.

»Nimm mich«, flüsterte sie erneut, und ihre Blicke trafen sich.

»Ich kann nicht anders«, murmelte er, als wäre es ein Todesurteil. Dann legten sich seine Arme um ihre Schultern und unter ihre Knie, er hob sie hoch und trug sie ans Ufer des Sees. Cathys Arme waren fest um seinen Nacken geschlungen. Er küßte sie hungrig, und ihr war, als ertränke sie in einem See der Leidenschaft.

Zärtlich legte er sie am Ufer auf den Boden und legte sich neben sie. Cathy fühlte die kühlen, weichen Blätter unter sich, und die überhängenden, belaubten Zweige umgaben sie wie eine schützende Höhle. Dann war sein starker Körper auf ihr, und es gab nur noch sie beide.

Seine Hände lagen auf ihren Brüsten, und seine Finger liebkosten ihre bebenden Brustwarzen. Cathys Rücken bog sich durch, als seine Lippen die Stelle seiner Finger einnahmen. Die heißen Küsse auf ihren Brüsten machten sie vor Verlangen ganz wild. Wie eine Schlange wand sie sich unter seinen Berührungen, ihre Augen hielt sie fest geschlossen, und ein Stöhnen entsprang ihrer Kehle.

»Wenn ich dir weh tue, sage es mir, dann versuche ich, aufzuhören«, flüsterte er ihr ins Ohr. Cathys Fingernägel bohrten sich in seinen Rücken. Sie nahm kaum wahr, was er sagte. Sie spürte nur, wie sein behaarter Schenkel ihre Beine auseinanderdrückte, und dann seine heiße, pulsierende Männlichkeit, die sich ihren Weg suchte.

Als er schließlich in sie eindrang, schrie Cathy leise auf. Sofort erstarrte Jon, noch immer tief in ihrem Innern.

»Was ist? Habe ich dir weh getan?« fragte er heiser, stützte sich auf seinen Ellbogen ab und starrte in ihr weißes Gesicht.

»Nein! Nein! Mein, Gott, hör nicht auf! Bitte, hör nicht auf!« Sie zerrte an seinen Armen, und ihre Augen öffneten sich, um ihn blind anzusehen.

»Bitte ...« flehte sie ihn an, ohne es zu merken. Seine Augen verdunkelten sich, und er küßte sie erneut, daß ihr ganzer Körper zu zittern begann. Dann begann er, sich in ihr zu bewegen, langsam zuerst, aber als sie sich unter ihm wand und stöhnte, waren alle guten Vorsätze verflogen. Sie machte ihn wild, und er hatte sich nicht mehr unter Kontrolle...

»Ich liebe dich«, stöhnte er, kurz bevor er den Höhepunkt erreichte, und die Worte sprudelten aus ihm heraus, bevor er sie stoppen konnte. »Ich liebe dich, ich liebe dich!«

»Liebling«, haucht Cathy, und im nächsten Augenblick wurde sie selbst von ihrem Orgasmus geschüttelt.

Jon blieb noch lange auf ihr liegen, und sein Atem nahm langsam wieder seinen normalen Rhythmus auf. Innerlich verfluchte er sich. Sein letztes Eingeständnis verfolgte ihn wie ein Geist. Verdammt, er hätte sich besser in der Gewalt haben sollen. Jetzt wußte sie aus seinem eigenen Mund, was er für sie empfand. Sie konnte ihn auslachen, sich über ihn lustig machen und ihn quälen, wie sie wollte. Er hatte es nicht anders verdient.

»Liebling, ich liebe dich, aber könntest du ein wenig zur Seite rutschen? Du erdrückst mich.« Jon ließ sich gehorsam zur Seite rollen. Er fühlte sich müde, befriedigt, aber er verspürte auch Argwohn.

Cathy stützte sich auf einem Ellbogen auf und sah ihn lange an.

»Habe ich dir weh getan?« fragte er muffig, einerseits aus Besorgnis und andererseits, um das Gespräch abzuwehren, das sicherlich folgen würde.

Cathy schüttelte den Kopf.

»Mm-mm. Nein,« schnurrte sie. Mit der anderen Hand begann sie, seine Brust zu streicheln. »Du liebst mich also, ja?«

Jon verkrampfte sich, als hätte man ihn geschlagen.

Argwöhnisch sah er sie an. Insgeheim suchte er nach einer Antwort, mit der er sich aus der Situation herauswinden konnte, aber es fiel ihm nichts ein.

»Ja«, antwortete er schließlich, und das Wort klang fast verärgert. Cathys Lächeln wurde breiter. Seine Bauchmuskeln spannten sich an, und er knirschte mit den Zähnen. Sie fand diese Erniedrigung wohl lustig, was? Sehr witzig! Ha, ha!

»Es wird langsam Zeit, daß du es zugibst, du Narr«, flüsterte sie, beugte sich zu ihm und während er noch über die Bemerkung nachdachte, küßte sie ihn. Jon erwiderte den Kuß, weil er nicht anders konnte. Zu seiner Verärgerung stellte er fest, daß das Verlangen schon wieder in ihm erwachte. Na schön, dachte er, na schön! Wenn du dich schon zum Narren gemacht hast, dann kannst du auch das Beste daraus machen!

Diesmal nahm er sie ohne Gnade, fast schon brutal. Er war wütend, auf sich ebenso, wie auf sie, und das zeigte sich in jeder seiner Bewegungen. Cathy war es gleich. Er erweckte ihn ihr gleichermaßen eine Roheit, und sie kopulierten wie ein Paar wilder Tiger. Als sie schließlich den Höhepunkt erreichten, war es wie ein feuriger, alles verzehrender Tod.

Fast augenblicklich fielen sie beide in tiefen Schlaf. Als Jon erwachte, war es noch immer dunkel. Ein kühler Windhauch strich über die rechte Seite seines Körpers, und ihn fröstelte. Seine linke Seite, mit Cathy, die sich an ihn geschmiegt hatte, war warm. Sie war nackt wie er. In Gedanken verglich er sie mit einem müden Kind.

»Cathy.« Er schüttelte sie vorsichtig, denn sie mußten zurück. Sie hatten Virginia bereits viel zu lange in ihrem Unterschlupf allein gelassen. Sie rührte sich nur kurz, rollte sich zu einer Kugel zusammen und schlief weiter. Jon erhob sich, fand seine Hose und zog sie an.

Dann hob er Cathys Unterrock auf, legte ihn um ihren Körper und hob sie hoch. Sie öffnete kurz die Augen, als er sie hochhob und murmelte etwas Unzusammenhängendes.

»Schlaf weiter«, flüsterte er, und als sie gehorsam die Augen schloß, begann er, mit ihr den Weg zu ihrem Unterschlupf zurückzulaufen.

Am nächsten Morgen wurde Cathy durch Virginias Schreien geweckt. Noch völlig schlaftrunken, schwankte sie zu Virginia hinüber, wickelte sie fast automatisch und legte sie an ihre Brust. Als Virginia zufrieden zu saugen begann, fing auch Cathys Gehirn langsam wieder an, zu funktionieren. Die Erinnerung an die vergangene Nacht kehrte zurück, und sie errötete. Ihr Verhalten war absolut ungehörig gewesen, gestand sie sich ein, aber Jon schien davon nicht abgestoßen gewesen zu sein.

Und er liebte sie! Die Worte schienen in ihrem Kopf zu tanzen. Er liebte sie, er hatte es ihr gestanden, nicht nur einmal, sondern zweimal! Ihr war auf einmal nach singen zumute. Die Welt schien auf einmal wieder in Ordnung zu sein.

Wo war Jon? Bei diesem Gedanken runzelte Cathy die Stirn. Hier war er nicht. Vielleicht war er am Strand, oder er fischte in der Bucht... Ungeduldig wartete sie, bis Virginia ihr Mahl beendet hatte, dann legte sie sie auf ihr Lager zurück. Ein voller Bauch ließ sie immer schnell müde werden. Schnell zog sie sich ihren Unterrock über den Kopf und kroch zum Eingang ihres Unterschlupfs. Soviel sie sehen konnte, war sie allein.

Sie kletterte hinaus, um sicherzugehen, aber der Strand war tatsächlich verlassen. Cathy runzelte die Stirn. Sie konnte es kaum erwarten, Jon wiederzusehen, um ihm zu sagen, daß sie ihn ebenfalls liebte. Er mußte es bereits wissen, aber letzte Nacht hatte sie ganz vergessen, ihm das ebenfalls einzugestehen.

Der Tag zog sich in die Länge, es wurde immer heißer, aber Jon ließ sich nicht blicken. Cathy begann, sich Sorgen um ihn zu machen, obwohl sie wußte, daß das lächerlich war. Als es immer später am Nachmittag wurde, packte sie Virginia und machte sich auf den Weg zum See. Es war der einzige Ort, an dem sie Jon vermuten konnte.

Er war nicht dort. Cathy machte sich auf den Rückweg; ihre Angst vor dem Dschungel hatte sie verloren. Als der Abend immer näherkam, wurde sie immer wütender. Es würde besser für ihn sein, tot, oder zumindest schwer verletzt irgendwo zu liegen. Denn wenn er in einem Stück zu ihr zurückkehrte, würde sie ihn umbringen.

Jon verbrachte den größten Teil des Tages oben auf den Klippen und beobachtete Cathy und Virginia von dort oben. Er konnte ihr nicht in die Augen sehen und den Triumph darin lesen, bis er sich wieder ganz in der Gewalt hatte. Sie hatte ihn besiegt. Trotz ihrer Hurerei mit Harold – und er weigerte sich, es anders zu bezeichnen – sehnte er sich nach ihr wie ein liebeskranker Schuljunge. Wenn er auch nur noch einen Funken Vernunft besaß, würde er sie verlassen, sobald sie sich wieder in der Zivilisation befanden, und sich eine andere Frau fürs Bett suchen. Was waren Frauen schon, als eine Ansammlung langer Haare, ein paar Metern seidiger Haut und einer warmen, feuchten Höhle, um einen Mann zu befriedigen?

Als er Cathy zusah, wie sie sich am Strand in ein Stadium des Ärgers steigerte, war es ihm, als stünde er neben ihr. Wie er erwartet hatte, jetzt nachdem sie ihn soweit gebracht hatte, ihr seine Liebe einzugestehen, erwartete sie, daß er nach ihrer Pfeife tanzte. Früher hätte er das vielleicht getan, aber heute nicht mehr. Er liebte sie, das mußte er zugeben, aber er würde nie mehr der Narr sein, der er einmal gewesen war.

Als die Sonne schließlich unterging, war Jon bereit. Er würde sich von dieser kleinen Hexe nicht an der Nase herumführen lassen, und ihr das auch klarmachen. Als er schließlich über den Strand lief, war es bereits fast völlig dunkel. Cathy war bereits in ihrer Behausung und stillte Virginia. Ihrem Blick nach zu urteilen, hätte sie vermutlich eine Schimpftirade losgelassen. Es war ein bezauberndes Bild, die beiden anzusehen, nur der bissige Blick, den sie ihm ab und zu zuwarf, zerstörte ein wenig das Sinnbild von Mutter und Kind.

Schließlich ließ Virginia von Cathys Brust ab und schlief ein. Cathy legte sie vorsichtig auf ihr Lager, wartete noch einen Moment, um zu sehen, ob sie auch richtig schlief und wandte sich dann ihm zu.

»Wo warst du?« zischte sie ihn an.

»Ich wußte gar nicht, daß ich dir über jede meiner Bewegungen Rechenschaft schuldig bin«, antwortete Jon und schloß die Augen, als langweilte ihn die Unterhaltung. Cathy schien einen Augenblick sprachlos zu sein. Er mußte sich anstrengen, nicht zu grinsen.

»Ich habe mir um dich Sorgen gemacht!« brachte sie schließlich heraus.

»Das war überflüssig.« Seine Stimme klang völlig gleichgültig. Nur das schlafende Kind schützte ihn davor, daß Cathy ihm den nächstbesten Gegenstand über den Kopf schlug.

»Keine Angst, das werde ich nicht«, spuckte sie schließlich aus, kehrte ihm den Rücken zu und machte sich davon. Leider hatte sie nicht zuviel Platz in der engen Behausung, und sie mußte sich auf Knien fortbewegen.

Jon ließ sie eine Zeitlang schmollen, und dann, als er meinte, daß ihre Wut ihren Höhepunkt erreicht hatte, sagte er: »Komm zu Bett!«

»Nein!«

»Letzte Nacht warst du nicht so widerspenstig«, stichelte er. Sie fuhr zu ihm herum.

»Das ist genau das, was ich von einem Mistkerl wie dir erwarten würde!«

»Willst du es etwa abstreiten?«

Nachdem sie es nicht abstreiten konnte, knirschte sie nur mit den Zähnen. Dieser arrogante Mistkerl! Aber sie würde ihn sich zurechtstutzen!

»Nein, das will ich nicht«, antwortete sie. »Aber letzte Nacht wollte ich einen Mann. *Irgendeinen* Mann. Du warst der einzige, der verfügbar war, also mußte ich mit dir vorliebnehmen.«

Er lachte auf. Diese kleine Dirne tat ihr Bestes, um ihn zu provozieren.

»Lügner«, sagte er leise.

»Und was ist mit dir?« rief sie anklagend aus. »Letzte Nacht sagtest du mir, du liebst mich!«

Die Worte standen einen Augenblick lang zwischen ihnen. Sie hatten Jons wunden Punkt getroffen.

»Ja, richtig«, sagte er schließlich gedehnt. »Aber siehst du, wie du brauchte ich letzte Nacht eine Frau. Das hätte ich vermutlich jeder gesagt.«

Bei dieser Beleidigung blieb ihr die Luft weg. Ohne nachzudenken, ging sie auf ihn los und zog aus, um ihm eine schallende Ohrfeige zu verpassen. Aber der Schlag landete nicht. Er fing ihre Hand ab und riß daran, daß sie nach vorne in seine Arme fiel.

Cathy prallte hart gegen seine Brust. Er hatte ihre beiden Hände mit einer Hand gepackt und hielt sie mit dem anderen Arm fest, den er um ihre Hüfte geschlungen hatte. Sie lag der Länge nach auf ihm, und sein dunkles, belustigtes Gesicht befand sich nur Zentimeter von ihrem entfernt.

»Brutaler Kerl!« sagte sie und starrte ihn böse an.

»Dirne«, gab er mit gleichem Tonfall zurück, und sie konnte sehen, wie sich sein Mund zu einem Lächeln verzog.

»Laß mich los!«

»Nie«, antwortete er heiser und kaum hörbar. Dann, noch bevor Cathy wußte, wie ihr geschah, küßte er sie. Die heiße Berührung wischte all ihre Gedanken fort. Obwohl sie sich dafür haßte, konnte sie seinem Kuß nicht widerstehen und erwiderte ihn. Als er schließlich ihre Hände losließ, legten sie sich um seinen dunklen Kopf.

Er war wieder verschwunden als Cathy erwachte. Sie war so wütend, daß sie schreien konnte. Dieser verdammte, arrogante Bastard! Letzte Nacht hatte er alles von ihr gefordert, ohne ihr auch nur ein einziges zärtliches Wort zu schenken. Sie hätte ihm einen Tritt verpassen können, wo es schmerzte, hätte ihn kratzen und beißen können, aber was hatte sie getan? Sie war in den Armen dieses Mistkerls dahingeschmolzen!

Es war früher Nachmittag, als Cathy den weißen Fleck am Horizont entdeckte. Sie hatte mit Virginia im flachen Wasser gespielt und hob sie hoch, um besser sehen zu können. War es vielleicht – konnte es ein Segel sein? Sie starrte hinaus aufs Meer, diesmal konnte sie jedoch nichts erkennen.

Plötzlich fiel ein Schatten auf das Wasser. Es war ein menschlicher, männlicher Schatten, und Cathy drehte sich aufgeregt um. Wenigstens einmal war Jon da, wenn man ihn brauchte... Dann klappte ihr der Unterkiefer nach unten. Vor ihr standen nicht einer, sonder zwei Männer, und keiner von beiden war Jon!

Schluckend wich Cathy einen Schritt zurück und

drückte Virginia fest an sich. Der Mann, der ihr am nächsten stand – ein großer, kräftiger Kerl in Hosen und einer Weste, der ein rotes Tuch um den Kopf geschlungen hatte – grinste sie an, und ein goldener Vorderzahn schimmerte in seinem Mund.

»Schau, schau, hallo, schönes Fräulein«, sagte er fröhlich, und seine Augen schweiften über ihren Körper, als könnte er durch ihren Unterrock hindurchsehen. »So ganz allein?«

Cathy schüttelte den Kopf und machte einen weiteren Schritt rückwärts. Wer waren diese Männer, und wo, um alles in der Welt kamen sie her? Und wo war denn nur Jon?

»Keine Angst, kleines Fräulein. Wir wollen Ihnen nichts tun«, sagte der Mann einschmeichelnd und machte einen Schritt auf sie zu. »Süßes, kleines Baby haben Sie da.«

Der andere Mann lachte. Cathy fuhr sich mit der Zunge über ihre ausgetrockneten Lippen. Sie hatte Angst. Nicht nur um sich selbst, sondern um Virginia. Die zwei sahen aus wie der niedrigste Abschaum. Insgeheim überlegte sie, ob sie schreien sollte, oder nicht. Einerseits würde Jon sofort herbeieilen, aber andererseits provozierte sie dadurch vielleicht die Männer, zu handeln. Die Frage beantwortete sich von selbst, als der andere Mann begann, hinter sie zu gehen. Mit Virginia auf dem Arm konnte sie nicht wegschwimmen, und der einzige andere Fluchtweg war ihr verbaut. Sie war in der Falle. Sie öffnete den Mund und schrie, als wollte sie Tote auferwecken. Virginia erschrak und begann zu weinen.

Jon befand sich ein ganzes Stück entfernt, als er Cathys Schrei vernahm. Er war auf der anderen Seite der Insel gewesen, mehr um vor den Problemen mit Cathy zu fliehen, als aus Notwendigkeit, und hatte ein kleines Schiff entdeckt, das dort in einer Bucht vor Anker lag. Er hatte sich versteckt und das Schiff beobachtet, was sich auch bezahlt machte. Man brauchte nicht viel Beobachtungsgabe, um zu erkennen, daß es sich um ein Piratenschiff handelte. Warum sie hier angelegt hatten, wußte er nicht, aber es war letztendlich auch egal. Er mußte zu Cathy zurück und sie und das Baby verstecken, bis das Schiff wieder ablegte. Er konnte sich lebhaft vorstellen, was diese Männer mit Cathy machen würden.

Jon hatte bereits den halben Rückweg hinter sich, als ihn Cathys Schrei erstarren ließ. Es war ein schriller, angsterfüllter Schrei und ließ ihm das Blut in den Adern gefrieren. Jon stellte sich alle schrecklichen Möglichkeiten vor, aber als er oben auf den Klippen anlangte, sah er, daß sie sich nicht bewahrheitet hatten.

Zwei Männer von dem Piratenschiff zerrten Cathy aus dem Wasser zum Strand. Einer hatte ihr seine Hand über den Mund gelegt, um sie davon abzuhalten, weiter zu schreien. Sie wehrte sich kaum. Jon war darüber zunächst etwas verwirrt, aber als der Mann, der vor lief, den Blick auf sie freigab, erkannte er den Grund. Sie hielt Virginia in den Armen.

Wut stieg in Jon auf. Sie wagten es, sich an ihr zu vergreifen... Dafür würde er sie umbringen! Schnell und leise wie ein Panther rannte er den Pfad zwischen den Klippen nach unten. Die beiden Männer, die mit Cathy beschäftigt waren, bemerkten ihn nicht. Auch Cathy sah ihn nicht kommen.

Nachdem sie sie ein paar Meter den Strand hinaufgezogen hatten, entriß ihr einer der beiden das Baby und hielt es an den Armen, während er Cathy angrinste. Virginia schrie, und Jon spürte, wie das Blut in ihm hochkochte. Aber noch im gleichen Augenblick warf der Mann Virginia einfach beiseite. Das Kind blieb im Sand liegen, wo es hingefallen war und rührte sich nicht mehr.

Cathy wurde zur wilden Bestie. Sie trat, kratzte und biß und versuchte verzweifelt, zu Virginia zu gelangen. Die Männer hatten ganz offensichtlich Schwierigkeiten mit ihr. Aber sie schafften es dennoch, sie festzuhalten und anzügliche Bemerkungen zu machen. Dann zwangen sie sie auf den Boden. Während Jon zusah und dabei auf sie zueilte, so schnell er es wagte, gruben sich ihre Zähne in das Bein eines ihrer Angreifer. Er schrie auf und hüpfte auf seinem unverletzten Bein auf und ab, während er eine Hand auf die Wunde preßte. Der andere Mann hob die Faust und hieb sie Cathy mit solcher Kraft ins Gesicht, daß ihr Oberkörper zurückflog. Damit, so ging es Jon durch den Kopf, hatte er sein Todesurteil besiegelt.

Er überquerte jetzt den Strand und näherte sich von hinten dem Mann, der über Cathy kniete, sie mit einer Hand am Boden festhielt und mit der anderen versuchte, ihren Unterrock hochzuschieben. Sie wehrte sich mit all ihrer Kraft, wand sich und trat nach ihm, immer in dem Versuch, ihn abzuschütteln. Der andere Mann saß nicht weit davon entfernt im Sand und untersuchte die Bißwunde an seiner Wade, die sie ihm zugefügt hatte.

Sie waren zu zweit gegen einen, und sie waren sowohl mit Säbeln, als auch mit Messern bewaffnet. Es war nicht der richtige Zeitpunkt, um nach irgendwelchen fairen Regeln zu kämpfen. Leise wie ein Schatten tauchte Jon hinter dem Mann auf, der vornübergebeugt versuchte, Cathy zu küssen. Jons Finger verkrallten sich brutal in seinem fettigen, rötlichen Haar. Der Kopf des Mannes schoß herum, und seine Überraschung wurde von Furcht abgelöst. Er versuchte aufzuspringen und rief heiser nach seinem Kumpanen. Jon lächelte ihn an, die Augen voller Mordlust, und dann schnitt er ihm mit einer einzigen Bewegung die Kehle durch.

»Jon, paß auf!« schrie Cathy, als das Blut über ihren ganzen Körper spritzte. Jon sah, daß ihre Augen etwas hinter ihm fixierten und fuhr herum. Der andere Mann stürmte wie ein Bulle auf ihn zu, den Säbel hoch über den Kopf erhoben.

»Bleib aus dem Weg!« rief er ihr zu, während er sich gebückt dem Angreifer stellte. Als der Säbel heruntersauste, wich er dem Hieb aus und drehte sich, um sich dem nächsten Angriff zu stellen. Dabei sah er erleichtert, daß Cathy auf ihn gehört hatte und auf Virginia zukroch.

Er widmete jetzt all seine Aufmerksamkeit seinem Gegner. Jon wußte, daß er versuchen mußte, außer Reichweite des Säbels zu bleiben, bis er eine Gelegenheit fand, dicht genug an ihn heranzukommen, um ihn mit seinem Messer zu erwischen. Er wartete bis zum letzten Augenblick, dann, als der Säbel wieder auf ihn zuschoß, schnellte er zur Seite. Die Klinge pfiff harmlos an ihm vorbei.

Wieder ging Jon in Angriffsstellung, das Messer vor sich ausgestreckt. Der Pirat umkreiste ihn, immer auf der Suche nach einer neuerlichen Gelegenheit.

»Ich werde dich töten, Freund«, grunzte er, ohne seinen Blick von Jon abzuwenden. »Und dann nehme ich mir deine Frau!«

Jon lächelte, aber seine Augen waren hart wie Stahl.

»Ich glaube, das wirst du nicht«, erwiderte er langsam, und als der Mann im nächsten Augenblick auf ihn los stürmte, hieb er mit dem Messer zu und wirbelte gleichzeitig wieder zur Seite.

Cathy, mit der bewußtlosen Virginia im Arm, sah

dem Kampf mit klopfendem Herzen zu. Der andere Mann war ebenso groß wie Jon und hatte den Vorteil der Waffen. Jedesmal, wenn das glitzernde Schwert an Jons Gesicht vorbeizischte, stockte ihr der Atem. Sie war sicher, er würde getötet werden. Sie hatte ihn noch nie kämpfen sehen, noch nie wie jetzt, voller Mordlust. Seine grauen Augen waren kalt wie der Tod, sein Ausdruck fest entschlossen. Ein bösartiges Lächeln lag auf seinen Lippen. Es sah fast aus, als machte ihm das Ganze Spaß.

Die Männer umkreisten einander, wie zwei große, blutrünstige Hunde. Dann sprang der Pirat erneut auf Jon zu, und sie sah, wie Jons Messer seinen Unterarm aufschlitzte, während er dem Hieb auswich.

Wieder ging der Pirat auf ihn los, den langen Säbel hoch erhoben. Jon täuschte mit dem Messer, während der Mann näherkam. Cathy hielt den Atem an, sicher, daß der Mann im nächsten Augenblick Jons Kopf von den Schultern trennen würde. Warum sprang er nicht aus dem Weg? Dann, als der Säbel heruntersauste, sah sie, wie sich Jon plötzlich bückte, und dem Piraten blitzschnell eine Handvoll Sand in die Augen warf.

Der Pirat heulte auf und rieb sich die Augen. Jon nutzte die Gelegenheit, sprang nach vorne und zielte mit dem Messer auf den Bauch des Mannes. Aber der Mann war ganz offensichtlich ein erfahrener Kämpfer. Trotzdem er nichts sehen konnte, sprang er aus dem Weg. Gleichzeitig trat er mit seinem Bein nach ihm und erwischte Jon in der Kniekehle. Voller Entsetzen sah Cathy, wie er zu Boden ging.

Bevor er sich wieder aufrappeln konnte, nutzte der Pirat seinen Vorteil. Noch immer blinzelnd, hieb er mit dem Säbel zu, und die Klinge verfehlte Jon nur um Zentimeter. Immer wieder hieb er zu, und Jon, der immer weiter rückwärts kroch, schaffte es gerade eben, außer Reichweite zu bleiben. Im Moment war sein Messer so nutzlos wie ein Zahnstocher.

»Jon!« hörte er Cathy zu seiner Linken rufen. Er wagte einen kurzen Blick und sah, daß sie sich des Säbels des toten Piraten bemächtigt hatte. Sie warf ihn ihm zu, und er fing ihn in dem Moment auf, als sich der Säbel des anderen tief in seine Schulter bohrte. Schmerz durchfuhr seinen Körper, aber er mußte ihn verdrängen – wenn er überleben wollte. Während das Blut aus seiner Wunde floß, und gerade als der Pirat ausholte, um erneut zuzuschlagen, sprang Jon auf und bohrte ihm den Säbel durch den Bauch, daß die Spitze zum Rücken wieder herausdrang.

Mit einem Ruck zog er den Säbel wieder heraus. Der Pirat preßte beide Hände auf die Wunde und stolperte rückwärts. Die Augen, die er auf Jon gerichtet hatte, wurden gläsern. Seine Knie gaben nach, er stürzte zu Boden und fiel rücklings hin. Mit einem letzten Grunzen starb er.

Schwer atmend legte Jon eine Hand auf seine verletzte Schulter, und ließ sich auf die Knie sinken. Cathy rannte zu ihm, ihr Gesicht weiß wie Schnee. Blutstropfen bedeckten ihren Unterrock.

»O Gott, bist du schwer verletzt?« schluchzte sie und ließ sich neben ihm auf die Knie sinken.

»Ich werde es überleben«, stieß er aus und biß die Zähne zusammen, als ihn ein Schmerz wie Feuer durchfuhr. Das Blut lief ihm durch die Finger, die er auf die Wunde gepreßt hatte.

»Laß es mich einmal ansehen«, sagte sie und schob vorsichtig seine Hand beiseite. Der Säbel hatte ihm eine Wunde über die ganze Länge der Schulter zugefügt. Blut quoll aus ihr hervor und lief ihm über Brust und Rücken. Sie schien etwa einen Zentimeter tief zu sein. Schnell hob Cathy den Saum ihres Unterrocks hoch und riß einen Streifen davon ab, so daß ihr Unterrock nur noch bis knapp über die Knie reichte.

»Wenn wir so weitermachen, sind wir bald beide nackt!« meinte Jon fast amüsiert. Cathy warf ihm einen harten Blick zu und preßte dann den Stoff fest auf seine Wunde, um den Fluß zu stoppen.

»Autsch!« stieß er aus und zuckte zusammen. Dann wandte er den Kopf und sah sie eindringlich an.

»Haben sie dir etwas getan?« fragte er nach einem Augenblick. Cathy schüttelte den Kopf.

»Das ist kein Blut von mir«, erklärte sie. »Als du dem Mann die Kehle durchgeschnitten hast...« Sie verstummte schaudernd. Jon, der sah, daß sie noch bleicher wurde, beeilte sich, ihre Gedanken davon wieder abzulenken.

»Wie geht es Virginia?«

Cathy runzelte die Stirn und warf einen besorgten Blick zu der Stelle hinüber, wo sie das Kind in den Sand gelegt hatte.

»Ich glaube, ihr ist nicht viel passiert,« sagte sie langsam und kaute auf ihrer Unterlippe herum. »Sie atmet normal, und es scheint nichts gebrochen zu sein. Aber sie wacht nicht auf. Ich glaube, sie muß sich den Kopf hart gestoßen haben, als der Mann sie hingeworfen hat.«

»Verbinde mir die Schulter und dann gehe sie holen«, sagte Jon und schnitt eine Grimasse, als Cathy seine Anweisung befolgte. »Wir müssen hier verschwinden, bevor sie jemanden losschicken, um nach den beiden zu suchen.«

»Bevor *wer* jemanden losschickt?« fragte Cathy verwirrt. Jon erzählte ihr kurz von dem Schiff, das er entdeckt hatte.

»Dann muß das das Segel gewesen sein, das ich gesehen habe«, sagte sie zu sich selbst.

»Du hast ein Segel gesehen? Wann?«

Cathy erzählte ihm von dem weißen Fleck, den sie am Horizont gesehen hatte, kurz bevor die beiden Männer über sie hergefallen waren. Dabei wurde ihr selbst klar, daß es sich nicht um das gleiche Schiff handeln konnte.

»Das Schiff auf der anderen Seite der Insel liegt sicher schon die ganze Nacht dort vor Anker«, bestätigte Jon ihre Schlußfolgerung. »Das heißt, dort draußen gibt es noch ein Schiff. Wir müssen versuchen, es zu erreichen. Sobald die Mannschaft ihre beiden toten Männer entdeckt, werden sie nach uns suchen. Los, geh Virginia holen.«

Cathy verknotete den Verband und tat, wie er gesagt hatte. Hinter ihr erhob sich Jon langsam. Nach einem Augenblick lief er auf unsicheren Beinen zu ihrer Notbehausung.

Zu Cathys Erleichterung, begann Virginia zu wimmern, als sie sie aufhob.

»Armes Baby«, tröstete sie Virginia zärtlich und drückte sie an ihre Brust. Ein blauer Fleck bildete sich über ihrem rechten Auge. Ein lautes, kratzendes Geräusch ließ sie herumfahren. Ihre Muskeln entspannten sich wieder, als sie sah, daß es von dem Boot herrührte, das Jon über den Strand zog. Cathy folgte ihm zum Wasser hinunter.

»Steig ein«, sagte er, als das Boot im Wasser lag und mit dem Bug aufs Meer hinaus zeigte. Nachdem sie sich mit dem Baby gesetzt hatte, watete er in die Bucht hinaus und schob das Boot dabei vor sich her.

16

Die *Victoria* gehörte zur königlichen Flotte Ihrer Majestät. Sie war ausgeschickt worden, um vor der afrikanischen Küste zu patroullieren, nachdem sich britische Händler über große Verluste in dieser Gegend beklagt hatten. Die Seeleute der britischen Handelsschiffe waren überspannt und beschuldigten angebliche Piraten, erklärte Miles Davis, der Captain der *Victoria*, aber bisher hatten seine Leute noch nichts entdeckt, was auch nur im entferntesten an ein Piratenschiff erinnerte. Er selbst hielt das ganze für nichts weiter als Wichtigtuerei und hatte seine Crew bereits angewiesen, wieder Kurs auf England zu nehmen, als einer seiner Matrosen das kleine Boot entdeckt hatte. Weder Cathy noch Jon widersprachen ihm, denn sie wollten nur endlich sicher von hier fortkommen, ohne noch irgendwelche Gefechte mitmachen zu müssen.

Offensichtlich hatten weder Captain Davis noch sonst jemand von seiner Mannschaft von der Meuterei auf der *Cristobel*, oder von einem Mann namens Jonathan Hale gehört. Aus Sicherheitsgründen hatte sich Jon als John Hale ausgegeben, einen seefahrenden Händler, der eine Schiffsladung Melasse nach Saint Vincent auf den Kapverdischen Inseln geliefert hatte, als sein Schiff in einem Sturm untergegangen war. Seine Frau und sein Kind seien mit ihm gereist, und seines Wissens nach seien sie die einzigen Überlebenden gewesen. Die Geschichte wurde vorbehaltlos akzeptiert, und sie konnten sich einem relativ sorgenfreien Leben an Bord hingeben.

Jon und Cathy bekamen die Kabine des Ersten Maats

zugeteilt. Sie war klein und spartanisch eingerichtet, aber Cathy war dankbar dafür und brachte dies auch Mr. Corrigan gegenüber zum Ausdruck, der sie ihnen überlassen hatte. Für Virginia wurden Bettlaken zum Wickeln und Anziehen zur Verfügung gestellt, und Jon erhielt eine Uniform eines Mannes, der ungefähr seine Statur hatte. Cathy stellte jedoch ein kleines Problem dar. Frauenkleider gab es nicht an Bord, also mußte sie sich schließlich mit dem Ausgehanzug des Schiffsjungen begnügen. Die Hosen aus dunkelblauem Stoff flatterten ihr lose um die Beine, und das Hemd war aus einfachem, weißem Leinen, ohne irgendwelche Verzierungen, unter dem sich Cathys Brüste abzeichneten. Jon fielen fast die Augen aus den Höhlen, als er sie so zum erstenmal sah und verbot ihr, sich so unter der Mannschaft blicken zu lassen. Cathy tat so, als ob sie schmollte, um ihn zu ärgern, aber in Wirklichkeit verspürte sie kein Verlangen, sich so unter so viele Männer zu begeben. Schließlich lieh sie sich den weiten Umhang des Captains, damit Jon sie mit an Deck nehmen konnte, um Luft zu schnappen.

Die Seeleute waren begeistert über das Glück, eine so hübsche Frau an Bord zu haben. Wann immer sie an Deck erschien, wurde sie zum Mittelpunkt ihrer Galanterien und ihrer bewundernden Blicke. Auch Virginia wurde zum Mittelpunkt der Bewunderung. Wann immer die beiden ihre Kabine verließen, war Jon nicht weit. Seine Anwesenheit allein ließ die meisten ihrer Arbeit nachgehen. Wenn seine grauen Augen auf einem der Matrosen ruhten, war es, als verspürte man den Hauch des Todes, hörte sie einmal einen Matrosen sagen. Als sie es Jon gegenüber lachend erwähnte, grinste er nicht einmal.

Er war höflich, wenn sie allein waren, aber weder besonders gesprächig, noch außergewöhnlich liebevoll. Cathy fragte sich bereits, ob sie es sich nur eingebildet hatte, daß er ihr leidenschaftlich gestanden hatte, daß er sie liebte, oder ob er die Worte tatsächlich nur in der Hitze der Leidenschaft ausgestoßen hatte. Sie wollte ihn danach fragen, aber irgendwie ergab sich nie die Gelegenheit. Sie würde warten, bis sie wieder in England waren.

Der einzige Ort, an dem Jon nicht nur kühl und höflich war, war auf der schmalen Pritsche, die sie teilten. Dort war er heiß und leidenschaftlich, wie Cathy ihn sich wünschte. Wenn er mit ihr schlief, verdrängte er alle ihre Gedanken in weite Ferne. Jedesmal verlor sie sich in den Wellen ihrer Leidenschaft und erlebte Gefühle, die sie in den Himmel entführten. Und wenn sie hinterher einschliefen, hielt er sie fest an sich gedrückt. Aber nie hörte sie Worte der Liebe von seinen Lippen, so sehr sie sich auch anstrengte.

Je mehr sich die *Victoria* England näherte, um so öfter dachte Cathy an Dinge, die sie seit langem verdrängt hatte. Ganz vorne an stand Cray. Sie sehnte sich danach, ihn wiederzusehen, ihn in ihren Armen zu halten und ihm zu sagen, daß sie ihn liebte. Acht Monate waren seit ihrer Heirat mit Harold und jener verfluchten Hochzeitsreise vergangen. Würde Cray verstehen, daß sie ihn verlassen hatte, weil sie es mußte, nicht weil sie es wollte? Würde er sich überhaupt noch an sie erinnern? Und wie würde er über Virginia denken?

Und ihr Vater. Wie es ihm wohl ging? Sie weigerte sich, daran zu denken, er könnte nicht mehr am Leben sein. Unter Masons pflegenden Händen mußte er wieder genesen sein.

Harolds fleischiges Gesicht tauchte immer öfter vor ihren Augen auf, während sie sich dem Land näherten. Er war wie ein böser Geist, der sie in ihren Träumen verfolgte. Sie erwähnte seinen Namen Jon gegenüber nicht, aber trotzdem war es ein Problem, mit dem sie sich befassen mußten. Ob es ihr gefiel oder nicht, sie war Harolds rechtmäßige Ehefrau. Bis dieses Problem gelöst war, blieb zwischen ihr und Jon eine unüberwindliche Mauer bestehen. Mehr als alles in der Welt, wollte sie Jons Frau sein und ihre beiden Kinder als seine anerkannt sehen, wollte sie mit ihm wieder glücklich in Woodham leben. Aber Harold war wie ein Fels, der den Weg blockierte.

Eine Annullierung durchzudrücken, dürfte nicht allzu schwer sein, dachte sie voller Optimismus. Das Problem war, daß sie dazu nach England mußte; das nahm sie zumindest an. Andererseits wollte sie Jon so schnell wie möglich auf sicherem, amerikanischem Boden wissen. So lange die Möglichkeit bestand, daß man ihn erneut fing und ins Gefängnis warf, würde sie sich nicht sicher fühlen. Vielleicht war es am besten, wenn er direkt nach Woodham weiterfuhr, und sie und die Kinder nachkamen, sobald alles geregelt war. Aber sie haßte den Gedanken an eine neuerliche, lange Trennung. Sie mußte mit Jon darüber sprechen, konnte sich aber nicht dazu durchringen, das Thema anzuschneiden. Trotzdem, wie sie glaubte, Virginias Geburtstermin ihn schließlich davon überzeugt hatte, daß er ihr Vater war, war Cathys Ehe mit Harold noch immer ein heikles Thema. Sie hatte Angst, es anzuschneiden. Auch das war etwas, was bis zu ihrer Ankunft in England warten konnte...

Während sie versuchte, an angenehmere Dinge zu denken, fiel Cathy überrascht auf, daß sie ihren eigenen Geburtstag vergessen hatte. Sie war am 21. Februar zwanzig Jahre alt geworden, aber es waren so viele Dinge geschehen, daß sie nicht einmal daran gedacht hatte. Auch Jon war ein Jahr älter geworden, seit sie

Woodham verlassen hatten. Er war im November siebenunddreißig geworden, als er noch als Sträfling auf der *Cristobel* fuhr.

Siebenunddreißig! Wenn man selbst zwanzig war, erschien es einem alt. In zwanzig Jahren war er bereits ein alter Mann. Aber was für ein alter Mann! Sie konnte ihn sich vorstellen, mit grauen Augen, sein Körper noch immer stark, aber hagerer. Die grauen Augen würden sich nicht ändern. Er würde immer noch gut aussehen, und sie würde ihn immer noch lieben. Dessen war sie sich sicher.

Während sie ihn eingehend betrachtete, bemerkte sie nicht, daß er sie ansah.

»Du schenkst mir das Gefühl, als sei ich ein zu magerer Stier bei einer Auktion«, murmelte Jon und sah ihr in die Augen. Cathy zuckte zusammen. Es war noch früh am Morgen, und sie hatte nicht erwartet, daß er wach sein könnte. Sie errötete, als sie sich bewußt wurde, daß sie seinen nackten Körper so lange und eingehend betrachtet hatte, während er ihr zusah.

»Ich – ich habe dich nur angesehen«, stotterte sie. Seine Augen nahmen das Grau von Gewitterwolken an. Er legte sich auf den Rücken, ergriff ihre Hand und zog sie zu sich herunter.

»Du kannst mich ansehen, so lange du möchtest«, sagte er gedehnt. »Vorausgesetzt, du gestehst mir das gleiche Recht zu.« Sie schmiegte sich an seine Seite, und er hob seine Hand, um ihre Brust zärtlich zu streicheln. Sofort schwoll sie unter seinen zärtlichen Berührung. Cathys Lippen öffneten sich, und sie fühlte, wie sich die Wärme in ihrem Unterleib, in ihrem ganzen Körper auszudehnen begann. Sie protestierte nicht, als er begann, ihr viel zu großes Nachthemd aufzuknöpfen, das sie ebenfalls von einem Mann der Besatzung erhalten hatte. Im nächsten Augenblick lag sie nackt neben ihm, und seine Lippen sandten wohlige Schauer über ihren Rücken, als sie über ihre Haut wanderten. Als er endlich in sie eindrang, stöhnte sie vor Verlangen.

Als es vorbei war, lag er auf ihrem immer noch bebenden Körper. Cathy fühlte, wie sein Schweiß auf ihre Haut tropfte. Langsam, ganz langsam kehrte sie wieder in die Wirklichkeit zurück.

»Mein Gott, du machst mich verrückt«, murmelte er ihr ins Ohr. Cathy lächelte, die Augen noch immer geschlossen. Es war wundervoll, ihn solche Dinge sagen zu hören. Vielleicht war jetzt der Zeitpunkt, ihn dazu zu bringen, noch mehr zu sagen...

»Sag mir, daß du mich liebst«, flüsterte sie und sah ihn mit einem bittenden Blick an. Zu ihrer Überraschung spürte sie, wie sich seine Muskeln anspannten. Dann rollte er von ihrem Körper herunter und setzte sich mit dem Rücken zu ihr auf.

»Jon!« protestierte sie mit verletztem Tonfall, als sie sich ebenfalls aufsetzte und das Laken bis zu ihren Achseln hochzog.

»Schenkt es dir eine besondere Befriedigung, wenn ich es zugebe?« fragte er und warf ihr einen Blick über die Schulter zu. »Na schön, ich liebe dich: ich liebe deinen weichen, sich windenden Körper und die Art, wie er sich unter meinen Berührungen dehnt und streckt; ich liebe die kleinen wimmernden Geräusche, die aus deiner Kehle kommen, wenn ich dich nehme. Aber jedesmal, wenn ich mit dir schlafe, geschieht etwas Seltsames: ich frage mich, wieviel andere Männer dich auf die gleiche Weise geliebt haben!«

Seine Stimme war grausam, die Worte absichtlich so ausgewählt, daß sie sie schmerzten. Cathys Augen weiteten sich schockiert. Einen Augenblick lang konnte sie ihn nur fassungslos anstarren.

»Wovon sprichst du überhaupt?« fragte sie schließlich. »Du bist der einzige Mann, mit dem ich je – der je...«

»Mein Gott, kannst du nicht einmal ehrlich sein?« Seine Stimme klang hart. »Ich weiß von Harold, und ich habe mich damit abgefunden. Vielleicht hast du es sogar tatsächlich aus Liebe für mich getan, wie du ständig behauptet hast. Aber ich kann es nicht ertragen, wie du jedem Mann schöne Augen machst, der auch nur in deine Nähe kommt. Du hast jetzt schon mit jedem geilen Bock auf diesem Schiff geflirtet, und ich habe es satt, ständig den Aufpasser zu spielen. Ich habe mich schon seit längerem mit der Tatsache abgefunden, daß Frauen ebenso treu sind wie streunende Katzen, aber ich warne dich hiermit, daß ich diese Spielchen nicht länger mitmachen werde. Wenn ich dich dabei erwische, daß du mit einem anderen Mann im Bett liegst, werde ich ihn umbringen. Und dann werde ich dich mit Genuß soweit bringen, daß du dir wünschen wirst, du wärest nie geboren worden!«

»Wie kannst du es wagen, mich dermaßen zu beschuldigen?« erwiderte sie wütend, nachdem sie endlich ihre Sprache wiedergefunden hatte. »Wer glaubst du denn eigentlich, wer du bist? Du bist nicht mein Ehemann, falls du das vergessen hast! Das muß ich mir, Gott sei Dank, nicht länger von dir bieten lassen! Du bist krank, Jonathan Hale, und du tust mir leid! Du bist so eifersüchtig auf jeden Mann, der mich auch nur nach der Uhrzeit fragt, daß es schon krankhaft ist!«

»Krankhaft, ja?« grollte er und fuhr herum, um sie richtig anzusehen. »Gerade eben scheinst du aber noch anders darüber gedacht zu haben!«

»Du bist ein eingebildetes Schwein!« fauchte sie ihn an. »Ist dir schon einmal der Gedanke gekommen, daß ich so jedem meiner Liebhaber entgegenkomme?«

Diese Bemerkung war ihrer Wut entsprungen. Kaum hatte sie sie ausgesprochen, da bereute sie es auch bereits. Aber es war zu spät.

»Du gibst es also endlich zu? Die Wahrheit kommt immer ans Tageslicht, so sagt man doch, oder? Wieviele Männer hattest du denn, Cathy? Außer mir und Harold? Sag doch, hast du mir auf Woodham auch schon bei jeder Gelegenheit Hörner aufgesetzt?«

»Du dreckiger Bastard!« stieß Cathy aus, und ihre Hände verkrampften sich in dem Laken. Jon betrachtete sie fast schon voller Haß. Seine Gefühle für sie machten sein Leben zur Hölle!

»Geh mir aus den Augen!« befahl sie mit zitternder Stimme. »Ich habe dir nichts mehr zu sagen: du kannst glauben, was du willst. Gott sei Dank bin ich nicht mehr mit dir verheiratet! Ich könnte mir nichts Schlimmeres vorstellen, als den Rest meines Lebens an einen solchen brutalen, eifersüchtigen Menschen angekettet zu sein!«

Jons eisgraue Augen verengten sich zu schmalen Schlitzen. Er erhob sich und ballte die Fäuste, als könnte er sich nur mit Mühe davor zurückhalten, ihr den Hals umzudrehen.

»Ach, das kannst du nicht? Dann laß dir gesagt sein, es ist weitaus schlimmer, mit einer Dirne verheiratet zu sein, die ihre Beine für jeden breit macht, der ihr über den Weg läuft. Und ich spreche aus Erfahrung!«

Cathy spürte, wie ihre Wangen brannten. Sie war so außer sich, daß sie kaum noch sprechen konnte.

»Offensichtlich handelst du nicht nach dem, was du predigst!« zischte sie, und ihre Augen blitzten mörderisch. »Du bist gerade der Richtige, um sich über Untreue auszulassen! Oder solltest du Sarita bereits vergessen haben?«

In ihrem Tonfall schwang verärgerter Triumph mit. Jon starrte sie einen Augenblick an, ohne zu sprechen. Dann verzog sich sein Gesicht zu einem Grinsen.

»Ach ja, Sarita«, murmelte er, wie in Gedanken. »Das war wirklich einmal eine hübsche, liebevolle...«

»Hinaus!« Cathy schrie ihm die Worte entgegen. In diesem Moment hätte es ihr große Freude bereitet, ihn mit einem Messer zu bearbeiten.

Er stand nur da und sah sie grinsend an.

»Wie fühlt man sich denn, wenn man eifersüchtig ist, Liebling?« stichelte er leise. Er beobachtete sie mit gemeiner Befriedigung.

»Hinaus!« Ihre Augen schweiften suchend durch das Zimmer. Sie brauchte einen Gegenstand, der, wenn sie ihn ihm an den Kopf warf, ausreichend Schaden anrichtete. Jon, der gerade damit beschäftigt war, seine geborgten Hosen anzuziehen, interpretierte ihren Blick korrekt.

»Das würde ich dir nicht raten!« knurrte er und grinste wieder hämisch. »Es würde mir zuviel Freude bereiten, mich zu wehren. In diesem Augenblick täte ich nichts lieber, als dir das Genick zu brechen.«

»Schwein!« stieß sie aus und packte den nächstbesten Gegenstand, in diesem Fall das Kissen, und warf es mit aller Kraft auf ihn. Er wich ihm aus, lachte und verließ die Kabine, seine Jacke über dem Arm.

»Ich hasse dich!« kreischte Cathy ihm durch die Tür nach und malte sich alle möglichen Versionen aus, wie sie ihn umbringen konnte. Sie dachte sogar einen Augenblick daran, sich einen Liebhaber zu nehmen, nur um Jonathan Hale eine Lektion zu erteilen. Sie stellte sich seine Wut vor, sollte er bemerken, wie sie etwas mit dem jungen Captain der *Victoria* anfing. Er würde ihn umbringen. Was allerdings Captain Davis gegenüber nicht fair war. Dennoch...

Während der nächsten paar Tage befanden sich die beiden in einer Art Kriegszustand. Wenn sie sich in der Gesellschaft anderer Besatzungsmitglieder befanden, sprachen sie miteinander, wenn es unbedingt sein mußte. Aber wenn sie allein waren, begegneten sie sich mit eisiger Stille. Sie teilten sich die Pritsche, aber nur um zu schlafen. Nachts kehrten sie einander den Rücken zu, und es war, als ob sie füreinander überhaupt nicht mehr existierten.

Es war ein kühler, nebliger Julimorgen, als sie schließlich Plymouth vor sich sahen. Die *Victoria* mußte nur noch den englischen Kanal hinaufsegeln, und sie waren in London. Cathy, die mit Virginia auf dem Arm an Deck stand, wurde sich bewußt, daß ihre Reise zu Ende sein würde, bevor noch ein weiterer Tag vergangen war. Und noch immer hatten sie und Jon nichts miteinander geregelt. Sie hätte ihn am liebsten für immer aus ihrem Leben verbannt, sobald sie angelegt hatten. Wäre es nicht um Cray und Virginia gegangen, hätte sie es vielleicht sogar getan. Aber um ihretwillen würde sie ihm noch eine letzte Chance geben, einzulenken. Wenn er sich entsprechend bei ihr entschuldigte und ihr schwor, daß er all die schrecklichen Dinge nur in seiner Wut gesagt hatte, ohne sie zu meinen, und wenn er ihr sagte, daß er sie liebte, würde sie ihm vielleicht vergeben...

Jon stand ein ganzes Stück von ihr entfernt an der Reling und beobachtete Cathy. Sie sah wunderschön aus, wie sie da mit Virginia in ihren Armen stand und das goldene Haar von der steifen Brise aufgewirbelt wurde.

Er mußte sich noch heute mit ihr aussprechen. Wie er schon vorher beschlossen hatte, wollte er sie trotz ihrer Untreue behalten. Sich mit ihr zu streiten, war ein Fehler gewesen, denn es war sinnlos und verursachte ihm außerdem noch physische Qualen. Trotz seiner Meinung über sie konnte er nicht davon wegkommen, daß er sie wollte. Ihre Anwesenheit neben ihm war für ihn die reinste Hölle, da er sich auferlegt hatte, sie nicht anzurühren.

Als sie von ihm verlangt hatte, daß er ihr seine Liebe gestand, hatte sie einen wunden Punkt erwischt. Er liebte sie, und das war das ganze Problem. Er verfluchte sich selbst für seine Schwäche, aber er kam einfach nicht dagegen an. Er würde sie behalten, aber diesmal würde er der Herr in seinem Haus bleiben. Sie würde tun, was ihr gesagt wurde, und er würde ihr klarmachen, daß er sie halb totprügeln würde, wenn sie einen anderen Mann auch nur ansah. Frauen mußten, wie Hunde, mit Zucht und Ordnung, behandelt werden. Bisher war er zu weich zu ihr gewesen. Diesen Fehler würde er nicht noch einmal machen.

Den Rest des Tages verbrachte Jon an Deck und legte überall mit Hand an. Als erfahrener Seemann wußte er, was vonnöten war, und er hatte bereits während der ganzen Reise an Bord mitgeholfen. Die Seeleute respektierten ihn. Dies war allerdings nicht nur auf seine Fähigkeiten als Seemann zurückzuführen, sondern auch auf seine hübsche Frau. Jeder von ihnen beneidete ihn um sie. Jon schnitt eine Grimasse. Wenn die wüßten...

Nachdem Cathy sich entschlossen hatte, ihm noch einmal die Gelegenheit zu geben, sich mit ihr zu versöhnen, verspürte sie den weiblichen Wunsch, so gut wie möglich auszusehen, wenn er es tat. Schüchtern fragte sie Mr. Corrigan, ob es für sie möglich wäre, ein Bad zu nehmen. Es dauerte nicht lange, und zwei kräftige Seeleute klopften an ihre Tür. Der eine trug eine Porzellanwanne, der andere zwei Eimer dampfenden Wassers.

Nachdem die Wanne gefüllt war, ließ sich Cathy hineinsinken, um das warme Wasser zu genießen. Eine Zeitlang blieb sie einfach darin sitzen, dann begann sie sich einzuseifen. Anschließend wusch sie ihr Haar, und als sie auf einmal Virginia wimmern hörte, wickelte sie sich ein Tuch um den Kopf, stieg aus der Wanne und holte das Kind. Dann stieg sie mit ihm wieder in die Wanne und spielte mit ihr im Wasser.

Später, als Virginia wieder eingeschlafen war, ging Cathy an Deck, um ihr Haar in der Sonne trocknen zu lassen. Sie nahm einen kleinen Stuhl mit nach oben und setzte sich an einer Stelle an die Reling, wo sie nicht im Weg war. Dann strich sie sich mit den Fingern durch ihr Haar und breitete die Strähnen aus, damit es leichter trocknete. Sie merkte, wie Jon ihr zusah, aber sie ignorierte seinen Blick. Wenn er sie eingesperrt halten wollte, wie eine Nonne, hatte er sich verrechnet!

Ihr Haar war bereits trocken und lag wie ein Fächer um ihre Schultern, als Captain Davis sich neben sie stellte. Er war ein netter, eher unauffälliger, junger Mann, etwa Mitte zwanzig, mit blondem Haar und braunen Augen. Er war immer höflich, und Cathy mochte ihn. Als er sich zu ihr gesellte, lächelte sie ihn an, ohne zu ahnen, welch strahlenden Eindruck sie auf ihn machte. Er war offensichtlich von der Wärme ihres Lächelns verwirrt. Ein paar graue Augen blitzten verärgert zu ihr herüber.

»Darf ich Ihnen sagen, daß sie das hübscheste Haar besitzen, das ich je gesehen habe?« fragte Captain Davis mit tiefer Stimme. Cathy lächelte. Verglichen mit Jon, war er noch ein Junge. Er hatte nichts Unanständiges im Sinn, das wußte sie.

»Es ist immer schön, wenn man Komplimente gemacht bekommt«, erwiderte sie bescheiden.

»Sie müssen Hunderte, nein Tausende von Komplimenten erhalten!« murmelte er. »Sie sind die hübscheste Dame, die ich je gesehen habe. Wenn ich...«

»Ich bedanke mich im Namen meiner Frau«, sagte eine eisige Stimme hinter ihnen. Captain Davis zuckte schuldbewußt zusammen und errötete.

»Oh, hallo, Hale. Ich war gerade dabei – äh...« Captain Davis wand sich unbehaglich. Cathy, die Mitleid mit ihm hatte, sagte freundlich zu Jon: »Captain Davis war so freundlich, mir ein paar Minuten Gesellschaft zu leisten, während ich mein Haar trocknete. Das war sehr aufmerksam von ihm.«

»In der Tat«, murmelte er trocken. »Dann muß ich Ihnen ja doppelt dankbar sein, daß Sie sich um meine Frau gekümmert haben, während ich anderweitig beschäftigt war. Aber jetzt bin ich hier und werde mich voll und ganz meiner Frau widmen.«

Captain Davis räusperte sich.

»Äh, ja«, sagte er. »Wenn Sie mich dann entschuldigen würden, Hale, Mrs. Hale, ich muß weiter. Es gibt auf dem Schiff einiges für mich zu tun.«

»Lassen Sie sich von uns nicht aufhalten«, murmelte Jon. Captain Davis stotterte noch etwas, errötete und zog sich dann zurück.

»O laß mich in Ruhe«, sagte Cathy verärgert zu Jon, nachdem der Captain verschwunden war. »Es gab überhaupt keinen Grund, sich wie ein eifersüchtiger Ehemann aufzuführen. Er ist ein netter Mann, und er ist nur einen Augenblick stehengeblieben, um sich mit mir zu unterhalten. Und du brauchst gar nicht so die Stirn zu runzeln: das beeindruckt mich nicht im Geringsten. Was ich tue und lasse geht dich überhaupt nichts an! Wenn ich mit einem Mann reden möchte – oder sonst etwas tun möchte, wenn wir schon dabei sind – dann werde ich das auch. Und wenn dir das nicht paßt, dann hast du eben Pech gehabt. Muß ich dich daran erinnern, daß ich *nicht* deine Frau bin?«

Jon stieg die Zornesröte ins Gesicht, und seine Kieferknochen mahlten. Seine Hände streckten sich aus und packten sie an den Oberarmen – nicht so fest, daß es schmerzte, aber fest genug, um sie auf die Füße zu ziehen.

»Wir müssen uns unterhalten«, knirschte er mit zusammengebissenen Zähnen.

»Da bin in deiner Meinung«, erwiderte sie. Während er sie mit einer Hand weiter festhielt, ergriff er mit der anderen ihren Stuhl und führte sie zu ihrer Kabine.

»Ich bin bereit, mir deine Entschuldigung anzuhören«, verkündete Cathy, als sie endlich allein waren.

Jon schnaubte, lehnte sich mit verschränkten Armen gegen die Tür und betrachtete sie eine Zeitlang mit berechnendem Blick.

»Ich glaube, wir müssen hier einiges klarstellen«, sagte er schließlich gedehnt. Cathy hob nur die Augenbrauen.

»Ich bin bereit, dich wieder mit nach Woodham zu nehmen«, sagte er, als sie offensichtlich weiter schwieg. »Ich werde dir und Cray und natürlich auch Virginia ein Heim geben, und auch allen anderen Kindern, die wir eventuell noch haben werden. Aber ich werde nicht zulassen daß du weiterhin mit jedem Mann flirtest – oder noch Schlimmeres tust. Ich möchte, daß dieser Punkt klar ist.«

»Wie kommst du darauf, ich würde mit dir nach Woodham zurückgehen wollen?« fragte Cathy mit eisiger Stimme.

»Du solltest dankbar sein, daß ich dir die Möglichkeit biete«, antwortete er grimmig. »Mit zwei Kindern und ohne Ehemann, ganz auf dich allein gestellt, wie du es wahrscheinlich verdienst, bist du aus der Gesellschaft ausgestoßen.«

»Du vergißt, daß ich einen Ehemann habe«, gab sie süßlich zurück, und nur in ihren Augen war ihre Wut zu lesen. Jons Lippen wurden zu schmalen Streifen.

»Ich vergesse gar nichts«, preßte er heraus. »Aber ich bin bereit, dein früheres Verhalten zu vergessen, vorausgesetzt, es wiederholt sich nicht. Mein Gott, ich bin sogar bereit, dich noch einmal zu heiraten, wenn du Harold loswerden kannst.«

»Ist das ein Heiratsantrag, Captain?« machte sie sich über ihn lustig, während in ihr das Blut in den Adern zu kochen schien. Anstatt sich zu entschuldigen, wiederholte er noch seine Beleidigungen. Und daß er dann noch die Stirn hatte, ihr auf so überhebliche Weise mitzuteilen, daß er bereit war, sie zu heiraten...!

»Wenn du es so verstehen willst«, gab er zurück und schien auf einmal belustigt. »Aber von nun an wirst du deine weiblichen Reize ausschließlich für mich verwenden. Solltest du das nicht tun, übernehme ich für die Konsequenzen keine Verantwortung. Ich werde es nicht zulassen, daß du mir noch einen Bastard ins Nest legst.«

»Was meinst du mit ›noch einem Bastard‹,« fragte Cathy bedrohlich leise, obwohl sie die Worte am liebsten herausgeschrien hätte.

»Wir werden bezüglich Virginias Vaterschaft nie völlig sicher sein können«, meinte er beschwichtigend. »Sie kann ebensogut mein Kind wie das von Harold sein. Für ein Kind, das termingerecht zur Welt kam, war sie extrem klein...«

»Fahr – zur – Hölle!« Cathy sprach die Worte langsam und gedehnt aus, damit er sie auch richtig verstand. »Ich würde dich nicht heiraten, und wenn du mich auf Knien bitten würdest! Ich werde auch nicht mit dir nach Woodham zurückgehen, damit kannst du dich bereits jetzt abfinden! Wenn ich dieses Schiff verlassen habe, möchte ich die nie mehr wiedersehen! Meine Kinder und ich werden auch ohne dein edles Opfer zurechtkommen. Wer weiß, vielleicht bleibe ich sogar Harolds Ehefrau! Er ist zwar nicht so gutaussehend wie du, aber, wie Martha schon immer sagte, liegt Schönheit im Auge des Betrachters. Und von edlerem Geblüt ist er mit Sicherheit! Vielleicht adoptiert er Cray sogar. Denk dir nur, Jon: dein Sohn könnte eines Tages Lord Stanhope sein!«

»Selbstverständlich kannst du nach Woodham zurückkommen, oder es bleiben lassen.« Jon stieß sich von der Tür ab und ballte die Hände zu Fäusten. »Aber wenn du nicht mitkommen willst, wirst du auch nicht meinen Sohn behalten!«

»*Meinen* Sohn«, korrigierte ihn Cathy. »Und wie, meinst du, wirst du es anstellen, um ihn mir wegzunehmen? Es gibt kein Gericht in ganz England, das dir das Sorgerecht zusprechen würde. Einem verurteilten Strafgefangenen, der gerade eben dem Galgen entkommen ist!«

»Du meinst, ein Richter könnte der Meinung sein, eine Hure als Mutter sei besser? Vielleicht hast du sogar recht!«

Sie starrten sich wütend an, und einen Augenblick lag ein drückendes Schweigen zwischen ihnen. Die Stille wurde durch das Wimmern Virginias durchbrochen.

»Dein Bastard ruft nach dir«, fauchte Jon, machte auf dem Absatz kehrt und verließ die Kabine.

Diese Nacht blieb Cathy allein mit ihrer Wut. Jon kehrte nicht in die Kabine zurück, wofür sie dankbar war. Als sie gesagt hatte, sie wollte ihn nie mehr sehen, hatte sie es auch so gemeint. Diese Beleidigung würde sie ihm nie vergeben. Niemals!

Irgendwann im Laufe der Nacht legten sie im Hafen von London an. Cathy, die mit Anbruch des Tages von einer mißmutigen Virginia geweckt wurde, konnte das Pier von ihrem Kajütenfenster aus sehen. Selbst zu dieser frühen Stunde war viel Betrieb im Hafen...

Sie zog sich an und suchte ihre wenigen Besitztümer zusammen. So bald wie möglich würde sie an Land gehen. Sie würde sich in einem Gasthof ein Zimmer nehmen und sofort nach Martha, Cray und ihrem Vater schicken. Dann würde sie versuchen, Ordnung in das Durcheinander zu bringen, das ihr Leben darstellte. Sie hatte Jon nur treffen wollen, als sie sagte, sie würde mit Harold vielleicht verheiratet bleiben. Sie verachtete ihn noch genauso, wie zuvor. Aber sie würde mit Sicherheit nicht mit Jon nach Woodham zurückkehren! Eher würde sie sterben, wenn sie daran dachte, was er für Dinge von ihr glaubte. Was sie tun konnte, war, ein völlig neues Leben zu beginnen; vorzugsweise ein Leben, in dem Männer keine Rolle spielten!

Sie wollte gerade die Kabine verlassen, da klopfte es an die Tür. Mit Virginia im Arm ging sie, um zu öffnen. Vermutlich war es Captain Davis, der sie fragen wollte, wann sie das Schiff verlassen wollte. Jon konnte es nicht sein. Anklopfen gehörte nicht zu seinen Angewohnheiten!

Als Cathy die Tür öffnete, blieb sie fassungslos stehen.

»Guten Morgen, Cathy«, sagte Harold betont freundlich, und sein Gesicht war immer noch so häßlich wie beim letztenmal.

»Was tust du hier?« stieß sie aus und machte keinerlei Anstalten, ihn hereinzulassen.

»Ich habe letzte Nacht einen sehr interessanten Besucher empfangen – oder sollte ich sagen, heute morgen?« antwortete Harold, der die Situation offensichtlich genoß. »Es war dein Pirat, genau gesagt. Zunächst hatte ich Angst um mein Leben und dachte, er wollte dich zur Witwe machen, aber er versicherte mir, daß ihm dieser Gedanke fern lag!«

»Ich nehme an, du willst auf etwas Bestimmtes hinaus?« fragte Cathy bissig, als er eine effektvolle Pause machte.

»Spricht man denn so mit seinem Ehegatten, den man so lange nicht gesehen hat?« schalt er sie, und seine kleinen Augen blitzten böse. »Ja, ich will auf etwas hinaus: dein Pirat ist zu mir gekommen, um ein Abkommen mit mir zu treffen. Er sagte, er würde mir gerne meine Frau und meine Tochter überlassen«, hier lachte Harold und warf Virginia einen schrägen Blick zu, »wenn ich ihm dafür seinen Sohn überließe!«

17

Als das große Schiff im Hafen von Charleston einlief, hatte sich Cathys Wut in kalten Haß verwandelt. Es war etwas länger als drei Monate her, seit Jon sie auf der *Victoria* zurückgelassen und mit Cray das nächste Schiff nach Amerika genommen hatte. Zwar hatte sie kaum Zweifel daran gehabt, wohin Jon mit Cray verschwunden war, aber sie hatte trotzdem Nachforschungen anstellen lassen. Nachdem sie nicht mehr Jons Frau war, konnte sie über ihren Treuhandfonds verfügen, ohne Jon zu fragen, und sie hatte sich geschworen, daß sie Cray zurückholen würde, und wenn es sie ihren letzten Penny kosten sollte.

Das einzige, was ihre Wut etwas beschwichtigt hatte, war die Tatsache, daß Jon zumindest soviel Anstand besessen hatte, Martha mit sich zu nehmen. Sie konnte sich zwar nicht vorstellen, mit welchen Worten er sie dazu gebracht hatte, daß er Cray mitnehmen konnte, aber vermutlich hatte er einfach Cray gepackt und mitgenommen, und es ihr überlassen, ob sie ihm folgte oder nicht. Und Martha würde Cray nie im Stich lassen. Cathy tröstete sich, so gut es ging, mit dem Gedanken, daß es Cray zumindest gut ging, und hoffte, daß er sie nicht zu sehr vermißte. Aber das tat er vermutlich auch nicht, denn sie war schon viel zu lange von ihm fort, und er hatte schon immer Jon vergöttert. Mit Martha, die sich um den Jungen kümmerte, ging es ihm vermutlich so gut, daß er sie nicht im geringsten vermißte.

Eigentlich hätte es sie trösten sollen, das tat es aber nicht.

Mit Harold war sie seltsamerweise schnell fertig geworden. Er war an Bord der *Victoria* gekommen, um sie einzuschüchtern, damit sie zu ihm als seine Frau zurückkehrte und das Leben führte, das er sich für sie beide ausgemalt hatte. Die Frau, die sich mit solcher Wut und Energie auf ihn stürzte, erschreckte ihn sichtlich. Fassungslos hatte er ihr gedroht, sogar mit physischer Gewalt versucht, sie in ihre Schranken zu verweisen, aber Cathy hatte sich ihm erfolgreich widersetzt und sich sogar geweigert, mit ihm zu Tante Elizabeths Haus mitzukommen, um über alles zu reden. Als er sah, daß er keine Chance hatte, sie dazu zu bringen, mit ihm zu leben, hatte Harold seine Taktik geändert. Er jammerte ihr vor, daß es ihre Pflicht als Ehefrau war, ihn zu unterstützen, denn er sei schließlich ihr gesetzlicher Ehemann. Cathy hatte ihn ausgelacht. Nicht mehr lange, hatte sie ihm versprochen.

Ihr Vater, der sich inzwischen erholt hatte und mit Hilfe eines Stockes bereits wieder laufen konnte, war ihr bei der Annulierung der Ehe eine große Hilfe. Harold hatte sich zunächst geweigert, eine eidesstattliche Erklärung abzugeben, die hierfür notwendig war, aber nachdem ihm eine beträchtliche Entschädigung versprochen wurde, ließ er sich sehr schnell bekehren. Danach benötigte sie nur noch die schriftlichen Aussagen einiger Besatzungsmitglieder der *Tamarind*, die inzwischen wieder in England war. Sie schworen, daß es aufgrund Cathys ständiger Seekrankheit unmöglich zu einem Vollziehen der Ehe gekommen sein konnte. Bewaffnet mit diesen Dokumenten, und mit Hilfe des großen Einflusses ihres Vaters am Gericht, gab es kaum Schwierigkeiten, die Annulierung der Ehe zu erlangen.

Sir Thomas hatte darauf bestanden, sie nach Amerika zu begleiten. Er wollte bei ihrem Zusammentreffen dabei sein, hatte er gesagt. Cathy, die noch immer über seinen Gesundheitszustand besorgt war, versuchte, ihn davon abzubringen, aber er ließ nicht mit sich reden, also gab Cathy schließlich nach. Als sie jetzt neben ihm stand, während das Schiff den Anker warf, war sie für seine Anwesenheit dankbar. Er und Mason waren ihr während der Überfahrt eine Stütze gewesen und hatten sie aufgeheitert, wann immer sie in Depressionen zu versinken drohte. Die beiden, Alice, das Kindermädchen, das sie für Virginia eingestellt hatte, und natürlich Martha sollten den Haushalt bilden, sobald sie mit Cray wieder in England waren.

Cathy war dem Wetter entsprechend gekleidet. Es war ein sonniger, aber kühler Oktobertag. Von ihren eleganten Schuhen bis zu ihrem Federhut wirkte sie ganz wie eine große Lady, was sie auch beabsichtigt hatte. Bevor sie Cray Jon wegnahm, wollte sie ihm klarmachen, was er verloren hatte. Nicht nur seinen Sohn und seine Tochter, sondern sie ebenfalls. Die Seeleute an Bord konnten kaum ihre Augen von ihr ablassen.

Es war später Nachmittag, als sie endlich von Bord konnten. Am Pier zögerte Cathy einen Augenblick, bevor sie in die Kutsche stieg, die sie zu einem Gasthof bringen sollte.

»Ich würde wirklich lieber sofort nach Woodham fahren«, sagte sie zu ihrem Vater. Er sah sie mit ernsten Augen an.

»Meinst du nicht, du solltest dich erst etwas ausruhen?« fragte er sanft. »Schließlich laufen dir Hale und der Junge nicht weg. Sie werden morgen auch noch hier sein.«

»Ich weiß«, sagte Cathy, »aber...«

Sie konnte ihr Verlangen nicht in Worte fassen. Sie mußte einfach sofort hinausfahren, mußte Cray in ihren Armen halten, mußte Martha umarmen – und sie konnte es nicht erwarten, Jon zu sagen, was sie von ihm hielt, bevor sie ihm ihren Sohn wegnahm. Sie würde ihm die eidesstattlichen Erklärungen zeigen, die ihr wahres Verhältnis mit Harold bezeugten, nur um sein Gesicht zu sehen, wenn er sich eingestehen mußte, was er für ein Narr gewesen war. Und dann würde sie Cray nehmen und gehen – wie gerne würde sie sein Gesicht dabei sehen! Sie hoffte, es würde ihn schmerzen, wenn er endlich seinen Fehler erkannte!

»Ich würde wirklich lieber gleich gehen«, antwortete sie. »Aber ihr könnt schon einmal zum Gasthof vorausfahren. Ich gehe Cray holen und komme in ein paar Stunden nach.«

»Mach dich doch nicht lächerlich«, sagte ihr Vater in einem Tonfall, der sie an sie selbst erinnerte. »Wenn du unbedingt sofort gehen willst, dann komme ich selbstverständlich mit. Ich würde es nicht im Traum zulassen, daß du Hale allein gegenübertrittst. Mason und Alice können für Virginia sorgen.«

»Lady Catherine! Wie schön, daß sie wieder zu Hause sind!« Die Stimme gehörte Eunice Struthers, einer Dame, die mit ihrer verwitweten Schwester im Herzen Charlestons wohnte. Die beiden waren früher häufig nach Woodham gekommen. »Weiß Captain Hale, daß Sie heute ankommen? Er hat gar nichts davon erwähnt, als ich Ihren süßen Jungen besucht habe. Im Gegenteil, Captain Hale erwähnte, es könnte sehr lange dauern, bis Sie wiederkommen, da Ihr Vater so schwer krank ist...«

Bei diesen Worten verstummte sie und blickte neugierig Cathys Vater an.

»Miß Struthers, darf ich Ihnen meinen Vater vorstellen, Sir Thomas Aldley, Earl of Badstoke«, sagte

Cathy, damit die Neugier der Frau endlich gestillt wurde. »Papa, das ist Miß Eunice Struthers.«

Sir Thomas murmelte ein paar höfliche Worte, während Cathy hinzufügte: »Wie Sie sehen, hat sich mein Vater wieder erholt. Und nein, Jon weiß nicht, daß ich heute komme. Ich wollte ihn überraschen!«

»Da wird er sich aber freuen«, gurgelte sie und brannte bereits darauf, die Neuigkeit zu verbreiten. »Es war schön, Sie kennenzulernen, Sir Thomas. Wir müssen bald zusammenkommen, um Ihre Rückkehr zu feiern, Lady Catherine.«

»Jetzt muß ich sofort nach Woodham«, sagte Cathy und sah ihr nach, wie sie ging. »Bis heute abend weiß jeder in der Stadt, daß ich angekommen bin, und falls Jon es erfährt, bevor ich Cray sicher in Händen habe...«

Ihr Vater nickte grimmig. Jon würde seinen Jungen nicht freiwillig herausgeben. Am besten holten sie sich den Jungen, während er auf dem Feld war.

Nachdem er Mason und Alice zum Charleston Arms geschickt hatte, besorgte er ihnen eine Kutsche, und schon bald rollten sie über die Pflastersteine durch die Stadt und schließlich die gewundene Straße entlang, die nach Woodham führte.

Cathy saß neben ihrem Vater und sog tief die frische Luft ein. Sie liebte Südkarolina im Herbst, die bunten Blätter an den Bäumen, das grüne Gras und den blauen Himmel. Ungewollt mußte sie daran denken, daß sie bald wieder nach England zurückkehren würden, und sie diese Schönheit nie mehr sehen würde.

Jeder Hufschlag der Pferde brachte sie näher nach Hause. Cathy biß sich auf die Unterlippe. Woodham war nicht mehr ihr Zuhause, mußte sie sich selbst zurechtweisen.

»Tochter, bist du sicher, daß du diese Sache durchziehen willst?« Sir Thomas, der seit ihrer Abfahrt im Hafen zum erstenmal wieder sprach, klang besorgt.

»Du meinst, daß ich Cray holen möchte? Natürlich bin ich mir sicher.« Sie tat so, als belaste sie das Ganze nicht sonderlich, aber Sir Thomas ließ sich nicht täuschen.

»Du weißt, was ich meine. Ich meine, daß du Hale verlassen willst – und erzähle mir jetzt nicht, daß er dich zuerst verlassen hat. Ich stimme dir von Herzen zu, daß er dich schlecht behandelt hat, nachdem die Geschichte mit Harold passiert ist, und verurteile, was er mit Cray gemacht hat. Du weißt auch, daß ich immer der Meinung gewesen bin, du hättest jemand besseres heiraten können. Aber bevor das alles geschehen ist, wart ihr glücklich. Und Cathy – ich glaube du liebst ihn noch immer.« Die letzten Worte waren leise gesprochen.

Cathy versteifte sich. »Das ist nicht wahr!« protestierte sie. Dann fügte sie versöhnlicher hinzu: »Ich weiß, was ich will, Papa. Ich habe Jon einmal geliebt, das gebe ich zu. Aber das, was ich für ihn empfunden habe, hat er restlos zerstört. Sobald ich Cray habe, werde ich froh sein, wenn ich ihn nie mehr sehen muß.«

»Aber ...« begann Sir Thomas.

»Bitte, ich möchte nicht mehr darüber sprechen«, sagte Cathy fast schon verzweifelt, und dann: »Sieh nur, dort ist die Zufahrt. Kutscher! Wir müssen hier rechts hinein!«

Sir Thomas sagte nichts mehr, als sie sich dem weißen Haus mit den Säulen näherten. Aber er machte sich offensichtlich Sorgen.

Als der Einspänner vor den Stufen zur Eingangstür hielt, war Cathy schon aus dem Sitz, bevor die Kutsche richtig zum Stehen gekommen war. Die schwere Eichentür öffnete sich bereits.

»Miß Cathy! Miß Cathy!« Petersham kam die Treppe

heruntergerannt, dicht gefolgt von Martha, die Cray an der Hand hielt. Lächelnd und mit Tränen in den Augen, sprang Cathy aus der Kutsche, ohne darauf zu warten, daß ihr Vater ausstieg, um ihr zu helfen. Sofort wurde sie von drei Paar Armen umschlungen und erwiderte die Begrüßung von ganzem Herzen.

»O Kleines, es ist schön, Sie zu sehen!«

»Mama, Mama, wo warst du denn? Daddy hat gesagt, du würdest bald kommen, aber das ist nicht bald, finde ich.«

Cathy lachte, ohne sich über den Sinn der Worte Gedanken zu machen. Sie befreite sich von Petersham und Martha und nahm Cray in die Arme. Die kleinen Arme schlangen sich um ihren Hals und sie küßte seinen schwarzhaarigen Kopf, der dem Jons so sehr glich. Bei dem Gedanken liefen ihr Tränen über die Wangen.

»Mama, du machst mich ja ganz naß!« Dieser Protest brachte Cathy wieder zum Lachen. Sie drückte ihm einen Kuß auf die Wange und schwang ihn herum, so daß er Sir Thomas sehen konnte.

»Weißt du, wer das ist, Cray?« fragte Cathy mit einem Lächeln. Cray starrte Sir Thomas an, der ihn anlächelte.

»Das ist Großvater«, erklärte ihm Cathy. Cray nickte zweifelnd und sagte ihr dann hörbar laut ins Ohr: »Warum nennst du ihn denn so? Er ist doch nicht einmal so groß wie mein richtiger Vater. Mein richtiger Vater ist viel größer!«

Das brachte alle zum Lachen, einschließlich Sir Thomas. Dann gingen sie alle nach drinnen. Die Halle, mit dem polierten Holzfußboden und dem großen Spiegel war ihr so vertraut, daß sie einen Kloß in der Kehle spürte. Daheim! schien alles in ihr zu rufen. Du bist daheim!

»Miß Cathy, möchten Sie nach oben gehen, und sich etwas frisch machen? Ich lasse Ihnen heißes Wasser hinaufsenden.« Petersham strahlte sie an. »Wir sind alle so glücklich, daß Sie endlich nach Hause gekommen sind. Und Master Jon wird sich erst freuen!«

Bevor Cathy etwas darauf antworten konnte, wurde sie von Martha unterbrochen.

»Wo ist die Kleine? Master Jon sagte, es gäbe da noch ein kleines Mädchen! Er sagte, sie sähe aus wie Sie, Kleines. Ich kann es nicht erwarten, sie zu sehen!«

Beide starrten Cathy erwartungsvoll an. Verzweifelt sah sie sich nach ihrem Vater um, damit er ihr beistand, aber er hatte nicht vor, ihr zu helfen.

»Ja, Martha, es gibt ein kleines Mädchen. Ich habe sie Virginia getauft, und sie ist mit ihrem Kindermädchen in der Stadt.« Sie atmete tief ein. »Petersham, es tut mir leid, aber wir werden nicht bleiben. Ich bin nur gekommen, um Cray zu holen. Martha, würdest du bitte gehen, und seine Sachen packen? Wir fahren zurück in die Stadt.«

»Miß Cathy, das können Sie doch nicht tun!«

»Kleines, das meinen Sie doch nicht ernst?«

»Ich meine es todernst«, sagte Cathy leise. »Bitte, Martha, packe seine Sachen. Ich werden später alles erklären.«

Cray, der die Besorgnis in ihren Stimmen vernahm, sah von einem zum anderen, und sein Gesicht begann sich zu verziehen.

»Weine nicht, Liebling, es wird alles gut«, flüsterte sie ihm zu und kitzelte ihn, um ihn wieder zum Lachen zu bringen, bevor sie ihn an Martha weitergab. Martha nahm seine Hand und warf Sir Thomas einen besorgten Blick zu. Dieser nickte langsam, und Martha ging widerwillig, um zu tun, was ihr gesagt worden war.

»Miß Cathy, ich kann es nicht zulassen, daß Sie Cray

mitnehmen! Master Jon würde mich totschlagen!« Petersham klang verzweifelt.

»Um Master Jon werde ich mich kümmern«, sagte Cathy mit einer Sicherheit in der Stimme, die sie eigentlich nicht verspürte. »Keine Angst, Petersham, ich werde nicht von hier fortgehen, bevor ich nicht mit ihm gesprochen habe. Wo ist er?«

»Er ist in den westlichen Feldern. Aber bitte, Miß Cathy, was auch immer zwischen Ihnen beiden vorgefallen ist – und ich weiß, daß etwas vorgefallen sein muß, denn seit seiner Rückkehr ist er nicht mehr er selbst – verlassen Sie ihn nicht einfach so! Sie brechen ihm das Herz! Er liebt Sie, Miß Cathy!«

Cathy lachte.

»Laß bitte den Einspänner vorfahren, Petersham. Ich werde zu den Feldern hinausfahren.« Zu Sir Thomas gewandt, fügte sie hinzu: »Papa, ich werde selbst hinausfahren. Ich möchte mit Jon allein sprechen!«

Sir Thomas starrte sie einen Augenblick lang an und senkte dann langsam den Kopf. »Ich werde Martha und Cray nach Charleston bringen, und dann zurückkommen, um dich zu holen«, sagte er dann.

»O Papa, das ist nicht notwendig! Ich kann sehr gut selbst in die Stadt fahren!«

»O doch, es ist notwendig«, erwiderte er, während Petersham widerwillig losging, um die Kutsche zu holen. »Über eines solltest du jedoch nachdenken, Cathy. Sollte Hale bereit sein, dich zu heiraten...«

»Ich würde ihn nicht heiraten, und wenn er der letzte Mann auf der Welt wäre«, unterbrach Cathy ihn. »Papa, mein Entschluß steht fest! Ich will darüber nicht mehr diskutieren!«

Sir Thomas beugte den Kopf und sagte nichts mehr. Kurz darauf wurde der Einspänner vorgefahren, und Cathy stieg ein.

»Es wird nicht lange dauern«, rief sie Sir Thomas und Petersham zu, die sie beide besorgt ansahen. Dann ergriff sie die Zügel und fuhr davon.

Cathy fuhr relativ schnell und wünschte sich insgeheim, sie hätte Handschuhe mitgenommen, denn die Zügel rissen an ihren Händen. Als sie über die letzte Bergkuppe fuhr, bevor sie die westlichen Felder erreichte, hielt sie an. Einen Augenblick lang ließ sie das Bild unter ihr auf sich einwirken. Auf dem Feld stand hüfthoch das goldene Korn und wurde gleichmäßig vom Wind gebeugt. Die Sonne schien warm auf die Rücken der Sklaven, die mit langen Sensen das Korn mähten. Jon überwachte das Ganze. Sie erkannte seine große Silhouette, fast eine Meile entfernt. Während sie ihn beobachtete, ergriff er ebenfalls eine Sense und machte sich an die Arbeit.

Plötzlich spürte Cathy, wie ihr Hals austrocknete und sich ihr Herzschlag beschleunigte. Die Entscheidung war nahe. Jetzt würde er bezahlen müssen – für all die Beleidigungen, die Erniedrigungen und das, was er ihr zuletzt angetan hatte!

Mit einer kurzen Handbewegung ließ sie das Pferd wieder loslaufen. Als die Kutsche langsam den Hang hinunterfuhr, spürte sie, wie sich die Augen der Männer auf sie richteten. Jon war mit seiner Arbeit beschäftigt und einer der letzten, der sich zu ihr umdrehte. Nach einem ungläubigen Blick richtete er sich auf und begann, auf sie zuzulaufen.

Cathy zügelte das Pferd und wartete, bis er bei ihr angelangt war. Er war hagerer als damals, aber so braun gebrannt und gesund, daß er unbesiegbar wirkte. Mit seinem weiten, weißen Hemd, den gut sitzenden Hosen und dem Hut, den er leicht in den Nacken geschoben hatte, strahlte er eine männliche Kraft aus. Als er näher kam, konnte Cathy seine dunklen Bartstoppeln und den altbekannten Glanz in seinen Augen erkennen, als er sie ansah.

Ein schweres, fast trauriges Lächeln legte sich auf sein Gesicht. Freude durchflutete Cathy auf einmal, aber sie verdrängte dieses Gefühl, so schnell es ging. Sie war hierher gekommen, um etwas zu erledigen, ermahnte sie sich: sie wollte diesem hartherzigen Monster eine Lektion erteilen, die er nie vergessen würde!

»Lady Stanhope, nehme ich an?« meinte er leicht humorvoll, als er bei ihr angelangt war. Er blieb neben dem Einspänner stehen und hatte einen Fuß lässig auf die Stufe gestellt. Als er sich mit dem Arm auf seinem Knie abstützte, kam er ihr sehr nahe, so nahe, daß sie jede Pore seiner Haut erkennen konnte. Schluckend versuchte sie, den Anschein zu wahren, über allem zu stehen. Innerlich waren ihre Nerven zum Zerreißen gespannt.

»Nicht mehr«, antwortete sie gefaßt und zwang sich, in seine grauen Augen zu blicken. »Die Ehe wurde annulliert. Ich bin wieder Lady Catherine Aldley.«

»Ich verstehe.« Sein Lächeln wurde etwas breiter.

»Die Papiere sind in meiner Tasche. Du kannst sie dir gerne ansehen, wenn du möchtest. Wie ich dir schon sagte, sie alle bestätigen den Grund für die Annullierung: unvollzogene Ehe.«

»Daran habe ich keinen Zweifel.«

Cathy starrte ihn ungläubig an und wagte es kaum, ihren Ohren zu trauen. Er zweifelte es nicht an? Was, in Gottes Namen, hatte er dann die ganze Zeit für ein Spiel getrieben?

Jon interpretierte ihren ungläubigen Gesichtsausdruck richtig. Eine Augenbraue hob sich.

»Sobald ich ein bißchen Abstand zu der ganzen Situation gewonnen hatte und in Ruhe über alles nachdenken konnte, wußte ich, daß ich ein blinder Narr gewesen war. Kannst du mir je verzeihen?«

Cathy war fassungslos und konnte ihn nur anstarren. Nach allem, was er ihr angetan hatte, gab er jetzt einfach zu, daß er sich geirrt hatte? Ohne irgendwelche Beweise zu erhalten? Das konnte doch nicht wahr sein! Das würde sie nicht akzeptieren! Monatelang hatte er sie emotionell mißhandelt, und nun glaubte er, er konnte sich einfach entschuldigen und alles war vergessen? Nie im Leben!

»Wie würdest du darüber denken, das einfache Lady Catherine Aldley für ein Mistreß Hale einzutauschen?« Sein Tonfall klang unbeschwert, aber seine Augen waren es nicht. Cathy kam sich vor wie eine Schauspielerin, die ihren Part auswendig gelernt hatte, und dann in das falsche Stück geraten war. Nichts lief so, wie sie es erwartet hatte.

Als sie keine Antwort gab, warf Jon einen kurzen Blick über die Schulter.

»Hier können wir nicht reden«, sagte er. »Rutsch ein Stück zur Seite.«

Damit stieg er zu ihr hinauf und nahm ihr die Zügel aus ihren gefühllos gewordenen Händen. Gehorsam rutschte Cathy ein Stück zur Seite, um ihm Platz zu machen. Die Gedanken rasten in ihrem Kopf, und sie merkte kaum, daß sie losfuhren. Er hatte sich entschuldigt – und ihr einen Heiratsantrag gemacht. Es wäre so leicht, ihm zu vergeben – bis zum nächstenmal. Cathy mußte daran denken, wie er sich geweigert hatte, ihr zuzuhören, ihr zu glauben, als sie ihm nichts als die Wahrheit sagte, wie er sie behandelt hatte, wie er Virginia als Bastard bezeichnet und ihr Cray gestohlen hatte, und ihre Kraft kehrte langsam zurück.

»Ich will dich nicht heiraten«, sagte sie schließlich. Jon sah sie eindringlich an, sagte aber nichts, bis ihr

Buggy zum Stehen gekommen war. Sie befanden sich inmitten eines weiteren, goldenen Feldes, nicht weit von einem Fluß entfernt. Eine einzelne Eiche stand etwas von ihnen entfernt. Sie waren völlig allein.

»Warum nicht?« fragte Jon und drehte sich zu ihr. Cathy begann, sich über seinen ruhigen, vernünftigen Tonfall zu ärgern. Er wirkte auf sie wie ein geduldiger Vater, der seinem Kind etwas erklären wollte. Nun, sie war aber kein Kind, und das würde sie ihm auch begreiflich machen.

»Womit soll ich anfangen?« Sie sah ihm direkt in die Augen. »Zunächst bin ich es leid, mit deiner Eifersucht zu leben. Ich habe dir nie auch nur den geringsten Grund zur Eifersucht gegeben, trotzdem beschuldigst du mich pausenlos, Liebhaber zu haben. Zweitens hast du ein ungezügeltes, hitzköpfiges Temperament und kannst gewalttätig werden. Davon habe ich ebenfalls die Nase voll. Drittens. Wenn wir schon von Untreue reden! Was war denn mit Sarita? So etwas lasse ich mir nicht gefallen, und nachdem es einmal passiert ist, zweifle ich nicht daran, daß es wieder passieren kann. Viertens. Du hattest den Verdacht, Virginia wäre nicht dein Kind. Woher sollte ich wissen, daß du nicht das gleiche von weiteren Kindern behauptest, die wir möglicherweise noch haben werden, sollte ich wirklich so dumm sein, dich noch einmal zu heiraten? Und fünftens: du hast mir Cray gestohlen. Das ist etwas, was ich dir nie vergeben kann!«

Jons Gesichtsausdruck war während ihrer Rede ernst geworden. Nachdem sie geendet hatte, sprang er ohne ein Wort zu sagen aus der Kutsche und drehte sich dann zu ihr um.

»Komm herunter«, sagte er, und als sie keine Anstalten machte, der Aufforderung Folge zu leisten, packte er sie unter den Achseln und hob sie aus der Kutsche.

Cathy widersetzte sich ihm nicht. Sie ließ es sogar zu, daß er ihren Arm in seinen einhakte und mit ihr in Richtung des Flusses lief.

»Ich werde dir Punkt für Punkt beantworten.« Seine Stimme war gleichmäßig, und das ärgerte Cathy noch mehr. »Du hast recht, ich tendiere dazu, eifersüchtig zu sein, aber du mußt zugeben, daß du mich auch des öfteren provoziert hast!« Hier warf ihm Cathy einen bissigen Blick zu, und er beeilte sich, die Bemerkung etwas abzuschwächen. »Ich meine damit, daß ich dich mehrmals in sehr zweifelhaften Umständen vorfand. Welcher andere Mann würde anders denken, wenn er seine Frau nackt im Bett mit einem anderen Mann vorfände? Ein anderer Mann hätte dich vermutlich sofort erdrosselt.«

»Wogegen du mich, großzügig wie du bist, nur vergewaltigt hast!« wurde er von Cathy gereizt unterbrochen. Jon besaß soviel Anstand, leicht beschämt zu gucken.

»Es war keine Vergewaltigung«, begann er leicht gedrückt, beschloß aber vorsichtigerweise, das Thema zu beenden. »Auf jeden Fall arbeite ich daran, meine Eifersucht unter Kontrolle zu halten. Sollte ich wieder abrutschen, hast du meine Erlaubnis, mir etwas über den Schädel zu schlagen. Und so wie ich dich kenne, wirst du das auch tun.«

Er grinste bei diesen Worten kurz, aber Cathys unerbittlicher Blick ließ das Grinsen schnell wieder aus seinem Gesicht verschwinden.

»Was mein Temperament anbelangt, möchte ich herausstellen, daß ich nie Hand an dich gelegt habe, und das weißt du auch. Also können wir diesen Punkt wohl streichen.«

»Und Sarita?« kam prompt Cathys Frage.

»Ach ja, Sarita,« sagte Jon gedehnt, aber als Cathys

Augen sofort wieder aufblitzten, entschloß er sich, den Scherz lieber nicht zu weit zu treiben. Er blieb stehen, wandte sich zu ihr um und legte seine Hände auf ihre Oberarme. »Sie bedeutete mir nichts, und das weißt du. Ich habe nur mit ihr geschlafen, um mich an dir zu rächen.«

»Du warst so untreu, wie du es immer von mir behauptet hast«, schoß Cathy beleidigt dazwischen. Jons Augen verengten sich, als er sie ansah.

»Du kannst mich nicht beschuldigen, untreu gewesen zu sein, da wir zu diesem Zeitpunkt überhaupt nicht miteinander verheiratet waren. Im übrigen weißt du genau, daß ich seit dem Zeitpunkt, als ich dich das erste Mal auf der *Anna Greer* sah, bis zu der Geschichte mit Sarita, keine andere Frau auch nur angesehen habe. Und es wird auch nie wieder geschehen, darauf hast du mein Wort. Mein Gott, wirst du mir diese Sache jetzt bis ans Ende meines Lebens vorhalten?«

»Nein, das werde ich nicht«, antwortet Cathy kurz. »Denn ich werde nicht bis zum Ende deines Lebens in deiner Nähe sein. Laß mich los! Ich gehe.«

Während sie sprach, versuchte sie, sich von ihm loszureißen. Als sie in Gedanken all seine Mißetaten noch einmal durchging, festigte sich in ihr der Entschluß, ihm eine Lektion zu erteilen.

»Du kannst mich nicht verlassen. Ich werde es nicht zulassen.« Jons Griff um ihre Arme war fest, und seine Stimme klang bestimmt.

»Und wie, darf ich fragen, willst du mich davon abhalten? Willst du mich einschließen und die nächsten zwanzig Jahre als Gefangene halten?«

»Da fallen mir bessere Wege ein.« Jon lächelte, aber es war kein fröhliches Lächeln. Cathy, die zu ihm aufsah, fühlte fast so etwas wie Angst in sich aufsteigen. Er wirkte so mächtig, und er sah aus, als könnte er etwas Gewalttätiges unternehmen...

»Laß mich los!« Er zog sie in seine Arme und lachte dabei leise. Cathy trat nach ihm und erwischte ihn am Schienbein. Jon zuckte nicht einmal zusammen. Statt dessen schlangen sich seine Arme um sie und preßten sie an seinen harten Oberkörper. Dann beugte er sich über sie, und sein Gesicht und seine Schultern verdunkelten die Sonne.

Bei der ersten Berührung ihrer Lippen wußte Cathy, daß sie verloren war. Blind, wie ein Kind, das nach Trost sucht, erwiderte sie seine Küsse. Ihre Arme schlangen sich um seinen Hals, und ihre Finger vergruben sich in seinen schwarzen Locken. In diesem Moment wußte sie tief in sich drin, daß sie für diesen Mann geboren worden war.

Er beugte sie über seinen Arm nach hinten, murmelte immer wieder ihren Namen, während sich sein Mund auf ihre seidene Haut preßte. Cathy stöhnte, als seine Lippen ihre bebende Brust erreichten und sich über ihrer festen Brustwarze teilten. Sie konnte die feuchte Hitze seines Mundes durch den hauchdünnen Stoff hindurch fühlen.

Ihr Kleid löste sich von ihren Schultern, und er zog es herunter. Er nahm ihre Arme von seinem Hals, um ihr den Stoff abstreifen zu können. Ganz vage wurde Cathy bewußt, daß er sie auszog, hier, mitten in einem Feld, während die Sonne auf sie herunterbrannte und eine ganze Mannschaft Sklaven sich hinter dem nächsten Hügel befand. Aber das war ihr egal. Ihr war alles egal, außer dem Fieber, das in ihren Adern tobte, das sie zu verbrennen drohte und sie unter seinen Händen zu Feuer werden ließ. Wie eine Katze, die gestreichelt werden wollte, preßte sie sich an seinen Körper, und ihre Unterröcke folgten ihrem Kleid nach. Dann trug sie nur noch ihr Unterhemd und die Unterhosen, während ihre Finger sein Hemd aufknöpften und sie heiße Küsse auf die entblößte Haut hauchte.

Er stöhnte bei der Berührung ihrer Lippen, und seine Hände zitterten etwas, als er ihr das Unterhemd herunterstreifte und anschließend die Bänder öffnete, die ihre Unterhosen hielten. Nackt nahm er sie in seine Arme und legte sie in das hohe, goldbraune Gras. Cathy, die ihm zusah, während er sich eilig seiner Kleider entledigte, betrachtete seine breiten, nackten Schultern, die kleinen, schwarzen Locken, die seinen Körper bedeckten, den flachen Bauch, seine langen, kräftigen Beine, und ihr Verlangen nach ihm wurde unbändig. Er sah so gut aus, daß es fast schmerzte, und sie wollte ihn. Und alle Anzeichen sprachen dafür, daß er ebenso über sie dachte.

Er legte sich neben sie, nackt, beugte sich über sie, und sein Kopf zeichnete sich gegen den tiefblauen Himmel ab. Diese grauen Augen, dieser harte, unerbittliche Mund waren eine Versuchung... Bebend schlang sie einen Arm um seinen Nacken und zog ihn zu sich herab. Kurz bevor sein Mund den ihren wieder berührte, schloß sie die Augen.

»O Gott, bist du schön«, murmelte er, kurz bevor er in sie eindrang. Cathy öffnete die Augen, sah seine Augen, dunkel vor Leidenschaft, die sie anstarrten.

»Nimm mich«, stöhnte sie, und ihre Nägel bohrten sich in seinen Nacken. »O Jon...«

Die letzten Worte endeten in einem Stöhnen, als er in sie eindrang, als sich das pulsierende Zentrum seiner Begierde tief in sie bohrte. Cathy wand sich, stöhnte, und ihre Fingernägel hinterließen auf seinem Rücken tiefe Furchen. Die Augen fest geschlossen und schwer atmend, streckte sie sich jedem Stoß entgegen und steigerte damit noch seine Leidenschaft.

»O Liebling«, stöhnte sie, als sie die schönen Qualen nicht länger ertragen konnte. Sein Mund legte sich auf die sensible Stelle ihrer Brust und sein letzter, harter Stoß begann in ihr zu pulsieren. Sie spürte, wie er bebte, um dann in eine dunkle unendliche Leere entführt zu werden.

Als sie wieder richtig zu sich kam, war sie überrascht, daß der Himmel noch immer die gleiche Farbe wie vor wenigen Minuten besaß, daß das Gras noch immer hoch und golden wie stumme Wachposten um sie stand, die Sonne schien und der Lufthauch kühl auf der Haut zu spüren war. Irgendwie hatte sie erwartet, daß sich alles geändert hatte.

Jon lag neben ihr, den Kopf in eine Hand gestützt, und sah sie an. Ein Lächeln lag auf seinen Lippen. Sein schwarzes Haar hing wild durcheinander, und Cathy spürte, wie sie rot wurde. Als er es bemerkte, wurde sein Lächeln noch weicher.

»Und jetzt sage mir, daß du mich nicht liebst«, murmelte er. Cathy, die ihn anstarrte, sagte nichts. Er sah so selbstzufrieden und selbstsicher aus ... Abrupt setzte sie sich auf. Er war sich so sicher, daß die Tatsache, daß er eben mit ihr geschlafen hatte, alles löste.

»Ich muß dir etwas gestehen«, sagte er wie nebenbei, legte sich auf den Rücken und sah zum Himmel hinauf. Cathy erhob sich und begann, sich wieder anzukleiden. Er sah sie mit einem Ausdruck an, der zugleich Bewunderung und Besitzdenken widerspiegelte.

»Als ich Cray mitnahm, wußte ich, daß du kommen würdest, um ihn zu holen«, sagte er und lächelte, als er an seinen schlauen Schachzug dachte. »So wütend ich auch war, ich konnte es nicht ertragen, dich für immer zu verlieren. Ich habe ihm sogar erzählt, daß Mama bald kommen würde, als er nach dir fragte. Ich habe dich eigentlich schon vor Wochen erwartet.«

Cathy, die damit kämpfte, ihr Kleid zu schließen, spürte wieder Zorn in sich aufsteigen. Also hatte er sie schon wieder manipuliert. Er meinte wohl, es sei sehr leicht, sie zu steuern, wie er es wollte! Nun, dann würde er jetzt eine Überraschung erleben!

Sie setzte ihren Hut auf und schloß das Band unter ihrem Kinn. Dann machte sie kehrt und lief zielstrebig zu ihrem Buggy. Hinter sich konnte sie das Gras rauschen hören, als er sich plötzlich aufsetzte.

»Wohin gehst du?« Seine Stimme klang scharf. Cathy lächelte grimmig. Vielleicht begriff er doch langsam! An der Kutsche angekommen, stieg sie ein, ergriff die Zügel und drehte sich dann zu ihm um.

Wie er so dastand, wirkte er leicht lächerlich, breitbeinig aufgebaut, die Fäuste in die Hüften gestemmt, nackt, wie er geschaffen worden war.

»Ich verlasse dich«, sagte sie süßlich und schnalzte mit der Zunge. Gehorsam lief das Pferd los. Während sie den Einspänner wendete, konnte sie Jon fluchen hören. Es war ein ständiger, unaufhörlicher Schwall von Schimpfworten. Das letzte, was sie von ihm sah, war, wie er auf einem Bein herumhüpfte, bei dem Versuch, sich seine Hose anzuziehen, um ihr nachlaufen zu können. Ihr Handeln hatte ihn völlig unerwartet getroffen.

Cathy lächelte, und ihre blauen Augen strahlten triumphierend. Endlich hatte sie ihre Rache erhalten. Aber warum wurde sie das Gefühl nicht los, als hätte sie sich eben selbst verstümmelt?

18

»Miß Cathy, Sie sollten sich was schämen!« sagte Martha mit ernstem Tonfall, während sie mit der Bürste durch Cathys dichtes Haar fuhr und ihr dabei ein paar einzelne Haare auszog.

»Autsch! Martha, wenn du jetzt nicht still bist, setze ich dich auf die Straße, und das ohne Referenz! Ich habe dir schon ein Dutzendmal gesagt, daß es dich nichts angeht, was ich tue!« Cathy entrann mit dem Kopf Marthas Bürste. Sie war es leid, ständig von Martha zu hören, wie schlecht und ungerecht sie Jon behandelte. Was war denn mit der schlecht und ungerecht behandelten Cathy? Machte sich denn jemand Sorgen um sie? Selbst ihr Vater schien der Meinung zu sein, daß Jon unter ihr viel zu viel zu leiden hatte.

»Der arme Mann«, fuhr Martha ungeachtet Cathys Drohung fort. »Während der ganzen Fahrt über den Ozean waren Sie alles, wovon er gesprochen hat. Cathy hier, Cathy da. Er erzählte mir sogar, wie ähnlich Ihnen Virginia ist. Und als ich ihm erklärte, wie es geschehen konnte, daß Sie Lord Harold geheiratet haben, war er sehr verständnisvoll. Er sagte, er könnte jetzt alles verstehen und wüßte gar nicht, weshalb er es nicht früher gesehen hatte. Er war richtig geknickt!«

»Mir gegenüber nicht!« erwiderte Cathy verärgert. Martha, die damit beschäftigt war, Cathys Haar zusammenzubinden, ignorierte es.

»Ich sage Ihnen, Miß Cathy, wenn sie den Kindern ihren Vater nur aus dem einen Grund wegnehmen, um sich an ihm zu rächen, dann müssen Sir Thomas und ich uns schämen, wie wir Sie erzogen haben. Master Jon liebt Sie, und Sie werden im ganzen Land keinen besseren Gentleman finden. Nicht einmal in England...«

»Wenn er mich so sehr liebt, warum ist er mir dann nicht nachgekommen?« warf Cathy dazwischen. »Wir sind nun schon seit einer Woche hier – seit *einer Woche* – und er hat sich noch nicht einmal blicken lassen. Beantworte mir das doch bitte!«

Das konnte Martha nicht, und Cathy wußte das. Sie, Cathy und die Kinder, Sir Thomas und Mason wohnten noch immer im Charleston Inn. Täglich hatte Martha darauf gewartet, daß Jon kommen und gegen die Tür hämmern würde, um zu verlangen, daß sie mit ihm nach Woodham zurückgingen. Aber bis jetzt war noch nichts dergleichen passiert, und selbst Marthas Glaube in ihn schien etwas ins Wanken geraten zu sein.

Auch Cathy hatte Jon fast stündlich erwartet, nachdem sie ihn nackt auf dem Feld zurückgelassen hatte. Wenn sie sich seine Ankunft vorstellte, wurde sie von einem Gefühl der Erwartung erfüllt, gemischt mit Furcht. Er würde wütend sein...! Aber als die Tage vergingen, verwandelte sich dieses Gefühl immer mehr in Resignation. Offensichtlich hatte er akzeptiert, daß es zwischen ihnen vorbei war. In zehn Tagen ging ihr Schiff zurück nach England, und wenn sie erst einmal an Bord war, würde sie Jon für immer verloren haben.

»Das reicht jetzt, Martha. Hilf mir beim Anziehen!« sagte Cathy verärgert. Wer war denn schließlich noch da, für den es sich lohnte, sich herzurichten?

Martha wählte ein grünes, zweiteiliges Samtkostüm aus, das aus einer kurzen, eng anliegenden Jacke und einem weiten Rock bestand. Unter die Jacke zog Cathy eine weite, weiße Bluse mit hohem, geschlossenen Kragen an. Es gab ihr einen fast maskulinen Anstrich, unterstrich jedoch gleichzeitig ihre zerbrechliche Schönheit.

Beide Frauen schwiegen, als Martha ihr in die Jacke half. Als schließlich jede Falte richtig zurecht gezupft worden war, betrachtete sich Cathy im Spiegel. Heute konnte sie sich an ihrem Aussehen nicht recht erfreuen. Am liebsten hätte sie wieder ihren zerrissenen Unterrock angehabt, den sie auf der Papageieninsel getragen hatte.

Als Martha gerade angefangen hatte, im Zimmer etwas Ordnung zu schaffen, klopfte es an der Tür. Cathy blickte ungeduldig hinüber, und Martha ging öffnen. Vermutlich war es ihr Vater, um ebenfalls in Marthas Horn zu stoßen.

Es war Petersham. Cathy starrte den kleinen, drahtigen Mann überrascht an. Er schien zugleich betreten und entschlossen zu sein.

»Stimmt etwas nicht mit Jon?« entfuhr es ihr, ehe sie sich bremsen konnte. Petersham trat ein und knetete nervös seinen Hut in den Händen. Martha ließ ihn herein, schloß die Tür und setzte einen selbstzufriedenen Gesichtsausdruck auf.

»Ja, Ma'am«, antwortete Petersham und fuhr sich mit der Zunge über die Lippen. Dann sprudelten die Worte plötzlich aus seinem Mund.

»Miß Cathy, Sie müssen nach Hause kommen! Master Jon bringt sich um! Seit Sie mit Master Cray fortgegangen sind, ist Master Jon so betrunken, daß er nicht mehr stehen kann! Ich habe Angst, daß er sich noch zu Tode trinkt!«

Petersham sah Cathy flehend an. Als Cathy Marthas selbstzufriedenes Grinsen sah, kam ihr unwillkürlich der Gedanke, man wollte sie hinters Licht führen.

»Petersham, ist das auch die Wahrheit, was du da sagst?«

»O ja, Miß Cathy, ganz bestimmt! Master Jon schüttet den Whisky in sich hinein, als wäre es Wasser«, sagte er heiser. »Er hat ihr Schlafzimmer seit jenem Tag nicht mehr verlassen, als sie mit Master Cray weggegangen sind! Er will nicht essen, er schläft kaum, und gestern, als ich ihm etwas Suppe bringen wollte, hat er gesagt, ich soll ihn in Ruhe lassen! Dann hat er sich eingeschlossen. Seitdem ist er nicht mehr herausgekommen, Miß Cathy, und er öffnet auch nicht, wenn ich klopfe!«

Cathy schnürte es die Kehle zu, als sie sich Jon in diesem Zustand vorstellte. Warum sie das noch berühren sollte, wußte sie nicht, aber es ging ihr dennoch nahe. Trotzdem sah sie Petersham mißtrauisch an.

»Wieso sollte ich etwas dagegen tun können?« fragte sie. Petersham machte eine ungeduldige Geste.

»Miß Cathy, ich habe Ihnen schon, bevor Sie Cray mitgenommen haben, gesagt, daß Sie ihm das Herz brechen, wenn Sie ihn verlassen. Sie wissen, daß er Sie liebt, und Sie wissen von allen Menschen am besten, warum er ist, wie er ist, und ich weiß, daß er Ihnen nichts Böses angetan hat. Zwischen Ihnen und Master Jon steht nur Ihr Stolz, und er könnte sein Tod sein.«

Cathy starrte Petershams unergründliches Gesicht lange an. Was er sagte, stimmte bis zu einem gewissen Punkt, und sie mußte an die schönen Zeiten denken, die sie miteinander verlebt hatten. Sicher, sie hatten sich auch gestritten, aber die Versöhnung war immer unwahrscheinlich schön gewesen...

Aus Liebe zu ihr trank er sich zu Tode. Cathy spürte, wie in ihr auf einmal wieder Gefühle zu erwachen begannen, die sie längst für abgestorben gehalten hatte. Wenn er sie liebte – wenn er sie wirklich liebte...

»Na schön, Petersham, ich werde mitkommen, nach Woodham, und mit ihm reden. Ich verspreche nichts. Ich werde nur mit ihm reden.«

»O danke, Miß Cathy.« Petersham strahlte vor Erleichterung. »Wenn Sie ihn nur dazu bringen, wieder nüchtern zu werden und etwas zu essen...«

»Es ist viel wahrscheinlicher, daß er mich hinauswirft«, meinte Cathy, aber daran glaubte sie selbst ebenso wenig wie Martha oder Petersham.

Während der Fahrt nach Woodham schwieg Cathy. Es überraschte sie, daß sie einen flauen Magen bekam, wenn sie daran dachte, bald wieder Jon gegenüber zu stehen. Falls Petersham sie angelogen haben sollte – sie warf ihm einen mordlüsternen Blick zu – dann würde sie ihm das nie verzeihen. Und Jon auch nicht!

Petersham hatte nicht gelogen. Im Hause herrschte Totenstille, die Bediensteten liefen mit Trauermiene herum und flüsterten nur miteinander, als hätte es in der Familie einen Todesfall gegeben.

Schon unten an der Treppe, konnte sie den Whiskygeruch wahrnehmen. Oben war aus der Richtung ihres gemeinsam Schlafzimmers kein Geräusch zu hören.

»Ich bringe in ein paar Minuten eine Kanne Kaffee und ein paar Sandwiches nach oben«, sagte Petersham leise, als sie begann, die Treppe hinaufzugehen.

Cathy blickte in schräg an.

»Es wird besser sein, du wartest, ob er mich überhaupt hinein läßt.«

Petershams Lächeln nach zu urteilen, hegte er diesbezüglich keine Zweifel. Cathy wünschte sich insgeheim, sie hätte ebensoviel Selbstvertrauen, als sie vor der Zimmertür angelangt war.

Schließlich nahm sie all ihren Mut zusammen und

klopfte. Das Klopfen klang hohl und leer, aber es gab keine Antwort.

»Jon?« rief sie und legte ein Ohr an die dicke Holztür, um zu lauschen, ob sich etwas regte.

»Jon? rief sie erneut und klopfte noch einmal, nachdem nichts zu hören war. Diesmal vernahm sie ein Scheppern, als wäre ein Gegenstand aus Glas zu Boden gefallen und zerbrochen. Darauf folgte ein Schwall Flüche in lallender, aber dennoch vertrauter Stimme.

»Mein Gott, jetzt höre ich schon Stimmen«, hörte sie ihn schimpfen. Bevor sie noch begriff, was er damit meinen konnte, wurde die Tür aufgerissen. Nachdem sie sich dagegen gelehnt hatte, fiel sie fast ins Zimmer. Sofort schloß sich eine eiserne Hand um ihren Arm, um sie zu stützen.

»Ich denke, ich habe dir gesagt, du sollst mich in Ruhe lassen!« brüllte Jon los, dann verstummte er, und seine blutunterlaufenen Augen weiteten sich, als er in Cathys Gesicht starrte.

»O Gott!« stöhnte er und stieß sie von sich, als ob er sich vor ihr ekelte. Cathy stolperte rückwärts, und die Tür wurde zugeknallt. Sie blinzelte die Tür einen Augenblick fast amüsiert an. Was für einen Empfang sie auch immer erwartet hatte, ein solcher war es jedenfalls nicht gewesen. Wie konnte er es wagen, so grob zu ihr zu sein, nachdem sie den ganzen Weg gefahren war, nur um ihn zu sehen!

Zorn flammte wieder in ihr auf, und sie machte wieder einen Schritt zur Tür und klopfte heftig dagegen.

»Jonathan Hale, du öffnest jetzt sofort die Tür!« forderte sie und rüttelte am Türgriff.

Fast augenblicklich wurde die Tür aufgerissen. Bevor Cathy mehr tun konnte, als ihn kurz anzusehen, zog er sie bereits in seine Arme und hielt sie so fest, daß sie jeden Muskel und jede Sehne seines Körpers spüren konnte.

»Mein Gott, du bist es wirklich«, murmelte er und preßte seine Lippen auf ihren Nacken. »Ich dachte schon, ich bilde mir das nur ein!«

Cathy fand sich in eine Wolke von Whiskydämpfen eingehüllt, aber in diesem Augenblick war es ihr egal. Sie schlang ihre Arme um ihn und preßte sich an ihn. Er erwiderte ihre Umarmung und murmelte Kosenamen in ihre Schulter, daß sie sie nicht verstand.

Nach einem Augenblick ließ er sie los, zog sie ins Schlafzimmer und schloß hinter ihnen die Tür. Dann lehnte er sich mit dem Rücken gegen die Tür und sah sie mit seinen rot geränderten Augen an, die sie zu verschlingen schienen. Nach wenigen Augenblicken wurde sein Blick klarer.

»Was machst du hier?« fragte er, so scharf es seine Zunge zuließ. »Wenn du nur aus Schadenfreude gekommen bist, kannst du gleich wieder gehen. Ich brauche dich nicht! Ich brauche niemanden...!«

Cathy erschrak über den plötzlichen Wechsel seiner Stimmung. Er sah sie mit feindseligem Gesichtsausdruck an. Sie hatte den Eindruck, daß er sie beinahe haßte.

»Petersham...« Sie verstummte. Sein Gesicht verdunkelte sich.

»Hat dich der alte Ziegenbock geholt? Verdammt, ich werde ihn umbringen! Vermutlich hat er dir ein Märchen erzählt, ich würde mich aus Liebe zu dir zu Tode trinken?«

»So etwas Ähnliches hat er erzählt, ja«, erwiderte Cathy und beobachtete ihn. Sie sah, wie er rot wurde, und er wich ihrem Blick aus.

»Verdammt, ich *werde* ihn umbringen! Wenn das

alles ist, weshalb du gekommen bist, kannst du jetzt wieder gehen. Ich will dein Mitleid nicht!«

»Mein Mitlied hast du auch nicht«, gab Cathy zurück. »Du hast meine Liebe, du Schwachkopf. Deshalb bin ich gekommen.«

Jons Blick legte sich wieder auf sie, und in seinen Augen war eine Mischung aus Hoffnung und Zweifel zu lesen. Ehe sie weitersprechen konnte, stieß er sich von der Tür ab, nahm sie in die Arme und küßte sie. Cathy erwiderte den Kuß und ignorierte den Geschmack des Whiskys. Plötzlich spürte sie, wie er schwankte, und stützte ihn.

»Setz dich lieber hin, bevor du fällst«, sagte sie leicht belustigt, als er seinen Mund schließlich von ihrem löste.

»Ja, ich...«

Er wurde von einem Klopfen unterbrochen.

»Einen Augenblick, bitte«, rief Cathy und half Jon auf einen Stuhl, bevor sie öffnete. Er ließ sich dankbar darauf sinken und streckte die Beine von sich.

»Wer, zum Teufel, ist das?« wollte er wissen.

»Petersham, vermutlich, mit Kaffee und etwas zu essen«, antwortete sie und öffnete die Tür. Hinter sich konnte sie Jon murmeln hören: »Immer mischt er sich ein.«

Petersham blickte vorsichtig herein, und Cathy lächelte ihn ermutigend an, als er das Zimmer durchquerte und das Essen auf den Tisch stellte. Jon sah ihm zu, und als Petersham ihm einen Blick zuwarf, sagte er nur: »Erinnere mich daran, daß ich dich nachher rauswerfe!«

»Aye, Captain«, erwiderte Petersham hölzern und blinzelte Cathy kurz an. Dann verließ er den Raum.

Cathy goß Jon eine Tasse Kaffee ein. Er nahm sie entgegen, ohne seinen Blick von ihr abzuwenden.

»Cathy...« begann er.

»Erst iß etwas«, unterbrach sie ihn und reichte ihm eine Sandwich. »Danach reden wir.«

Während er hungrig zu essen begann, sah sie sich im Zimmer um, das im Chaos zu versinken schien. Petersham hatte nicht übertrieben, als er erzählte, Jon würde niemanden ins Zimmer lassen. Seit mindestens einer Woche war nicht mehr saubergemacht worden, das Bett war nicht gemacht und die Vorhänge waren zugezogen. Sie schüttelte den Kopf und öffnete sie. Die Sonne strömte herein, und ihr helles Licht drang in jede Ecke des Zimmers. Hinter sich hörte sie Jon stöhnen.

»Oh, meine Augen!« stöhnte er und hielt sich die Hand vor die Augen.

»Du hast es nicht besser verdient«, sagte sie ohne Mitlied. »Nach all dem Whisky müßte dein Kater eigentlich wochenlang andauern. Sobald du dich etwas besser fühlst, werde ich Petersham bitten, dir beim Waschen behilflich zu sein. Ehrlich gesagt, im Moment paßt du besser in einen Schweinestall.«

Jon mußte bei dieser Bemerkung grinsen.

»Ich muß zum Himmel stinken«, murmelte er.

»Da hast du nicht ganz Unrecht«, sagte sie. »Aber keine Angst, Petersham wird dich schon wieder flott kriegen.«

Als Cathy zur Tür ging, hielt er sie am Rock fest.

»Du gehst nicht mehr fort? fragte er heiser. Sie lächelte ihn an und schüttelte den Kopf.

»Nein, ich gehe nicht mehr fort«, antwortete sie und ging Petersham holen.

Sie wartete unten, während Petersham ihm bei seiner Toilette half. Während sie auf ihn wartete, summte sie ein Lied vor sich hin. Sie hatte die richtige Entscheidung getroffen. Sie würde bleiben. Sie liebte ihn, und er liebte sie. Nur das zählte.

Kurz darauf vernahm sie Jons schwere Stiefel vor der Tür. Sie drehte sich gerade zur Tür um, als er hereinkam. Er sah jetzt viel besser aus. Er war frisch gebadet, sein schwarzes Haar war sauber gekämmt, und er trug ein sauberes, weißes Hemd und taubengraue Hosen. Seine Augen waren noch immer etwas gerötet, aber Cathy nahm an, daß das zu erwarten gewesen war.

Sie lächelte ihn zögernd an. Er erwiderte ihr Lächeln nicht. Im Gegenteil, sein Gesichtsausdruck schien sich noch zu verhärten.

»Du kannst jederzeit gehen, wenn du möchtest«, sagt er steif. »Ich versichere dir, ich bin nicht in Gefahr, einer Alkoholvergiftung zu erliegen, was immer Petersham dir auch erzählt haben mag.«

Cathy sah ihn genauer an. Dabei wurde er wieder rot. Zufrieden lächelte sie breit.

»Du klingst ja, als wolltest du mich loswerden«, meinte sie. Seine Kieferknochen mahlten.

»Reize mich nicht«, sagte er grob und durchquerte das Zimmer so, daß er mit dem Rücken zu ihr stand und zum Fenster hinausblickte.

»Das habe ich auch nicht vor.« Sie lief zu ihm und schlang ihre Arme um seine Hüfte. Er versteifte sich im ersten Moment, dann entspannte er sich wieder.

»Du weißt, daß ich dich liebe«, sagte er. Cathy lächelte hinter ihm.

»Genug, um mich zu heiraten?« fragte sie. Langsam drehte er sich in ihren Armen um und schlang seine Arme um ihren Oberkörper. Sie sah, daß nun auch er unsicher lächelte.

»Ist das ein Heiratsantrag?« Seine Stimme klang heiser.

»Ja.« Sie lächelte ihn schamlos an, die Augen voller Liebe für ihn. Seine Augen schienen ihr Lächeln zu erwidern.

»Schließt das auch zwei Kinder und möglicherweise ein weiteres Dutzend zukünftiger Kinder mit ein?« fragte er, als ob er es sich durch den Kopf gehen ließ.

»Ja.«

»Gut, dann nehme ich gerne an.« Sein Mund legte sich auf ihre Lippen. Als er seinen Kopf endlich wieder hob, sah ihn Cathy wie durch einen Tränenschleier. Seine Augen waren voller Liebe, als er ihr kleines, strahlendes Gesicht in seine Hände nahm und sie anlächelte.

»Wir heiraten, sobald ich irgendwo einen Priester zu fassen kriege, und wenn ich ihn klauen müßte«, sagte er, und sein Kopf senkte sich erneut.

Und so geschah es auch.

HEYNE
BÜCHER

Johanna Lindsey

Fesselnde Liebesromane voller Abenteuer und Zärtlichkeit
»Sie kennt die geheimsten Träume der Frauen . . .«

ROMANTIC TIMES

Zorn und Zärtlichkeit
01/6641

Wild wie der Wind
01/6750

Die gefangene Braut
01/6831

Zärtlicher Sturm
01/6883

Das Geheimnis ihrer Liebe
01/6976

Wenn die Liebe erwacht
01/7672

Herzen in Flammen
01/7746

Stürmisches Herz
01/7843

Geheime Leidenschaft
01/7928

Lodernde Leidenschaft
01/8081

Wildes Herz
01/8165

Sklavin des Herzens
01/8289

Fesseln der Leidenschaft
01/8347

Sturmwind der Zärtlichkeit
01/8465

Geheimnis des Verlangens
01/8660

Gefangene der Leidenschaft
01/8851

Wilhelm Heyne Verlag
München